本书荣获中国人民大学985工程资金资助

跨学科研究

高旭东 著

比较文学基本范畴与经典文献丛书

顾问 杨慧林　主编 高旭东

北京大学出版社
PEKING UNIVERSITY PRESS

图书在版编目(CIP)数据

跨学科研究 / 高旭东著 . —北京：北京大学出版社，2017.9

ISBN 978-7-301-28614-2

Ⅰ.①跨… Ⅱ.①高… Ⅲ.①比较文学—文学研究 Ⅳ.① I0-03

中国版本图书馆 CIP 数据核字（2017）第 194735 号

书　　名	跨学科研究 KUAXUEKE YANJIU
著作责任者	高旭东 著
责任编辑	于海冰
标准书号	ISBN 978-7-301-28614-2
出版发行	北京大学出版社
地　　址	北京市海淀区成府路 205 号　100871
网　　址	http://www.pup.cn　新浪微博：@ 北京大学出版社 @ 培文图书
电子信箱	pkupw@qq.com
电　　话	邮购部 62752015　发行部 62750672　编辑部 62766820
印 刷 者	三河市国新印装有限公司
经 销 者	新华书店 660 毫米 ×960 毫米　16 开本　20.5 印张　240 千字 2017 年 9 月第 1 版　2017 年 9 月第 1 次印刷
定　　价	46.00 元

目录

绪 论

比较文学跨学科研究的历史、现状及未来展望

本书作为国内出版的比较文学跨学科研究最全面系统的著作，试图在理论概述部分对跨学科研究的历史、现状及未来走向进行评述的基础上，对各个跨学科的分支进行理论的反省，从而使跨学科研究得以推进。

跨学科研究并非是在比较文学学科诞生后才有的，它的历史比比较文学还悠久，即使将跨学科研究限定在文学研究上也是如此。文学的跨学科研究在比较文学作为一门学科发生之前就存在着，当孔子在《论语》中说“兴于诗，立于礼，成于乐”的时候，当亚里士多德（Aristotle，前 384—前 322）在《诗学》中将文学与哲学、历史进行比较的时候，应该是东西方较早的跨学科研究。“兴于诗，立于礼”暗含着抒发情感的文学与以理节情的伦理的比较，而礼乐并论则试图以审美调和分化的伦理秩序，使之达到大和。在传统中国，诗礼人家与礼乐之国是儒家的理

想，而中国消弭学科的文化倾向，使得更注重学科之间的融会贯通，从诗中有画、画中有诗到六经皆史，都暗含着跨学科研究。西方自推崇哲学贬低文学的柏拉图之后，一直存在着文学与哲学之争，亚里士多德仅仅是肯定文学，16 世纪的锡德尼（Philip Sidney，1554—1586）的《为诗一辩》，专门就文学与哲学的关系进行了阐述，甚至有文学超过哲学之论。这都是比较文学诞生前的跨学科研究。

比较文学在诞生与发展的相当长的时间里并没有将跨学科纳入其中，从法国的卡雷（Jean-Marie Carré，1887—1958）到基亚（Marius-François Guyard，1921— ），都将比较文学限定在文学史的范围内，认为比较文学是“国际文学关系史”。直到 1958 年在美国教堂山举行的国际比较文学第二次大会上，耶鲁大学的韦勒克（René Wellek，1903—1995）以《比较文学的危机》的论文针对以法国人为主导的比较文学路线进行了激烈的抨击后，情况才发生了变化。当雷马克（Henry Remak，1916—2009）认为比较文学是一国文学与另一国文学的比较以及文学与人类其他表现领域的比较时，就将跨学科研究纳入比较文学的研究对象之中。此后，在比较文学研究中，探讨文学与音乐、绘画乃至文学与哲学、心理学等跨学科研究的论著逐渐增多，而且给比较文学带来了空前的活力。

尽管比较文学这门学科出现之前就存在着跨学科研究，但是，归属比较文学的跨学科研究仍然有其自身的特点。首先，前比较文学的跨学科研究并不一定是以文学为中心的，譬如中国古代的“六经皆史”就将文学（《诗经》）、艺术（《乐经》）、伦理（《礼记》）与哲学（《易经》）等都归入历史的范畴，强调的是历史的价值；而归属比较文学的跨学科研究则以文学为中心，是为了研究文学的特性而将文学与人类其他表现领域进行比较的。其次，比较文学的跨学科研究对于世界文学史的写作也大有裨益，因为世界文学史的写作除了理清各民族文学的发展脉络，还应该与世界美术史、音乐史乃至经济史、政治史、哲学史、宗教史等进行比较，从而概括出世界文学史发展的独特规律和风格特征。马克思（Karl Heinrich Marx，1818—1883）早就指出经济发展与文学发展的不平衡，认为在经济发达的现代，希腊神话与莎士比亚（William Shakespeare，1564—1616）已经离我们远去；韦勒克也分析过文学与哲学发展的不平衡，认为在拜伦（George Gordon Byron，1788—1824）、雪莱（Percy Bysshe Shelley，1792—1822）的浪漫主义时代英国哲学上充斥着功利主义，因而文学与人类其他表现领域的发展并不总是平行的关系。

比较文学的跨学科研究的分类并非不存在歧义，而且在不同文化中与文学的关系差异也很大。譬如文学与宗教的关系，在西方文化中就不是并列关系，而在中国文化中则是并列关系。与文学最近的表现领域是艺术，文学与艺术包括了文学与音乐、文学与绘画、文学与戏剧、影视等；但由于文学是语言艺术，与其他艺术的差异还是很大，历史与哲学等都可能成为文学，如司马迁（约前145或前135—前87）的《史记》被称为“无韵之《离骚》”，司马迁既是史学家也是文学家，《庄子》与《查拉图斯特拉如是说》既是哲学文本也是文学文本，而与文学最近的音乐与绘画永远也不可能成为文学。因此，文学与人文学科的关系也是非常密切的，包括文学与哲学、文学与伦理学、文学与历史、文学与心理学、文学与人类学等。文学与社会科学比起上述两类相对较远，但文学受社会、政治的影响也很大，文学与社会科学包括文学与社会学、文学与政治、文学与法学等。文学与环境的关系是指文学与自然环境，是随着近代工业革命后对环境的破坏而产生的，包括生态批评与生态文学。最后是文学与科学技术，科学技术虽然离文学比较远，但科学的发展与新技术革命对文学的影响是很大的。

当代中国比较文学的复兴时，跨学科研究已经是比较文学的研究对象，从1978年到现在的近40年的时间里，中国比较文学的跨学科研究成果斐然。1989年乐黛云与王宁主编的《超学科比较文学研究》出版，杨慧林、蒋述卓等人的文学与宗教研究，曾繁仁与鲁枢元等人的文学与生态环境的跨界研究，叶舒宪的文学与人类学研究，高旭东的文学与哲学研究，都是比较文学的跨学科研究在专门领域的深化。而且中国出版的多种比较文学教材，几乎都设有跨学科研究的专章或专节。西方学者虽然对跨学科研究的多个领域进行了详尽阐发，但是，他们几乎将跨学科研究局限在西方文化的系统之中，几乎没有涉及东方或其他文化。而中国学者一开始就将跨学科与跨文化密切结合在一起，如诗与画关系的研究，中国学者在论述王维（约701—761）所达到的诗中有画与画中有诗时，往往同贺拉斯（Quintus Horatius Flaccus，前65—前8）、达·芬奇（Leonardo da Vinci，1452—1519）等人的类似论述进行比较；在文学与哲学的跨学科研究中，除了对中国的文学与哲学进行比较外，还对中国的文学与哲学同西方的文学与哲学的异同进行辨析。

跨学科研究充满活力，并且对未来的文学研究会产生深刻的影响，与文化研究的方兴未艾有着密切的联系。在当前信息高度发达的图像时代，诗歌、小说等文学形式已不能发挥它们在历史上曾经发挥过的重要作用，而影视、网络等在人们的日常生活中发挥着越来越大的作用。因此，分析各种文体在不同文化结构中的不同位置，以及随着时代的发展发生的变异，研究当前文学与影视艺术的关系，不但对于比较文学乃至整个文学研究是必需的，而且对于未来的文化发展也有着重要的意义。

第一章

文学与艺术

文学除外，诉诸视觉的艺术有绘画、书法、雕塑、建筑，诉诸听觉的艺术有音乐，诉诸视觉与听觉的艺术有戏剧、舞蹈、曲艺、电影、电视剧。有些艺术形式与文学有着天然的密切联系，像戏剧剧本、影视剧本等本身就是文学，然而有些艺术形式如雕塑、建筑等就与文学关系不大。我们下面以视觉艺术的绘画、听觉艺术的音乐与综合艺术的戏剧与影视同文学的关系，来分析文学与其最近的近邻其他门类艺术的关系。

第一节 文学与音乐

从《毛诗序》的“情动于中而行于言”到克罗齐（Benedetto Croce，1866—1952）的文学是抒情的直觉、柯林伍德（Robin George Collingwood，1889—1943）的文学是抒情的表现，都表明文学的一个重要功能是诉诸人的情感，陶冶情性。这是文学音乐性的表现，在表情方面文学与音乐是非常相似的。然而，文学与音乐在媒介上又是极为不同的。文学是语言的艺术，音乐是声音的艺术。因此，即使是表情的文学，也是要通过语言符号间接地指向人心，而音乐则是以声音营造的旋律与和声直指人心。从比较文学的角度看，一种语言的文学要使另一种或多种语言的人接受，就需要翻译的中介；而直指人心的音乐则不需要翻译。如果一种文化生长的人不接受另一种文化里产生的音乐，就是不同文化中的人心灵与情感的形式有所差异导致的，而通过文化的沟通就可以达到对另一种文化的音乐的接受与欣赏，这与通过接受者的语言译介接受另一种语言的文学文本也是有所不同的。

从本质上看，文学与音乐都是时间艺术，然而，文学是诉诸视觉的语言艺术，音乐是诉诸听觉的声音艺术。文学文本的接受是通过视觉使文学语言进入大脑，激起情感、想象与联想；而音乐的接受是声音通过听觉直接作用于人心。文学的间接性表现为概念的相对确定性，语言描绘的是一片田野，接受者不能想象成一片蓝天；然而，音乐的直接性却又与声音作用于人心的不确定性联系在一起，即使是有标题的叙事性音乐，接受者也不一定按照作曲家的叙事逻辑在心灵中展开，因而“音画”的再现性也是极为有限的。与偏于认知的现实主义、自然主义等文学文本可以成为社会现实的真实写照不同，音乐的抒情性与表现性更为突出，因而音乐的不确定性与心灵和情感的形式密切相连。在这里，音乐与心灵形式的共鸣就成为激赏音乐文本的前提。莫扎特（Wolfgang Amadeus Mozart，1756—1791）与贝多芬（Ludwig van Beethoven，1770—1827）的音乐是西方最伟大的音乐作品，但是这种伟大对于一生听惯了中国地方戏曲的老人不会有任何感染力。因此，尽管恩格斯（Friedrich Von Engels，1820—1895）在《莱茵省的节日》一文中描绘过音乐与生活的美妙，在盛赞贝多芬的“第五交响乐”之余，认为在一切艺术中只有音乐才能产生与广大群众的结合，列宁（Ле́нин，1870—1924）在贝多芬的“热情奏鸣曲”面前像孩子一样惊叹人类的奇迹，但是马克思说：“从主体方面来看：只有音乐才激起人的音乐感；对于没有音乐感的耳朵来说，最美的音乐毫无意义。”[①]

从起源上看，文学与音乐几乎是相伴而生。鲁迅（1881—1936）在《门外文谈》中形象地描绘出一个音乐与诗歌共同起源的“杭育杭育派”。维柯（Giovanni Battista Vico，1668—1744）认为人类的童年是天生的诗人，而人类发轫之初的诗歌与音乐是密切相连的。欧洲的文明之光是由史诗开启的，史诗最早可能是由童年时代的人类集体吟唱、流传的，后来才由个人整理、润色而形成文本。虽然《伊利亚特》《奥德赛》与音乐的关系现在已经很难查考，然而在传说中，开启西方文明两大史诗的作者荷马（Homer，约前9世纪—前8世纪）是一个盲乐师，就表明了史诗与音乐有着密切的联系。尽管尼采（Friedrich Wilhelm Nietzsche，1844—1900）认为史诗是梦的呈现，与醉的音乐精神的流溢构成了日神与酒神的二元对立。相比之下，中国文学的起源就更接近音乐精神，因为开启中国文明的不是史诗，而是抒情诗。而

① 《马克思恩格斯全集》第18卷，北京人民出版社，1956年，第87页，版次下同。

且中国最早出现的抒情诗与音乐是一体的，《毛诗序》说："诗者，志之所之也，在心为志，发言为诗，情动于中而形于言，言之不足，故嗟叹之，嗟叹之不足，故咏歌之，咏歌之不足，不知手之舞之足之蹈之也。"[①] 在这里，《毛诗序》从发生学的角度阐发了文学、音乐、舞蹈的密切联系。不仅如此，"情发于声，声成文谓之音"这一段，既见于论诗的《毛诗序》，又见于论礼乐的《乐记》，由此也可以看到，在中国上古诗歌与音乐是一体化的。在今天，《诗经》虽然已成为仅仅供人阅读的文学文本，但其一唱三叹的重复令人联想到歌曲的歌词。事实上，到孔子时代《诗经》仍然是能唱的，音乐与文学的分化是后来发生的。

在开启人类文明范式的东西方哲人看来，音乐是文化的表现形式，其重要性并不亚于文学。柏拉图（Plato，约前 427—前 347）贬低史诗、悲剧等摹仿性的文学，认为感性世界是对理念世界的摹仿，文学是对感性世界的摹仿，因而文学之于真理的理念世界就是摹仿的摹仿，影子的影子，而且摹仿文学还迎合了人性中低劣的情欲，败坏道德，但是柏拉图对音乐却情有独钟。他认为音乐分享了理念的智慧之光，"当声音渗透到灵魂里的时候，我们把这看作是美德教育，我们试用音乐这个词来描述它。"[②] 柏拉图认为应该"用体操来训练身体，用音乐来陶冶心灵。"[③] 在柏拉图的身后，既有从对世界认知的角度抬高文学的，也有从感发志意的角度抬高音乐的，尼采就认为表现性的音乐精神比呈现性的叙事之梦更是生命的根蒂。回首古代中国，周代建国时周公"制礼作乐"，以礼乐统治天下，而"六经"中既有文学（《诗经》）

① 《毛诗序》，郭绍虞主编《中国历代文论选》，上海古籍出版社，1979 年，第 30 页。
② ［希腊］柏拉图：《法律篇》，张智仁、何勤华译，上海人民出版社，2001 年，第 66 页。
③ ［希腊］柏拉图：《理想国》，郭斌和、张竹明译，商务印书馆，1986 年，第 70 页。

也有音乐（失传的《乐经》）。比柏拉图早生一百多年的孔子（前551—前479）面对着东周的“礼崩乐坏”就试图复兴礼乐。不过，尽管在孔子的时代《诗经》仍可入乐，然而孔子分论诗、乐，表明了二者开始走向分离。孔子充分肯定了诗的“兴、观、群、怨”，但是孔子更迷于乐，当他在齐国听到“韶乐”的时候，居然连肉味也忘了：“子在齐闻韶，三月不知肉味，曰：‘不图为乐之至于斯也。’”[①]孔子以诗起首，以乐为理想的礼制制度的目标。“兴于诗，立于礼，成于乐”[②]意味着人的七情六欲是不能阻塞的，要以诗来加以疏导，然而情欲的宣泄如果不加以礼的节制就会破坏人伦秩序，所以，要以礼节情，“发乎情，止乎礼义”，使情欲的发抒纳入伦理的渠道。但“礼”是别异的，“乐”是和同的，一味讲求上下尊卑、君臣父子的礼并不合乎以中和为本的孔子之道，那么就需要以乐来达到伦理与天地的和谐，所谓“大乐与天地同和”。[③]

从文体上看，不同的文学形式与音乐的关系是有差异的。一般而言，诗歌与音乐的关系比小说、散文与音乐的关系更为密切。诗歌最早是从与音乐的一体化脱胎而来的，然而即使是与音乐分离仅供视觉阅读的诗歌，其押韵与平仄（中国）或押韵与抑扬格（西方）的运用也仍是音乐性的残留。很多诗歌往往要朗诵出来才有韵味，就表明这一文体既诉诸文学性的视觉，也诉诸音乐性的听觉。文学与音乐的密切关系尤其表现在因二者结合而出现的交叉文体上。第一种文学与音乐的交叉文体是歌词与曲调结合的歌曲。无论中国还是西方，歌曲

---

① 《论语·述而》，《四书五经》上册，北京市中国书店，1985年，第28页。

② 《论语·泰伯》，同上书，第33页。

③ 《礼记·乐记》，《四书五经》中册，同上书，第207页。

都是在大众中极为流行的一种艺术形式，从《教我如何不想她》《梅娘曲》到《义勇军进行曲》，现代中国歌曲是传统音乐与西方音乐融合的结果。在当代，歌曲对于普通民众的影响力远远大于供人阅读的诗歌。第二种文学与音乐的交叉文体是中国的戏曲。这是一种变异性地延续中国古乐传统的艺术形式，从元明杂剧开始，戏曲就将文学、音乐与舞台表演结合在一起。从昆曲、京剧到丰富多彩的地方戏，既唱出了五彩缤纷、动人心弦的曲调，也在文学史上留下了一出出优美玄妙的剧本。关汉卿（约 1220—1300）、马致远（约 1250—1321）等人的杂剧以及《西厢记》《牡丹亭》《长生殿》《桃花扇》等剧本，都是文学史上的不朽作品。第三种文学与音乐的交叉文体是西方的歌剧。古希腊三大悲剧家埃斯库罗斯（Aeschylus，前 525—前 456）、索福克勒斯（Sophocles，前 496—前 406）和欧里庇得斯（Euripides，前 480—前 406）的剧作中都有歌队，但是在后来的发展中，西方戏剧演变成了脱离音乐的话剧。而集文学、音乐、表演艺术于一身的歌剧从文艺复兴的圣地佛罗伦萨、威尼斯、那不勒斯等地产生以后，几经兴衰，在维也纳古典乐派那里结出了丰硕的果实。莫扎特的《魔笛》《费加罗的婚礼》《唐·璜》等是歌剧史上的不朽作品。后来威尔第（Giuseppe Verdi，1813—1901）的《弄臣》《茶花女》等不朽的歌剧作品则标志着意大利歌剧的复兴。值得注意的是，尽管西方歌剧是根据文学剧本谱曲，而中国戏曲往往是根据曲调填词，但是，西方歌剧在音乐史的地位超过在文学史上的地位，相比之下还不如中国戏曲在文学史上的位置。所谓唐诗、宋词、元曲与明清小说，“曲”构成了一代文学的标志性特征。

从历史上看，在不同的流派与文化中，文学与音乐的关系也是有差异的。尽管传说希腊两大史诗的作者荷马是个盲乐师，希腊悲剧中也有歌队，中世纪的圣歌将文学与音乐结合在一起，但是在西方文化的发展中，各种文体分化得还是比较彻底。话剧只说不唱不舞，歌剧只唱不说不舞，舞剧只舞不说不唱，哑剧则全凭表演。除了产生于文艺复兴时期的歌剧使文学与音乐得以结合之外，文学与音乐虽然都受时代精神的影响，却是各自发展的文体。文学上的法国新古典主义与音乐上的维也纳古典乐派并非一个流派，因而将维也纳古典乐派与法国文学意义上的古典主义等同就会产生误解。现实主义与自然主义这两大文学流派与当时的音乐没有多少联系，因为音乐根本上是偏于表现的，与摹写现实的现实主义与自然主义相去甚远。除了个别的例外如罗曼·罗兰等人的作品，小说基本上与音乐没有多少联系，这与中国小说的文体形式非常不同。即使是在偏于抒情的艺术流派那里，浪漫主义的文学与音乐主要是精神上的联系，二者也是各自独立发展的文体。当然，浪漫主义音乐家对浪漫主义诗歌的谱曲可以说是音乐对文学最亲密的接触与最热情的拥抱。舒伯特（Franz Seraphicus Peter Schubert，1797—1828）为歌德（Johann Wolfgang von Goethe，1749—1832）的 40 多首诗歌与海涅的 20 多首诗歌谱曲，舒曼（Robert Alexander Schumann，1810—1856）的声乐套曲《诗人之恋》取材于海涅（Christian Johann Heinrich Heine，1797—1856）早期抒情诗集《抒情的插曲》里的部分诗歌作品，李斯特（Franz Liszt，1811—1886）交响诗的灵感来源于拉马丁（Alphonse Marie Louise de Lamartine，1790—1869）、雨果（Victor Hugo，1802—1885）、歌德等人的文学文本，柏辽兹（Hector Louis Berlioz，1803—1869）的交响曲《哈罗尔德在意大利》和歌剧《浮士德的沉沦》来自拜伦和歌德的作品，肖邦（Fryderyk Franciszek Chopin，1810—1849）的《叙事曲》《降A 大调波罗乃兹舞曲》有着密茨凯维支（Adam Mickiewicz，1798—

1855）的诗歌和波兰民间传说的启发，威尔第的很多歌剧作品来自莎士比亚与小仲马（Alexandre Dumas，fils，1824—1895），柴可夫斯基（Пётр Ильич Чайковский，1840—1893）的两部幻想曲来自莎士比亚，一部歌剧《叶甫盖尼·奥涅金》来自普希金（Александр Сергеевич Пушкин，1799—1837）的同名诗歌。而在象征主义诗歌中，也有文学向音乐看齐的艺术倾向。马拉美（Stéphane Mallarmé，1842—1898）追求诗歌的音乐性，根据语言的音响效果组织字句试图在诗中达到音乐与哲学的合一；魏尔伦（Paul-Marie Verlaine，1844—1896）尤其重视诗歌的音乐性，他将自己捕捉到的印象借着语言营造的音乐旋律带向象征的哲理森林。法国象征主义诗歌的这种音乐精神也波及俄罗斯，使"音乐精神"成为俄罗斯"白银时代"象征主义文学的典型特征。①象征主义的音乐精神又影响到印象主义音乐，马拉美的成名诗作《牧神的午后》被德彪西（Achille-Claude Debussy，1862—1918）改编成交响曲，德彪西很多声乐作品都是为波德莱尔（Charles Pierre Baudelaire，1821—1867）、马拉美、魏尔伦等象征主义诗歌谱写的。另一位印象派作曲家拉威尔（Maurice Ravel，1875—1937）的室内乐作品《马拉美诗三首》，看标题就知道其音乐灵感来自马拉美的诗歌。而现代主义的著名诗人艾略特（Thomas Stearns Eliot，1888—1965）的诗歌《四个四重奏》更像是音乐的标题。

与西方相比，中国的文学与音乐关系更为密切，具有更浓郁的音乐精神。中国传统文学的正宗文体是诗歌，后人将中国诗这一文体命名为"诗"与"歌"的连称，就表明了文学与音乐的血肉关系。中国诗歌的鼻祖《诗经》都是入乐的，风、雅、颂是不同的音乐体式，风是

---

① 详见王彦秋：《音乐精神：俄国象征主义诗学研究》，北京大学出版社，2008 年。

地方乐曲，雅是朝廷乐曲，颂是社稷宗庙之乐。孔子有感于礼崩乐坏而复礼兴乐，“自卫反鲁，然后乐正，雅颂各得其所”。[①] 孔子为诗“正乐”有《史记》的记载：“三百五篇，孔子皆弦歌之，以求合《韶》《武》《雅》《颂》之音。”[②] 从墨子的“诵诗三百，弦诗三百，歌诗三百，舞诗三百”之语来看，《诗经》在当时与乐舞确实是合一的。[③] 后来的《楚辞》尽管与音乐的联系不如《诗经》密切，但是《楚辞》的产生及其艺术特色与楚声巫音是密切联系在一起的，尤其是《九歌》与《招魂》，与音乐的一体化或可与《诗经》相提并论。此后汉宫中楚声余音袅袅，刘邦（前 256—前 195）的《大风歌》等都是唱出来的。从汉乐府到唐代声诗，诗与乐都是合一的。唐代诗人王昌龄（约 690—756）、高适（706—765）、王之涣（688—742）与梨园伶官十数人登楼会宴，以“诗入歌词之多者则为优”，由此可知，即使在诗风大盛的唐代，追求诗乐结合也是当时的艺术风尚。唐宋词的产生与音乐有着密切的联系，根据不同的曲调而填词，形成了长短句的艺术样式。今天能够见到的中国最早的声乐曲谱正是姜夔（约 1155—1221）的十多首自度曲——自己作词并谱曲。稍后元明杂剧更是将诗歌、音乐与舞台表演等艺术形式加以结合。

中国文学的抒情性又导致了中国文学的音乐精神。尼采认为，抒情诗的原始形式就是民歌，民歌是世界音乐的镜子。而中国文学从源头《诗经》开始就充满了鲜活的民歌，楚辞中也有不少民歌，乐府民歌、南北朝民歌、明代民歌，汇成了中国文学的民歌海洋。民歌对中国的诗、词、曲等各类文体产生了巨大的影响，甚至在中国古代的小

---

① 《论语 · 子罕》，《四书五经》上册，北京市中国书店，1985 年，第 38 页。

② 司马迁：《史记 · 孔子世家》，岳麓书社，1997 年，第 419 页。

③ 孙诒让：《墨子间诂 · 公孟第四十八》，中华书局，1986 年，第 418 页。

说中也汇集了大量的民歌。诞生在勾栏瓦舍中的中国话本小说是说书人讲唱的底本。过去的研究只重视“讲”的一面，而忽视了“唱”的一面。事实上，民间的说书人往往是拉着二胡弹着琴弦又说又唱，说书人、说话人在讲述的同时也配上了音乐而绘声绘色；否则，我们就难以解释作为说话底本的中国的话本小说，会有那么多的诗词与四六，这些诗词与四六显然适合于唱而不适合于说。当然，后来很多诗词脱离了音乐，成为可以吟诵甚至是仅供阅读的诗，话本也变成文人创作的拟话本；然而即使是这样，中国诗歌通过语言的平仄和押韵使得文本具有相当的音乐性，话本小说脱离了说话人的底本到了曹雪芹（1724—1764）等文人手里，所创作的《红楼梦》等作品仍然夹杂着大量的诗词，并且具有浓郁的抒情性。

第二节　文学与绘画

我们先从本质上来阐述文学与绘画的关系。文学与音乐相和的一面的是情感性，与绘画相和的一面是形象性。文学与绘画都是视觉艺术，但绘画作为视觉艺术的特征就是形象的直接性，它通过线条、色彩、构图等将形象直接呈现给观赏者；而文学是语言符号通过视觉的阅读进入大脑而唤起想象，因而文学中的形象与绘画的直接呈现不同，而是经过了接受者的再创造，这就使得文学中描绘的形象是间接的。譬如，绘画中的林黛玉是画家心目中的形象呈现，一旦通过画笔给定出来，观赏者是无法改变的；而文学中的林黛玉则是读者根据对《红楼梦》文字文本的阅读进行的联想而再创造出来的形象。虽然文学的语言符号比音乐具有相当的确定性，但是与绘画相比，文学的形象又是以不确定性为特征的：不但不同地域与阶层的人心目中的林黛玉会出现差异，就是同一地域与阶层的人心目中的林黛玉也会有所不同。因而与绘画的形象确定性相比，文学还是具有间接性特征的艺术，是想象性的艺术。与跨国跨文化的文学需经语言的翻译才可以为其他国家与文化的人欣赏不同，绘画与音乐都是不需要翻译的艺术。此外，绘画是空间性的艺术，文学与音乐都是时间性的艺术。当然，文学与绘画、音乐的这些差异是相对的。文学虽然主要是视觉性的语言艺术，但是，能够歌唱与吟诵的诗歌，能够歌唱的戏文，却主要是听觉性的艺术。绘画虽然主要是空间性艺术，但是连环画以及历史长卷却具有时间艺术的特征，尤其是中国画，可以将春秋四季画在一个画面上，或如王维的雪中芭蕉，将热带植物画入寒天中，就把空间艺术与时间艺术结合起来了。

从起源上看，绘画的历史要早于文学。在西方，法国拉斯科洞窟中的动物壁画、西班牙阿尔塔米拉洞窟中的野牛岩画，距今都有约 1.5 万年的历史。在同一时代甚至更早，是中国宁夏大麦地数量惊人的史前岩画。而且这些岩画可能与记事的图画文字有关，是最早的文学与绘画的结合品。当然，这些文明的遗迹与后来的文化发展关系不大。真正对后来的文字与绘画产生了较大影响的，不是五至八千年之间在中国出土的陶器上的绘画，而是从地下发掘出来的甲骨文。距今三千至三千六百年之间的甲骨文作为中国文字的雏形，以象形为基础在线条的流动中占卜与记事，是真正的书画同源。因此，与西方文字从希腊开始就以抽象的字母从而导致了文字与绘画是截然分明的文明表现形式不同，中国的书画同源从甲骨文之后就延续下来了。后来书法成为一种中国特有的重要的艺术表现形式，而绘画中往往也有书法与篆刻，使得诗、书、画得以密切结合。而且与西方的画笔与文学家创作之笔不同相比，中国文人写诗、作画与书法都是使用毛笔，这就使得中国画与注重染料与色彩的西方画不同，而是注重线条的流动。

从文体功能上看，音乐偏于表现，绘画偏于再现。文学中偏于表现的文体如抒情诗更接近音乐，而史诗、小说等偏于再现的文体则与绘画的关系更为密切。当然，史诗与小说同绘画的关系比较复杂，因为绘画是空间艺术，而史诗与小说较之短小的抒情诗，时间艺术的特征更为鲜明。因此，绘画对世界的再现往往是将固定的瞬间描画成空间的文本，而史诗和小说则可以大规模展现历史与现实的画卷。表现在文学流派上，偏于表现的浪漫主义在诗歌与音乐中都结出了丰硕的果实，甚至浪漫主义小说如雨果的《巴黎圣母院》、乔治·桑（George Sand，1804—1876）的《小法黛特》、歌德的《少年维特之烦恼》等都有诗化的倾向。从法国浪漫主义绘画先驱席里柯（Théodore Géricault，1791—1824）到法国著名浪漫主义画家德拉克洛瓦（Eugène Delacroix，1798—1863），绘画在浪漫主义运动中虽然也有所表现，但比起音乐的成就来就相形见绌。而偏于再现的现实主义与自然主义在小说与绘画中结出了累累的硕果，现实主义在艺术中的流行并成为普遍运用的概念，还得力于画家库尔贝（Gustave Courbet，1819—1877）等人的努力。尽管19世纪末马斯卡尼（Mascagni Pietro，1863—1945）、普契尼（G. Puccini，1858—1924）的真实主义（Verismo）歌剧使现实主义在音乐上有所表现，但总体而言，诗歌与音乐在现实主义流派中并没有多大作为。从某种意义上说，在印象派与抽象派绘画之前，西方注重三点透视色彩逼真的油画与写意的中国画相比，总体都是以写实逼真为特征的。中国典型的宋元山水画，与中国文学的注重写意而不大顾及环境描写是一致的。西方小说中经常会出现冗长的景物与环境描写，这与西方油画注重背景是一致的；而中国文学与中国画一样，空白留得较多而不注重背景。中国画也多有人物画，但与西方油画讲求解剖注重写实逼真不同，中国的人物画更重人物的总体特征、尤其是传神的姿态。《世说新语·巧艺》记顾恺之（348—409）画人数年不画眼睛，因为“四体妍蚩，本无关于妙处；传神写照，正在阿堵中”。所以西方文学与绘画注重细节的逼真，而中国文学与绘画则更重传神写意。

从历史上看，中西在漫长的古典时代都强调诗与画相互交融的艺术共性。苏轼盛赞王维：“味摩诘之诗，诗中有画；观摩诘之画，画中有诗。”[①] 此后，“诗中有画，画中有诗”就成为中国诗画关系的一个范式性的论断。西方古代也有类似的诗画关系的论述。钱锺书说：“古希腊诗人（Simonides of Ceos）早说：‘画为不语诗，诗是能言画’。嫁名于西塞罗的一部修辞学里，论互换句法（commutatio）所举第四例就是：‘正如诗是说话的画，画该是静默的诗’（Item poema loquens pictura，pictura tacitum poema debet esse）。达文齐干脆说画是‘嘴巴哑的诗’（una poesia muta），而诗是‘眼睛瞎的画’（una pittura cieca）。”[②] 朱光潜认为，“罗马诗人贺拉斯在《论诗艺》里所说的‘画如此，诗亦然’，在西方也已成为文艺界的一个信条。”[③] 但是在注重文化形式分化的西方，对诗画界限的划分更引人注目。莱辛（Gotthold Ephraim Lessing，1729—1781）在《拉奥孔》一书的扉页上，就援引罗马时代的希腊作家普鲁塔克（Plutarch，约46—125）的话，认为诗画“在题材与摹仿方式上都有区别”。达·芬奇（Leonardo di ser Piero da Vinci，

① 苏轼：《书摩诘蓝田烟雨图》，《中国美学史资料选编》下册，中华书局，1981年，第37页，版次下同。

② 钱锺书：《中国诗与中国画》，详见《比较文学研究资料》，北京师范大学出版社，1986年，第501页。

③ 朱光潜：《西方美学史》上册，人民文学出版社，1981年，第313页。

1452—1519）虽然认为画是“嘴巴哑的诗”，而诗是“眼睛瞎的画”，然而他更看重的是诗画的区别。达·芬奇之所以说诗是“眼睛瞎的画”，就在于他想论证绘画高于诗歌，因为在他看来绘画诉诸视觉的眼睛，诗歌诉诸听觉的耳朵，而眼睛是心灵的窗户，耳朵则是次一级的感官。因此，达·芬奇还是着眼于诗画的界限与文体类型的划分：“如果诗人通过耳朵来服务于知解力，画家就是通过眼睛来服务于知解力，而眼睛是更高贵的感官。……如果诗所处理的是精神哲学，绘画所处理的就是自然哲学；如果诗描述心的活动，绘画就是研究身体的运动对心所生的影响；如果诗借地狱的虚构来使人惊惧，绘画就是展示同样事物在运动中，来使人惊惧。”[①] 这种对诗画界限的划分，在莱辛的《拉奥孔》中得到了集中的表现。莱辛设问，为什么拉奥孔在雕刻里不哀号却在诗里哀号？因为造型艺术家或画家避免激情顶点的顷刻，丑怪乱舞的瞬间，在诗里却经过时间的淡化而可以描述。从这里出发，莱辛用专章论述了“诗与画在塑造形象的方式上的分别”，“在构思与表达上的分别”以及在描绘对象上的诸般差异，严格划定了绘画作为空间艺术与诗作为时间艺术的界限。《拉奥孔》是对西方诗画关系的一种理论总结，此后西方诗画的分野就更为明确。

如果说西方的诗画相通是侧重艺术上相合的一面，而在分化传统的西方更重视不同文体的各自分野，那么，在富有中庸传统推崇中和之美的中国，强调的则是各种文体之间的融会贯通。因此，书画同源与诗画合一，只有置于中国的文化背景下才能得到深刻的理解。中和之美是物与我、情与景、表现与再现是合一，是感性与理性、理想与现实、主

---

① ［意］达·芬奇：《笔记》，朱光潜译，伍蠡甫、蒋孔阳主编《西方文论选》上册，上海译文出版社，1979 年，第 182 页。

观心灵的时空与客观物理的时空的合一。诗是偏于抒情与表现的，而画是偏于自然与再现的。“诗中有画”就是要求抒情与表现的诗歌，不应直抒胸臆，而应借景抒情、托物言志，而景与物的画面融入就使得诗有了“不着一字，尽得风流”的含蓄，有了“羚羊挂角，无迹可求”的形式美，不像西方诗歌那样热烈与直露，直露得使理性内容（西方古典主义、现实主义作品）或情感内容（西方浪漫主义的抒情诗）突破了感性形式。而中国诗歌的理性或情感内容不突破感性形式的结果，使得中国诗歌蕴藉、含而不露，富有空灵淡远的多义性、模糊性和不确定性。而且由于中国诗歌多是四句或八句的短小抒情诗，借景抒情的结果就是时间艺术的空间化。“画中有诗”就是要求偏于再现的绘画不要拘泥于逼真写实，而使主体的诗意注入画面中，在不求形似的同时达到画龙点睛式的神似，在感性的画面中感受到盎然的诗意。所以中国画基本上不顾及客观的透视法则，而是凭主观任意挥洒。有人用西方油画的透视法来套中国画，发明了一个“散点透视”，这根本就是误读了中国画。因为若是以透视法来评论中国画，实在是毫无章法。在中国画的画面中，庭院深深曲廊幽幽，仿佛是半空中所见，而且又不是一次所见，好像是飞来飞去上上下下多次所见。一幅长卷，既可以把不同年月的人画在一起，也可以把春夏秋冬不可能同时存在的季节与景物共时地画在一起。这不但不符合基本的透视法，而且连基本的空间艺术的规则也不讲了。然而，这些在西方油画看来是致命缺憾的“错误”，恰恰是中国画的特点和优点。因为在中国画的画面上，画家导入了使客观外物变形的诗情，在客观物理的时空中导入了主观心灵的时空，在绘画这种空间艺术中导入了诗这种时间艺术，使空间艺术时间化。中国古代的艺术评论充分肯定了这种诗画合一的美学追求，这是主客合一、物我两忘、情景交融的中和之美在诗与画关系上的表现。欧阳修（1007—1073）在《盘车图》诗中说："古画画意不画形，梅诗咏物无隐情。忘形得意知者寡，不若见诗如见画。"苏轼（1037—1101）在《书鄢陵王主簿所画折枝》的题画诗中说："论画以形似，见与儿童邻。赋诗必此诗，定非知诗人。诗画本一律，天工与清新。"沈括（1031—1095）在《梦溪笔谈》中说："书画之妙，当以神会，难可以形器求也。……王维画物多不问四时，如画花往往以桃、杏、芙蓉、莲花同画一景。予家所藏摩诘画《袁安卧雪图》有雪中芭蕉，此乃得心应手，意到便成，故造理入神，迥得天意，此难可与俗人论也。"①

这是中国最高雅的诗画一体论。当然，中国的绘画并非全是空灵妙悟的神韵画，但是源自六朝的山水画，在禅宗的影响下，经过王维等人的诗画实践和理论倡导，到了宋代已成为中国画的正宗。然而，追求空灵妙悟的神韵是中国画的正宗，却并不是中国诗的正宗。钱锺书说："神韵派在旧诗传统里并未像南宗在旧画传统里那样占有统治地位。""王维当然是大诗人，他的诗和他的画又具有同样风格，而且他在旧画传统里坐着第一把交椅，但是旧诗传统里排起座位来，首席是数不着他的。中唐以后，众望所归的最大诗人一直是杜甫。"②因此，"据中国文艺批评史看来，用杜甫的诗风来作画，只能达到品位低于王维的吴道子，而用吴道子的画风来作诗，就能达到品位高于王维的杜甫。中国旧诗和旧画有标准上的分歧。"③出现这种分歧的原因，我们可以在莱辛的《拉奥孔》中找到相当的依据："谁如果要在这诗行里要求

---

① 上引欧阳修、苏轼、沈括的诗文，先后见《中国美学史资料选编》下册，第 9 页，第 36 页，第 26 页。

② 钱锺书：《中国诗与中国画》，《比较文学研究资料》，北京师范大学出版社，1986 年，第 512 页。

③ 同上书，第 517 页。

一幅美丽的图画，他就失去了诗人的全部意图。”[①] 在莱辛看来，绘画适宜于表现美，而诗则可以处理丑怪的题材。

当然，莱辛没有想到，他身后的西方人根本没有听信他的话，从浪漫主义、现实主义到现代主义，不但文学中丑怪横行，而且从罗丹（Auguste Rodin，1840—1917）到现代主义美术，绘画与造型艺术中的丑怪因素也越来越多。从希腊的《米洛斯的维纳斯》到罗丹的《老妓》，从达·芬奇的《蒙娜丽莎》到杜尚（Marcel Duchamp，1887—1968）的《有胡须的蒙娜丽莎》，西方现代绘画与造型艺术越过莱辛构建的美的田野直奔丑怪的艺术新潮。但是莱辛的理论却很适宜于批评中国的诗画，中国正宗的文体诗歌从《诗经·黄鸟》描写随葬穆公的子车，到杜甫（712—770）的“朱门酒肉臭，路有冻死骨”，一直没有回避丑怪的因素；但是在中国正宗的绘画中，却尽是空灵的春山、明镜般的秀水和自然的真气，美得令人“欲辩已忘言”、“嗒然遗其身”……

现代中西诗画的交流是双向的。一方面，随着照相机与摄影机的出现，西方油画的逼真已经很难维持这种追求，再将艺术作为再现的镜子已不合时宜。从印象派绘画之后，西方画家们纷纷以主体的诗意对客体变形，这在整体上与中国画的追求是一致的。事实上，正如庞德（Ezra Pound，1885—1972）等人的意象派诗歌是在吸取中国与日本诗歌的意象精髓后形成的，西方的现代派绘画也在吸取东方绘画的精神营养。另一方面，中国的绘画艺术在甲午战争尤其是五四新文化运动之后开启了向西方学习的历程。在文学与绘画关系上，鲁迅对中西绘画都有研究，他的小说《铸剑》与《理水》中的一些细节描写很明显地有着绘画的影响，他也是中国现代木刻的倡导者。尽管中国画的

---

① ［德］莱辛：《拉奥孔》，朱光潜译，人民文学出版社，1984年，第22页。

画眼睛以及很少背景突出灵魂的技法对鲁迅的小说技巧影响很大，但是，鲁迅在美术上的趣味却是西方现代的。他赞赏勃拉特来（L. D. Bradley，1853—1917）的《秋收时之月》："上面是一个形如骷髅的月亮，照着荒田；田里一排一排的都是兵的死尸。唉唉，这才算得真的进步的美术家的讽刺画。"[①] 著名诗人艾青（1910—1996）就是绘画专业出身，20 世纪 30 年代他在上海加入的不是中国左翼作家联盟而是中国左翼美术家联盟，但是他却以诗名世，他的《太阳》《手推车》等诗明显有着绘画的影响。而现代著名画家李叔同（1880—1942）、徐悲鸿（1895—1953）、刘海粟（1896—1994）、丰子恺（1898—1975）、吴冠中（1919—2010）等人都有诗文传世，齐白石（1864—1957）、张大千（1899—1983）等更是中国诗画合一传统的传人。

第三节 文学与戏剧

戏剧剧本与诗歌、小说等文体一样，都是文学的重要表现形式之一。这种文体在某些文化（希腊文化中的悲剧）或某些时代（中国元代的杂剧）的重要性甚至超过其他文体。希腊戏剧尤其是悲剧，对后来的西方文化产生了巨大影响。希腊悲剧甚至超越文学，对黑格尔（Georg Wilhelm Friedrich Hegel，1770—1831）、叔本华（Arthur Schopenhauer，1788—1860）、尼采等人的哲学都产生了重要的影响。在这个意义上，文学与戏剧剧本正如小说与长篇小说的关系一样，是整体与分支的关系，对于跨学科研究完全是一个假命题。然而当我们宽泛地运用戏剧

---

① 鲁迅：《热风·四十三》，《鲁迅全集》第 1 卷，人民文学出版社，1981 年，第 331 页，版次下同。

这一概念的时候，指的并非仅仅是作为剧本的戏剧文学，还包括了融音乐、歌唱、表演、武术、舞蹈与造型艺术于一身的戏剧。因此，戏剧作为综合性艺术，可以从两个方面加以理解，一个是在文学内部意义上的，即作为文学剧本的戏剧与诗歌、小说的关系；一个是跨学科意义上的，即文学与表演、歌唱艺术的关系。

从文学内部文体关系的意义上来反省戏剧这门综合性艺术，就会看到戏剧是对诗歌与小说的一种综合。当然，这种理论对于西方文化不太适合，因为希腊的悲剧产生较早，小说倒是后起的文体；但是对于中国文化而言这种理论却是很适用的。中国的戏剧起源较晚，自然可以把萌芽上溯到诗、乐、舞混沌未分的上古以及唐代的全能戏、歌舞戏、参军戏、傀儡戏，然而在珍惜字纸的中国，现存最早的剧本是南宋时期的《张协状元》。中国戏剧的真正成型与发展是在元明二代，而小说早在六朝志人志怪、唐代传奇以及宋代话本那里就已经很发达。一方面，元代杂剧中的唱词，是对唐诗、宋词等诗歌文体的一种变革，使很多方言俚语以及与白话相近的韵文纳入曲中；另一方面，杂剧不像短诗（中国很少长诗）那样将时间艺术空间化（诗中有画），而是有时间性的情节展开，很多杂剧的故事又与小说可以相互印证，元代的三国戏与水浒戏，正是在宋代勾栏瓦舍中说话人的“说三分”、说“朴刀”与说“杆棒”的基础上演变而来。正如鲁迅说的：“我们国民的学问，大多数却实在靠着小说，甚至于还靠着从小说编出来的戏文。”[①]

如果说诗歌偏于抒情表现，小说偏于叙事再现，那么，戏剧就是抒情与叙事、表现与再现的结合。而尼采正是从这个角度来审视希腊悲剧的。在《悲剧的诞生》中，尼采认为酒神精神是感性的沉醉与放

---

① 鲁迅：《华盖集续编 · 马上支日记》，《鲁迅全集》第 3 卷，第 334 页。

纵，是生命最原始最根本的痛苦的表现，它的表现形式是音乐并延伸到抒情诗等文体中。日神精神是梦，是以美丽的幻想或故事的展开抚慰生命的痛苦，它呈现在史诗、雕塑等艺术形式中。当酒神狄俄尼索斯的感性放纵与日神阿波罗结合时，悲剧就诞生了。因此，悲剧的故事展开是日神的呈现，其中的歌队却是酒神的表现，因而悲剧是对酒神与日神、表现与再现、音乐与史诗、造型艺术的一种综合。这与中国戏曲是对诗歌与小说、音乐与文学的综合是一致的。

事实上，尼采在论悲剧的时候已经超出文学，而是以人类表现生命的各种艺术表现形式立论的。如果从跨学科研究的角度审视文学与戏剧艺术的关系，那么就可以发现，各种不同的戏剧形式与文学的关系也是有所差异的。仅仅西方的戏剧形式就有话剧、歌剧和舞剧等文体。舞剧与歌剧原来是合一的歌舞剧，在浪漫主义之后逐渐独立成为一种演员不说不唱而是在音乐的伴奏下翩翩起舞的芭蕾舞剧，这种戏剧形式与文学的关系最为疏离。歌剧的酒神精神最强烈，主要是诗歌与音乐结合的一种艺术形式。即使是话剧与文学的关系也不能一概而论，莎士比亚之前的话剧富有浓重的诗意，而狄德罗（Denis Diderot，1713—1784）之后的话剧则愈趋散文化。虽然莎士比亚的戏剧中已没有希腊悲剧中的歌队，但与萧伯纳（George Bernard Shaw，1856—1950）等人的现代戏剧加以比较，就可以看到仍然充满着浓郁的诗情。因此，当西方历时性产生的话剧在 20 世纪初共时性地传入中国的时候，不但在中国的戏曲文体之外增加一种戏剧形式（而不是新文学对旧文学的取代）；而且还产生了不同戏剧精神的话剧。曹禺的话剧《雷雨》明显具有古典的悲剧精神，而其话剧《日出》则更像狄德罗之后的戏剧。后来歌剧与舞剧也传入了中国，产生了歌剧与芭蕾舞剧《白毛女》等作品。

中国戏剧与西方戏剧差异甚大，比较而言，戏曲与西方歌剧有更多的相似之处，这就是为什么昆曲与京剧译成英文一般为 Kun Opera（昆歌剧）与 Peking Opera（北京歌剧）。由于西方文化的分化特点，西方戏剧演变到现代也在向着片面分化的方向发展，基本上是歌剧只歌唱，话剧只说话，舞剧只跳舞，而中国的戏曲从昆曲、京剧到粤剧、越剧、黄梅戏、吕剧、河北梆子、秦腔等地方戏曲，有全国与地方之分，却没有片面分化。以昆曲为例，这是一种比西方戏剧综合性更强也更加精致的戏剧文体。昆曲有唱腔（类似歌剧）、有道白（类似话剧却又带唱腔味，有似歌剧中的宣叙调）、有舞台表演、武术、杂技（类似舞剧），可以说是西方各种戏剧形式与要素的一种综合。昆曲中的唱腔虽然比西方的歌剧阴柔，不那么热情奔放，但典雅、幽玄、婉转、九曲回肠，并且昆曲的曲牌总数达到 1500 多个，常用的也有 200 多个，避免了后来从京剧到地方戏越来越程序化的唱腔。昆曲的道白虽然不像话剧那样类似日常生活般的对话，然而这也是中国的戏剧观念使然，在中国人看来做戏就是做戏，与真实生活总是要有“间离效果”的，这也是中国戏曲始终没有破除脸谱化的原因。事实上，中西戏剧的差异与中西诗画关系的差异是一致的，就是西方追求的是写实与形似，中国追求的是写意与神似。昆曲演员的虚拟表演与西方话剧演员的自然表演不同，其做戏的技法介乎话剧与舞剧之间，而武生的武术与杂技表演要比西方的舞剧还要夸张。在昆曲中，不但表演关羽、林冲、武松的《单刀会》《宝剑记》《义侠记》等剧中有武术与杂技的表演，而且表演爱情的《西厢记》《牡丹亭》等剧中也穿插了武术与杂技表演。虽然昆曲在正视人生的痛苦上不如西方的古典悲剧，但是，昆曲比西方古典悲剧的诗意更浓，更细腻精致，比西方歌剧的表情更幽婉玄妙。唯其如此，才能吸引中国第一流的文人如汤显祖（1550—

1616）、孔尚任（1648—1718）、洪昇（1645—1704）等投身其中，为中国的艺术史与文学史留下了不朽篇章，使戏剧文学剧本的艺术成就直追古老的诗歌文体并且可以与小说文体相媲美，为文学与戏剧的密切关系留下了千古佳话。

昆曲之后，中国再也没有出现如此精致优雅的戏剧，再也没有第一流的文人为京剧与其他地方戏撰写出如此名垂史册的文学剧本。这种“一代不如一代”的艺术现象，其实在艺术史上屡见不鲜。马克思在《〈政治经济学批判〉导言》中就从跨学科的角度指出了文学艺术与经济发展的不平衡，认为在发达的资本主义社会再也没有产生希腊神话与莎士比亚的艺术土壤，使得希腊神话成为不可企及的艺术范本。

第四节　文学与影视

在工业文明发达的现代，产生了表现新时代的艺术文体，电影与电视艺术[①]就是在工业文明发达阶段产生的新的艺术形式。从这个意义上说，影视与前面所讨论的所有艺术形式都有所不同，诗歌、音乐、绘画都是开启人类文明的文体，戏剧、小说虽然在不同文明中产生的时间有差异，然而其萌芽都很早，只有影视是属于现代特有的文体。

我们先从历史的角度来审视影视这种文体。根据本雅明（Walter Benjamin，1892—1940）《讲故事的人》的理论逻辑，结合人类艺术的

① 电影与电视艺术：电影艺术指的是不含纪录片、科教片等的艺术电影文本，电视艺术指的是不含新闻报道、体育比赛、漫谈、广告等的电视剧与电视连续剧，电影与电视剧是有差异的，但是与其他文体相比，这种差异就显得微不足道，所以本书使用“影视”的概念，特指艺术电影与电视剧。

发生与发展，如果要在几个不同的文明阶段选择代表性文体的话，那么，神话传说与讲故事的口传文学与诗歌是游牧文明、农业文明以及商业文明早期阶段的代表性文体，也就是世界古典时代的代表性文体，那个时代的戏剧也具有诗的性质。小说是从商业文明到工业文明前期的代表性文体，也就是世界近代的代表性文体；而且无论在中国还是在西方，小说的繁盛同造纸与印刷术的发达以及市民阶层的兴起紧密联系在一起。影视则是工业文明发展到较高阶段以及后工业文明的代表性文体，也就是世界当代的代表性文体。电影在 19 世纪末产生，在 20 世纪上半叶已经开始在世界范围内传播流衍；电视产生于 20 世纪上半叶，到下半叶已经走入千家万户。20 世纪后半叶随着数码技术的使用，图像的处理更加大众化，几乎每个人都可以是摄影师与图像剪辑者。进入 21 世纪，影视已成为压倒其他一切文体的艺术形式，吟诵诗歌早就穷途末路，阅读小说也进入黄昏，只有光芒万丈的影视图像在夜幕中吸引着大大小小的眼球。多数人回家就是看电视，看完电视休息。而网络的兴起更激起图像的狂欢，使上网者从被动地接受到主动地搜索选择自己喜欢的影视文本，并且可以即时在网上交流审美体验。其实在电影出现不久，列宁就敏感到这种艺术形式的重要性，认为在所有艺术中对我们最重要的乃是电影。

影视之所以能够成为当代压倒其他一切的文体，原因之一就在于这种艺术形式比戏剧的综合性更强。它把文学、音乐、绘画、表演、摄影等艺术要素融汇到一起，成为当代人审美的主要形式，同时影视也能展示在其他时空中产生的艺术形式。话剧、戏曲、歌剧、舞剧等都受舞台时空的局限，而影视文本搬上荧屏或放在网站上，就可以与更广大时空中的观众见面。在美国乡下演出的剧目在中国的城市可以欣赏，已逝世多年的梅兰芳的戏剧表演今天的观众可以看到。美国的类型片之一歌舞片《雨中曲》，伴着诗意的歌唱把踢踏舞表现得淋漓尽致，中国观众可以通过电影、网络在线或下载观赏。而抛开这种类型片与戏剧舞台摄影，典型的影视艺术文本是对语言艺术、表演艺术、音乐艺术、戏剧艺术、造型艺术、绘画艺术的全面综合与扬弃。因此，前述文学与音乐、文学与绘画的联系与区别，在文学与影视中仍然是适应的。不过，影视中的音乐不能像纯粹音乐那样完全按照心灵的意蕴发展，而是要与荧幕上的人物情感与故事发展密切配合，所以电影《莫扎特》中的音乐几乎没有将莫扎特的任何一首乐曲演奏完毕，而是根据剧情的发展与莫扎特的语境配上不同的乐曲片段。美国电影《毕业生》中的音乐优美婉转，尤其是将汽车运行的节奏与音乐的节奏融为一体，是工业时代的一种艺术创造。影视中的画面更是不同于一般的绘画，除了摄影技术将画面拍得更加逼真外，蒙太奇的技法不但使绘画这种空间艺术时间化，可以通过不同画面的剪辑表现很长的历史画卷，后起的电视连续剧展示的时间长度一点不比长篇小说差。而且蒙太奇的技法可以把不同时空中的画面并置，这又与戏剧艺术区别开来，戏剧往往通过分幕分场转换时空，而影视则要自由得多。因此，影视艺术是比戏剧艺术更为自由的综合时间艺术与空间艺术的艺术形式。在这样一个影视爆炸而传统文体萎缩的图像时代，再执著于精英文学研究就不合时宜，于是伯明翰学派具有跨学科性质的文化研究兴盛起来。而影视的制作具有与创作诗歌和小说不同的综合性与群体性，甚至传统的剧团与剧院也无法与规模宏大的影视制作相提并论；而影视制作面对的又是一个一切商品化的消费社会，因而从影视将其他文体从中心驱逐到边缘之后，以影视制造与消费为特征的文化工业与文化产业便开始形成了。

尽管影视在压缩文学的生存空间，但是影视与文学的关系还是很密切的。当然，影视与文学的不同文体关系也不一样。除非抒情诗变成电影插曲进入银屏，像香港电影《屈原》那样将《橘颂》变成电影插曲，一般而言抒情诗与影视的关系较远。而戏剧与影视的关系就非常密切，戏剧剧本与电影文学剧本也是很相近的文体，而且二者都是以表演为主导的综合性艺术，北京“人艺”的话剧演员经常客串成电影明星也就毫不奇怪。为了让名剧不受时空的局限而被世界上更广大的观众欣赏，从 1948 年劳伦斯·奥立弗（Laurence Olivier，1907—1987）的电影改编，到 1996 年哥伦比亚广播公司出品的四小时巨片，莎士比亚的悲剧《哈姆莱特》已五度搬上银幕。曹禺（1910—1996）的《雷雨》《日出》《原野》《北京人》等话剧也都被搬上了银幕。上述的影视改编基本上都是力求忠实于原著的，但问题就在于，戏剧虽然与影视是相近的文体，但毕竟是不同的文体，过多的对话会妨害电影的艺术表现，音乐配音也无所适从，而删削对话（话剧）与唱词（戏曲）又会失去原作的旨趣与诗意，出现一个不同于原作的艺术文本。哥伦比亚广播公司的巨片《哈姆莱特》一方面追求对莎士比亚原著的忠实，一方面却又把故事发生的时间下移到 19 世纪，然而在以科学理性著称的 19 世纪有悲剧赖以存在的命运与天意吗？因此，日本电影导演黑泽明（Akira Kurosawa，1910—1998）就抛开对戏剧原著的忠实，在电影《乱》中以莎士比亚的《李尔王》为由头，随意点染成日本古代征战中家族伦理的矛盾与人性的残酷，不以背离原作的细节为意，而在情节框架与表现神韵上又令人想到是从原作而来。张艺谋导演的电影《满城尽带黄金甲》与曹禺的悲剧《雷雨》，冯小刚导演的电影《夜宴》、胡雪桦导演的电影《喜马拉雅王子》与莎士比亚的悲剧《哈姆莱特》，都是这一路数的叛逆性创造。这种电影文本充分尊重电影的表现特性，完全拉开了与原剧的距离。

中国宫廷一向不乏争权夺利的杀戮，著名的就有隋炀帝杀父、李世民杀兄、武则天与唐明皇杀子，因而将《哈姆莱特》故事转到中国宫廷一点也不突兀；只不过在《夜宴》中时代背景移到了国人所知甚少的五代十国时期，以便于根据《哈姆莱特》的故事进行虚构。于是丹麦国王变成了中国皇帝，哈姆莱特变成了皇太子无鸾，皇叔弑君自封厉帝执掌朝政，婉后为了保护皇太子及攫取更大的权力附和厉帝，无鸾被追杀却逃回到宫廷，而青女则是奥菲利亚的变身，结局也如《哈姆莱特》一样是死尸满台，在夜宴上心怀鬼胎争斗或者为恋情而出现的厉帝、青女、皇太子、婉后等统统死去，虽然死法与《哈姆莱特》很不一样。还有一个重大的差异，就是婉后并非皇太子的亲生母亲，而是皇太子青梅竹马的情人，这大概是参照了弗洛伊德一派认为哈姆莱特对母亲有俄狄浦斯情结而杜撰出来的。这部电影动用了章子怡、葛优、周迅等大牌明星，既有宫廷争夺权力的尔虞我诈、钩心斗角，又有纠缠不清的三角恋爱，加上打斗场面，充分体现了当代电影的娱乐性和消费性，实现了从经典符号向大众文化消费的转向。在叙事策略上讲求商业性，影片对故事背景、主题、情节和人物等都进行了迁移，以主题的简约和叙事的紧凑力图迎合大众的审美趣味和接受心理，以便达到视听的狂欢和经典的娱乐化。如果说冯小刚导演的电影《夜宴》是《哈姆莱特》的中国宫廷版的艺术重构，那么，胡雪桦导演的《喜马拉雅王子》则是《哈姆莱特》的中国少数民族版的艺术重构。《喜马拉雅王子》中没有《夜宴》那些大牌明星，商业气息不如《夜宴》浓重，与《哈姆莱特》的原著游离得也不太远，包括从波斯回国奔丧的哈姆莱特的变身拉摩洛丹看到在父亲丧期叔父克洛朗登基成为新王，并且与母亲成婚，父亲的鬼魂告诉王子弑君的秘密，以“戏中戏”揭穿国王弟弟杀害国王，王子的出走与父亲的被杀使奥菲利亚的变身奥珠精神失常，溺水而亡，奥珠的哥哥雷桑尔从珠峰登山回来要为父亲和妹妹报仇等，并且结局也是死尸满台：雷桑尔在决斗中重伤拉摩洛丹后被克洛朗一刀砍死，王后服毒而死，克洛朗自刎而死。尽管如此，胡雪桦在电影的艺术重构中与莎士比亚的原著也有重大的差异，就是王后早在老国王在世的时候就与小叔私通，王子并非老国王的儿子，而是王后与新王私通的爱情结晶，因而与原著中叔父时时要加害哈姆莱特不同，叔父作为实际上的父亲暗中时时保护王子。值得一提的是，电影中的人物都穿上了藏族服装，电影画面中那些让人赏心悦目的高原大山，天葬时蓝天上翱翔的雄鹰，美丽的湖泊——奥菲利亚的变身奥珠就飘在这静美的水面上，再加上山地的神秘与少数民族的咒语，使得《喜马拉雅王子》徜徉在一种特殊的诗意之中。如果说在冯小刚的《夜宴》中《哈姆莱特》的天意与命运基本上被消解，那么在《喜马拉雅王子》中又借着高山民族的神秘在某种意义上再度复活。

影视与小说的联系也非常密切，甚至不在影视与戏剧之下。原因在于小说与影视都有时间艺术的特性，又不像戏剧那样因与影视文体太近进而妨害影视的自由表现。从艺术发展的角度看，现代小说的流变在影视中基本上能够得到印证，法国电影从诗意现实主义发展到现代主义的“新浪潮”与“左岸派”电影，意大利电影从新现实主义发展到以安东尼奥尼（Michelangelo Antonioni，1912—2007）为代表的现代主义电影，与小说从现实主义到现代主义的发展轨迹基本上是平行的。当然现代主义文学的深度模式，如乔伊斯（James Augustine Aloysius Joyce，1882—1941）和卡夫卡（Franz Kafka，1883—1924）的小说文本很难用影视加以表现，然而，在瑞典导演伯格曼（Ingmar Bergman，1918—2007）的《野草莓》等影片中还是可以看到意识流在银屏上的卓越表现。而文学上以荒诞与戏仿为特征的后现代主义的出现，在中国的电影文本中已有所表现，在张建亚导演的电影《三毛从军记》与刘镇伟导演、周星驰主演的电影《大话西游》中就不难发现荒诞与戏仿技巧的运用。在姜文导演的电影《让子弹飞》中，不但有荒诞与戏仿的艺术成分，而且还有中国写意画的影响。小说是以语言为中介的想象性的时间艺术，没有确定的感性画面，但是，小说为影视提供了在时间流动中的情节展开以及世界观与情感方式。因此，将小说改编成电影搬上银屏，就是一种世界性的文化艺术热潮。福楼拜（Gustave Flaubert，1821—1880）的《包法利夫人》、司汤达（Stendhal，1783—1842）的《红与黑》、雨果的《巴黎圣母院》和《悲惨世界》、巴尔扎克（Honoré de Balzac，1799—1850）的《高老头》和《欧也妮·葛朗台》、勃朗特姐妹（Charlotte Brontë，1816—1855，Emily Jane Brontë，1818—1848）的《简·爱》和《呼啸山庄》、狄更斯（Charles John Huffam Dickens，1812—1870）的《大卫·科波菲尔》《双城记》和《雾都孤儿》、托尔斯泰（Лев Николаевич Толстой，1828—1910）的《战争与和平》《安娜·卡列尼娜》和《复活》等名著都被搬上了银幕，有的是被改编了数次。中国也不例外，鲁迅、茅盾（1896—1981）、巴金（1904—2005）、老舍（1899—1966）、钱锺书（1910—1998）、沈从文（1902—1988）、张爱玲（1920—1995）、李劼人（1891—1962）等现代作家以及莫言、余华等当代作家的主要小说都被改编成了影视作品，古典小说《三国演义》《西游记》《水浒传》《红楼梦》《封神演义》《金瓶梅》等也均被影视改编过。还有些作家直接投入到电影的改编与制作中，如法国新小说作家罗伯—格里耶（Alain Robbe-Grillet，1922—2008）、杜拉斯（Marguerite Duras，1914—1996）等。

关于小说与影视的关系，有几个方面值得关注：第一，在影视的冲击下，小说仅仅局限于一个狭小的阅读圈子，甚至很多文学名著仅供大学中文系的师生研读，但是这些作品一旦被改编成影视，反过来又会激起影视观众对文学文本的阅读欲望。当《三国演义》的电视连续剧热播的时候，尘封在书店里的《三国演义》也被抢购一空。这种文化现象中外皆然。当莫言、余华等作家的小说文本被翻译成其他语种的时候，国外的广告往往打着张艺谋电影的旗号来做宣传，因为张艺谋的电影《红高粱》《活着》比莫言、余华的同名小说在世界上有更大的影响力。而且影视的画面与音乐也不需要翻译，需要翻译的仅仅是演员的话语，这只需在画面下打上观赏者本国的语言即可，这也是影视在世界上比小说更易于传播的原因。第二，影视对小说的改编增加了影视文本的文化品位。从《红高粱》《菊豆》《大红灯笼高高挂》到《秋菊打官司》《活着》，张艺谋的优秀电影几乎全部是对小说的改编。而影视对古典名著的改编，一方面提高了影视的文化品位，另一方面也便于向普通民众普及民族的优秀文化。

当然，影视对小说文本的改编确实有成功与失败之分。劳伦斯（David Herbert Lawrence，1885—1930）的小说《查泰莱夫人的情人》本是一部以生命的温情反抗机械文明的异化的具有深刻哲理的象征作品，却被电影改编成一个普通的通奸故事。[①]《水浒传》与《三国演义》的小说文本有生动细腻与粗疏勾勒的艺术分野，但是在电视连续剧中，这种分野消失了，令人感觉《三国演义》中的人物更加生动形象。然而，无论改编得成功还是失败，影视与小说已经是两个不同的艺术文本，昆德拉（Milan Kundera，1929—　）的小说《不能承受的生命之轻》成功地改编成电影《布拉格之恋》，但电影文本理性思考的内容明显减少，而抒情的成分则明显增多。即使不是由别人改编而是由作家

---

① 详见高旭东：《一个温情的反异化神话——论〈查太莱夫人的情人〉的哲理意蕴》，《外国文学》2000 年第 5 期。

本人来改编、写作并制作，小说与影视文本仍然差异很大，新小说作家罗伯—格里耶的《橡皮》等小说作品对现象世界的琐碎描写令人感受不到一点情感的介入，但是他的电影《去年在马里昂巴德》却具有相当的抒情品格。

文学虽然已被主流的影视驱逐到边缘，然而也不必妄自菲薄。电影编导已经把世界上最优秀的小说挖地三尺地改编了一遍又一遍，却很少发现作家把影视作品改编成小说，这就把文学的原创性与影视的机械复制的优劣揭示得淋漓尽致。迄今为止的电影史不能不涉及文学文本，然而文学史却几乎很少涉及电影文本，除非是涉及文学的普及与接受。从柏格森（Henri Bergson，1859—1941）、海德格尔（Martin Heidegger，1889—1976）之后，对技术统治的抗议就愈益激烈，而对技术统治的抗议与对审美的向往又往往是一致的。而且阿多诺（Theodor W. Adorno，1903—1969）与本雅明等批评家发现，影视的机械复制已与现代的技术统治握手言欢，使得以影视为主导的审美也被异化了。在文化工业与消费社会中，生活已完全平面化、精致化、机械化，而且无懈可击，人的棱角已被磨得光滑，就连人之为人的最可贵的批判反省能力也丧失了。其实，当以影视为主导的文化变成工业或产业的时候，文学的完满性与气韵生动的灵性就已开始黯淡无光。文化工业就像大型的养鸡场，从这里产出来的鸡蛋再也不如自然生长的鸡蛋好吃。而影视艺术的图像化、平面化，使得深度思考愈益成为不可能，歌德的《浮士德》与陀思妥耶夫斯基（Фёдор Михайлович Достоевский，1821—1881）的《卡拉马佐夫兄弟》那样的艺术深度，显然在影视艺术中很难发现。这也是为什么从马克思主义的经典作家到西方马克思主义者，从马克思到本雅明，对现代艺术评价较低而具有浓厚的古典艺术趣味的原因。

第二章

文学与人文

文学与哲学、历史、伦理学等人文学科的共性是都关注人类的文化价值，即美丑、善恶等问题；但文学的一个重要特征是虚构，而哲学、历史等却是排斥虚构而以追求真理或真实为目的。文学与音乐、绘画、书法、雕塑、舞蹈、影视等艺术形式的共性就是表现情感、激发想象与创造力，然而文学诉诸人心的媒介是语言，在这一点上文学与其他艺术形式的媒介都不一样，却又与哲学、历史、伦理学等以语言为表达方式的人文学科相近。正是在这个意义上，哲学文本与历史文本可能成为文学文本，但其他各类艺术文本却不能成为文学文本。

第一节 文学与哲学

在讨论文学与哲学之前，我们先看看中西关于文学与哲学的比较研究概况。“文”与“道”的关系在相当长的时间里是中国古代文论的重要内容，并以“文以载道”、“文以明道”、“文以贯道”来宣示文学与哲学的关系。在近代，著名的翻译家严复（1854—1921）就已经开始对中西哲学进行了自觉的比较研究。严复在翻译《天演论》《穆勒名学》《原富》《法意》等西方名著的时候，做了很多的按语，在传播西方哲学的同时，将中国哲学的各家各派与西方哲学进行了比较。如果说严复偏重英国经验派哲学，那么王国维（1877—1927）则将目光转向了康德（Immanuel Kant，1724—1804）与叔本华。王国维不仅对中西文化的差异有所论述——中国的实际的通俗的，西洋的思辨的科学的，长于抽象而精于分类；而且还运用叔本华等西哲的理论来解读《红楼梦》。鲁迅有“学说所以启人思，文学所以增人感”的文学与哲学比较观，而且他在 1907 年几乎同时撰写了偏于哲学的《文化偏至论》与偏丁文学的《摩罗诗力说》，鲁迅从一开始就是将文学与哲学一并考虑的。梁启超（1873—1929）、许地山（1894—1941）、陈寅恪（1890—1969）等学者在研究印度文学对中国的影响时，都是将文学的影响与宗教、哲学的影响一并加以考察的。陈寅恪在探讨《西游记》的印度来源时，首先就认为《西游记》的想象力非中国本土所有。吴宓（1894—1978）倡导中西融汇，文、史、哲贯通，他在《希腊文学史》中解释希腊教训诗时就认为“《易经》为吾国之智慧文学，故易系辞，说卦，序卦，皆可为训诗，特无韵律耳”。这就将文学与哲学贯通了起来。朱光潜（1897—1986）在《中西诗在情趣上的比较》中曾将文学与哲学进行过比较，他说：“诗虽不是讨论哲学和宣传宗教的工具，但是它的后面如果没有哲学和宗教，就不易达到深广的境界。诗好比一株花，哲学和宗教好比土壤，土壤不肥沃，根就不能深，花就不能茂。”

哲学是最能表现一个民族文化的精神形式之一。因此在跨文化的比较文学中，要想绕过不同文化中的哲学，对文学的解释也就只能停留在浅层次上。所以，范存忠（1903—1987）对中国的文学艺术影响西方的研究就屡屡论及哲学；而朱谦之（1899—1972）所致力的中国哲学对欧洲的影响也屡屡论及文学。特别是朱光潜，在论及中西诗歌的差异时着重反思的是中西哲学的差异。他说：“我爱中国诗，我觉得在神韵微妙格调高雅方面往往非西诗所能及，但是说到深广伟大，我终无法为它护短。”那么，“中国诗人何以在爱情中只能见到爱情，在自然中只能见到自然，而不能有深一层的彻悟呢？这就不能不归咎于哲学思想的平易与宗教情操的淡薄了。……西方诗比中国诗深广，就因为它有较深广的哲学和宗教在培养它的根干。没有柏拉图和斯宾洛莎就没有哥德、华滋华斯和雪莱诸人所表现的理想主义和泛神主义”。[①]当朱光潜寻找中国的长诗何以不发达的原因时，在诸多原因中又是首推“哲学思想的平易和宗教情感的浅薄”：“史诗和悲剧不同于抒情诗，抒情诗以一时一境的主观情趣为主，只须写出人生的一片段；史诗和悲剧都同时从许多角度着眼，须写出整个的人生，整个的社会，甚至于全民族的哲学思想和宗教信仰。”[②]当然，在近现代中国的学者那里，虽然有对印度哲学、西方哲学影响中国的探讨，或者中国哲学对东亚乃至西方文学影响的研究，但一般来说，还停留在哲学与哲学、文学与文学的比较上。像朱光潜这样在论诗的时候系统地反思哲学对文学

① 朱光潜：《诗论》，北京：三联书店，1984 年，第 76 页。

② 朱光潜：《长篇诗在中国何以不发达》，上海：申报月刊，1934 年 [三卷二号]。

的影响还是不多的。然而，即使是朱光潜对哲学与文学关系的探讨，基本上也是点到为止。因此，1943 年唐君毅（1909—1978）的《中国哲学与中国文学之关系》一文，就是一篇探讨文学与哲学关系的力作。

唐君毅认为，“哲学文学关系之密，古今中外皆同。西人多有哲学为文学之灵魂文学以哲学为内涵之论”。因为一切文学无不蕴含着作者的“宇宙人生观”，“即所谓为文学而文学为艺术而艺术之作家唯美主义写实主义者亦不能外是；但或不自觉其为一种哲学耳。”唐君毅进一步指出，与西方哲学与文学的关系相比，中国哲学与文学的关系更加密切。“西方哲学文学关系虽密，然彼土文化之各领域就其自身而言，乃各独立而不相犯，即文学皆以哲学为内质，而文学本身终位于哲学之外。”譬如唯美主义之为艺术而艺术，本身作为一种美学理论虽属哲学，但其“终不愿自标封于一派哲学。此实由于其念及文学之独立而然。然在中土，则所谓文化之各领域素未截然划分，此于中国图书分类之不能按照西方分类法即以得其证。……集部之非同为文学，如子部之非同为哲学。而经史二部正治哲学文学者所同读。”因此，中国的哲学与文学作品难以截然划分，文学与学术也没有严格分开，而且文人以明道成哲为荣。在西方，“康德黑格尔孔德之文均晦涩不堪，非特以其思想之艰深也”；而中国哲人则讲“文质彬彬”，“言之无文行而不远”，是故“兼美文辞”。唐君毅认为，中国文学受中国哲学的影响，形成了与西方文学不同的两大特色：“第一为自然文学，第二为伦理道德文学。西方文学中以人生为对象者，或以英雄为对象者，或为英雄之歌颂，或为爱情之发抒，或为社会之写实。此皆非中国文学之所长。中国文学中无颂歌赞英雄之作。盖中国人物可称为英雄者本少。秦皇汉武颇有英雄行径者，中国人观之则暴君耳。”所有这些特色，皆有哲学上的渊源。自然文学为道家哲学之所长，伦理道德文学为儒家哲学之所长，而且中西对英雄的不同态度，也有哲学上的原因。“西方哲学尊重权力，故英雄为所崇拜。然在中国哲学中则最恶以人为工具，轻视权力本身之价值。如拿破仑之流，自中国哲人视之，则善战者服上刑，罪不容于死。……英雄之行为中国先哲所不许，教化所弃，而英雄不易出矣。”[①]此外唐君毅还对西方文学的悲剧精神与中国文学的人生无常感等差异及其哲学渊源，进行了学术上的反思。尽管唐君毅未将这种研究纳入比较文学的跨学科研究之中，而且作为哲学家也有夸大哲学对文学单向影响之作用等缺憾；但是，唐君毅以哲人的慧眼，使这篇文章在今天看来仍具有较高的学术价值。

将文学与哲学进行比较研究，并非始自现代，但是，将这种研究纳入比较文学之中，却是从现代西方学界输入的。法国的布吕奈尔（Pierre Brunel）、比叔瓦（Claude Pichois）、卢梭（André Michel Rousseau）合著的《什么是比较文学》，作为大学比较文学系科的必读教材，就在“思想史”的名下主要讨论了“哲学和伦理学思想”，认为“要领会数不尽的作品，没有一个比较学者能够离开哲学家”：

> 如果没有柏拉图，怎么理解费纳隆或雪莱？没有圣·托马斯，怎么理解但丁？没有笛卡尔怎么理解高乃依？没有莱布尼兹怎么理解蒲伯？没有洛克怎么理解狄德罗和斯特恩？没有斯宾诺沙怎么理解歌德？没有康德怎么理解席勒？没有谢林怎么理解柯尔律治？没有黑格尔怎么理解泰纳？没有基尔凯郭尔怎么理解卡夫卡？没有马克思怎么理解布莱希特？从毕达哥拉斯到斯多葛派，所有希腊哲学

① 唐君毅：《中国哲学与中国文学之关系》，《中西哲学思想之比较研究集》，正中书局，1943 年。

家，大部分的现代哲学家，都在文学上造就了大批的后继者。

他们认为，大作家之所以成为大作家，“是因为他们反映了自己时代哲学的光辉并使之发扬光大”，而比较学者所“回收”的二流作品，“只不过是那些伟大体系的零头儿。”[①] 布吕奈尔与比叔瓦等强调哲学对文学的影响，无疑是有其合理性的；然而这种强调一旦过了头，以为文学家都受到哲学家单一的影响，甚至以反映了时代哲学的光辉为大作家的标准，就可能陷入谬误。文学家的心灵以其感觉的敏锐性、生动性和丰富性而著称，这一点是哲学家所不能比的。一些美的诗文名篇，有时候很难归入某种哲学，尽管诗人不可能生活在思想的真空中，详加分析还是可以发现思想的轨迹。但是，文学家的艺术感性，正如感性事物一样是杂多的，有时很难将其归入一种单一的哲学体系中去。因此，即使文学家受哲学的影响，也会呈现出一种杂多性。就以他们在上面讨论过的歌德来说，他的伟大在于他继承了古希腊与基督教文化的几乎全部遗产，斯宾格勒（Oswald Arnold Gottfried Spengler，1880—1936）在《西方的没落》一书中以歌德笔下的浮士德作为整个西方文化的象征也足以说明这一点；而且在哲学上，歌德也受到了许多著名哲学家的影响，包括他自称的康德的影响，而绝非一个斯宾诺莎（Baruch de Spinoza，1632—1677）所能说明的。至于说以反映自己时代哲学的光辉作为大作家的标准，就更值得推敲。荷马时代没有哲学，荷马就不是大作家了吗？应该说，作为希腊文化的第一个产儿，不是哲学，而是史诗。而且《荷马史诗》作为希腊早期文化的集大成者，是

① [法] 布吕奈尔等：《什么是比较文学》，葛雷、张连奎译，北京大学出版社，1989 年，第 120—121 页。

后来诗人、历史家、哲学家、科学家等并起时代的无论哪一种单一的精神产品都无法比拟的，因为后来有各种文体或文化符号表现其时代精神，而在荷马时代却只有史诗。雪莱固然深受柏拉图哲学的影响，但也受到法国启蒙哲学以及葛德文（William Godwin，1756—1836）等哲学家的影响。不过，将这些影响加在一起就能说明雪莱的诗艺了吗？勃兰兑斯（Georg Brandes，1842—1927）在《十九世纪文学主流》中推崇的是雪莱雅利安人的原始感性，而英国冒险家特里劳尼让拜伦为雪莱说点好话的时候，拜伦却批评了雪莱诗中的形而上学说教，以为去掉这些，雪莱早就名扬四方。这样看来，上述哲学对雪莱的诗艺有利还是有害，尚是一个值得讨论的问题。

一般来说，西方的比较学者在研究文学与哲学这一跨学科的课题时，是将之纳入“思想史”、“思想史的方法”或“文学与思想”、“文学与思想史”之中的。洛夫乔伊（Arthur Oncken Lovejoy，1873—1962）被认为是“思想史”方法的创立者，他在《存在的大链条》一书中追溯了从柏拉图到谢林（Friedrich Wilhelm Joseph von Schelling，1775—1854）的自然观的发展，研讨了思想的各种形式。洛夫乔伊把哲学史的研究对象仅仅限定为大思想家，而将“思想史”的研究范围扩大到小思想家和诗人，认为小思想家和诗人是从大思想家和哲学家中衍生出来的；小思想家和诗人以其具体的感性图画的阐释，对大思想家和哲学家的思想体系是一种具象化的稀释。洛夫乔伊的“思想史”的方法打破了民族与语言的界限，并且与那些仅仅注意思想体系的哲学家不同，而更注重单元的具体的思想。但是，尽管洛夫乔伊对具体语境乃至对下意识的思想情境的重视是对过分理智主义的一种反动，然而将诗人和作家在作品中表现的思想看成是稀释的哲学，又与黑格尔将美看成是理念的感性显现相似，反而从另一个方面可能导致文学的理智化，结果是像维柯或黑格尔那样以为在理性发展的高级阶段，文学艺术的衰落就成为必然。

在哲学一向发达的德国，狄尔泰（Wilhelm Dilthey，1833—1911）试图将思想感情和世界观分成几个类型，然后将作家归类。他认为思想史上有三种主要的类型。第一种类型是实证主义，有霍布士（T. Hobbes，1588—1679）、法国百科全书派、现代唯物主义和实证主义，其根源是德谟克利特（Democritus，约前460—前370）和卢克莱修（Titus Lucretius Carus，约前99—前55），而巴尔扎克和司汤达就属于这一类型；第二种类型是客观唯心主义，有赫拉克利特（Heraclitus，约前535—前475）、斯宾诺沙、莱布尼兹（Gottfried Wilhelm Leibniz，1646—1716）和黑格尔，歌德等属于这一类型；第三种类型为二元唯心主义，包括柏拉图、基督教神学家和康德，席勒（Johann Christoph Friedrich von Schiller，1759—1805）等属于这一类型。温格尔（Carl Richard Unger，1817—1897）就运用狄尔泰的思想方法将诗人对哲学问题的关注划分了一些类型，有涉及自由与必然、精神与自然的命运问题，有罪恶与救赎的宗教问题，有对自然的感情以及神话和巫术之类的自然问题，也有人与死、人与爱以及家庭、社会、国家等问题。德国学者有时也使用“精神史”（Geistesgeschichte）的概念。与“思想史”这一概念相比，“精神史”的智性化不强，可以包括思想亦可包括感情。考夫（H. A. Korff）就运用“精神史”的方法研究了1750—1830年间从理性到非理性再到综合的德国文学的辨证发展史：理性指的是古典主义，非理性指的是狂飙运动那种松散的形式，而德国的浪漫主义则是二者的辨证综合。以上研究虽然对文学所表现的思想的归类有重大意义，但也不可避免地表现了一些片面性。尽管狄尔泰是较早从文学中看到哲学的人——现代哲学对人的意义追寻的放弃，使拷问生命奥秘的文学更具有哲学的品格，然而，他的分类也可能抹杀文学的个性以及时代精神。譬如，将康德与黑格尔看成是两种类型的哲学家是有道理的，但是，康德与黑格尔哲学的一致性恐怕要远远大于黑格尔与赫拉克利特的一致性。而第一和第二种类型的思想家，特别是斯宾诺沙、莱布尼兹和黑格尔，也无不受到柏拉图和基督教神学的巨大影响。至于把巴尔扎克和司汤达划为一类，将歌德与席勒划成两类，也不会说明问题。以歌德为例，对于这么一个知识渊博、思想复杂的诗人，狄尔泰将之轻而易举划入黑格尔一派，也可能失之片面。歌德本人就曾明确表示他厌恶黑格尔哲学及其辩证法，并表示自己受康德哲学的影响。

美国学者斯托尔克奈特（Newton P. Stolknecht）在《文学与思想史》一文中认为"'思想'这个术语指的是我们头脑里和感觉或情感经验的直接性相对的那种更富思考、更具启发性的意识。正是通过这种思考，文学才接近哲学。"尽管他认为对一件艺术品的理解必定包括对它所体现的思想的认识，但他也同时认为，并非所有的文学作品都一定要包含这类或那类的思想，如彭斯（Robert Burns，1759—1796）的"我的爱人像一朵红红的玫瑰花"。研究文学与思想史的学者多注意哲学对文学的影响，而斯托尔克奈特也注意到了文学对哲学的影响："英国哲学家撒缪尔·亚历山大受益于华滋华斯和梅瑞狄斯就是一个有趣的近代例子。A. N. 怀特赫德（Whitehead）对英国浪漫主义诗人，主要是对华滋华斯和雪莱的诗歌的理解，则是另外一例。黑格尔对古希腊悲剧家的洞察力的深深仰慕，表明了古典主义对十九世纪哲学产生的广泛影响"。在讨论哲学对文学的影响时，斯托尔克奈特也强调了这种影响的复杂性："和音乐、美术不同，文学作品的思想也必须用词来表达。词不仅要人听见或读及，而且必须依据上下文被解释出来。只有对词进行解释，思想才引起我们的注意。”因此，哲学家对文学家思想的影响不能一对一地简单化，对思想影响的描绘总是一个微妙、复杂的问题。思想“在从作家到作家、时代到时代的传递中，经历了不断被重述、被重新解释和转化的过程。”他以雪莱为例，对此进行了详细的阐发。一方面，雪莱在诗歌中“生动地再现了柏拉图的时间、永恒和永存的概念”；另一方面，雪莱又将柏拉图主义浪漫化，因而与正统的柏拉图主义相比，雪莱更喜欢运动、变化和激发美感的特质的波动。同样道理，“华滋华斯对柏拉图回忆说所作的重新解释（非常生动地表现在他的《永生了的悟性》里）实际上是对那个古老学说的颠倒。”[①] 斯托尔克奈特注意到了哲学与文学的双向影响，并且强调文学在接受哲学影响时的特定语境等复杂性，观点虽不一定很深刻，但却是平实稳妥的。不过，认为文学可以游离于哲学思想之外，还是值得商榷的。当然，就某一句诗，甚至某一首诗来看，确实可以游离于哲学思想之外，但是诗人不可能生活在思想的真空之中，因而详加分析还是可以发现其思想的轨迹的。

韦勒克在与沃伦（Austin Warren，1899—1986）合著的《文学理论》的第十章中，在“文学与思想”的名下，重点讨论了文学与哲学的关系。他认为：“文学可以看作思想史的一种纪录，因为文学史与人类的理智史是平行的，并反映了理智史。不论是清晰的陈述，还是间接的暗喻，都往往表明一个诗人忠于某种哲学，或者表明他对某种著名的哲学有直接的知识，至少说明他了解该哲学的一般观点。”他以英国文学为例，认为文学的发展是反映了哲学史的：“伊丽莎白时

---

① ［美］牛顿·P. 斯托尔克奈特：《文学与思想史》，见《比较文学研究资料》，北京师范大学出版社，1986 年，第 523—529 页。

代的诗歌中充溢着文艺复兴的柏拉图主义：斯宾塞（E. Spencer）写了四首赞美诗，描写从物质升华为天上的美这种新柏拉图式的哲学精神，在《仙后》中解决‘自然’与‘无常’的争执时，他显然站在永恒的、不变的秩序方面。在马娄的作品中，我们听到了与他同时代的意大利人的无神论与怀疑论的回响。即使在莎士比亚的作品中，也可以从许多地方找出文艺复兴的柏拉图主义，例如《特洛伊罗斯与克瑞西达》中尤利西斯那段有名的讲演，还可以找到蒙田和斯多葛哲学的影响……弥尔顿本人对神学和宇宙起源学说颇有研究，有人解释说，他从东方思想和当时的相信灵魂要死亡的宗教派别吸收了营养，把物质主义和柏拉图主义的成份结合了起来。”[①] 此外，韦勒克还论述了浪漫派诗人柯勒律治（Samuel Taylor Coleridge，1772—1834）、华兹华斯（William Wordsworth，1770—1850）和雪莱所受谢林、康德、葛德文、斯宾诺沙、柏拉图等人的影响，以及乔伊斯、叶芝（William Butler Yeats，1865—1939）等现代派作家所受弗洛伊德（Sigmund Freud，1856—1939）、荣格（Carl Gustav Jung，1875—1961）、伯克利（George Berkeley，1685—1753）等哲人的影响。

不过，韦勒克的观点是辨证的，他并不打算过分强调哲学对文学的影响，更不同意将“文学看作是一种哲学的形式”。作为受新批评影响很大的批评家，韦勒克更重视文学形式的自身特性。他对博厄斯（G. Boas）在《哲学与诗歌》中消解文学与哲学关系的论述，表示了同情的理解：“诗歌中的思想往往是陈腐的、虚假的，没有一个十六岁以上的人会仅仅为了诗歌所讲的意思去读诗。”韦勒克在这一点上同意博

---

① [美] 韦勒克、沃伦：《文学理论》，刘象愚等译，北京：生活·读书·新知三联书店，1984 年，第 116 页。

厄斯的观点，即多数诗歌的理性内容往往被夸大了：“如果我们对许多以哲理著称的诗歌做点分析，就常常会发现，其内容不外是讲人的道德或者是命运无常之类的老生常谈。”因此，“哲学与文学间的紧密联系常常是不可信的”，而且这种观点“是建立在对文学思想、宗旨以及纲领的研究上，而这些必然是从现存的美学公式借来的思想、宗旨和纲领只能和艺术家的实践维持一种遥远的关系。”即使认为文学与哲学有着共同的社会背景从而使之关系密切的说法，在韦勒克看来也是不可靠的：“哲学往往是由一个特殊的社会阶层培育倡导的，这个阶层在社会联系与出身方面可能与诗歌的作者很不相同。”由此，韦勒克进一步怀疑哲学与诗歌之间的平行论：“这只要看英国浪漫主义诗歌鼎盛时代的哲学便可以明白，当时英国与爱尔兰的哲学中充斥着普通哲学与功利主义。”

问题是，即使文学以哲学为师，在韦勒克看来也与作品的艺术价值无关。他说：“诗不是哲学的替代品；它有它自己的评判标准与宗旨。”他反问道：“难道一首诗中的哲理愈多，这首诗就愈好吗？难道可以根据诗歌所吸收的哲学价值的大小来判断它的优劣吗？或者可以根据它在自己所吸收的哲学中表达的观点的深度来判断它的价值吗？”难道歌德的《浮士德》或者陀思妥耶夫斯基的《卡拉马佐夫兄弟》因为“输入了哲学的内容就可以算是卓越的艺术品吗？难道我们不要做出结论说这样的‘哲学真理’正如心理学或社会学的真理一样没有任何艺术价值吗？……假如艺术家采纳的思想太多，因而没有被吸收的话，那就会成为他的羁绊。”韦勒克甚至认为：“《浮士德》的第二部分毫无疑问受了过分理智化的牵累，常常处在成为明确的寓言的边缘；在陀思妥耶夫斯基的作品中，我们经常会感到艺术上的成就与思想重负之间的不协调。陀思妥耶夫斯基的代言人佐西玛，比起伊万·卡拉马佐夫来就不够生动。”[①] 韦勒克的辨证论述，从正反两个方面阐发了文学与哲学的关系，然而，由于韦勒克受新批评理论的局限，他在论证文学与哲学联系的时候总不如他论证文学与哲学的疏离更为生动。于是，过于强调文本自身的完善性，就会忽视文本所承担的哲学、社会学、心理学等真理对于艺术的重要性。纯之又纯的“纯艺术”，很可能就是“嘲风雪、弄花草”之作。当然，对于像雪莱这样的诗人，理性说教的确可能损害其艺术的感性，但是，对于歌德、陀思妥耶夫斯基来说，其伟大恰恰就在于其艺术上的“思想重负”。试想，《浮士德》《卡拉马佐夫兄弟》消尽了思想的深刻性还有什么呢？而且，即使从艺术上分析，也绝不能用佐西玛来代表陀思妥耶夫斯基的思想，而将伊凡（即引文中的伊万·卡拉马佐夫）看成是与陀思妥耶夫斯基的思想无关的艺术形象。可以说，佐西玛、阿廖沙与伊凡分别代表了陀思妥耶夫斯基思想矛盾的两个极端。如果没有恶魔式的人物伊凡，也就没有陀思妥耶夫斯基思想的深刻性与复杂性；如果没有佐西玛、阿廖沙，也就没有美与温情，没有感人的艺术力量，整个世界就会走向冷酷的存在主义的荒原。而在陀思妥耶夫斯基具体的艺术描绘中，伊凡所发的议论绝不在佐西玛之下。其实，文学史给歌德和陀思妥耶夫斯基以那么崇高的地位，在很大意义上就是因为他们的艺术中有一般作家所没有的“思想的重负”。从中国文学史的艺术评价来看，屈原的《离骚》之所以比那些吟咏山水林木的“纯诗”伟大，恐怕就在于在“纯诗”之外而承担了更多的哲学与文化内涵。冰心（1900—1999）、朱自清（1898—1948）的作品就文笔之漂亮、艺术之感性而言，恐怕也不在鲁迅的作品之下，但却不能与鲁迅的作品比肩者，就在于其作品所承担

---

① ［美］韦勒克、沃伦：《文学理论》，三联书店，1984 年，第 113—129 页。

的文化内涵以及对存在体认的深度不能与鲁迅的作品相比。这大概就是为什么康德在《判断力批判》中以“纯粹美”来界定“美”，却更推崇“依存美”的原因。

美国学者古斯塔夫·缪勒（Gustav Emil Mueller，1898—1987）在《文学的哲学》（*Philosophy of Literature*）中认为，“文学的哲学应该表明：支配和区分着种族、时代和文化，并使它们可以为人理解的价值观，是如何也指向它们的想象，并在文字艺术中得到体现。”因此，“艺术不应该被看做是为艺术而艺术，而是为哲学而艺术……不断变化的文学风格就是艺术以及其他一切文学活动潜在的哲学变化的结果。”[①]从这个视角出发，缪勒考察了从荷马到陀思妥耶夫斯基的文本所蕴涵的哲学，其中《荷马史诗》、但丁（Dante，1265—1321）的《神曲》、歌德的《浮士德》、托马斯·曼（Thomas Mann，1875—1955）的《绿蒂在魏玛》和陀思妥耶夫斯基的《卡拉马佐夫兄弟》，是缪勒重点讨论的文本。但是正如作者自己表白的那样，他受黑格尔的影响却并非黑格尔的信徒，由此也使他的论著具有显著的缺憾。受黑格尔的影响使他注重思想的作用，而忽视了文学本身的审美价值。本来在荷马的时代还没有哲学，可是缪勒却硬要在《荷马史诗》中寻找哲学。而且随着时代风尚的变化，文学往往比哲学更敏感，因而缪勒所谓的不断变化的文学风格是哲学变化的结果，为什么不可以说成是不断变化的哲学风格是文学变化的结果呢？另一方面，缪勒也确实不是黑格尔的信徒，黑格尔的理性和理念让他用直觉取代了，所以他对那些伟大文本的哲学分析往往缺乏定性，而是跟着感觉信马由缰。

对文学与哲学研究的继承，对西方“思想史的方法”或“文学与思

① ［美］古斯塔夫·缪勒：《文学的哲学·序》，广西师范大学出版社，2001年。

想”研究的输入，使文学与哲学的研究课题在当代中国已纳入了比较文学的跨学科的研究范围之内。从中国第一部比较文学教材《比较文学导论》在跨学科研究之下纳入了文学与哲学之后，后来出版的每一部比较文学教材几乎都沿用了这种体例。另一方面，对鲁迅与尼采哲学、与存在主义哲学的研究，对李白（701—762）与道家哲学、杜甫（712—770）与儒家哲学以及苏轼（1037—1101）与儒、道、释哲学的比较研究，在以专题的方式使文学与哲学的比较研究得以深化。虽然与国外相比，我国当代的文学与哲学的比较研究还是刚刚起步，但已经出版有高旭东的《中西文学与哲学宗教》等专著。中国学者虽然注意到应该将跨学科研究纳入跨文化的轨道上才具有普遍的意义，但是对跨学科的文学与哲学的探讨都很简略而没有详细的阐发；西方学者虽然对文学与哲学的跨学科研究进行了详尽的阐发，但是他们几乎没有涉及跨文化的内涵，这就使他们所研究的文学与哲学关系的普遍性仅仅局限在西方文化之中。此外，中国的唐君毅、西方的洛夫乔伊、温格尔、布吕奈尔等，都过度强调了哲学对文学的影响和文学对哲学的依赖，而对于文学对哲学的影响、文学独特的审美价值注意不够；韦勒克等人的论述虽然对这种倾向有所纠正，但是又过于强调文学本身的独立性，而不能解释《浮士德》《卡拉马佐夫兄弟》等作品之所以伟大的奥妙所在。而我们对文学与哲学关系的跨学科研究将是辩证的，既强调哲学对文学的巨大影响，又注重文学自身的审美价值及对哲学的渗透和影响。我们将文学与哲学的跨学科研究纳入跨文化的中西比较之中，既要探讨中国文学与哲学的关系，又要探讨西方文学与哲学的关系，并且对二者的异同进行更深入的跨文化比较研究。

哲学是一个民族智慧的眼睛与大脑，没有这双眼睛的探路并且经过大脑的思考，一个民族就会走弯路；而文学则是一个民族之感觉与直觉的表现，是一个民族最敏感的神经。从这个意义上讲，文学与哲学的一般关系，应该是哲学指导文学，文学表现哲学。无论是孔子、孟子（前 372—前 289）、老子（约前 571—前 471）和庄子（约前 369—前 286），还是古希腊的柏拉图与亚里士多德，都对后来的文学产生了巨大的影响。除了产生于勾栏瓦舍之中的话本小说颇受佛学与道教的影响之外，中国正宗的诗文不是受孔孟哲学的指导，就是受老庄哲学的启示，很少文本能够例外。中国的所谓“文以载道”、“文以明道”，就是要求文学以哲学为灵魂并且表现哲学。

高估哲学作用的人历来比比皆是。孔子为了实现其哲学之道，周游列国历尽艰辛，甚至表示“朝闻道，夕死可矣”；古希腊的柏拉图认为除非哲学家成为王或者王成为哲学家，否则邪恶将蔓延而永无宁日。柏拉图在大抬哲学的时候，没有忘记贬低文学，他认为模仿艺术从智慧的角度看是虚幻不真的模仿的模仿，从伦理的角度看是败坏人心的。亚里士多德虽然肯定了文学，但他是以诗比历史更具有哲学意味来为文学争取地位的，其衡量的标准仍然是哲学。后来，维柯与黑格尔又从历史主义的角度贬低文学而抬高哲学。他们认为，在人类的童年时代，文学曾经发挥过其他任何文化表现形式都不曾发挥过的巨大作用，维柯将人类童年的智慧称之为“诗性智慧”，黑格尔认为在人类的童年阶段理念与感性的形式特别亲善，但是随着人类抽象思维能力的提高，哲学将取代文学成为人类成年标志性的文化形式。黑格尔断言：“希腊艺术的辉煌时代以及中世纪晚期的黄金时代都已一去不复返了”，“思考和反省已经比美的艺术飞得更高了”，[①] 哲学将取代艺术成为认识绝对理念的最高形式。现代中国哲学家冯友兰（1895—1990）也指出：

---

① ［德］黑格尔：《美学》第 1 卷，朱光潜译，商务印书馆，1979 年，第 13—14 页。

“在未来的世界，人类将以哲学代宗教。……人不一定应当是宗教的，但是他一定应当是哲学的。他一旦是哲学的，他也就有了正是宗教的洪福。”①

文学绝不是被动表现哲学的工具，单纯“文以载道”的文本也没有多少艺术价值。首先伟大的文学往往不是单一哲学的传声筒，更不是那些干巴巴的哲学教条的形象图解。我们可以就中国的屈原（约前340—前278）与俄罗斯的陀思妥耶夫斯基这两位文学大师来分析这一点。屈原是儒家、法家、纵横家，还是道家、阴阳家？似乎都有那么一点点像，又都不是各家的信徒。屈原确实有儒家忠君的一面，但是，如果按照儒家“不在其位不谋其政”的教诫，那么屈原就应该“思不出其位”而“独善其身”，不能那样好高骛远地上下求索、去众离群，更不能驰骋想象、究地问天。屈原的去众离群而驰骋想象力，有点像道家庄学推举的个人，然而庄子的个人追求的是在社会中游刃有余以“保身全生”，或者游离社会而与自然同化，这与屈原的选择完全是相悖的。与此相似，很少学者能够指出陀思妥耶夫斯基的文本受到某种单一哲学的影响，然而陀思妥耶夫斯基的文本却以无可匹敌的深刻洞察力，揭示了基督教文化从传统向现代转折的全部复杂性及文化深度。《地下室手记》被认为是存在主义哲学的先声，尤其是《卡拉马佐夫兄弟》，既表现了基督教哲学温情的一面（佐西玛长老、阿廖沙），又揭示了存在主义等现代哲学所能够达到的真理（伊凡等）。其次，在文学与哲学的关系中，不只是哲学对文学有着单向度的影响，伟大的文学文本也能够反过来影响哲学家。在中国，孔子之前产生的《诗》与《乐》对孔子发生了巨大的影响，以至于使孔子的伦理建构以诗始、以

---

① 冯友兰：《中国哲学简史》，北京大学出版社，1985年，第9页。

乐终。在西方，拜伦的情感方式尤其是《曼弗雷特》表现的意志的强力对哲学家尼采发生了巨大的影响。尼采在他的自传中声称："人们一定会把我与拜伦的 Manfred 密切地关联在一起"。[①] 罗素（Bertrand Russell，1872—1970）在《西方哲学史》中也认为尼采笔下的查拉图斯特拉与拜伦《海盗》中的康拉德是"不无相似的贤人"。[②] 因此，对于文学与哲学关系的研究，一定要考虑到各种复杂性以及文学与哲学的双向互渗。

克尔凯郭尔（Soren Aabye Kierkegaard，1813—1855）曾经把人类的文化存在划分为审美的、伦理的与宗教的。也许，克尔凯郭尔还漏掉了一种文化的存在方式，那就是科学的。这种遗漏或许是因为与现代科学相伴而生的技术统治对人的压迫有关，以至于使科学哲学畸变为技术哲学，但是在古代希腊，科学确实是具有生机的一种文化存在方式。一方面是哲学向其他学科的流入，另一方面则是各个形而下的学科对哲学的取代——无论那门学科越出本学科的界限而想解释世界，就都会变成哲学：如果达尔文（Charles Robert Darwin，1909—1882）的进化论仅仅限于生物学领域，就是一种专门的科学，然而当进化论企图解释人类社会及其精神现象的时候，就变成了哲学；如果弗洛伊德的精神分析仅仅限于对精神病人的谈疗，也是一门具体的学科，然而当精神分析试图解释人类文化现象时就变成了哲学。

克尔凯郭尔之所以没有把哲学看作是独立的文化存在方式，是因为哲学往往倚重于这三种既定的文化存在方式。当哲学流入宗教的时候就成为神学，成为指导西方人言行的基督教文化，柏拉图与亚里士

---

① ［德］尼采：《瞧！这个人》，刘崎译，中国和平出版社，1986 年，第 25 页。

② ［英］罗素：《西方哲学史》下册，何兆武、李约瑟译，商务印书馆，1982 年，第 299 页。

多德的哲学后来都成为解释基督教合理性与神圣性的神学。当哲学流入伦理的时候，我们就看到了中国以伦理为本体的儒学，这种礼教成为指导中国人几千年的行为规范。当哲学流入审美的时候，就产生了中国的道家庄学与西方的尼采哲学。马克思主义哲学源自德国古典哲学，并以经济学为基石，在批判宗教神学的同时，发展出不同于资本主义市场经济以个人主义为本位的新型伦理学与美学。当马克思主义以劳动不再是谋生手段而是第一需要为理想社会的时候，劳动本身就变成一种令人愉悦的审美创造活动了。因此，在马克思那里，伦理学与美学是密切结合在一起的。

由于中国传统的儒道哲学的互补，使得中国文化打上了浓重的泛伦理主义与泛审美主义的色彩，并与西方文化的泛宗教主义与泛科学主义形成了鲜明的对比。相比之下，审美的超越在西方一直被宗教的超越压得抬不起头来，但是在上帝的存在摇摇欲坠的现代，从尼采复活希腊的狄俄尼索斯精神，到海德格尔所谓诗人在探寻诸神隐退的踪迹，在冥暗的夜半道出神圣，都对审美的超越表现出极大的热情。在这里，哲学与文学已经热情拥抱，萨特（Jean-Paul Sartre，1905—1980）、加缪（Albert Camus，1913—1960）都以文学来表现他们的哲学；或者，他们的哲学本身就变成了诗，罗素认为柏格森的著述是一种诗意的作品，而尼采的代表作《查拉图斯特拉如是说》很快就被谱成交响乐演奏，充分表明了哲学与文学的成功联姻……可以说，在黑格尔身后，科学哲学与人本哲学已经分裂，这使得科学哲学与文学的关系应该归入文学与科学的研究范围。而人本哲学所热衷的对象，正是科学哲学认为是假命题的伦理与审美。[①] 生命哲学家狄尔泰就认为，追

---

① ［奥］维特根斯坦，《逻辑哲学论》：“不可能有伦理的命题”，“伦理学和美学是一个东西”。郭英译，商务印书馆，1985 年，第 95 页。

问生命的意义和价值比探讨世界有几个概念几对范畴更是哲学的根蒂。这种哲学上的转向使其与中国哲学相近，因为中国哲学的根本就是伦理与审美。

西方的传统哲学以科学分析与理性思辨见长，除了柏拉图的对话哲学，质疑上帝的启蒙哲学，现代的存在哲学与生命哲学，从前苏格拉底（Socrates，前469—前399）的希腊科学哲学、亚里士多德到笛卡尔（René Descartes，1596—1650）、康德，从黑格尔、孔德（A. F. Xavier Comte，1798—1857）到德里达（Jacques Derrida，1930—2004），西方主流的哲学著作可以说是“言之无文”，晦涩难懂。而以伦理与审美为根底的中国哲学，从孔孟、老庄到董仲舒（约前179—前104）、朱熹（1130—1200），在阐发哲理的同时总是重视文采而做到文质彬彬。因此，讲中国文学不讲先秦诸子是不可想象的，他们的散文对后世文学造成了巨大的影响。而且西方现代哲学的东方转向也是有限度的。同是重视伦理，萨特的没有互为主体的我你关系的“地狱就是别人”，与孔子的“三人行必有我师”的合群性差异是很大的；同是审美的哲学观，尼采那种在冒险中激情四射的哲学与庄子那种静听天籁消融于自然之中的哲学，也是相去甚远。因此，应该从跨文化对话的角度对中西文学与哲学的关系进行深入的反省。

在比较文学的分支学科中，与哲学关系密切的是主题学与比较诗学。主题学在德文中被称为Stoffgeschichte和Motivgeschichte，前者侧重于题材，后者侧重于动机，法国学者则称之为Thematologie。在英语世界，在哈利·列文（Harry Levin，1912—1994）创造Thematology——主题学这个词汇之前，使用的是Stoffgeschichte，既照顾德国学者的侧重题材，也照顾法国学者的侧重主题。主题学的起源与德国学者对民俗学的研究有着密切的关系，但是在后来的学术演变中，确实存在着从侧重题材向侧重主题的发展。一般认为，比主题学更小的不可再分的主题性分析单元是母题（motifs）研究，与母题相联系的还有情境（situations）、典型（type）与意象（image）等概念。如果说母题、典型、情境、意象等是对文本较为具体的分析，那么主题学对文本的研究则具有更大的抽象性和概括性，因此，主题学与哲学在对人类感性生活的形式进行抽象概括方面就有相似的特征。我们已经说过，文学与哲学在西方往往属于精神史和思想史的研究范围，那么，一些西方学者认为主题学与思想史、精神史有着密切的联系就毫不奇怪了。美国学者韦斯坦因（Ulrich Weisstein，1925— ）在《比较文学与文学理论》中认为："theme 或 thema 指思想史（The History of Ideas），似乎含有一种对题材抽象的意思"。布吕奈尔等在《什么是比较文学》中，认为"主题和思想史"在关于意识形态的问题上"是不可分的"。[①] 在这里，学者们几乎将主题学与思想史看成了一回事。当然，主题学是思想史研究中较为具体的一个部类，换句话说，主题学和思想史的关系，正如母题研究和主题学的关系。那么，哲学是怎样渗透到主题学的研究中，甚至指导主题学的研究呢？

有的比较学者将主题学放到比较文学的平行研究中进行考察，我们认为是不合适的。如果从比较文学的研究方法的角度来看，主题学兼具影响研究与平行研究二者的研究特征。平行研究尽管在比较文学出现之前就存在，但是作为比较文学的一种研究方法仅仅是伴随着美国学派的出现而出现的，而主题学的研究却是在美国学派出现之前就已经取得了很大的成就。从这个意义上说，较早出现的主题学研究

---

① [法] 布吕奈尔等:《什么是比较文学》，葛雷，张连奎译，北京大学出版社，1989 年，第 175 页。

属于影响研究的为多。学者们往往研究某一主题的历史渊源，以及同一主题在不同国家的传播，在不同时代的流变，譬如普罗米修斯（Prometheus）、堂·璜（Don Juan）、浮士德（Faust）等人物故事作为西方文学中一些经常出现的主题，就被不同国家、不同时代，乃至不同文体的作家共同处理过。但是，19世纪末在民俗学的影响下，比较文学这一新生的学科几乎完全被推上了实证主义的轨道。学者不是对同一主题在不同国家、不同时代的艺术表现进行审美的与文化的研究，而是成了学术“线人”，仅仅在不同国家、不同时代所采用的同一主题之间找出一个传播的线索，就以为完成了学术使命。这种研究确实很具有科学品格，然而这和资料考据的科学品格几乎没有什么大的差异。

正是在这个意义上，我们认为主题学的研究要想“更上一层楼”，真正进入人文学科的高水平的研究层次，需要得到哲学的指导，并且反过来，使哲学尤其是生命哲学的研究得以丰富。譬如对于堂·璜主题，不同国家与不同时代的艺术家是怎样表现诱奸这一主题的？这一主题在不同的艺术家那里形成了怎样不同的艺术风格？不同民族的艺术家在处理这个主题的时候表现了怎样不同的民族文化个性？而从历时性上看，又怎样表现了不同时代有所差异的文化风尚？又譬如，浮士德主题在从民间传说、口传文学演变成马娄等人的文人文学的过程中，发生了怎样的文化变异？歌德为什么要向这个主题中灌注哲学的生气，使之具有深刻的哲学意蕴？为什么德国文化哲学家斯宾格勒在《西方的没落》中将歌德笔下的浮士德作为整个西方文化的代名词？还有，雪莱的《解放的普罗米修斯》与埃斯库罗斯的《普罗米修斯》相比，是怎样具有浪漫主义的文化烙印的？当然，雪莱对于善与美的“一种精神”的本体世界的追求，使其笔下的普罗米修斯毕竟还有着更多的柏拉图主义的古典思想的烙印；那么，拜伦的《普罗米修斯》推崇的则是一个走向现代的叛逆的猛士。这个具有强力意志的巨人，面对着注定要来的死亡，体悟着生存的“孤立无援”，在现实痛苦的折磨中试炼着自己坚强的意志。因此，同是浪漫主义诗人笔下的普罗米修斯，雪莱在无神论的革命的外表下，弘扬的是万物有灵的和谐本体，而拜伦则在有神论的外表下，深深体悟着生存的苦痛，已经具有了存在主义的意味。由此展开的主题学研究，既可以在不同国家和时代的主题中抽象概括出一般的哲学思想，又可以看到不同国家和时代的丰富多彩的文化特征，甚至可以看到同一时代同一国家的作家笔下的同一人物——如雪莱和拜伦笔下的普罗米修斯，具有怎样不同的艺术个性。而且同一主题在向不同语言和文化背景的国家进行传播的时候，发生文化上的误读现象几乎是必然的，作家首先是一个接受者，然后才是一个创造者。在这里，解释学与接受理论在跨语言文化的研究中尤其适用。

自从美国人对法国人的比较文学路线进行抨击之后，没有事实联系的文学主题之间的类同性研究，也进入了比较文学的研究视野。比较学者可以在没有事实联系的各民族之间、语言之间和文化之间，寻找富有人生哲学意味的人类共通的主题类型。人类共通的人性与相似的文化审美心理是这种没有事实联系的主题学研究的基础。在不同的文化中生存的人，无论其观念是怎样的不同，都面临着一些相似的文化语境：人与时间的关系，人与自然的关系，个体与群体的关系，个人的生物本能与文明的关系……这种相似的文化语境，可以衍生出许许多多的共通的主题，而对这些共通的文学主题的研究是最富有哲学意味的。当然在这些相似的关系中，可能导致非常不同的文化路向，显示出非常不同的审美心理，而这也正是不同文化的差异所在。因而主题学研究虽然首先着眼的是不同文化中文本主题的类同性，但是在进一步的研究中，也应该揭示出对同一主题表现方式的差异性。

就人与时间的关系而论，无论在哪一种文化中，这都是一个深刻的哲学问题，也是一个常新的文学主题。人们都知道，圣奥古斯丁（St. Augustine，354—430）就曾苦苦思索时间问题，德国哲学家海德格尔的大著就叫《存在与时间》。因为人的存在是时间性的存在，是在时间之内的存在，但是人的文化本性又想超越时间性而达到永恒。在西方哲学中，跨越现象的感性世界进入本体的理念世界，是从柏拉图就开始的一种哲学传统；在印度佛学中，这种对时间的超越就是抛弃现世世界而进入空无寂静的彼岸世界；在儒家哲学中，这种对时间的超越就是伦理整体的无限延续使得短暂的个体感性生命在纳入整体之后得以永恒；在道家哲学中，则是使个体在与具有时间永恒性的天地万物的合一中得以超越。所以，哲学与文学乃至一切人类的精神文化几乎都是起源于对死亡的超越，而要超越死亡，就要使感性流变的生命摆脱时间的限制。叔本华说："死亡是给予哲学灵感的守护神和它的美神，苏格拉底所以说哲学的定义是'死亡的准备'，即是为此。诚然，如果没有死亡的问题，恐怕哲学也就不成其为哲学了。"[①] 罗素说："追求一种永恒的东西乃是引人研究哲学的最根深蒂固的本能之一。""诗人曾经悲叹着，时间有力量消灭他们所爱的一切对象。

> 时间枯萎了青春的娇妍，
>
> 时间摧残了美人的眉黛。"

---

① [德] 叔本华：《爱与生的苦恼》，中国和平出版社，1986 年，第 149 页。

在这里，罗素显然是把哲学与文学对死亡的超越合而为一了，所以罗素又说，诗人以为他们自己的诗歌是永远不可毁灭的：

> 时间的手掌尽管残酷，然而我期待
> 我的诗篇将传之永久，万人争诵。[①]

在中国文学中，许多诗人、文人也希望借作品使自己得以不朽。中国人所谓“立德、立功、立言”的三不朽，其中“立言”一项主要是以文学的流传而使自己不朽。惟其如此，屈原在投水自杀之前要给世界留下《离骚》这一悲壮的不朽诗篇，李白甚至说“自古圣贤多寂寞，惟有饮者留其名”。所以曹丕（187—226）在《典论·论文》中，将文章看成是“不朽之盛事”。一直到鲁迅，都有借文学的传世而使自己不朽的企图。鲁迅在《摩罗诗力说》中认为：当武力的炮火烟消云散的时候，但丁的伟美之声依然传世。当然，相似的文学主题在不同的文化中，是具有深刻的文化差异的。从某种意义上说，中西哲学与文学的深刻差异正是源于超越时间的不同。

在比较文学的研究实践中，与哲学关系非常密切的还有比较诗学。较早使用“诗学”这个名词的是希腊哲学家亚里士多德，他的《诗学》一书，其实就是他的整个哲学体系的一个分支。从此，艺术作为人类创造的一个重要的感性世界，几乎为所有的大哲学家所关注，他们或者认为艺术的感性没有价值（柏拉图主义者），或者认为艺术在感性的描绘中流溢着理性的光芒（从普罗提诺到新古典主义），或者认为艺术的理性之光因为不能摆脱感性而每况愈下（黑格尔），或者认为艺

---

① ［英］罗素：《西方哲学史》，商务印书馆，1982年，上册第75页。

术的感性在情感的领域中是通向自由创造的（康德、席勒），或者认为艺术的感性本身就具有自足的价值，闪耀着生命力和直觉的光辉，是拯救迷信理性而不能自拔的现代人的诺亚方舟（尼采）。正是从这个意义上，艺术哲学与美学就是哲学的一个重要分支。如果按照这种传统的学科分类，比较诗学也就成为比较哲学的一个分支了。当然，比较诗学在当代比较文学的实践中，显然也包括了不同民族与不同语言文化之间的文学理论、文学批评的比较。这种比较虽然不是哲学的一个分支，然而在文学研究的分科中，文学理论与文学批评显然比文学史、文学欣赏等更具有哲学意味。

比较文学之所以有时被称为文学研究的边缘学科，我认为原因就在于：比较文学最早是文学史的边缘学科，它站在世界文学的高度，注重研究国际间的精神联系，因此被称为国际文学关系史；但是，在后来的发展中，尤其是在美国学派对法国人的比较文学路线发起冲击之后，比较文学又成为美学和文学理论的一个重要分支，它站在总体文学的高度，把握不同民族、不同文化之间的感性语言的总体特质，总结文学发展演变的一般规律。“总体文学”，作为比较文学一个重要的补充词汇，是从法文“littérature génerale”与英文“general literature”翻译过来的，意义比较含混，我们以为只有当这个概念指代一般的文学潮流或总体的诗学概念的时候才对比较文学有用，而这样使用这个概念，就与哲学对人类丰富多彩的感性生活的抽象性与概括性把握具有极大的相似之处。

比较诗学与主题学一样，也不能简单地归入比较文学的影响研究或者平行研究。当比较学者在研究一个民族的美学或文学理论对另一个民族的美学或文学理论发生影响，或者清理本民族的文学理论的外来渊源的时候，他所从事的就是比较诗学的影响研究。譬如佛克马

（Douwe W. Fokkema，1931—2011）在《20 世纪文学理论》中研究捷克结构主义与俄国形式主义的渊源关系以及马克思主义文学理论对中国的影响的时候，就是在从事比较诗学的影响研究。

从今天中国美学和文学理论的发展实际来看，我们尤其需要对西学东渐以来流入中国的美学或文学理论的所有概念进行追根寻源的比较研究。对于大量的中国目前还在使用的西方美学与文学理论概念，要清理他们在翻译过程中是怎样被中国文化的语境接受的，这些概念在英国、法国、德国等西方国家的原意是什么——尽管对原意的解读也还是需要具有文化与时代“成见”的当代人去进行，并且追寻它们的希腊文或者拉丁文的词源意义。在进行了这种考究之后，再来清理这些诗学概念在中国接受和使用的过程中，在中国传统文化和诗学的作用下发生了怎样的语义变异。譬如“悲剧”与“喜剧”，这两个研究希腊悲剧、喜剧与莎士比亚等剧作家的悲剧、喜剧的时候经常使用的词汇，能否在差不多同样的意义上指称中国古代那些悲中有喜、喜中有悲的戏曲？如果西方有“悲诗”、“喜诗”的概念，是否我们还要在中国古典诗歌中分出“悲诗”与“喜诗”来？又如“浪漫主义”的概念，在西方近代出现的这个概念与中古的浪漫传奇是什么关系？柏拉图哲学给浪漫主义以什么样的灵感？哲学上的浪漫主义与文学上的浪漫主义是什么样的关系？中国楚文化的背景与老庄返归自然的哲学是怎样认同西方的浪漫主义的？当我们说大跃进民歌是浪漫主义文本，而庄子与卢梭、屈原与拜伦都是浪漫主义者的时候，有多少真理的价值？再如“现实主义”的概念，它在西方指称的是怎样的文学流派？当这个概念进入中国之后进行普泛使用的时候还有多少真理的价值？当我们将中国抒情诗传统的源头《诗经》说成是现实主义的时候，又是怎样背离了西方 19 世纪现实主义的基本精神的？而在一个相当长的阶段，我们以现实主义和浪漫主义来概括几乎所有中国古典文学的文本的时候，这两个来自西方的文学概念已经被儒家哲学与道家哲学、中原文学与楚文学变异到了何种程度？

当然，比较诗学更多面对的是相互没有影响和渊源关系的平行研究，并且将更多地涉及不同文化中的哲学。中国的诗学一开始就与中国的哲学联系在一起。当孔子说“兴于诗，立于礼，成于乐”的时候，实际上是将文学艺术与他建构的整个儒家的伦理大厦糅合在一起的。而庄子让人厌弃现世人伦，在走向山水林木的归隐路途上，才可能在纯然的审美中解脱烦恼、达到永恒，这就不仅是美学的，而且也是哲学的。西方人从一开始对文学的观念就与中国哲人的不同。尽管在希腊，柏拉图也很重视文学的道德功能，并且以摹仿文学——史诗和悲剧败坏人心而欲赶出他的理想国；但是，他否定摹仿文学的根本理由仍然是立足于知识论的，是从本体论的认知角度着眼的。在他看来，作为现象的感性世界是对于作为本体的理念世界的摹仿，作为摹仿的史诗和悲剧又是对感性的现象世界的摹仿，因而文学就成了和真理隔着三层的摹仿的摹仿，影子的影子。而亚里士多德要肯定作为摹仿的文学也是从认知的角度着眼的，他以为诗以其对必然律和可然律的忠诚，使之所摹仿的是具有普遍性的事件，从而比仅仅摹仿个别的已经发生的事件的历史更具有哲学的意味。因此，尽管柏拉图和亚里士多德对于诗的否定和肯定有所不同，但是二者在这样一些观点上是完全相同的：诗是对于世界的摹仿，是对于感性生活的一种再现，必须靠认知而取得其自身的价值。文学的本质是摹仿这一观点在希腊是如此盛行，以致没有一个诗学家能够不以摹仿论文谈艺。赫拉克利特（Heraclitus，约前 540—约前 470）已经论及艺术是自然的摹仿，留基伯（Leucippus，约前 500—约前 440）以人“从天鹅和黄莺等歌唱的鸟学会了唱歌”来说明艺术是自然的摹仿，德谟克利特（Democritus，约前460—前370）在肯定留基伯的说明之后，还认为不应该只摹仿坏人而不摹仿好人。苏格拉底认为，诗歌、绘画、音乐、舞蹈、雕塑，都是摹仿。虽然我们也使用“再现”一词来说明希腊人的审美观念，但是希腊人的用词几乎是清一色的摹仿。在亚里士多德的《诗学》中，摹仿一词出现了几十次。为什么希腊人这么热衷于用摹仿说明诗的本质呢？也许，亚里士多德的解释还是具有经典意义的：“从孩提的时候起人就有摹仿的本能”，“并通过摹仿获得了最初的知识”。[①] 儿童时期的人比起具有主体性的成人来，显然更具有摹仿的本能和天才，而古代希腊不正像马克思在《〈政治经济学批判〉导言》中所说的，是人类的童年时期发展的最完备的地方吗？如果说西方诗学走了一条从摹仿到主体表现的路，那么，中国诗学自古就是以主体表现为特征，由此显示了中国文化的早熟。

当然，由于中西文化哲学的巨大差异，在中西诗学的比较中将更多地看到二者的差异而非相似之处，或者说其相似之处也打上了深深的文化哲学的差异的烙印。西方哲学在柏拉图那里就分出了理念本体的超越世界和现象的感性世界，前一个世界是理性的，精神的，灵魂的，后一个世界则是感性的，物质的，肉体的。而在中国哲学中，从来就没有脱离感性的理性，没有脱离物质的精神，没有脱离肉体的灵魂。庄子对痛苦的个体感受已经非常深刻，但是他的哲学仍然舍不得脱离感性的自然，而要人与天地万物为一。宋代的理学在佛学的影响下已经有点越出感性世界的形而上的意味，但是“理在气中”，就又回到了中国物质的感性家园。从传统中国人死后要极力保存尸体来看，

① ［希腊］亚里士多德：《诗学》第4章，商务印书馆，1996年。

是不相信有什么不朽的灵魂的。所以在西方，那种不与肉体挂钩的纯精神恋爱被称为“柏拉图式的恋爱”，而在中国的小说中，一写恋爱往往就是“云雨一番”。《红楼梦》作为中国文人化了的高雅文学，也并没有描绘林黛玉与贾宝玉的灵魂相爱，而是将他们的相爱与具体的情境相联系。有一次，宝玉看见宝钗身上的白胳臂又发了呆，说是如果长在黛玉身上也有福气摸一摸。即此一端，也可以看出中国文化是不相信有什么超越于肉体的灵魂的。

在这种哲学背景下产生的中国诗学，有一个特点是西方诗学所没有的中国国粹，就是以口为中心的“味觉诗学”。西方人认为在人的眼、耳、鼻、舌、身的五种感觉中，身有触觉，鼻和口舌有味觉，但都是低级感官，只有听觉的耳朵和视觉的眼睛才是精神性的可以欣赏艺术的高级感官。耳朵可以欣赏音乐、歌曲、朗诵诗，眼睛可以欣赏诗歌、小说、绘画、雕塑、建筑，戏剧、影视则要靠眼睛与耳朵的配合。但是中国人对感性的世俗生活的执著，使得口舌具有其他任何器官所没有的地位。老子就有这样的道德箴言：“五色令人目盲；五音令人耳聋……是以圣人为腹不为目。”就是说圣人并不为美的色彩与音乐所动，而只求吃饱肚子就可以了。于是口就具有特别尊贵的地位，口可以成为人的代名词，譬如“人口”、“养家活口”，都不是仅指口舌而是指人的整体，这就使得西方所谓高级器官的眼睛与耳朵都望口莫及。说这家有多少口，无人不懂，而说这家有多少双眼睛，多少只耳朵，则会把人说得一头雾水。于是，整个中国文化都具有“泛口主义”色彩。中国人将工作叫做“饭碗”，换工作则叫“跳槽”。受欢迎说是“吃香”，不受欢迎则说“吃不开”。同意会说“合胃口”，拒绝则说“不吃这一套”。在“熟人”面前“可以开口”，在生人面前则“不好开口”。外贸可以说成“进口”、“出口”，打官司则可以说成“吃官司”。这种“泛口主义”必然对中国的诗学发生重要的影响，使得中国人对于高雅的精神产品照“吃”不误。如果对文本或者作家有深刻的理解，就叫做“吃透了”，不太理解则说“还没吃透”。一个欣赏者面对太高雅而一般人读不懂的文本，会谦虚地说“太难啃”、“啃不动”。品字由三个口组成，表示对文学文本的欣赏应该慢慢在口里咀嚼，才会品出味道来。中国诗学注重作品的“诗味”、“韵味”与“滋味”，所显示的就是欣赏者在不断地咀嚼之后品出味来的意思。因此，所谓好作品，就是要耐嚼，能够使人“回味无穷”。而所谓《诗品》，就是对不同诗人的作品品味之后，定下“上品、中品、下品”之类的等级，作为评价的标准。有趣的是，钟嵘（约468—518）正是在《诗品》中首先提出中国诗学的“滋味说”的，以“味之者无极”为“诗之至也”而否定“淡乎寡味”的作品。而更为高雅的“韵味说”的提出，正是作《二十四诗品》的司空图（837—908）。此后“滋味说”与“韵味说”及其品评方法，成为中国诗学一个重要的传统。

科学与艺术是人类文化的两种重要的表现形式，而其在中西文化中所占的比重是极为不同的。如果说西方的哲学是爱智慧，偏于神学与科学的文化形式，那么，中国的哲学则是闻道，偏于伦理的与审美的文化形式，中国文化具有一种泛审美主义和泛艺术主义的色彩。所谓泛审美主义与泛艺术主义，就是中国文化的一切产品都具有审美与艺术的色彩。孔子哲学与老庄哲学的诗化特征，我们后面还将详细讨论，其实，整个中国哲学几乎都具有这种诗化色彩，从而与从亚里士多德、康德到现代科学哲学的传统大相径庭。林语堂（1895—1976）说：“一个中国法官必不能把法律看作一个抽象体，而一定要把它看作一个可变通的量，应该具体地运用到某一个人身上”，所以

“中国的法律是一种艺术，不是科学。”[①] 海外有从文化的角度研究中医的学者，认为中医与其说是科学，不如说是艺术。甚至连中国文化的家园——汉字，也具有极大的艺术色彩：不仅汉字的起源是图画式的象形，而且书法是中国一种特有的艺术门类。而西方哲学的传统是“爱智”，而且早在希腊就将科学的“爱智”与生命的终极超越联系在了一起。罗素在《西方哲学史》中描绘早期希腊哲学的时候，就引用了伯奈特的一段话：“我们在这个世界上都是异乡人，身体就是灵魂的坟墓，然而我们决不可以自杀以求逃避；因为我们是上帝的所有物……一切中最伟大的净化便是无所为而为的科学，唯有献身于这种事业的人，亦即真正的哲学家，才能使自己摆脱‘生之巨轮’。”[②] 这和柏拉图认为爱智慧的哲学家能和本体的理念世界打交道从而使自己不朽，其实是一个意思。

中西哲学对审美、艺术与科学的这种不同偏重，使得中西诗学也呈现出迥然不同的面貌。与西方传统美学执著于探究美的本质即所谓美的哲学不同，中国美学的主导方面是文艺美学和艺术欣赏理论，而且这种理论多是以诗的形式或诗意语言出现的。与西方诗学在讨论问题的时候要求明确概念的含义不同，中国诗学概念的含义往往是朦胧的、模糊的、多义的，需要以熟读文本之后的经验来慢慢地加以领悟。像“风骨”“气”“气韵”“神韵”“滋味”等诸多中国诗学概念，往往是只可意会不可言传，一经言传和分析，往往就失去了概念的本意或主旨，而只能靠感悟去意会。按照新批评的说法，“含混”是艺术的陈述，与科学陈述的精确有别，而中国诗学概念的模糊性与多义性

---

① 林语堂：《中国人》，浙江人民出版社，1988 年，第 63 页。

② [英] 罗素：《西方哲学史》，商务印书馆，1982 年，上册第 59—60 页。

正是意义含混的，它很符合艺术作品所要求的含蓄性，即所谓“天地有大美而忘言”，“得意忘言”，“言有尽而意无穷”，“妙在有意无意之间”，甚至是“不着一字，尽得风流”，“羚羊挂角，无迹可求”……从这个意义上讲，中国诗学同以分析和精确为指归的科学相距甚远，而与审美、艺术、生命、直觉甚为亲近。而西方文化的科学主义传统，在西方诗学中也有突出的表现。概念的明晰伴随着分析的精确，一直是西方诗学的传统。亚里士多德在《诗学》中讲诗是摹仿，史诗是怎样摹仿的，悲剧是怎样摹仿的，诗和历史的区别，情节怎样摹仿行动，诗的作用是什么，都讲得一清二楚。这种科学主义的诗学传统在西方诗学中一直占据着主流的地位，所以西方科学的巨大进步往往对诗学的发展产生了重大的影响。尽管在 19 世纪末，这种科学性的诗学受到了来自尼采传统的存在主义、生命哲学的挑战，但是值得注意的是，20 世纪西方诗学的主潮仍然是科学主义的。从形式主义到结构主义、符号学，主导西方 20 世纪文学批评的科学传统是如此顽强地显示着活力。

第二节　文学与历史

文学与历史是一对诉诸语言叙事的孪生兄弟，叙事文学与历史的关系甚至比它与其他艺术形式的关系还要密切。在克罗齐看来，广义的艺术就是对世界的直觉，而历史作为对过去的记忆所产生的也是一些直觉品，“所以历史是包涵在艺术那个普遍概念里面的。”那么狭义艺术的直觉与历史直觉的差异在哪里呢？克罗齐说：“世界全是直觉品，其中可证明为实际存在的，就是历史的直觉品；只是作为可能的，或想象的东西出现的就是狭义的艺术的直觉品。”[①] 其实，文学与历史的关系含混不清的原因，就在于“历史”的概念一直不是很明晰：“历史”究竟是“史官”或历史家对过去发生的事件的记载，还是历史学家对史官所记载的历史乃至对历史运行或发展过程的研究？当然，历史家书写历史肯定会在其中渗透着历史观与世界观，历史学家对历史运行与发展过程的研究也不能离开感性的历史画卷，而且二者都离不开对历史资料的掌握。然而，前者无疑属于克罗齐所谓的广义的艺术范畴，希罗多德（Herodotus，约前484—前425）、司马迁就是这一类的历史家；而后者则属于学术研究的领域，其理论形态的成果的最高体现就是历史哲学。因此，本书“文学与历史”中的“历史”，指的是历史家书写历史的文本，而不是史学家研究历史的理论著作。在这个意义上，作家对历史画卷的艺术再现与历史家对历史史实的书写具有极大的相似性。

优秀的长篇小说对历史画卷的再现，在具有艺术价值的同时也具有重要的历史价值。《红楼梦》除了具有感人至深的移情作用，还细致地描绘了传统社会的生活细节与广阔的历史画卷，成为当时社会的一面镜子。历史家比较粗疏，很少如此细腻地描绘生活细节，于是当代的历史学家要求证清代前半叶的历史真相的时候，有时候不得不借助《红楼梦》等小说提供的细节。而历史学家要了解明代的市井生活，《金瓶梅》与冯梦龙的“三言二拍”要比《明史》更为生动。现代中国作家中大规模展现历史画卷的是茅盾（1896—1981），他的《霜叶红似二月花》再现了“五四”前后中国村镇的传统生活与外商的侵入，《虹》描

① [意] 克罗齐：《美学原理　美学纲要》，朱光潜等译，外国文学出版社，1983年，第34—37页。

写的是“五四”之后新文化对青年的洗礼及其与传统社会的矛盾；《蚀》三部曲反映的是大革命前后知识青年在革命前后的幻灭、动摇与迷茫；《子夜》与“农村三部曲”再现的是30年代的中国大都会与乡村的社会生活；《第一阶段的故事》《锻炼》等描写的是上海“八·一三”事变到上海陷落时期的社会生活……现代中国作家中另一个大规模展现历史画卷的是李劼人，他的大河三部曲《死水微澜》《暴风雨前》与《大波》详尽展现了从近代基督教传入中国所引起的本土文化的反应到四川保路运动的历史。在西方的现实主义小说中，对社会历史画卷的再现更是令人瞩目。马克思、恩格斯与列宁都很看重现实主义文学作为真实再现社会的历史画卷的功能。恩格斯认为，巴尔扎克的小说“汇集了法国社会的全部历史，我从这里，甚至在经济细节方面（如革命以后动产和不动产的重新分配）所学到的东西，也要比从当时所有职业的历史学家、经济学家和统计学家那里学到的全部东西还要多。”[①] 列宁认为托尔斯泰“创作了无与伦比的俄国生活的图画”，“是俄国革命的镜子”。[②]

优秀的历史家在生动记载人类历史的运行与遗迹的时候，其历史文本往往具有重要的文学价值。中国的《左传》《史记》既是优秀的历史文本，也是杰出的文学文本。司马迁的《史记》对于从三皇五帝到西汉中期历史的生动描绘，加上对中国叙事文学尤其是小说的巨大影响，使其在中国文学史的崇高地位不亚于任何一位专业的作家。所以

---

① [德]恩格斯:《致玛·哈克奈斯》,《马克思恩格斯选集》第4卷,人民出版社,1972年,第463页。版次下同。

② [俄]列宁:《列夫·托尔斯泰是俄国革命的镜子》,《列宁选集》第2卷,人民出版社,1972年,第369—371页。

毛泽东（1893—1976）在《为人民服务》中在引述司马迁关于生死的意义的论述时，直呼司马迁是“文学家”。文学的要素是语言的艺术表现、情感的渗透、想象与虚构的运用，这些要素在《史记》里一样也不缺乏。《史记》的语言生动而又典雅，在本纪、世家及列传的各位传主身上凝聚着太史公的喜怒哀乐，阅后令人慨然兴叹。《史记》追求的当然是“实录”，甚至在今天看来是虚构的《高祖本纪》中刘邦睡觉时头上盘旋的龙，恐怕也是当年老百姓的传说而司马迁采风的结果，然而，《史记》中仍然具有很多想象与虚构的要素，譬如人物的独白与心理，就是不在历史现场的司马迁以想象与虚构推测出来的。古希腊的历史家希罗多德被称为“历史之父”，他的《历史》充满了栩栩如生的描写，希腊的诸神也经常在他写的历史中来来往往，瑰丽的希腊神话主要是从《荷马史诗》与希腊多德的《历史》中抄录出来的。由此很多人怀疑其历史记载的真实性，将他称为“谎言之父”，然而现代的考古发掘却证明了希罗多德笔下的历史基本上还是可信的。从吉本（Edward Gibbon，1737—1794）的《罗马帝国衰亡史》之后，随着科学理性的介入，尤其是18与19世纪对科学与理性的乐观预设，历史被看成是科学研究的对象，历史文本的文学性在逐渐消失。然而，随着后现代思潮的兴起，从福柯（Michel Foucault，1926—1984）到新历史主义，历史不再被当成客观不变的实体而被认为是建构与叙述出来的。历史既然是被叙述出来的，那么它与文学又有什么区别呢？于是，文学与历史的关系又一次模糊了。然而，马克思主义对这种克罗齐式的“一切历史都是当代史”是持批判态度的，马克思深受具有强烈历史意识的黑格尔哲学的影响，强调历史的观念，因而批判取消客观性的反历史主义是马克思主义的重要特征。

文学与历史的密切关系，使其交汇地带生长着一种互文性的文体，就是史诗、历史小说与报告文学、传记文学。除了汉族，世界上很多民族的文明之光是由史诗开启的，古希腊的《伊利亚特》和《奥德赛》、英国的《贝奥武甫》、法国的《罗兰之歌》、西班牙的《熙德之歌》、俄罗斯的《伊戈尔远征记》、印度的《罗摩衍那》等，不是开启了一个文明的曙光，就是一个民族发轫之初的文化大观。可以说，史诗是上古的神话、传说以及初民的迁徙史与战争史等在口传的过程中被诗人汇成的巨著。因此，史诗是一个民族的记忆（历史）与想象力（文学）的集大成，是文学与历史的最初联姻，并对后来的长篇小说的发生与发展产生了巨大的影响。随着人类的发展与文明的分化，文学与历史后来就分手了，但是在历史小说这一文体中，文学与历史再一次握手言欢。司各特（Walter Scott，1771—1832）的《威佛利》是西方第一部历史小说，后来又创作了《艾凡赫》《惊婚记》等20多部历史小说，是西方当之无愧的历史小说之父。在司各特身后西方历史小说不绝如缕，波兰作家显克维支（Henryk Sienkiewicz，1846—1916）出版了《十字军骑士》等多部历史小说，并以历史小说《你往何处去》获得诺贝尔文学奖。虽然开启中国文明的是抒情诗而非史诗，但是，宋代以后中国历史小说的数量及其对民间的影响，却超过了世界上任何一个国家。中国长篇的历史小说源于宋代勾栏瓦舍中的“说话”四科之一的“讲史”，成书多在明代，其中包括《东周列国志》《西汉演义》《东汉演义》《三国演义》《隋唐演义》等小说。宋代之后的历史，则是个人列传性质的演义书较多，其中包括《水浒传》《杨家将演义》《说呼全传》《说岳全传》等小说。而近人蔡东藩（1877—1945）把秦汉到民国的两千多年的历史演绎了七百多万字，成为中国历史演义小说的集大成与终结者。在这些历史演义小说中，最为经典的名著是《三国演义》与《水浒传》。一般老百姓的历史知识也不是来自正史，而是来自这些历史演义小说。而这些来自民间的演义小说反过来又影响了正史对人物的评价，尤其是对关羽与岳飞，使得尊重民意的皇帝不断地对他们加封，最后都封成了神明。

文学与历史关系是密切的，然而，在不同的文化中，叙事文学与历史却有着不同的地位与价值。西方从亚里士多德开始，就认为叙事文学在哲学之下而在历史之上。亚里士多德认为，诗与历史的区别不在于是否运用格律文，把希罗多德的历史书改成有格律的文字却仍然是历史，并不会因有无格律而改变文体的性质，“所以，诗是一种比历史更富有哲学性、更严肃的艺术，因为诗倾向于表现带普遍性的事，而历史却倾向于记载具体事件”（一切过去发生的事）。[①] 这种诗与历史、哲学关系的表述，在西方形成了一种传统，被后来不同的论者所遵循，锡德尼（Philip Sidney，1554—1586）说：“历史家由于不得不如实地叙述事物，就不能淋漓尽致地描写完美的模范，否则他就要诗人化”；[②] 甚至声称“法国社会将要作历史家，我只能当它的书记”的巴尔扎克也认为：“历史所记载的是，或应该是，过去发生的事实，而小说却应该描写一个更美满的世界。”[③] 可以说，小说接续了西方史诗的传统，继续在哲学与历史之间扮演着极其重要的角色。然而，中国的文化传统虽然重视文学，但重视的是抒情的诗歌与抒发性灵甚至是议论记事的散文，而对于与历史关系密切的小说却将其逐出大雅之堂，使

① [希腊] 亚里士多德：《诗学》，陈中梅译注，商务印书馆，1996 年，第 81 页。

② [英] 锡德尼：《为诗一辩》，钱学熙译，伍蠡甫、蒋孔阳主编《西方文论选》上册，上海译文出版社，1979 年，第 237 页。

③ [法] 巴尔扎克：《〈人间喜剧〉前言》，陈占元译，伍蠡甫、蒋孔阳主编《西方文论选》下册，上海译文出版社，1979 年，第 173 页。

之混迹于下九流的“稗官野史”之中。尽管宋代之后小说在中国民间发挥了巨大的文化影响力，但是，小说不但不能与历史相提并论，而且这种文体都得不到正统文人的承认。小说的作者不是书会才人，就是没有功名的下层文人，他们根本不指望靠小说取得文名。于是，就出现了一种奇怪的现象，在今天看来是古典文学名著的《水浒传》《金瓶梅》等小说，压根就找不到实在的作者。古代小说的撰人或整理者都因为被正统放逐而不屑于署名，这就使中国古典小说的作者基本上是一笔糊涂账。罗贯中（约 1330—1400）究竟是《三国演义》的第几道工序的作者，也不是很清楚，因为此前的《三国志平话》就找不到作者，再往前只能去找宋代勾栏瓦舍里那些“说三分”的说话人。就此而言，罗贯中在《三国志通俗演义》中谦称是“史家的后学”，不过是编次了史书（晋平阳侯陈寿史传，后学罗贯中编次），并非没有合理性；他看不惯《三国志平话》的虚构，用陈寿（233—297）的《三国志》加以修订，但是故事框架显然仍是袭用了《三国志平话》的。因此，在明清两代，那些认为小说值得重视的文人在为小说争取地位的时候，往往就把小说说得像历史一样，说《三国演义》像《左传》《水浒传》像《史记》，依靠《左传》与《史记》的经典地位来为小说争取价值。而大量出现的历史小说，表明了作家也在使小说向着历史靠拢以取得更多的文化价值。这种文化现象，显然与中国文化重视实用排斥虚构有关。直到西方文学与诗学传入之后，这种文化现象才得到改变。

第三节 文学与伦理学

文学与伦理学的关系是非常重要的关系，甚至在一些以伦理为根底的文化中，其重要性堪比宗教与哲学。然而迄今为止，在比较文学的跨学科研究中，文学与伦理学基本上被忽视了，所有的教科书几乎都没有文学与伦理学的讨论。伦理学是关于人伦关系的学科，是协和人与人、人与社会和人与自然的学科，其核心便是道德价值。

从本质上说，科学偏重于求真，伦理偏重于求善，文艺偏重于求美，因而极端的追求科学真理的洛克（John Locke，1632—1704）有排斥诗歌的倾向，追求真理要求至善的柏拉图也有排斥文学的主张，纯美的“为艺术而艺术”如象征主义与唯美主义一派，往往是以反伦理道德的面目出现的，现代主义反科技异化的倾向也很明显。尽管真、善、美在极端的情况下都排斥其他二者，然而三者的相互渗透与结合却是占主导的。从有文明的时候起，一个文明的核心便是这个文明特有的道德价值，包括文学在内的其他文化形式都会受到道德价值的渗透乃至制约。希腊文明的第一个产儿是《荷马史诗》，这两部史诗集中表现了希腊早期文化的伦理道德。如果说《伊利亚特》主要表现的是刚勇与友情，《奥德赛》表现的则是智慧、冒险与爱情。这种最早积淀在史诗中的文化精神，后来成为希腊两大最著名的城邦的文化特征，雅典崇尚的是智慧，斯巴达崇尚的是刚勇。当然，《荷马史诗》也表现了希腊的神话与命运观念，而这种命运观念在索福克勒斯（Sophocles，约前 496—前 406）的《俄狄浦斯王》中与道德上的乱伦禁忌结合在一起，成为希腊最动人的悲剧。罗马时期的贺拉斯（Quintus Horatius Flaccus，前 65—前 8）著名的“寓教于乐”更是表现了文学与伦理学的联姻。

后来虽然基督教降临西方中世纪，宗教压倒了一切，但是那些伟大的文学作品往往触及人类伦理道德的精妙问题。可以说，从但丁、莎士比亚到歌德，西方最伟大的文本中都可以感受到伦理道德的力量。托尔斯泰的小说《复活》一开场，就是曾被聂赫留朵夫侮辱过的玛斯洛娃因犯罪而站在审判台上，聂赫留朵夫是作为审判者出现的，但他心里明白，真正在道德法庭上该受审的是他而非玛斯洛娃。于是，他开始在伦理法庭上反省自己当年轻易地占有玛斯洛娃的罪过，并且为拯救玛斯洛娃而背起道德的十字架。在陀思妥耶夫斯基的小说《罪与罚》中，大学生拉斯科尔尼科夫以超人自居，在科学理性上为自己找到了杀死放高利贷的老太太的充足理由，认为这种老太太活着就是世界的耻辱，不如杀死她以她的钱造福人类。然而，当他真的将老太太杀死后，道德良心却陷入无休止的争斗中，后来在妓女索尼娅的教示下，终于走上道德忏悔的路。尼采的哲学文本大都可以当作文学文本阅读，而尼采具有艺术性的哲学文本所表达的就是对传统道德的重估与价值的翻转。即使是《十日谈》这种貌似破坏伦理的文本，其实也蕴含着精妙的道德意味，尤其是小说中著名的“将魔鬼打入地狱”的那段，一方面是童蒙无知天真未凿的皈依上帝的女孩，一方面是看见女孩色心大动不能自已的修士，编造自身有一个折磨他的魔鬼，要打入女孩身体的地狱中。因此，文学与伦理学的关系是从文学文本中探究伦理冲突与道德意味，并非像那些完全站在伦理教化的立场将很多文学文本否定的伦理学批评那样。

后来爱默生（Ralph Waldo Emerson，1803—1882）、阿诺德（Matthew Arnold，1822—1888）等人对文学的伦理价值极为注重，尤其是白璧德（Irving Babbitt，1865—1933），他的新人文主义文学批评偏重于伦理学批评。白璧德的学说是有感现代的堕落乃至酿成的世界大战来反省西方文明的，他认为科学主义与浪漫主义是现代文明的两个车轮，前一个车轮碾死了上帝，后一个车轮在鼓动人的情欲的发泄，结果就是整个文明的崩溃与解体。正是从这个意义上，他把与科学主义相联系的现实主义与具有反科学倾向的浪漫主义看成是一丘之貉。科学主义并不能赋予人以高贵的价值与完满的信仰，而是将人与其他动物纳入一个研究视野中加以审视，所导致的是自然形态的人；而浪漫主义也要返归自然，而且认为原始的人性是善的，为反文明的自然主义张目。在这里，白璧德既反对科学主义，也反对原始主义。在白璧德看来，如果不是希腊使人均衡和谐的古典理性与基督教的上帝对人的本性的节制，文明的基础就会崩溃。而在基督教的上帝已经摇摇欲坠的时候，白璧德尤其求助于希腊的古典理性（这种理性正是梁实秋后来推崇的，与现代的工具理性、分析理性是截然对立的，而与孔子的伦理理性是相似的）。在世界观与政治观上，白璧德反对进化论，反对与科学主义、浪漫主义一起勃发的民主与平等观念；在文学上，白璧德反对自卢梭之后兴起的浪漫主义、现实主义与现代主义。白璧德试图回归希腊的古典主义，以理性来节制人的情欲以挽救文明。如果没有理性，人与畜生无异，虽然人不一定企求更高的神性，但是做到有理性是人起码的道德规范。白璧德确实是一位学识非常渊博、道德感很强的学者，他的教化影响了吴宓与梁实秋（1903—1987）等前来留学的中国学生。

尽管中国儒家的文学批评偏于伦理学批评，但是现代的文学伦理学批评却是从西方输入的。梁实秋作为白璧德的中国学生，试图通过白璧德在孔子与亚里士多德之间架起一座沟通的桥梁，强调文学的伦理价值。当朱光潜留学归国张扬美学，并以美学来解释文学问题的时候，就受到了偏重伦理学批评的梁实秋的反驳。梁实秋认为，美学对于解释绘画与音乐是有恰当的，对于解释文学就不恰当，因为文学必然要描绘与美无关的社会人生与伦理道德。梁实秋说："把文学、图画、音乐等都认做是艺术的部门，而以美学作为一切艺术的哲学，把美学当做一把钥匙，用它可以打开各种艺术的门"，这仅仅是一种理想，而不是事实。"我们欣赏一幅画，能不能与欣赏一部戏剧采同样的态度？图画的题材与戏剧的就不同，一棵松树可以画成一幅图画，一枝梅花、一块石头也可以画成一幅图画，而戏剧的题材就必须是一段人事。我们欣赏一幅图画，看它的用笔用墨，看它的姿势气韵等等，这叫做美感经验，这牵涉不到思想与情感，可是我们欣赏一部戏剧，就不能这样的沉溺在美感经验里，我们的思想不由的要受刺激，我们的情感也不由的要受刺激。我们不由的要联想，我们不由的要以剧中内容与实际人生相印证。"[①] 也就是说，文字这种媒介与色彩、声音是不同的，在文字里感受音乐的美与绘画的美并不算尽了文字的功能，如果文字经过大作家的巧妙编排，"它能记载下作者的一段情感使读者起情感的共鸣，它能记载下人生的一段经验使读者加深对于人生的认识，它能记载下社会的一段现象使读者思索那里面含蕴着的问题，总之文学借着文字能发挥它的道德的任务，但是这与美无关。"[②] 梁实秋一直是以西方文学批评的正统自居的，但是他将文学偏离于美学而与伦理学结亲的批评理论，却是偏离了西方自美学概念产生之后文学批评的正统。他认为欣赏一幅绘画不涉及思想与情感，也并非至论。他将文学与伦理学和合在一起，除了白璧德的影响，恐怕与儒家文学批评的影

① 《再论"文学的美"答朱光潜先生》，《梁实秋文集》第 7 卷，鹭江出版社，2002 年，第 459 页。

② 《文学的美》，《梁实秋文集》第 1 卷，鹭江出版社，2002 年，第 500 页。

响有关。儒家以“善”释“美”，要求“尽善尽美”，强调文学的伦理教化功能，正是梁实秋以文学与伦理学结亲的批评理论的传统文化基因。因此，梁实秋批评中国文化注重实际，他自己也没有摆脱这种注重实际的文化传统。

在讨论了西方文学与文学批评同伦理学的关系后，现在该回首中国传统文学了。如果说在西方文化中宗教是第一位的，伦理道德是从属于基督教的，那么，在中国的主流文化中伦理学是第一位的，其他的文化形式往往是从属于伦理学的。西方哲学有本体论、认识论与伦理学的划分，而在中国哲学中，本体论、认识论完全从属于伦理学。而且中国的政治、律法等其他文化形式，都是从伦理学派生出来的。孔子的使命就是在礼崩乐坏的文化语境中克己复礼，并以礼为仁。在《论语·颜渊》中孔子说：“克己复礼为仁。一日克己复礼，天下归仁焉。”为此，孔子将诗与乐都纳入疏通情感、协和族类的伦理中。儒家专门的伦理学经典就有《周礼》《仪礼》与《礼记》。其中《礼记》中的《乐记》一篇，论述的正是乐的本质尤其是礼乐关系：“凡音者，生于人心者也。乐者，通伦理者也。是故知声而不知音者，禽兽是也。知音而不知乐者，众庶是也。唯君子为能知乐。是故审声以知音，审音以知乐，审乐以知政，而治道备矣。是故不知声者，不可与言音。不知音者，不可与言乐。知乐则几于礼矣。礼乐皆得，谓之有德，德者，得也。”在这里，儒家将乐看成是至高的能够使伦理政治达到完备的艺术，而且在世界文明史上较早使用了“伦理”一词。诗有什么作用呢？《毛诗序》所说的先王以诗“经夫妇，成孝敬，厚人伦，美教化，移风俗”，几乎完全是一种伦理学的批评。

中国以诗歌为文学的正宗，而儒家主流诗歌的基本主题，几乎都是抒发诗人的一种伦理情怀和政治情怀。“夫妇是人伦之始，”“男女构精，万物化生”。所以，《诗经》的第一首诗就是爱情诗，但这种情感的抒发都是“发乎情，止乎礼义”。中国诗歌的一些伦理主题往往是歌颂君王、赞美主人以及悲慨世事、感怀前贤、吊古伤怀，而中国诗人对季节的变换又比较敏感，所以伤春悲秋的诗歌也为数不少。伦理性的文学一个重要主题就是亲朋赠答，其实中国诗歌中好多都是亲朋赠答，中国的大诗人李白就是典型的例子，像《赠汪伦》《黄鹤楼送孟浩然之广陵》等都是脍炙人口的诗篇。当然李白诗还不是非常典型的儒家诗歌，杜甫比他更偏于儒家，其伦理情怀也超过了李白。中国宋元话本中的《碾玉观音》《志诚张主管》等小说简直就是以伦理教化为特征的。当然，小说产生在下层的“勾栏瓦舍”中，是为市井小民娱乐的，因而具有一定的复杂性，如果说中国的上层基本是伦理（儒家）的和审美的（道家），而中国的下层则是伦理的（儒家）和宗教的（道教、佛教等）。戏剧是一种综合艺术。中国的戏剧也非常典型地表现了中国文化那种伦理情怀。元代的多数杂剧其实是伦理戏。这些戏剧往往在一开始，就能够分辨出好人和坏人，最后是坏人受到惩罚了，好人得到好报，即使没有好报，最后也往往给出一个光明的尾巴，这就是所谓的“大团圆”。

儒家伦理不但深刻地影响了中国古代，而且也深深渗透着现代。儒教把伦理关系的和谐稳定看得高于一切，为此，孔子讲“父母在，不远游”，讲“父为子隐，子为父隐”，这就是说，为了伦理关系的和谐甚至可以牺牲是非。因为伦理关系的和谐稳定对于孔子学说至关重大，就现实的实用功能而言，家的父慈子孝可以扩大为君仁臣忠而成为治国的基础；就情感的超越功能而言，和乐融融的大家庭既可以免除个体生命的痛苦，又可以在子孙的繁衍中超越个体生命的短暂。因此，儒教高度重视族类而忽视个体，“与此相反，基督教却撇开类不管，只着眼于个体”。儒教是为了类而牺牲个体，“基督教却为了个体而牺牲类。”[①] 儒学最高的道德标准“仁”是“二人”，即一个人是不能“成仁”的，需要融入家国族类并且为之奉献、献身方可成仁；而在基督教，根据托马斯·阿奎那（Thomas Aquinas，约 1225—1274）在《神学大全》中的教示，即使是一个单独的魂灵，即使他没有任何亲邻，只要他自为地享受到上帝，那就还是福乐的。中西个体与群体的关系，即使到了五四个性解放之后的今天，也仍然存在着明显的差异。我们经常看到西方电影中的大英雄对社会和族群的嘲弄，而一入中国社会就要关注“人际”，注意“人缘”。西方人写信，总是把自己放在最前面，把单位放在后面，把国家放在最后面；而中国人写信，则要把国家放在最前面，城市和单位次之，而把自己放在最后。所以，且不说那些弘扬传统文化的合群者，就是“任个人而排众数”以“个人的自大”排斥“合群的自大”的鲁迅，也是将中华民族的复兴、中国的强大放在个性解放之上的，而与他推崇的在船快要沉了的时候最重要的是救出自己的易卜生（Henrik Johan Ibsen，1828—1906）、以培植超人为目的的尼采差异甚大。

诡异的是，正如现代的文学伦理学批评是梁实秋从美国的白璧德哪里输入而来，在当代中国，文学伦理学也没有从中国传统批评蜕变而来，而是来自从外国文学研究。致力于文学与伦理学关系研究的是外国文学学者聂珍钊，他试图将文学伦理学建构成为一种文学批评的方法。2007 年聂珍钊与人合著《英国文学的伦理学批评》，2012 年聂

① 费尔巴哈：《基督教的本质》，第 17 章，商务印书馆，1984 年。关于这种比较请详见高旭东、陈炎、邹广文等著《孔子精神与基督精神》，河北人民出版社，1989 年，第 27—34 页。

珍钊出版《文学伦理学批评及其他》，2014 年又出版《文学伦理学批评导论》。他从文学方法论与文学起源等角度对文学伦理学进行了全面阐发后，又以文学伦理学对从希腊到近现代的西方文学进行了全面的反思。尤其是对《哈姆莱特》等西方名著的研究中提出了独创性的观点。对于“to be or not to be”的解释，聂珍钊认为，这是“哈姆莱特为父复仇面对伦理禁忌的难题而关于自己行动对与错的追问，而不是对生和死的思考”。他分析说：作为父亲的儿子，他有义务为父复仇；然而“克劳狄斯由于娶了王后而使自己的身份转变为王后的法律和伦理意义上的丈夫、丹麦王国的国王，以及哈姆莱特伦理上的父亲，而哈姆莱特也因此而变成了叔父的王子和继子。”① 这就是哈姆莱特的二难选择与延宕的伦理奥秘。

第四节　文学与心理学

文学与心理学的关系是非常密切的，因为文学是人学，不能不把笔触伸向人的心理和灵魂。从 20 世纪 30 年代朱光潜出版《悲剧心理学》《文艺心理学》，到 1979 年之后文艺心理学又成为中国一个热点研究领域，文学与心理学关系的研究在中国起点早，成果也较多。然而与文学相比心理学是一门年轻的学科，这门学科一经产生，就门派林立，歧义丛生。从 19 世纪初赫尔巴特（Johann Friedrich Herbart,

---

① 有关《哈姆莱特》的文学伦理学探讨详见聂珍钊《文学批评与价值发现》，《人民政协报》2013 年 7 月 8 日；《文学伦理学批评：基本理论与术语》，《外国文学研究》2010 年第 1 期。

1776—1841）出版多部心理学著作，到19世纪后半叶冯特（Wilhelm Wundt，1832—1920）创立实验心理学使之成为一门独立学科以来，诸如意动心理学、构造心理学、机能心理学、策动心理学、行为主义心理学、格式塔心理学、拓扑心理学、弗洛伊德的精神分析以及马斯洛（Abraham H. Maslow，1908—1970）的人本主义心理学等学术流派就如姹紫嫣红的繁花，摇曳多姿。从学科分类上，心理学分为普通心理学、生理心理学、社会心理学、发展心理学、变态心理学等，其中又可以细分，如发展心理学可分为儿童心理学、青少年心理学、老年心理学。从职业上，心理学又分为教育心理学（师范类必修课）、文艺心理学（中文选修课）、组织管理心理学（企业管理专业选修课）、临床心理学（医学专业选修课）、犯罪心理学（刑警专业必修课）等。从理论与实践的角度有理论心理学和应用心理学之分，从物种的角度有动物心理学，从性别的角度又有妇女心理学……

心理学的歧义典型地表现在其定义上，一方面从词源学的角度认为心理学的希腊文是关于灵魂的科学，一方面又认为心理学是研究人和动物心理活动与行为表现的一门科学。问题就在于，动物有人类的心理与灵魂吗？西方的传统文化观点认为灵魂是人的专有品而为动物所没有；即使是反对以灵魂蔑视肉体而认为灵魂属于肉体一部分的尼采，也认为人具有动物所没有的意志与心理。然而，行为主义等流派的心理学为了达到心理学的科学化，将人与动物看成是一类，甚至以对老鼠、大猩猩的“科学实验”来印证人类的心理，不但贬低了人类的尊严，而且在方法上也很有问题。马克思在《〈政治经济学批判〉导言》中说：“人体解剖对于猴体解剖是一把钥匙。反过来说，低等动物身上表露的高等动物的征兆，只有在高等动物本身已被认识之后才能理解。"[1] 马克思的方法论说得很明确，可以在高等动物那里来研究低等动物，而不能反过来以低等动物来研究高等动物。当然，这种研究是科学，但这种科学却不属于人类，而属于一切动物所有。因此，这些科学的心理学在方法上的问题，正是以动物来研究人类，因而他们所研究的不外是一切动物所共有的感觉、知觉、条件反射等，离人类的心理与灵魂的奥秘相距甚远。

弗洛伊德的精神分析与马斯洛的人本主义心理学，倒是切入了人类的心理与灵魂。弗洛伊德不但试图以科学的方法研究人的意识与深层心理，而且还将对个人的心理研究上升到文化层面，进而解释人类的一切精神现象。马斯洛对人的生理、安全、社交、尊重、自我实现等需求的分析，尤其是对人在创造性的活动中所产生的高峰体验与超越性意向的分析，当然是人之为人特有的心理。问题在于，这种心理学是科学吗？且不说弗洛伊德对梦的解析，就是他的谈疗法也比不上实验心理学的"内省法"更接近科学，而实验心理学的"内省法"在行为主义心理学家华生（John Broadus Watson，1878—1958）看来，也是一种并不科学的向壁虚构。因而严格地说，弗洛伊德与马斯洛的文本，与其说是科学的文本，倒不如说是美学与伦理学的文本更为恰切。弗洛伊德的深层心理学把人的心理分为意识与潜意识以及超我、自我和本我（id），认为潜意识与本我中蕴含着奉行快乐原则的生命能量，其中包括性本能、乱伦倾向以及破坏欲等。然而，这种描述的科学性又在哪里呢？人性的根底为什么如此丑恶而不是善？这其实仍是人性原罪的西方文化的表现形式，中国文化就不会对人性做这样的假设，因为从孟子到宋明理学都认为人性的根底不是恶而是善，而且每一种

① ［德］马克思：《〈政治经济学批判〉导言》，《马克思恩格斯选集》第2卷，第108页。

人性本有的善性都对应着人的道德。《孟子·公孙丑上》说："恻隐之心，仁之端也；羞恶之心，义之端也：辞让之心，礼之端也；是非之心，智之端也。"这也难怪心理学家以为弗洛伊德的学说"是一种纯思辨的图画，是一个主观臆想的公式"。[①] 而且弗洛伊德以精神病人的心理推及普通人，正如福柯以疯子与监狱来反思人类社会，从马克思主义的观点来看，都是现代病态社会的表现。

整个心理学学科的悖谬就在这里：当它以纯科学标榜的时候，它研究的主要是行为而非真正的心理，最多是研究感觉、感知、条件反射等人类心理的外缘，这就是用动物来研究人的结果，根本不可能潜入丰富复杂的人类心理的神秘海洋。当心理学化为无所不能的潜水员深入人类心理的海底秘处的时候，人们却发现这种心理学根本就不是科学，而是流入了文学、美学和伦理学的管辖区域。柏格森在《创造进化论》中就揭示了这个秘密：当研究物理现象得心应手的科学来研究人的时候，就会把人当成物一样处理，要进入人类生命奥秘的殿堂就只能靠直觉与领悟。而直觉与悟性却是属于文学与美学的，由此也能看到文学与人类心理的密切关联。在心理学与文学的关系上，声称纯科学的心理学向来与文学的关系不大，倒是流入文学、美学与伦理学领域的精神分析与人本主义心理学，对文学发生了巨大的影响，而且这种影响也是互动的而非单向的。如果说希腊神话、史诗、悲剧以及后来的西方文学对弗洛伊德产生的影响是无可估量的，那么，对精神分析分支之一的分析心理学创建者荣格发生影响的，就不限于西方文学，而且还包括了亚洲、非洲和美洲等地古老的神话、传说与童话。

事实上，在近代心理学成为一门独立的学科之前，文学早就在探

---

① 高觉敷主编：《西方近代心理学史》，人民教育出版社，1982 年，第 386 页。

索并且描绘人类的心理奥秘了。心理学虽然被认定为哲学的一个分支，但与文学的关系更为密切，文学表现人类的心理也比哲学早。在《伊利亚特》与《奥德赛》中，就出现了不少的心理描写，而希腊悲剧中的心理描写就更为丰富与深刻。在莎士比亚的悲剧中，心理刻画借着人物的内心独白表现出来，生动而又深刻。如果说司汤达的小说《红与黑》与过去的小说有什么不同的话，那就是对人物细腻深入的心理描写与内心独白的揭示，比对人物的外在刻画与对话描写还要多，因而这部小说被认为是开了心理小说、意识流小说的先河。而陀思妥耶夫斯基在《罪与罚》《卡拉马佐夫兄弟》《白痴》《群魔》《地下室手记》等小说中所表现的心理深度与灵魂冲突，借用马克思、恩格斯评狄更斯、巴尔扎克的语言，就是比当时所有心理学家所提供的心理学真理的总和还要多，陀思妥耶夫斯基也被称为“灵魂的拷问官”。从文学的人物描写的发展看，由史诗、英雄传奇到现实主义小说、意识流与超现实主义小说，文学也在由外在的形象与性格刻画转向人物心理的描写，并且由简略到细致入微。在中国小说中，《三国演义》《水浒传》等刻画传奇式英雄的小说心理描写还比较少，到了刻画人情世态的《金瓶梅》与《红楼梦》，心理描写则明显增多了。而中国现代小说与古典小说最大的差异就是心理描写的增多，鲁迅的《狂人日记》《幸福的家庭》《伤逝》与施蛰存（1905—2003）的《将军底头》《鸠摩罗什》《石秀》等小说几乎全篇都是心理描写与内心独白。

心理学在近代作为一门学科产生之后，最早对文学产生较大影响的是詹姆斯（William James，1842—1910）。詹姆斯是实用主义哲学家，又是机能主义心理学家。他一方面要把心理学纳入科学的实验室，一方面又承认精神的复杂性与心理学方法的多元化，成为格式塔心理学与比较心理学的先驱。詹姆斯在《心理学原理》中，认为人的意识呈连续不断而不回返的流动状态，过去的意识会浮现出来与当下的意识交织在一起像河流一样奔涌，这种对“意识流”与“思想流”的描述对后来的意识流小说造成了直接的影响。而对意识流小说造成较大影响的，还有弗洛伊德的精神分析。当然，精神分析的影响不限于意识流小说，而是对超现实主义等多种现代主义文学流派产生了广泛的影响。超现实主义对于性本能、潜意识和梦幻的揭示，就来源于精神分析。精神分析还跨过大洋，对中国、日本等东方国家的文学发生了影响。鲁迅在《补天》中对女娲在性冲动中造人补天的描绘，在《弟兄》中对张沛君梦中显露的潜意识的描写，都有精神分析的影响。从20世纪20年代郁达夫（1896—1945）的小说到30年代施蛰存、刘呐鸥（1900—1940）、穆时英（1912—1940）等人的新感觉派小说，弗洛伊德的精神分析如影相随。传统与现代文学的审美差异，只要比较一下《水浒传》与施蛰存的小说《石秀》对石秀的不同描写就会发现。施蛰存笔下的石秀，流动着性意识而褪去了义侠的粗豪，他对结义兄弟杨雄的妻子潘巧云一见钟情，却在本我与超我之间矛盾徘徊，在迷恋潘巧云与要对得起结义大哥杨雄之间挣扎，最后借杨雄之手杀死潘巧云，既满足了超我的需求，其实更是嫉妒潘巧云与裴如海通奸的本我的一种满足。当然，心理学对于现代文学的影响并非都是正面的，意识流小说虽然造就了乔伊斯、普鲁斯特（Marcel Proust，1871—1922）、沃尔夫（Virginia Woolf，1882—1941）、福克纳（William Faulkner，1897—1962）等20世纪最杰出的一批作家，但是精神分析也造成了小说的模式化，使得很多作家一写男人就暗恋母亲，一写女孩就暗恋父亲，夏志清（1921—2013）就曾痛斥过美国的这种精神分析的小说模式。

精神分析对现代的文学理论与批评也产生了重大的影响。弗洛伊德与荣格既是心理学家，又是文学与文化批评家。在弗洛伊德看来，文明就是性压抑的结果，美丽的神话、虔诚的宗教与灿烂的文学其实都是性欲被压抑后的升华，但是，被压抑的性欲总是试图借助合法的渠道得到宣泄或者升华。弗洛伊德认为，很多吸引大众眼球的作品其实就是作家白日梦的表现，“小说中的所有女人总是爱上了主角，这一事实很难看作是对现实的描写。但是，作为白日梦的必要成分，它却很容易被理解。”他又从这类作品为什么受欢迎的角度说：“富有想象力的作品给予我们的实际享受来自我们精神紧张的解除”，因为“我们从作品中享受到我们自己的白日梦，而不必自我责备或感到羞愧”。[①]弗洛伊德这一理论的症结在于，他的理论只能是对那些大众读物的畅销作品有效，而对于更能表现文化根柢的伟大作品无效。而他在文章前面所做的解释也有点似是而非：他分析的案例不是史诗或悲剧作家以现成题材创作的，而是分析那些自由选择题材的作家，他们的作品评价不高却拥有广大的男女读者。然而即使是自由选择题材的作家，也会产生正视人生血泪而表现文化根底的作品，如巴尔扎克、托尔斯泰、陀思妥耶夫斯基等。在中国，弗洛伊德的这一理论很适合评论才子佳人小说，那些在现实中落第而且没有美人相伴的穷酸文人，在小说中实现了他们的白日梦：拥有很多佳人且能金榜高中。但是，对于更为杰出的小说如《儒林外史》《红楼梦》《阿Q正传》《围城》等，这种批评理论又会失效。

然而，弗洛伊德并未解释为什么这种批评理论无法评论伟大作品，而是以精神分析中的“恋父情结”与“恋母情结”的理论去阐释伟大作品。他把恋母情结称为杀父娶母的“俄狄浦斯情结”，既是弗洛伊德精

---

① ［奥］弗洛伊德：《作家与白日梦》，《弗洛伊德论美文选》，知识出版社1987年，第35页，第37页。

神分析受希腊文学影响的确证，又是对索福克勒斯《俄狄浦斯王》的阐释结果。俄狄浦斯在行动时正因为没有意识到自己杀了父亲娶了母亲，才是潜意识的表现。然后，弗洛伊德又对莎士比亚的《哈姆莱特》与陀思妥耶夫斯基的《卡拉马佐夫兄弟》进行了大致相似的阐释。然而，由于弗洛伊德不能解释他的主要理论对伟大作品的无效阐释，使他这种以精神分析的枝节理论对伟大作品阐释的有效性也大打折扣。倒是荣格的集体无意识以及对神话作为原始意象潜藏在每个民族的深层记忆的理论，与弗莱（Northrop Frye，1912—1991）的原型批评相合，成为现代占很大势力的神话—原型批评。在中国，潘光旦（1899—1967）运用精神分析理论研究冯小青故事并发表《冯小青：一件影恋之研究》，台湾学者颜元叔（1933—2012）用性意象来解释王融（467—493）的《自君出之矣》等诗歌，进而把蜡烛看成中国诗歌中男性的象征。但是总的来看精神分析对中国的文学批评影响不大，颜元叔的研究也受到了更有古典文学功底的叶嘉莹的严肃批评。

第五节　文学与神话学、人类学

由于作为西方文化源头的希腊神话的灿烂以及对后世广泛而深远的影响，神话学最早在西方产生。从神话诞生之日起就与文学有着千丝万缕的联系，而且还渗透到人类学、民族学、历史学等其他相关的学科。当马克思在《〈政治经济学批判〉导言》与《资本论》中推崇希腊神话与莎士比亚而贬低资本主义时代的文学时，就是将神话与文学划归一类。从17世纪开始，由于大航海导致的对其他种族风俗习惯、生活方式及其神话的研究，使得有别于体质人类学的文化人类学从问世那天开始，就与神话研究结缘。摩尔根（Lewis Henry Morgan，1818—1881）的《古代社会》《易洛魁联盟》，泰勒（Edward Burnett Tylor，1832—1917）的《原始文化》《人类学》等代表性著作中，研究的主要是原始文化。由于西方学者这种将当下的西方社会研究归入社会学而将对其他文明（尤其是处于神话状态的文明）的研究归入人类学的倾向，人类学往往与神话学研究具有很大的交叉与重合之处，而人类学中与文学作为密切的也恰恰是对神话的研究。其他一些当代中国学者所研究的文学人类学课题，文学与治疗可以归入文学与科学中，禳灾可以归入神话或宗教研究中。因此，下面我们主要就神话及其与文学的关系展开论述。

从本质上看，在神话最发达的地方，恰恰是人类童年最真实的表现。当时的神话并非仅仅是文学，而是童年人类的文化表现形式，其中含有童年人类的世界观、历史由来、宗教信仰乃至自然科学。所以在古希腊，一切自然物都打上了神的印记，都是神的表现形式，它是人类童年对自然的一种真诚认知，在这个意义上说是当时人的自然科学并不为过。后来随着人类的成长，抽象思维与分析能力的增强才逐渐取代了认知自然的神话形式，使神话逐渐演变为文学形式。这是神话的第一义。神话的第二义是与宗教结合在一起的，世界上所有的宗教——犹太教、基督教、伊斯兰教、佛教、道教都有其神话系统，基督教不但包含了上帝创世造人、大洪水等神话，而且还有耶稣的各种神迹、复活等神话，佛教与道教也都各自具有吸引信徒的神话。然而这些神话仅仅是教外人的看法，信徒却并不以为是神话，而将其看成是真实的神迹。

神话的第三义是在早熟的文化中，本来神话就不发达，并过早地将神话排斥在文化的正宗形式之外，中国文化就属于这种文化形式。

中国正宗的文化形式如《诗》《书》《礼》《易》《春秋》等经典中，神话很少，这一点将《诗经》与《荷马史诗》相比就显得非常明显。而且过于早熟的中国文人并不真正相信神话，致使中国关于天地创生开辟的神话就来源不一。于是，《山海经》《淮南子》《穆天子传》等含有大量神话的著述，被视为荒唐的怪力乱神，只能走流沙而不登大雅之堂。然而早熟并非真正成熟，所以就造成了在先秦就信奉“天道远，人道迩”，“国将兴，听于民；将亡，听于神”，以至于“不语怪力乱神”，然而后来却不断有新神话的产生，如东晋干宝的《搜神记》，就是信以为真的神话记载——题目是“搜”而非以作，意味着该书是干宝对民间信仰形态的神话的“史记”，甚至到了1900年的义和团，还在以神话法术与洋枪洋炮对阵。神话的第四义就是在不信仰神话的时代，以文学的形式对神话的创造与引用。《西游记》《封神演义》等就是神话小说，甚至在现代端木蕻良的《科尔沁旗草原》与当代莫言的《丰乳肥臀》等小说中也含有大量的神话，《科尔沁旗草原》中开辟丁氏家族的丁先生与投入其怀抱的小九尾狐狸变的少女，《丰乳肥臀》中的鸟儿韩等形象都具有神话色彩。而以马尔克斯（Gabriel José de la Concordia García Márquez，1927—2014）等人为代表的拉美文学，也是以西方现代文学的表现技巧对拉美本地神话的重构。

除了作家创造的神话本就属于文学外，一般而言，当人们信奉神话时神话会成为人们的信仰，然而当人们走出对神话的信仰时神话就变成了文学。因此，当成年人类走出神话阶段并且不再相信宗教的时候，历史上产生的所有神话都可以当作文学看。正如神话在其发展中逐渐脱变为文学，在神话学的分支学科中，比较神话学基本上可以纳入比较文学。自从1989年缪勒（Friedrich Max Müller，1823—1900）的《比较神话学》译成中文后，国内也出版了一些比较神话学论著。如果将各大文明的神话进行跨文化比较，就可以看出在文明发轫之初的文化异同。以中西神话的比较为例，西方文化的源头是古希腊，用马克思的话说，那是人类童年发展最完备的地方，形成了一个庞大的神话体系；而中国神话往往是一鳞半爪而不成系统，这也预示着后来西方哲学与美学喜欢建构体系，而中国哲学与美学则往往是零打碎敲的格言与感悟文字。这甚至与西方长篇诗歌的传统与中国短诗的传统都有关系。希腊神话的功利色彩很淡，庞大的神话体系是人类童年对世界与自然的认识；而中国神话却多具有现世功利色彩，女娲补天与地震有关，羿射九日与干旱有关，大禹治水与洪涝有关。这就预示了西方为知识而知识、为真理而真理的科学在中国并不发达，中国发达的是与功利结合的实用技术；这也是中国哲学不像西方古代哲学重视本体论，不像西方近代哲学重视认识论，在中国哲学中本体论与认识论完全从属于现世功利的伦理学，这也是中国的历史不像黑格尔的历史哲学那样，对历史发展的进程进行深刻的认知，而是将历史看成是“资治通鉴”。中西神话的这些差异，给中西文学与文学批评打上了深刻的烙印。

18 世纪与 19 世纪的西方曾经沉浸在科学乐观主义之中，这种乐观很大程度上建立在对科学的盲目乐观中。两次世界大战所造成的惨祸打破了这种盲目乐观，尤其是在基督教遭受到空前的挑战后，西方人也在寻找新的救世神话，而传统神话也随之复活并受到重视。在文学欣赏上，不熟悉爱尔兰神话，就无法解读叶芝的诗歌，不了解西方神话也无法深入理解两部现代主义的经典之作——乔伊斯的小说《尤利西斯》和 T. S. 艾略特的诗歌《荒原》，甚至无法透彻地理解弗洛伊德的精神分析的文化建构。20 世纪以来的神话研究也取得了重要成就，列维—布留尔（Lucien Lévy-Bruhl，1857—1939）的《原始思维》《原始神话》，列维—斯特劳斯（Claude Lévi-Strauss 1908—2009）的《野性的思维》《神话学》等著作，是20世纪神话学研究的重要收获。而罗兰·巴特（Roland Barthes，1915—1980）的《神话—大众文化诠释》则有大众生活神话化的普泛之论。谢林认为，一个民族只有从神话上判断其为民族才能真正成为民族；而荣格则认为一个民族的后来的发展潜藏在其原初的神话中。这些理论深刻地影响了民族学与文学研究。在文学批评领域，弗莱的《批评的解剖》在吸收了以弗雷泽（James George Frazer，1854—1941）的《金枝》为代表的人类学与荣格的分析心理学的营养之后，建构了具有结构主义意味的“神话—原型批评”。[①]

尽管从先秦开始中国正统的文人就以现世理性的态度消解神话，但是由于近代中国在与西方列强的较量中失败，西学东渐使得中国主流学界出现了重视神话的文化现象。不过与西方很多神话学家大都是人类学家不同，在中国最早对神话学研究做出贡献的是文学家。而且中国从神话学传入开始，很多学者就是从跨文化的比较神话学的视角对神话加以审视的。周氏兄弟是较早关注神话的文学家。鲁迅在上世纪初的《破恶声论》中就很重视神话，《中国小说史略》的第二篇就是《神话与传说》。鲁迅认为：“在古代，不论小说或诗歌，其要素总离不开神话，印度，埃及，希腊都如此，中国亦然。”[②] 谢六逸（1898—1945）和茅盾在上世纪20年代分别出版了《神话ABC》和《中国神话研究ABC》，上世纪40年代初闻一多（1899—1946）发表了《伏羲考》《高唐神女传说之分析》《神话与诗》等。1950年袁珂（1916—2001）

---

① 鉴于本丛书梁坤教授专门研究文学原型，对此问题不再详论。

② 鲁迅：《中国小说的历史的变迁》第一讲，《鲁迅全集》第9卷，人民文学出版社，1981年，第303页。

出版了《中国古代神话》。20 世纪 80 年代之后，叶舒宪等比较文学学者从文学人类学的角度，对文学与神话的关系以及比较神话进行了研究。从中国的文学文本来看，《诗经》中虽然神话不多，但屈原的《离骚》尤其是《天问》，就徜徉在神话之中。在诸子散文中，《庄子》中也有不少神话。神话对现代文学的影响也不能忽视。在中国，不熟悉女娲、羿、大禹的神话也很难解读鲁迅的小说《补天》《奔月》与《理水》。鲁迅的《湘灵歌》等诗作大量运用了楚辞的神话，毛泽东的《水调歌头 · 游泳》《蝶恋花 · 答李淑一》等也运用了高唐神女、嫦娥奔月的神话。当代寻根文学中的很多小说也具有神话色彩。

第三章

文学与社会科学

社会科学处于人文、文学与自然科学之间的位置，像人文与文学所关注的善恶与美丑问题是难以进行科学分析的，社会科学则运用自然科学的规律法则进行科学分析，但社会毕竟是人组成的，政治、经济与法学又都是人的作为，因而又具有某种人文色彩。有一些与文学关系较远的社会科学领域就不拟讨论，即使是本章讨论的统计学，也仅仅是在研究文学与社会等方面同文学发生交集时，我们才粗略地加以讨论。

第一节 文学与社会学、统计学

19世纪上半叶“社会学之父”孔德的实证主义、泰纳（Hippolyte Adolphe Taine，1828—1893）强调“种族、环境和时代”三要素的艺术哲学，对文学的社会学批评产生了重大的影响。尤其是文学创作中大规模展现社会画卷的现实主义潮流的涌现，哲学上以社会物质生产条件决定庞大的上层建筑与意识形态的马克思主义的诞生，不但进一步加重了从社会学视野批评文学的文化氛围，而且促成了“文学社会学”与“艺术社会学”等专门学问与方法的产生。作为比较文学跨学科研究的文学与社会学，一方面要从社会学的视角反省文学的生成、生产与发展，研究社会制度与风气对文学的渗透与制约，另一方面也要研究文学对社会风气与族群精神的影响。文学与社会学的跨学科研究不排斥文学社会学的理论方法，却在文学与社会的互动上与文学社会学有所不同。

马克思主义文学批评的主导方面是一种社会历史的批评，因而无论是在以社会学视野进行文学批评的潮流中，还是在文学社会学的发展中，马克思主义都占有主导的地位。马克思在谈及狄更斯、萨克雷（William Makepeace Thackeray，1811—1863）等作家时说：“现代英国的一批杰出的小说家，他们在自己的卓越的、描写生动的书籍中向世界揭示的政治和社会真理，比一切职业政客、政治家和道德家加在一起所揭示的还要多。”“他们对资产阶级的各个阶层”，“都进行了剖析”。[1] 恩格斯评论巴尔扎克与列宁评论托尔斯泰，同马克思评论狄更斯等人表达了大致相同的意思，这就是对文学再现社会现实画卷的

---

① ［德］马克思：《英国资产阶级》，《马克思恩格斯全集》第10卷，第686页。

看重。恩格斯认为巴尔扎克“在《人间喜剧》里给我们提供了一部法国‘社会’特别是巴黎‘上流社会’的卓越的现实主义历史，他用编年史的方式几乎逐年地把上升的资产阶级在1816年至1848年这一时期对贵族社会日甚一日的冲击描写出来”，因而恩格斯赞赏巴尔扎克“是比过去、现在和未来的一切左拉都要伟大得多的现实主义大师”。[①] 马克思主义经典作家的这种文学批评，在实现了社会主义的前苏联和红色中国就以主导的意识形态的方式规定下来，而且还结合了马克思主义的基本原理。即生产力决定生产关系，由生产关系的总和构成的社会物质基础决定上层建筑和意识形态，文学作为一种意识形态，就受到经济基础的决定和制约。因此，一切文学都是社会生活的反映，什么社会就有反映什么社会的文学，而反映社会生活最佳的创作方法就是现实主义文学。于是中国在最“左倾”化的年代，曾经以现实主义与反现实主义来衡量古今文学，只要符合现实主义标准的就是好的文学，否则就是不好的文学。即使是抒情性很强的《红楼梦》，也被学者从社会学的角度描绘成“反映中国封建社会的一面镜子”。

恩格斯认为，如果不是把马克思主义当作行动的指南，“而把它当作现成的公式，按照它来剪裁各种历史事实，那它就会转变为自己的对立物”[②]。按照中国“庸俗社会学”的剪贴，中国如西方一样有奴隶社会、封建社会，那么，为什么西方的奴隶社会产生了史诗和悲剧，汉民族却自始至终没有产生史诗和悲剧？为什么西方的封建社会的文学非常贫乏，而中国的“封建社会”却产生了汉赋、唐诗、宋词、元明杂剧、明清小说等瑰丽灿烂的文学？事实上，马克思就是这种“庸俗社

① [德] 恩格斯：《致玛·哈克奈斯》，《马克思恩格斯选集》第4卷，第462页。

② [德] 恩格斯：《致保·恩斯特》，同上书，第472页。

会学”的叛逆者，当他说人类掌握世界的艺术的与宗教的方式的时候，就不是从社会学角度透视艺术的。当马克思说到了共产主义社会没有专门的诗人与画家，因为每个人都应该是诗人与画家的时候，也不是从社会学角度透视艺术的，而是从审美与人类解放的角度立论的。马克思认为，资本主义在它不到一百年的时间里所创造的生产力，比过去所有时代所创造的生产力总和还要多还要大，按照生产力决定生产关系进而决定上层建筑和意识形态的理论教条，马克思应该推论出资本主义时代也创造了过去所有时代未曾创造出来的文学艺术；然而恰恰相反，马克思在《资本论》中认为“资本主义生产就同某些精神生产部门如艺术和诗歌相敌对”。[①]

更让“庸俗社会学”者头疼的，是马克思在《〈政治经济学批判〉导言》中关于艺术与经济发展不平衡的论述。马克思说：“关于艺术，大家知道，它的一定的繁盛时期决不是同社会的一般发展成比例的，因而也决不是同仿佛是社会组织的骨骼的物质基础的一般发展成比例的。例如，拿希腊人或莎士比亚同现代人相比。”从马克思对希腊神话与史诗赞美性的叙述中，让人觉得仿佛是生产力低下才能创作出人类艺术不可企及的范本，随着生产力的发达，产生这些瑰丽文学的艺术土壤消失了。在避雷针面前，已没有宙斯与朱庇特的位置。在这里，马克思运用文化发生学的方法，认为希腊人作为人类文化正常发展的童年（也就是维柯所谓的“诗性智慧”阶段、黑格尔所谓的理念与感性最亲善的时代），是用神话认识自然力的时代，随着人类的成长与成熟，产生神话的土壤就不复存在。马克思说：“一个成人不能再变成儿童，否则就变得稚气了。但是，儿童的天真不使它感到愉快吗？……

---

① ［德］马克思：《资本论》，《马克思恩格斯全集》第26卷第1册，第296页。

为什么历史上的人类童年时代，在它发展的最完美的地方，不该作为永不复返的阶段而显示出永久的魅力呢？”[①]可见，马克思使用了多种立论方法来阐释人类复杂的文学现象，而以社会学的方法为主，因为就在《〈政治经济学批判〉导言》中，马克思还从社会学的角度，分析了反文明回归自然的鲁滨孙故事与卢梭（Jean-Jacques Rousseau，1712—1778）回归原始的自然人是一种美学上的错觉，其社会根源正是市民社会的产物，在这个自由竞争的社会里，单个的人表现为摆脱了自然联系。因此，1979 年的改革开放，使得中国得以摆脱简化马克思主义的教条主义以及“庸俗社会学”，使马克思主义真正能够成为分析复杂文学问题的指南。

与前苏联与中国等社会主义国家相比，西方 20 世纪文学批评的主潮却在背离 19 世纪社会学与传记学的研究方法，而转向所谓的“内部研究”与语言分析。从雅各布森（Roman Jakobson，1896—1982）等人的形式主义到法国的结构主义与解构主义，无论建构与解构都是对语言的分析。从现象学批评到新批评，也是只关注文本而不顾及社会。弗洛伊德的精神分析批评关注的是文本的心理分析，解释学与接受美学关注的是文本与接受者的关系，他们都把世界与社会放到括号里悬置起来。而西方的马克思主义者仍在致力于文学的社会学批评，使文学在社会层面上得到合理的解释。

西方马克思主义可以追溯到卢卡奇（Ceorg Lukács，1885—1971），而其精神苗裔戈德曼（Lucien Goldmann，1913—1970）创立的“发生结构主义文学社会学”，以及对卢卡奇进行批评的阿多诺的文学社会

---

① [德] 马克思：《〈政治经济学批判〉导言》，《马克思恩格斯选集》第 2 卷，第 112—114 页。

学，都是西方马克思主义的文学社会学。除此之外，西方还有理论评判的文学社会学与实证主义—经验主义的文学社会学。这些批评学派的存在，遏制了对文学纯粹的语言分析与文本批评的无限扩张。当然，西方马克思主义经常与其他学术流派合流，譬如阿尔都塞（Louis Althusser，1918—1990）将马克思主义与结构主义的融合，马尔库塞（Herbert Marcuse，1898—1979）在《爱欲与文明》中将马克思主义与弗洛伊德主义的融合，萨特在《辩证理性批判》中将马克思主义与存在主义的融合。然而只要是马克思主义，就不能抛弃透视文学现象的社会学视角。美国的新马克思主义者詹明信（Frederic Jameson，1934—　）认为现实主义是与自由资本主义社会相联系的，现代主义是与垄断资本主义社会相联系的，垄断在文学理论上表现为建构的结构主义，后现代主义则是随着帝国主义殖民体系的崩溃而兴起的，在文学理论上就表现为支离破碎的解构主义。[①] 法国的德里达等人的解构主义好像仅仅从语言上进行拆解，但是，英国新马克思主义者伊格尔顿（Terry Eagleton，1943—　）却分析了其产生的社会根源正是1968年法国五月风暴被镇压："后结构主义无力打碎国家权力结构，但是他们发现，颠覆语言结构还是可能的。总不会有人因此来打你脑袋。学生运动从街上消失了，它被驱入地下，转入话语领域。"[②]

作为文学与社会学的跨学科研究，不但要从社会学视角研究文学的产生、传播、流变以及作家的行为动机、文本的表现内容，而且还要研究作家及其作品对社会发生的影响。鲁迅说："文学与社会之关

① ［美］詹明信：《现实主义、现代主义、后现代主义》，行远译，《比较文学讲演录》，陕西师范大学出版社，1987年，第28—50页。

② ［英］伊格尔顿：《二十世纪西方文学理论》，伍晓明译，陕西师范大学出版社，1986年，第178页。

系，先是他敏感的描写社会，倘有力，便又一转而影响社会，使有改革。”[①] 事实上，当马克思、恩格斯谈到自己从狄更斯、巴尔扎克等作家的文本中看取的社会学知识比从当时职业政客、政治家、道德家以及所有职业的历史学家、经济学家和统计学家那里学到的全部东西还要多的时候，就已经切入文学对社会的影响了。罗素认为：拜伦的诗歌在欧洲大陆发生了巨大的影响，“他的情感方式和他的人生观经过了传播、发扬和变质，广泛流行，以至于成为重大历史事件的因素”[②]。中国的孔子论诗就强调了“观”与“群”的文学与社会的互动关系，“观”是从诗中看社会的风俗盛衰，“群”则是文学对社会所发生的凝聚族群的作用。《毛诗序》对孔子关于文学与社会的互动做了进一步的阐发，从“观”的角度提出了“治世之音安以乐，其政和；乱世之音怨以怒，其政乖；亡国之音哀以思，其民困”；从“群”的角度认为诗可以“经夫妇，成孝敬，厚人伦，美教化，移风俗”。[③] 在现代中国，看了易卜生的《玩偶之家》回家进行家庭革命、看了巴金的《家》走上革命道路的新青年不在少数。

随着人类从农业社会向工业社会和后工业社会的演进，文学与社会的关系会更加密切。小说的产生就与印刷术相关，于是小说家不得不与出版商打交道，而出版商考虑的往往并非文学的艺术价值，而是商品价值，因而小说家已经比在田园山水中悠然吟唱的诗人更加社会化了。尤其是当前以影视艺术为主导的消费社会中，影视的制作需要编剧、导演、摄影、演员、音乐、化妆、灯火、剪辑等各个环节的

---

① 鲁迅：《致徐懋庸》，《鲁迅全集》第 12 卷，人民文学出版社，1981 年，第 301 页。

② [英] 罗素：《西方哲学史》下册，商务印书馆，1982 年，第 295 页。

③ 《毛诗序》，郭绍虞主编《中国历代文论选》，第 30 页。

合作，单个诗人或小说家孤独创作的景观已经不复存在。从影视的制作到影视作为商品的流通，从大众消费到媒体八卦，已经成为一个完整的产业链。面对这个新兴的文化产业与文化工业，纯粹语言分析的批评流派会显得苍白，而社会学的分析则比历史上任何一个时期更为迫切。

社会学很多有价值的命题要成为扎实的研究成果，还要借助社会学的研究思路，这就是调查问卷与统计学的方法。埃斯卡皮（Robert Escarpit，1918—2000）在《文学社会学》中就介绍了以统计学的方法研究诗人、小说家、剧作家以及历史学家和哲学家的成名年龄与职业寿命等。[①] 当然，统计学的方法具有纯粹的科学意义，可以应用于任何学科。中国古代有些小说创作年代难以搞清。这时候就可以运用统计学的方法，从历史沿革的角度统计一下小说所使用的地名、官名之称谓，就可以大致确定作品创作的年代。还有些小说如《金瓶梅》等往往很难找到真正的作者，统计学的方法虽然不可能确认作者是谁，但可以统计小说中所使用的方言确认作者大约是什么地方人，再结合其他史料来寻找作者。再如，从朱光潜等人就认为“中诗偏于柔，西诗偏于刚”，中国诗歌喜欢的是月亮，西方诗歌喜欢的是太阳。这只是一个根据艺术感觉而得出的命题，要证明这个文学命题的科学性，就需要使用统计学的方法，在中西诗歌中对月亮与太阳的使用进行统计。

---

① ［法］埃斯卡皮：《文学社会学》，于沛等译，浙江人民出版社，1987年，第162—169页。

第二节　文学与政治

文学与政治的关系从现代以来一直是文学跨学科中的一个热点话题，然而奇怪的是比较文学在新时期复兴以来，没有一种教材对文学与政治的关系进行探讨的。这原因，大概是毛泽东时代对文学与政治的关系强调过头了，因而在新时期几乎完全将这一研究领域打入冷宫。然而，不讨论文学与政治的关系，根本就无法解释很多文学文本，尤其是从中国古代到社会主义社会的一些文学现象。就此而言，朱晓进等学者对政治文化与现代中国文学关系的探讨，还是抓住了现代中国文学与政治联系密切的特征。

政治是一些占统治地位的阶级、阶层、利益集团等对另一些阶级、阶层、利益集团施行的权力（政策、法令、法规等）及统治术，并进而对文学发生重大的影响。当然，中西政治的含义非常不同。先看西方，英文 politics 源自希腊文，其含义为城邦的事务。正是在这个意义上，亚里士多德在《政治学》中认为人类倾向于城邦生活，并且在天性上就是政治动物。因此，从希腊开始，文学创作一旦越出私人领域，在公共的政治空间发生影响，就具有了政治属性。在崇尚自由的文化传统的西方，文字狱的发生一般不是政治上的原因，更多的是触犯了宗教戒律或禁忌等。在基督教降临欧洲后是如此，甚至在希腊也是如此。苏格拉底被判死刑是在民主制的希腊发生的，原因与其说是政治上的，不如说是宗教上的，因为他的罪名是亵渎神明破坏传统与腐蚀青年。

在中世纪后期，新兴的市民阶层的崛起是伴随着对古典文化的复兴与宗教裁判所之火的黯淡。资产阶级兴起的第一步就是反抗基督教的压制与封建割据，为此甚至不惜借助对封建贵族不满的君主。然而，随着封建贵族被铲除而君主的世俗权力压制自由时，资产阶级又以民主制反对君主制，很多作家与艺术家遭受政治迫害正是在世俗君主权力向民主制过渡的期间。俄罗斯是西方心目中的东方与东方心目中的西方：较之信奉伊斯兰教的阿拉伯诸国以及信奉印度教的印度、相信儒道的中国，俄罗斯信奉的是基督教的分支东正教，而且也最早受到西欧文化思潮的冲击；然而较之西欧诸国，俄罗斯又有着与东方诸国相似的君主专制与宗法制度。因而在西方近现代文学中，俄罗斯文学与政治的关系最为密切。当英、法、德等国的文学思潮涌入俄罗斯时，先觉的文人也想效法英法，以自由民主的理想推翻沙皇的专制暴政，正如普希金在《致恰达耶夫》中所写的：“俄罗斯将会从睡梦中惊醒，并在专制暴政的废墟上，将会写上我们姓名的字样。”然而，这些上顶专制天空下踩愚昧土地的先觉者不但是孤独寂寞的，而且要受到专制暴政的迫害，经常处于被杀头与被流放的惨境。从十二月党人、普希金到陀思妥耶夫斯基，大部分的俄罗斯作家都遭受到沙皇的流放，有的甚至遭到了屠杀，陀思妥耶夫斯基也是在被杀头的最后一刻等来了赦免令。于是，从叶普盖涅·奥涅金、毕巧林，到罗亭、奥勃洛摩夫的“多余人”便产生了。

俄罗斯文学这种与政治的密切关系，表现在俄罗斯作家作为一个忧患祖国与人民的知识分子整体，与沙皇政权形成了鲜明的对立。当然这个知识分子整体并非文化倾向、文学流派完全一致，他们在文化上有自由主义者、虚无主义者、无政府主义者、土壤论者、民粹主义者……他们在文学流派上有浪漫主义者、现实主义者、现代主义者，然而对祖国命运的关心与对人民苦难的同情却是共同的。正是在这种与政治的纠葛与对立中，成就了19世纪俄罗斯文学的辉煌。20世纪当布尔什维克掌权后，文学与政治的关系更密切了。然而，与

19世纪文学家对政治的对抗不同，20世纪的苏联在列宁《党的组织和党的出版物》等文章的规定下，将文学纳入布尔什维克政府的政治监督下，成为新掌权的“齿轮与螺丝钉”。从列宁到斯大林（Иосиф Виссарионович Сталин，1878—1953），政权对文学的控制几乎超出了历史上任何一个时代，不服从这种政权控制的文学家不是被监禁、杀头，就是被批判为反苏反共反人民的反革命，并使其作品受到冷落。然而在苏联被冷落被批判的作品，往往受到欧美文学界的重视，这种异乎寻常的被重视在很大意义上也是出于西方的政治考虑。从帕尔斯捷纳克（Борис Леонидович Пастернак，1890—1960）的《日瓦戈医生》，到索尔仁尼琴（Александр Исаевич Солженицын，1918—2008）的《古拉格群岛》，构成了苏联文学接续19世纪俄罗斯文学与政治对立的传统。这些获得诺贝尔文学奖的作家中，只有肖洛霍夫（Михаил А Шолохов，1905—1984）的《静静的顿河》等少数作家作品没有背离苏联文学的正统，然而，即使是肖洛霍夫，也曾被罗织罪名以至于使他不得不求助于斯大林。而从列宁到斯大林的苏联文学与政治联姻的模式，几乎影响了所有社会主义国家的文学模式，只是表现方式有所不同而已。

我们现在将文学与政治关系的讨论转向中国。与将政治定义为联邦的事务不同，中国的政治就是上层的权贵对下层民众的统治，无论是儒家、墨家、道家与法家都是自上而下的统治。尽管墨家具有博爱倾向，但在政治伦理上要求的是上之所是必是，而反对一人一义十人十义，因为在中国墨家没有实践其政治主张，在此就不拟讨论，不过，从墨子“非乐”来看在文学与政治的关系上倒是很简单。法家以为“儒以文乱法，侠以武犯禁”，都在政府的排斥之列。法家的崛起导致了秦代的专制暴政，包括文学在内的文化遭受到重创，使得古书包括古文学遭到秦火的焚烧。道家以自然无为而治天下，是中国最具有自由主义意味的政治学说，然而在政治与文学的关系上却语焉不详，也许也是任其发展吧。儒家的政治是通过伦理秩序的建构，使社会达到政通人和，儒家政治的礼治也是自上而下对人民的统治，用孔子的话说，统治者就像风，被统治者就像草，上智的君子统治下愚的小人是理所必然。在上述诸家中，对文学与政治关系论述得最为详尽的是儒家。

根据《尚书·尧典》的记载，在上古尧舜时代，当“诗言志，歌永言，声依永，律和声，八音克谐”，就能够达到“神人以和”，“百兽率舞”的政治境界。孔子在论诗时，在肯定了诗的兴、观、群、怨作用后，从文学与伦理政治的角度，说诗可以“迩之事父，远之事君”。孔子又说：“诵《诗》三百，授之以政，不达；使于四方，不能专对。虽多，亦奚以为？”[①] 儒家以礼乐为政治目标，而从礼乐的角度对艺术与政治关系论述最为详尽的是《礼记》中的《乐记》。乐的地位超过了礼，是儒家政通人和的标志，《乐记》认为：“乐者，天地之和也；礼者，天地之序也。和故百物皆化，序故群物皆别。乐由天作，礼以地制。”“仁近于乐，义近于礼。乐者敦和，率神而从天；礼者别异，居鬼而从地。故圣人作乐以应天，制礼以配地。礼乐明备，天地官矣。天尊地卑，君臣定矣。”在这里，乐将儒家的政治秩序升华为天人合一的高度。《乐记》进而从艺术与政治的角度指出：“礼义立则贵贱等矣，乐文同则上下和矣……乐至则无怨，礼至则不争，揖让而治天下者，礼乐之谓也。暴民不作，诸侯宾服，兵革不试，五刑不用，百姓无患，天子不怒，如此则乐达矣。合父子之亲，明长幼之序，以敬四海之内，天子如此，则礼行矣。”因此，“礼节民心，乐和民声，政以行

① 详见《论语·阳货》《论语·子路》诸篇。

之，刑以防之，礼乐刑政四达而不悖，则王道备矣！”虽然《乐记》论礼乐，《毛诗序》论诗，但是二者很多字句都是相同的，尤其是在论述从音乐来探知政治盛衰上：“治世之音安以乐，其政和；乱世之音怨以怒，其政乖；亡国之音哀以思，其民困。”不过，《乐记》接下来的字句是：“声音之道与政通矣”；《毛诗序》接下来的字句则是：“故正得失，动天地，感鬼神，莫近于诗。”于是《毛诗序》从乐到诗论述了风、雅、颂与政治的关系：“上以风化下，下以风刺上，主文而谲谏，言之者无罪，闻之者足以戒，故曰风。至于王道衰，礼义废，政教失，国异政，家殊俗，而变风变雅作矣。国史明乎得失之迹，伤人伦之废，哀刑政之苛，吟咏情性，以风其上，达于事变而怀其旧俗也。故变风发乎情，止乎礼义。发乎情，民之性也；止乎礼义，先王之泽也。是以一国之事，系一人之本，谓之风；言天下之事，形四方之风，谓之雅。雅者，正也，言王政之所由废兴也。政有大小，故有小雅焉，有大雅焉。颂者，美盛德之形容，以其成功告于神明者也。是谓四始，诗之至也。”《乐记》与《毛诗序》所重复的字句还不止这些，如《乐记》的“歌之为言也，长言之也。说之故言之，言之不足，故长言之。长言之不足，故嗟叹之，嗟叹之不足，故不知手之舞之、足之蹈之也”，在《毛诗序》中则为“言之不足，故嗟叹之，嗟叹之不足，故咏歌之，咏歌之不足，不知手之舞之、足之蹈之也”。从中可以推测出六经中亡失的《乐》的信息，便知诗与乐在儒家的伦理政治秩序中的重要地位。

从民间产生的国风都被儒家进行了政治的解读，那么，身为楚国大夫的屈原的作品就具有更浓郁的政治意味。从《橘颂》到《离骚》，屈原以诗歌表明了自己高洁的政治品德以及为了实现政治理想“虽九死其犹未悔”的志向。用鲁迅的话说，《离骚》就是屈原不能参与政治帮忙的悲哀。而屈原作品中的香草美人，后来又被文人用以表现被君主在政治上疏离后的凄恻哀叹的象征。汉初实现黄老之术，至汉武帝时董仲舒（前 179—前 104）将儒学确立为正宗，却没有真正复兴礼乐。政治家将文学当作点缀太平的帮闲，进而出现汉代的大赋。曹丕（187—226）高扬文学的作用，说文章是“经国之大业，不朽之盛事”。唐宋的文人文学基本上蕴含在儒道互补的政治结构中，文人差不多都是参与政治的官僚，他们得意时写的作品是廊庙文学，失意时写的作品就是山林文学，这就是鲁迅所谓的中国文学“上朝”与“下野”的互补，因而中国文学与政治的关系是最密切的。文人真正因作品而招致文字狱的并不多，原因与中国对文化的尊崇有关，“敬惜字纸”是中国的传统，无论是文人还是在民间。当然，司马迁遭受过宫刑，但这并非因为撰写《史记》，尽管《史记》将当朝皇帝的祖宗高祖刘邦（前 256—前 195）写成一身流氓无赖气，而将其对手项羽（前 232—前 202）写成悲壮的大英雄。北宋发生了文字狱性质的“乌台诗案”，御史舒亶（1041—1103）、李定等人以曲解、无限上纲的手法，从善于发牢骚的苏轼（1037—1101）诗歌中搜集反朝廷与变法的证据，欲置苏轼于死地，酿成轰动一时的文字狱。然而由于宰相王充、曹太后等很多人向犹豫不定的神宗为苏轼求情，王安石（1021—1186）也上书神宗“安有圣世而杀才士者乎？”最后将苏轼贬为黄州团练副使而终结了这场文字狱。元代不重视文学，虽为异族统治却未闻杂剧作家因文字狱肇祸。明代开国后，文字狱就开始抬头，朱元璋（1328—1398）因出身低微而忌讳甚多，文人不慎便会肇祸；而且文人不当官不合作也会被杀，高启（1336—1374）、方孝孺（1357—1402）等文人被杀就是为此，高启不愿当朱元璋的户部右侍郎已引起皇帝不满，又因《上梁文》而被腰斩；一代名儒方孝孺因拒绝为朱棣（1360—1424）写即位诏书，居然被诛灭十族，导致八百多人被屠杀。因而讲“民为贵，君为轻”的孟子幸亏是古人，否则在明代也难免文字狱惨祸。万历年间又发生了李贽（1527—1602）案，虽然万历皇帝并没有想杀他，但具有自由精神与倔强个性的李贽却在狱中自杀。不过，明代文人还是很有血气的，尤其是忧患天下的东林党文人，他们结成了中国最早向朝廷邪恶势力斗争的富有强烈正义感与使命感的反对党。可以说，秦代之后中国文字狱最惨烈的是清代。清朝虽然入关后接受了中华文化，但对于任何不平之声都充满了杀意。为一根辫子而进行的嘉定三屠，就是后来中国文字狱的象征。现在很多小说与电视剧都把康熙、雍正、乾隆写成了开明的“民主皇帝”，全然不顾当年正是在他们手里酿造了一幕幕惨绝人寰的文字狱，编本书写句诗就被诛灭九族，其惨烈程度直追清朝军队 10 天用大刀长矛杀死 80 万汉人的扬州大屠杀。清代中叶出现的《儒林外史》《红楼梦》《镜花缘》是明代资本主义萌芽的结果，但是随着文字狱的大兴，汉族文人的血性被压制下去，逐渐转向文字考据之学。直到列强打开中国大门时，中国文人才又恢复了原来的血性，谭嗣同（1865—1898）、秋瑾（约 1875—1907）的被杀是改革与革命的结果，而非文字狱。“《苏报》案”是文字狱，但是清朝政府想判鼓吹反清革命的邹容（1885—1905）、章太炎（1869—1936）的死刑都做不到，表明建立在血腥屠杀与文字狱基础上的满清王朝气数已尽。

现代中国文人要学习西方奋力自强，首先看取的就是文学的政治功能。梁启超（1873—1929）发表《论小说与群治之关系》，就大大高扬了文学的政治功能。文坛很快涌现出梁启超的《新中国未来记》、陈天华（1875—1905）的《狮子吼》，以及《卢梭魂》《女子权》与《未来世界》等大量的政治小说与政治乌托邦小说。后来的谴责小说多写官场，也表明了现代文学与政治的密切联系。鲁迅的小说虽然深刻地表现了人性与国民性，但《药》与《阿 Q 正传》等也表现了辛亥革命，并由此对历史上的政治革命进行了深刻的文学反思。1927 年底鲁迅在《文艺与政治的歧途》中，还以 19 世纪的俄罗斯文学与政治的经验，总结出文学与政治时时处于对立之中："我每每觉到文艺和政治时时在冲突之中，文艺和革命原不是相反的，两者之间，倒有不安于现状的同一。惟政治是要维持现状，自然和不安于现状的文艺处在不同的方向。"鲁迅认为，文艺家总是不安于现状的敏感，他说的话也总是要比政治家早很多，于是政治家就要把他杀头或流放，然而过了很久文艺家的预言成为现实后，又发现文艺家的话是对的，政治家就开始表彰这些过去的文艺家，不过政治家维护现状的本性，使他们又在压迫当下新的不满于现状的文艺家。鲁迅又以此来透视文学与革命，认为文学与革命的一致是都不满于现状，那些歌颂革命的一定不是革命文学，因为他们在歌颂权力，与革命何干？所以文学与革命的结缘是在革命没有成功时，一旦革命成功，革命家就会变成新的维护现状的政治家，文艺家又要吃苦头了。鲁迅还以叶赛宁（Сергей Александрович Есенин，1895—1925）等人死于革命后的苏联政权为例，进一步将文学家与政治家的对立本体化。相对而言，从辛亥革命后到 1927 年，是中国历史上文人最自由的时期，鲁迅自己就成为与国民党政府对立的文艺家典范。

鲁迅对文学家与政治家的这种论述，被王实味（1906—1947）带去了延安。王实味的《政治家·艺术家》很像是鲁迅《文艺与政治的歧途》在延安的姊妹花，该文以鲁迅在战斗时看到战友灵魂中有不少肮脏与黑暗而感到寂寞为根据，让延安的政治家与文艺界时时以对方为镜子照见自己灵魂中的肮脏与黑暗。鉴于丁玲（1904—1986）、艾青（1910—1996）尤其是王实味将鲁迅那种文艺家与政治家对立的姿态带到延安，毛泽东的《在延安文艺座谈会上的讲话》作为列宁的《党的组织和党的出版物》在中国的扩展与变异版，非常明确地提出了文艺从属于政治，应该成为整个革命机器的一个组成部分。这是把王实味的文艺家与政治家的并列关系置换成从属关系。在文艺批评上要坚持政治标准第一，艺术标准第二。为了更好地为政治服务，文艺家要放下小资产阶级的架子，到工农兵的生活实践中改造世界观，并且暴露敌人歌颂人民。共产党代表人民的利益，因而只能歌颂而不能暴露。因此，在1949年之后相当长的一个历史阶段，就只有一元的政治文化空间。与这种一元的政治文化空间不合拍的“胡风反革命集团”在1955年首先因言获罪，以至于私人通信也被当作反革命的证据，胡风及其集团的骨干分子几十人下狱，上千人受到牵连。1957年以“引蛇出洞”的方式，将凡是言论及作品中不合一元的政治文化空间的文人一律打成右派，加上1958年的反右补课，有55万多文人被打成右派分子，与地、富、反、坏一起并称“黑五类”。在1966年开始的“文化大革命”中，几乎所有成就沛然的文人都被打倒，其中被迫害致死者有田汉（1898—1968）、陈翔鹤（1901—1969）、王任叔（1901—1972）、司马文森（1916—1968）、赵树理（1906—1970）、邵荃麟（1906—1971）等，被打死者有李广田（1906—1968）、彭柏山（1910—1968）等，被迫害自杀者有老舍（1899—1966）、陈梦家（1911—1966）、傅雷（1908—1966）、杨朔（1913—1968）、孔厥（1914—1966）、罗广斌（1924—1967）、周瘦鹃（1895—1968）、叶以群（1911—1966）、闻捷（1923—1971）、刘绶松（1912—1969）等。具有讽刺意味的是，除了新月派的陈梦家与鸳鸯蝴蝶派的周瘦鹃，这些被迫害致死的文人多数属于左翼文人，正如“文革”时期的《六十部小说毒在哪里？》一书所罗列的毒书，多数属于革命文学一样。过于强调文学从属于政治，结果酿成政治家对文学家的大规模迫害，以至于拉开历史新时期帷幕的邓小平彻底否定了“文化大革命”。

走出政治挂帅的“文革”之后，新时期的最大进步就是文学家开始摆脱政治的束缚与桎梏而具有自由多元的政治文化空间。马克思在《论犹太人问题》中认为：“只有当人认识到自己的‘原有力量’并把这种力量组织成为社会力量因而不再把社会力量当做政治力量跟自己分开的时候，只有到了那个时候，人类解放才能完成。”马克思恩格斯在《共产党宣言》中期待出现的是“这样一个联合体，在那里，每个人的自由发展是一切人的自由发展的条件。”因此，将社会力量当作政治力量压迫个人自由的社会，绝非马克思主义；过于强调政治是统帅是灵魂的意识形态力量，甚至将这种力量看成是威力无穷的“精神原子弹”，与马克思主义对经济基础的看重也是背离的。政治对于文学的粗暴干预，使得当代文学不得不重构现代史，包括莫言的《丰乳肥臀》等小说在很大意义上就是重构现代史的结果。而正是在这种政治上宽松自由的文化空气中，从 1979 年到 2008 年的 30 年文学大大超过 1949 年到 1979 年 30 年文学的成就，莫言、阎连科等人的小说与北岛、舒婷、彭燕郊（1920—2008）等人的诗歌，已开始从中国走向世界。

我们对中西文学与政治的关系进行了考察后，可以看到，政治家将文学当作点缀太平的帮闲以及政治家对文学家进行残酷迫害，都不利于文学的繁荣。俄罗斯 19 世纪在文学与政治的冲突中反而成就了文学的辉煌，然而这里的前提是，当时的俄罗斯作家还是有相当自由的政治文化空间。由于政治对文学的粗暴干预引起了中国文坛的普遍反感，所以在中国一些作家和批评家那里，就出现了远离政治的文学生态。然而，即使是在西方，文学也不可能远离政治。埃利奥特（Emory Elliott，1943—2009）主编的《哥伦比亚美国文学史》，就从政治、经济与文化的多层面描述美国文学的兴起与发展，而且最后一章讨论了权力、社会等与文学的相互影响。尤其是赛义德等人的后殖民主义批评，正是从政治意识形态的角度，反省了西方对东方的曲解、误读与意识形态的压迫。人在本性上就是政治的动物，尤其是中国，以天下为己任的文人文化传统，使得真正的知识分子没有几个是不关心政治的。因此，怎样建立一种良好的文学与政治的文化生态，就是一个重要的课题。

第三节　文学与经济学

文学与经济学的关系，表面看来没有文学与艺术、哲学、历史等那么密切，然而文学却会被经济学这只看不见的手所左右，这只手甚至超过艺术、哲学、历史等与文学平行并列的表现领域，构成了对文学的潜在制约。恩格斯《在马克思墓前的讲话》中指出，“马克思发现了人类历史的发展规律，即历来为繁芜丛杂的意识形态所掩盖着的一个简单事实：人们首先必须吃、喝、住、穿，然后才能从事政治、科学、艺术、宗教等；所以，直接的物质的生活资料的生产，因而一个民族或一个时代的一定的经济发展阶段，便构成为基础，人们的国家制度、法的观点、艺术以至宗教观念，就是从这个基础上发展起来的，因而，也必须由这个基础来解释，而不是像过去那样做得相反。”[①] 在这里，恩格斯分析了包括文学在内的文化活动植根于经济并受其制约。恩格斯的观点后来被归结为经济基础决定上层建筑的马克思主义基本原理，并且得到了详尽的阐发。

① 《马克思恩格斯文集》第 3 卷，人民出版社，2009 年，第 601 页。

如果机械地搬用马克思主义的经济决定论，那么在文学研究上一定会碰壁。因为马克思还有艺术发展与物质生产发展不平衡的理论，马克思说："关于艺术，大家知道，它的一定的繁盛时期决不是同社会的一般发展成比例的，因而也决不是同仿佛是社会组织的骨骼的物质基础的一般发展成比例的。"[①] 有些艺术形式，例如神话，只有在物质生产极为不发达的经济条件下才会产生。在中国历史上也不乏此类个案，建安文学固然是在结束了"白骨露于野，千里无鸡鸣"的战乱基础上造就的；从"贞观之治"到"开元之治"，成就了文学的"盛唐气象"；而欧阳修、王安石、苏轼等文学大师的出现，也与结束了五代战乱的北宋经济繁荣有相当的关系，但是，经济繁荣的太平盛世并不一定出现好的文学，而在经济匮乏的乱世也不乏优秀文学的出现。正是在春秋战国礼崩乐坏的乱世中，涌现出塑造中国文化品格的孔子、老子、孟子、庄子、屈原等哲学与文学大师，在西晋到南北朝的乱世中，出现了人的觉醒与文的自觉。

就文学家个人而论，经济富有的大阔佬并不一定写出好的文学，贫穷的寒士笔下却不乏文学珍品。当然，这里所说的寒士并非是饥寒交迫到无以维持生计的文人，而是他们曾经富有过，却因各种原因导致坠入困顿中，如被放逐的楚国大夫屈原，遭受宫刑的司马迁，因安史之乱而流离的杜甫，家族败落的曹雪芹等人，都因坠入困顿而写成不朽篇章，被中国的诗论与文论总结为"穷愁之言易好，欢愉之辞难工"，"诗必穷而后工"。然而这里的"穷"的前提是：有经济条件接受良好的文学教育，使自己达到具有创作人类优秀文本的文学素养，即

① [德] 马克思：《〈政治经济学批判〉导言》，详见《马克思恩格斯选集》第 2 卷，人民出版社，1995 年，第 28 页。

使在困顿中，也能够具有文学创作的经济条件。正是从这个角度，鲁迅认为文学是余裕的表现。如果文学家连自己都养不活，那么也难以指望优秀文学的产生。

无论东方还是西方，都有很多高蹈的文学家瞧不起金钱与物质财富。龚自珍在《咏史·金粉东南十五州》的“避席畏闻文字狱，着书都为稻粱谋”，将“稻粱谋”与“文字狱”相提并论，可见龚自珍对以文谋取物质财富的疾视。于是，文章不为稻粱谋就成为很多中国文人的追求。西方文学从浪漫派到现代派，都具有反科技反物质的特征，一些为艺术而艺术的派别还将自身放置在象牙塔中。以劳伦斯的长篇小说《查泰莱夫人的情人》为例，这部小说以象征的技巧，在现实主义的叙事框架中将浪漫主义导向了现代的深度，小说追求的是在情欲的酒神式的自由放纵中达到审美的狂欢与生命的超越，并对现代文化中的物质追求、理性算计及榨取自然进行了极度的排斥。然而另一方面，劳伦斯又欣欣然抽取着这部小说的版税，小说中赤裸裸的男女性描写，又成为最大的卖点。

中国文人不为稻粱谋，那是因为多数中国文人都是官僚而有固定的经济收入。很多文人都以官名相称，著名诗人杜甫因做过工部员外郎可以叫“杜工部”。因此，叹穷愁的文学多来自因故脱离了官僚阶层或者没有跻身官僚阶层的文人，这是中国不以赚钱为目的的诗文传统的正宗。悖谬的是，叹穷愁的诗文多以为自己的诗文价值千金，而俗人不识货。而且在中国正统的文人中，像王安石等关心国计民生与经济命脉的也不在少数；并非所有的文人都追求文字章句与审美意蕴而不顾经济民生。李白就曾在《嘲鲁儒》一诗中嘲讽那些死扣章句的腐儒：“鲁叟谈五经，白发死章句。问以经济策，茫如坠烟雾。”这里的“经济”与今天使用的经济尚非一个概念，而有经国济世之意，但今天的经济概念无疑被包含在其中。而非正宗的文学，如产生于宋代勾栏瓦舍中的小说、产生于元代供市民百姓观赏的戏文，从一开始就与宋代开始发生发展的市场经济有着千丝万缕的联系，从说书人底本的话本到冯梦龙为了赚取“笔资”而撰写的拟话本，意味着一个新的文学时代即将来临。

文学文本对经济的表现也是文学与经济学研究的范围。荷马史诗既表现了古希腊人的勇敢、友情、神话与命运观念，也再现了那个时代的经济活动及私有财产的观念。与经济活动关系更密切的是现实主义小说。以巴尔扎克为例，他曾写畅销小说维持生计，此时他想书商在赚他的钱，于是在有人倡议入股的情况下他果断地想把书商一块的利润揽入怀中。巨亏后，巴尔扎克进一步想把印书的利润也揽入怀中，又办印刷厂。印刷厂又巨亏，巴尔扎克更进一步想把印刷的铸字一块利润揽入怀中而办铸字厂。最后铸字厂又巨亏。巴尔扎克从最初亏一万多法郎到最后亏损十万法郎，彻底破产。后来他创作了那么多部的《人间喜剧》也没有还清债务，他只得在贵妇人身上打主意。而正是他深深地介入了经济活动，使其《人间喜剧》对自由资本主义的经济得以深刻的再现。恩格斯说巴尔扎克的小说“汇集了法国社会的全部历史，我从这里，甚至在经济细节方面（诸如革命以后动产和不动产的重新分配）所学到的东西，也要比从当时所有职业的史学家、经济学家和统计学家那里学到的全部东西还要多。”[①] 狄更斯与托尔斯泰等现实主义作家也深刻再现了英国与俄罗斯的经济生活。中国文学虽然以抒情性为特征，但在《诗经》的《伐檀》《硕鼠》等篇中还是表现了那个时代的经济生活。在中国文学中对经济生活再现最详尽的，还是《金瓶

① [德] 恩格斯：《致玛·哈克奈斯》，《马克思恩格斯选集》第 4 卷，第 463 页。

梅》《红楼梦》等世情小说。

虽然是在以经济为基础的社会主义中国，但在1949年到1978年间，中国作家感受最深刻的不是文学与经济的关系，而是文学与政治的关系。从1979年改革开放之后，中国作家仍在文学与政治、经济的三角关系中徘徊。中国作家对文学与经济的关系感受最深刻的，是在90年代中国进一步市场化之后，文学从政治桎梏中摆脱出来，却又要面对市场经济的冲击。市场选择的并不一定是文学性，诸凡暴力、色情等诉诸人的原欲的文学反而更是畅销的文本。有些作家在市场上取得巨大成功，经济上并不富裕的英语教师罗琳（Joanne Kathleen Rowling，1965— ），在其《哈利·波特》系列推出后，财富竟然超过了英国女王。有些中国作家也开始利用市场进行"稻粱谋"，甚至某些80后作家成立了专门公司，以包装、推销自己的作品。尤其是影视等文化产业领域，市场对艺术构成了巨大的制约作用，而带来的利润也令人吃惊。好莱坞是影视业最早市场化的，每年可以带来数百亿的利润，日本动漫产业的利润超过了钢铁业。目前中国也在进行整合打造文化产业。马克思在《资本论》中说："资本来到世间，从头到脚，每个毛孔都滴着血和肮脏的东西。"而在当下，滴着血和肮脏东西的资本正在侵蚀文学艺术，因而现在的文学批评不能以洛阳纸贵来评判文学艺术：市场的宠儿不一定是优秀作品，被市场冷落的文本不一定没有文学价值。

第四节 文学与法学

孟德斯鸠在《论法的精神》中说："有一个根本理性存在着，法就是这个根本理性和各种存在物之间的关系。"[①] 但是，这种只讲理性而不讲"情面"的法制，与中国的民族性格是格格不入的。按照《道德经》的"失道而后德，失德而后仁，失仁而后义，失义而后礼"的逻辑顺序，若是再加上两句应该是"失礼而后法，失法而后刑"，那么，道家执著于无为而治的道德，儒家执著于仁义的礼治都对刑法不感兴趣，只有法家才对刑法感兴趣。在中国文化中，尽管法家在实际政治中发挥了重要作用，但基本上还是儒道两家占主导地位。而儒家的"礼法"就是"君君臣臣、父父子子"等带有浓重情感色彩的伦理法则，统治者对子民用刑也像父亲惩罚子女一样，从而与真正理性产物的西方法律大相径庭。因此，孟德斯鸠认为，中国的立法者"把宗教、法律、风俗、礼仪都混在一起，所有这些东西都是道德，所有这些东西都是品德。这四者的箴规，就是所谓礼教"[②]。

比较而言，西方文化注重个人的传统与科学的精神，使其更强调法律的人我界限，钉是钉铆是铆，法律条文不厌其详，西方的法律文学也是源远流长。而中国传统的伦理本位，使其素有"子为父隐，父为子隐"的"人情大于王法"之说，梁漱溟甚至认为，中国传统文化是以伦理代替宗教、以礼俗代替法律。林语堂在《中国人》(*My Country and My People*，又译《吾国与吾民》等）中说："一个中国法官必不能

---

① [法] 孟德斯鸠：《论法的精神》上册，张雁深译，商务印书馆，1978 年，第 1 页，版次下同。

② 同上书，第 313 页。

把法律看作一个抽象体，而一定要把它看作一个可变通的量，应该具体地运用到某一个人身上，如黄上校，李少校等。于是，任何与个人联系不紧密的法律，任何不能视黄上校、李少校的具体情况而定的法律都是非人道的法律，所以也不成其为法律。”所以林语堂的结论是：“中国的司法是一种艺术，不是科学。”[①] 林语堂的分析意味着西方的司法是具有确定性的科学，而中国的司法则是具有弹性、灵活性和模糊性的艺术，让法官在司法中根据具体案例来加以具体解决，所谓具体问题具体分析，不让你抽象地把这种精确的条文运用到每个人身上。这也是中医的火候或度。

然而诡异的是，文学与法律的关系研究最早却不是在中国兴起的，正如中国哲学主要是伦理学，而最早的伦理学研究也是在西方兴起的一样。西方的法律之周密既得益于科学，也得益于基督教。然而，随着基督教的衰落与科学主义的过盛，尤其是法律经济学的强势，在上世纪 70 年代美国法学界兴起了法律文学的运动。怀特（James Boyd White，1938—　）于 1973 年出版了《法律的想象》，以案例教科书的编撰方式将一些关乎法律的经典文学文本编辑成书，并且对法律文学运动产生了重要影响。后来波斯纳（Richard Allen Posner，1939—　）于 90 年代出版了《法律与文学》一书。美国的法律与文学研究包括了四个分支，即文学中的法律（law in literature）、作为文学的法律（Law as literature）、通过文学的法律（law through literature）、关于文学的法律（law of literature），分别研究文学作品所表现出来的法律与法学案例，将法律文本或司法案例从文学文本的角度研究其修辞和叙事，利用文学的艺术感染力来讲述、讨论和表达法律的问题，研究文艺作品

---

① 林语堂：《中国人》，浙江人民出版社，1988 年，第 63 页。

的著作权、版权、反社会与暴力色情文学出版限度的法律。

起诉状、反诉书、答辩状、代理词等法律文书都需要文字来书写，依靠文学所营造的舆论力量在某种意义上也可以影响法庭的判决，这就使法律与文学有了缘分。在西方文学史上，但丁以《神曲》为人类进行文学立法，雪莱认为，诗人是未被世界承认的立法者。波斯纳（Richard Allen Posner，1939—　）的《法律与文学》就讨论了文学中的法律、作为文学的法律与法律对文学的规制等各方面的内容，探讨了马克·吐温、司汤达小说中所表现的法律，从法律原型与文学类型的角度研究了《伊利亚特》与《哈姆莱特》及复仇，从法理学及其局限的角度研讨了索福克勒斯与雪莱的文本与理论以及狄更斯与卡夫卡等人的作品，从文学控诉法律不公正的角度探究了法律与愤懑、法律与文学中的浪漫主义价值观、《卡拉马佐夫兄弟》、文学与大屠杀，并进一步从法律角度探究卡夫卡、宗教大法官。最后，该书讨论了法律学术中的文学转变与法律对文学的规制。

美国法学界的法律文学运动对中国造成了重大的影响，中国法学界自上世纪90年代起文学与法学的论著便开始出现，北京大学法学院的苏力教授2000年开始将法律与文学搬上大学讲堂，并出版《法律与文学——以中国传统戏剧为材料》，迄今已有近10部法律与文学的专著出版。因此，文学与法学的关系虽然被关注的历史并不长，但已受到学界的重视。中国文学与法律的关系，由于传统中国法律观念的淡薄并不受重视，但是我们在阅读古代小说的时候经常会看到，一个蒙冤的老百姓有冤无处诉，遇到了某位文学高人，生花的妙笔顷刻写就诉状，老百姓就赢了官司。当然这不免夸张，而且法律文书以客观理性为准绳，从总体上要求摆事实讲道理，应该竭力避免文学的夸张与虚构。不过从古代高人写诉状的神效，反而折射出在现代辩护律师之巧舌的作用，也就是说，在最讲法治的地方，文学修辞对于司法也具有影响力。

法律是对公平正义的维护，与文学的价值追求是有契合之处的。从古以来，尤其是从宋元话本与戏曲产生以来，老百姓蒙冤打官司与清官维护公平正义的礼法而铲除欺男霸女的社会邪恶势力，就成为文学喜爱的描写对象。因此，梁漱溟对中国文化的以礼俗代替法律的概括，虽然从总体看不无道理，然而这无疑有夸大礼俗力量的嫌疑。即使是在中国古代，每个王朝也都有自己的律法。在“人情大于王法”的反面，《史记·商君列传》中就有“王子犯法，与庶民同罪”的金石之言。尽管这在实际上很难做到，然而却广为传播，成为连普通老百姓都能随口就来的俗语，进而成为古代刚正不阿官员的追求。《包公案》（又名《龙图公案》）、《三侠五义》等小说，就塑造出一个铁面无私、不徇私情而坚定维护律法公正的包公形象。苏力对传统戏曲中的法律与文学进行了较多的研讨，其实比戏曲更早涉及法律与文学的是在勾栏瓦舍中产生的话本小说，根据南宋《都城纪胜》的记载，从北宋开始的说话中就有“说公案”的，宋元话本中的《错斩崔宁》《简帖和尚》《沈小官一鸟害七命》等就是较早的公案类小说。长篇公案类小说，除了《包公案》为明代所作，大多数都是清人所作，计有《施公案》《狄公案》（又名《武则天四大奇案》）《毛公案》《海公案》《彭公案》《刘公案》《郭公案》《蓝公案》《林公案》《李公案奇闻》《于公案》等，高罗佩（Robert Hans van Gulik，1910—1967）较早注意到中国的公案小说并不弱于西方的侦探小说，就将佚名的《狄公案》翻译成英文，并进而创作了 *Celebrated Cases of Judge Dee*（即《狄公断案大观》，又名《大唐狄公案》）。此外，从关汉卿的《窦娥冤》到现当代的《杨三姐告状》和《秋菊打官司》等戏剧、小说与电影，以民众喊冤的形式要求法律公正的作品也很多。

第四章

文学与科学技术

文学与自然科学的关系在文学与人类所有表现领域的跨学科研究中是相距最远的。这种距离甚至在当前的教育中已有所表现，很多学校到高中阶段，就开始划分文科班与理工科班。那么，文学与自然科学是否因为学科相距甚远而没有精神联系？文学与自然科学的关系除了对立的一面，有没有统一的一面？这种对立统一又是怎样表现的？我们先从本质上研讨文学与自然科学的关系及其历史演变。

从词源学的角度看，英语与法语中的“science”源于拉丁文“sciatica”，意即“知道”与“认知”，“science”就是对自然的认知。在中文中科学技术（Science and technology）往往并用而称为科技，但科学与技术还是有差异的：科学有一套认知的方法，不但要知其然，尤其要深究其所以然，而技术则是不需要深究根源的；而且技术是实用性的，不像科学那样为知识而知识、为真理而真理。科学与技术是密切联系的，没有灿烂的科学之花就结不出丰硕的技术之果。

从人类心智上分析，文学与自然科学的差异与区别是主要的。文学关注的是美丑，科学探究的是是非；文学诉诸人的直觉与情感，科学诉诸人的理性与理智；文学运用想象与虚构，科学揭示真实与真理；文学焦虑的是生命的不朽，科学凝视的是世界的真相。当然，这种差异与区别是相对的，而正是这种差异的相对性使文学与科学有着多方面的交叉关系。文学家虽然更关注美丑，然而很多文学家为抨击社会邪恶、维护公平公正而仗义执言，屈原甚至在“黄钟毁弃、瓦釜雷鸣”的时候昂头问天。科学家虽然关注的是自然的真理，但他们何尝忘却审美。爱因斯坦（Albert Einstein，1879—1955）认为，美是探求理论物理学中重要结果的一个指导原则；德国数学家外尔（Hermann Wey，1885—1955）在研究中力求把真和美统一起来，在二者必选其一的时候他甚至宁肯选择美。在现实社会中，喜欢文学的科学家非常多，科学巨人达尔文（Charles Robert Darwin，1809—1882）与爱因斯坦等都是文学的热爱者，他们都喜爱莎士比亚，爱因斯坦还喜欢歌德、海涅、托尔斯泰、陀思妥耶夫斯基等诗人与作家，他甚至说陀思妥耶夫斯基给予他的比任何科学家都多。诺贝尔（Alfred Bernhard Nobel，1833—1896）没有将其奖金授予哲学家、历史家等，在文科中唯独给文学家，表明了他对文学情有独钟。而喜欢科学的文学家也非常多，现代中国的文学家鲁迅与郭沫若（1892—1978）都是科学的爱好者，他们留学日本所选的专业开始都不是文学而是医学。鲁迅曾经写过《中国地质略论》《人之历史》与《科学史教篇》等科学论文，与顾琅合编出版了《中国矿产志》，郭沫若的诗歌中也经常出现英文的科学名词。历史上有一类人物既是文学家又是科学家，文学史与科学史都不能忽略他们。中国的张衡（78—139）是浑天仪和地动仪的发明者，又是《二京赋》等文学名篇的作者；德国的歌德是诗歌巨著《浮士德》等不朽作品的作者，又在进化论、解剖学、动植物形态学、颜色学等多个科学领域有所贡献，因而德国政府设立的歌德奖章是“艺术和科学奖章”。

渗透着感情的语言是文学的诗性表现，但也不属于文学专有。鲁迅认为，学说所以启人思，文学所以增人感；后来又谈到研究与创作的不同，说研究需要冷静，创作需要一种发点热的情感。这确实是科学与文学的分界，然而这种分界是有限度的。如果鲁迅不是从民族精神的医生的角度对中国国民性进行冷静而深入的研究，那么《阿Q正传》等作品的出现就是不可思议的。科学家在研究的过程中确实是需要冷静的，但是，促使科学家献身于科学，甚至是前赴后继地探索未知探究真理的动因，却是一种与文学相类似的热情。孔子说：“知之者不如好之者，好之者不如乐之者”。[①] 用“乐”的方式求知，就是在追求真理的过程中表现出一种审美热情，使求知不但不枯燥无味，而且乐在其中。牛顿（Isaac Newton，1643—1727）探究真理忘记吃饭，出来吃饭发现别人吃过的痕迹以为自己吃过饭的故事，爱迪生新婚之夜迷于实验室而忘记新娘与客人的故事，都是在科学研究中达到了审美陶醉的境地，与孔子在齐国听到韶乐三个月尝不出肉味是一个境界。

就是想象与虚构也不是文学的专有领地，有时想象与虚构会对科学的发展产生重大的具有决定性的作用。胡适（1891—1962）曾以“大胆的假设，小心的求证”表述他的科学方法。在“小心的求证”过程中，需要扎实的资料与冷静的分析，但是“大胆的假设”就需要想象

---

① 《论语·雍也》，《四书五经》上册，北京市中国书店，1985年，第24页。

力与虚构。当虚构被证伪就纯然是虚构，当虚构被证实就会成为大胆的设想与合理的推测。一切科学范式的突破、新理论的发现与新成果的发明，都需要想象力与虚构。牛顿从苹果落地想象到万有引力定律；麦哲伦（Fernando de Magallanes，1480—1521）在科学资料的基础上将地球想象成圆形并乘船环绕地球加以证实；阿基米德（Archimedes，约前287—前212）从一次洗澡的体重与池水外溢想象到阿基米德定律，仿生学是基于对动物技能的想象，而大陆漂移说等科学假说所表现的想象力令文学家都足以吃惊，至于爱因斯坦的相对论更是想象力大胆驰骋的产物。所以爱因斯坦认为：想象力比知识更重要，因为知识是有限的，而想象力概括世界的一切，并且是知识进化的源泉，严格地说想象力是科学研究中的实在因素。

康德在《判断力批判》中对科学家与包含文学家在内的艺术家进行了比较，得出了艺术是天才的创造而科学巨匠也非天才的结论。他说："牛顿在他不朽的自然哲学原理那一著作里所写的一切，人们全可以学习；虽然论述出这一切来，需要一个伟大的头脑。但人们不能巧妙地学会做好诗，尽管对于诗艺有许多详尽的诗法著作和优秀的典范。原因是在于：牛顿把他的一切步骤，从几何学的最初原理达到他的伟大的深刻的发明，不单是能对自己，也能对于每个别人完全直观地演出来并规定下追随的道路。既不是荷马，也不是魏兰能够指示出他们的幻想丰满而同时思想富饶的观念是怎样从他们的头脑里生出来并且集合到一起的，因为他们自己也不知道，因而也不能教给别人。所以在科学里面最伟大的发明家和最辛勤的追随者和学徒也只是程度上的差别。与此相反，对美术获得天赋的人是和他们却有种类上的区别。"因为文学艺术的创造本质上是没有法则的，是大自然赋予文学家法则（天才）。科学与知识是可以传递的，而艺术是不能传递的，"每个人直接受之于天，因而人亡技绝，等待大自然再度赋予另一个人同样的才能。”[①] 康德的论述与《沧浪诗话》所谓的“诗有别才，非关学也”是一致的，基本上将文学与科学的差异精辟地凸显了出来，然而，康德的论断却并非没有夸大之处。且不说文学之间的相互影响以及克里斯蒂娃（Julia Kristeva，1941—　）等人的“互文性”理论所揭示的真理，就是自然科学研究，处于一个范式确立之后的研究过程是不需要天才的，但是，当一个范式僵化而要创造新的范式的时候，仍然需要想象力与创造力等天才来进行突破。而且在不同的文化中，对于文学天才的评价标准也不尽相同。从柏拉图到康德，西方文化更强调文学创作中迷狂性的灵感与天才；从作为圣人的孔子说自己是学而知之者开始，中国文化更强调后天的学习与文学的法则，因而中国文学传统推崇的是可以模仿学习的杜甫，而非更是天才自然流露的李白。

从历史的演变来看，文学与科学的关系是在不断发生变化的。在今天看来，文学与自然科学是相距甚远的文化表现形式，然而在文明的发轫之初，二者其实是混而为一的。如果我们以马克思在《〈政治经济学批判〉导言》中研究希腊神话的方法来看待人类童年时代的诗性智慧，就会发现希腊神话不但是当时希腊人的文学艺术，而且也是希腊人的自然科学：希腊人在诗性智慧的时代，以想象的形式认识与支配自然。随着人类的成长能够以抽象的逻辑与分析概念去认知自然的时候，以神话认知自然的形式就消失了。因此，神话绝非初民为了审美的目的而进行的虚构，而是其真实想象自然的结果。从这个意义上，说神话是初民的自然科学才具有合理性。

随着西方文化的发展，神话让位于宗教。虽然基督教的创世造人

---

① ［德］康德：《判断力批判》上册，商务印书馆，1987 年，第 154—155 页。

与救赎复活等圣教历史还是神话，但其神学已容纳了古希腊以来的哲学，而各个专门学科的科学也在迅速发展。然而科学的发展，对于与神话有着千丝万缕联系的宗教也构成了致命性的打击。科学不但使神话消失，在与宗教的战斗中逐渐取得上风，而且对于文学的存在也提出了强有力的挑战。亚里士多德在《形而上学》中认为，只有经验的人对于事物只知其然而艺术家对于事物则知其所以然，但是科学的发展使莱布尼兹否定了这种说法，他认为艺术属于“混乱的感性认识”，对于所表现的东西能够意识到却找不出什么理由，因而也不能加以精确的解析。鲍姆嘉通（Alexander Gottlieb Baumgarten，1714—1762）就将这种“混乱的感性认识”划入美学领域，认为当精确的认识产生之时，就可以消灭美而取代之。如果说莱布尼兹和鲍姆嘉通是从共时性角度以科学挑战艺术，那么，维柯和黑格尔则从历时性的角度以科学否定了艺术存在的意义。维柯认为，“世界在它的幼年时代是由一些诗性的或能诗的民族所组成的”，“然后哲学家们在长时期以后才来临，所以可以看作各民族的老人们，他们才创造了各种科学的世界，因此，使人类达到完备”。[①] 黑格尔认为在古代艺术中，例如希腊的神中，真实与理念对于感性的东西是非常亲善的，但是到了现代更高的理性文化阶段，“艺术已不复是认识绝对理念的最高形式”。[②] 孔德的实证主义虽然与黑格尔的思辨哲学极为不同，但他论述的从宗教、形而上学到实证科学的人类精神发展轨迹，也表达了科学横扫一切的意思。

文学在它挣脱宗教的怀抱独自发展的时候，与科学还是一个统一战线，但终于遇到了科学的挑战。英国的阿诺德与赫胥黎（Thomas

① [意] 维柯：《新科学》，人民文学出版社，1986 年，第 231 页。

② [德] 黑格尔：《美学》第 1 卷，商务印书馆，1979 年，第 13—14 页。

Henry Huxley，1825—1895）之争就是文学与科学之争。然而，为文学争取人生问题领地的阿诺德也不得不承认科学的重要性，而赫胥黎却认为对于人生问题也必须要提倡科学的方法，文学终将被科学所取代。就连以美为通向自由的途径的席勒，也看到了科学与文学的冲突："科学的界限越扩展，艺术的界限就越狭窄。"[①] 正如马克思在《〈政治经济学批判〉导言》中所说的，在避雷针面前，宙斯与朱庇特已经逃遁；而现代人探测到的月球严酷的自然环境，也使今天的人再也没有嫦娥那样奔月的向往。从远古开始，文学以其诗意的认知履行了很多自然科学的职能。那么，随着科学一步步占领诗性智慧的领地，文学还有存在的合理性吗？

从康德、席勒到马克思，有一条红线相连，就是肯定了审美与人的自由、人的创造力与人的自我价值实现的联系。马克思在其现实性上，分析了劳动作为审美活动的可能性，这就是通过推翻资本主义社会，消除恶性竞争与异化劳动，使劳动成为审美性的第一需要而非异化的谋生手段。因此，作为审美活动的文学的存在价值就是毋庸置疑的了。而科学在挑战文学的同时，也帮了文学一个大忙，就是对宗教的致命打击。当人们不能在宗教中得到精神慰藉的时候，便转而求助于审美。尼采就以希腊酒神与日神的审美超越对基督教进行了激烈的抨击，海德格尔认为在诸神隐退的现代只有诗人还在探寻其隐退的踪迹，都具有以审美取代宗教的意味。

黑格尔之后，西方哲学在向着科学与人文的两个片面的极端发展。一个极端是由维特根斯坦（Ludwig Wittgenstein，1889—1951）、卡尔纳普（Rudolf Carnap，1891—1970）等人为代表的科学哲学与技术哲

① ［德］席勒：《审美教育书简》，北京大学出版社，1985年，第13页。

学，他们大都是科学家或逻辑学家，往往是只论是非而不论善恶美丑，因为在他们看来善恶美丑不属于科学研究的范围；另一个极端则是尼采开辟的以狄尔泰、柏格森为代表的生命哲学以及海德格尔、萨特等人为代表的存在主义哲学，他们都极为推崇审美与文学的价值，或者像尼采、萨特本身就是诗人和作家，他们认为探讨生命的意义比研究世界有几个范畴几对概念更贴近哲学的本质。鉴于科学的横扫一切，工具理性的猖獗以及技术统治在各方面的渗透，他们从审美直觉与生命本能出发提出了强烈的抗议。这种文化冲突，说到底就是文学与科学冲突的另一种表现形式。科学技术的发展在征服自然与便利人类的同时，也产生了巨大的负面效应。征服自然带来了对生态的破坏，相对论产生后随之出现的核恐怖，克隆技术对人类伦理的可能破坏，都需要从人文的角度对科技的发展进行反思。在现代文学中，反抗科技统治造成的异化在作品中也随处可见。在劳伦斯的小说《查泰莱夫人的情人》中，机械、技术、污染、噪音与精明的算计在驱赶大地的诗意，扼杀着现代人的本能，劳伦斯以狩猎人的野性本能与审美直觉对此进行了强烈的抗议。西方的生态文学大都致力于对科技统治的反抗，而留恋在瓦尔登湖之类的审美与诗意的家园中。

斯诺（Charles Percy Snow，1905—1980）对西方文化这种文学与科学的深刻分裂进行了文化上的总结。在《两种文化》中，斯诺认为西方文化正在被撕裂为两种彼此不相往来的人文文化与科学文化。斯诺是科学家也是小说家，他试图调和两种分裂的文化。然而，由于他对于人文知识分子批评过分，引来了利维斯（Frank Raymond Leavis，1895—1978）的抨击，此次调和归于失败。不过自此之后，西方确实有意识地在努力弥合两种文化的鸿沟，一些大学与研究机构成立了文学与科学的研究中心、研究会、基金会，致力于两种文化之间的融合与沟通。

西方科学传入中国之后，并没有与中国的人文传统发生激烈的冲突，在中国知识界也没有出现科学与文学的极端对立，这与中国文化的整体性有关。在近代中国，虽然对于西方输入的基督教时常采取一种敌视的文化姿态，然而中国人却张开热情的怀抱拥抱西方的科学技术。发源于卢梭的浪漫主义与尼采、柏格森为代表的西方现代人学思潮，都有反科技的倾向；然而钟情于西方浪漫主义的郭沫若，钟情于尼采等西方现代人学思潮的鲁迅，都没有反科技的倾向。郭沫若的诗歌中经常出现现代科学名词，他甚至把浪漫主义极为厌恶的工厂的黑烟比如成“黑色的牡丹”与“二十世纪底名花”。[①] 鲁迅从早年写作科学论文，晚年翻译科学的文艺论，并劝投身文学的人不要抛开科学一味钻到文学里，也没有任何反科技的倾向。科学是伟大的，它给中国人带来了崭新的世界观，带来的新技术革命使中国的发展日新月异。但文学也无需自卑，以为文学毫无用处的人不能忽略这样一个事实：人不可能为了求知求科学自杀，却可以为情所困而自杀，因而文学也是伟大的，它给人以精神上的慰藉，给生命以安顿。

在讨论了文学与科学的关系及其历史演变之后，再来看看文学对科学的表现。文学在人类的远古时代曾经履行过自然科学的职能，在古希腊的神话与史诗中，初民借助想象力认识与支配自然，是那个时代具有诗性的自然科学。中国文化是世界文化的早熟品，所以在先秦的典籍中就很少神话，而且以神话为荒诞不经之说。孔子以“兴观群怨”论《诗》，“观”也不是自然科学，理解成“观风俗之盛衰”更贴近原意，只有“多识于鸟兽草木之名”与自然科学有关，不过已是无关紧

---

① 郭沫若:《笔立山头展望》,《〈女神〉及佚诗》，人民文学出版社，2008 年，第 60 页。

要的末端了。但是，在屈原的《离骚》中还有初民对世界的神话想象，尤其是《天问》使诗情的表现与科学的发问密切结合在一起。著名物理学家李政道研读《天问》，认为《天问》是以诗的形式写就的宇宙学论文，屈原在两千五百年之前就在诗中运用了几何学和物理学的对称性原理，提出了地球可能是一个东西、南北不一样长的扁椭圆球体。

在近代西方科学从自然哲学中脱颖而出之后，文学对于科学的态度就显示出一种复杂性。一种态度是文学对于科学的发展表现出理性乐观的态度，这是除卢梭之外的启蒙文学的文化姿态。在那个崇尚科学理性的时代，歌颂科学巨匠牛顿的诗歌就有《狂喜》（1720）、《怀念艾萨克·牛顿爵士》（1727）等多首，而布瓦洛（Nicolas Boileau Despreaux，1636—1711）在《诗的艺术》中让诗人凭借理性来取得诗的价值。科学在歌德那里基本上是中性的，他的巨著《浮士德》中的主人公既是一个忧心忡忡的人文学者，也是精通“魔术”的科学家。浮士德的“魔术”可以看成是想象中的科学力量，所以他的学生瓦格纳能够以科学的方法人造人，在玻璃瓶中以化学实验的方法调和各种元素造出了一个小人。当代意大利作家卡尔维诺（Italo Calvino，1923—1985）的《宇宙奇趣全集》等作品也与现代科学的发展有着千丝万缕的联系，他后来在回忆他的创作时说，现代科学、物理学、宇宙起源学说、分子生物学等不能提供看得到的想象而能从观念上抽象地理解，促使他描写看得见的想象。然而，从科学飞速发展的那天起，对科学产生疑虑甚至批判的人文姿态就一直没有间断。斯威夫特（Jonathan Swift，1667—1745）的《格列佛游记》就对当时的科学研究进行了辛辣的讽刺，飞岛国里的拉格多大科学院讽刺的是英国皇家科学院，这些科学家研究的是怎样将粪便还原为食物，从黄瓜里提取阳光，把冰炼成火药，从房顶建房一直建到地基……现代科学的万能在于，几乎是没有做不到的，只有想不到的：中国《封神演义》中的郑伦、陈奇哼哈二将的异能，在现代的火箭喷射器那里得到了验证，而激光武器甚至比郑伦、陈奇的异能还要神；《浮士德》中的人造人，也被现代的克隆技术所验证。文学家反思的是，这些厉害的杀人武器对人类的危害与克隆技术对人类伦理破坏的可能性。因此，或许某一天连斯威夫特讽刺的颠倒行为也被科学所验证，但是，从斯威夫特到生命哲学、存在主义以及现代派小说所表现的那种对科学的批判反思精神与深刻的人文忧虑，并不是毫无意义的。

文学表现科学的典型文体是科学幻想小说（简称“科幻小说”，刚引进中国时称为“科学小说”）、科学散文与科学小品等，这是文学与科学的交叉文体。科幻小说一般都是作家所为，而科学散文与科学小品很多则是富有文学才华的科学家所为。长篇巨制的科学散文首推法布尔（Jean-Henri Casimir Fabre，1823—1915）的十大册的《昆虫记》，这部书使法布尔赢得了“昆虫界的荷马”与“科学诗人”等美誉。科幻小说的开山者是诗人雪莱的妻子玛丽·雪莱（Mary Shelley，1797—1851），她的《弗兰肯斯坦》写的是科学家弗兰肯斯坦经过无数次试验，终于创造出了一个面目丑陋的科学怪人，由于这个科学怪人受到创造者及其周围人的歧视与敌视，就丧失了善良的秉性而成为杀人狂，最后与其创造者同归于尽。爱伦·坡（Edgar Allan Poe，1809—1849）也在稍后发表了一些具有科幻性质的小说。但是，真正使科幻小说成为小说大家族中受欢迎的一种独特文体的，是作为科幻小说之父与集大成者的法国小说家凡尔纳（Jules Verne，1828—1905）与英国小说家威尔斯（Herbert George Wells，1866—1946）。他们都创作了数十部科幻小说，并且在文坛发生了巨大的影响。凡尔纳的《海底两万里》《从地球到月球》等小说将科学的幻想与冒险小说的情节以及游记结合在一起，而且不同于玛丽与爱伦·坡的小说的哥特色彩与浪漫情调，而是展现了19世纪理性与进取的科学乐观主义精神。威尔斯的《时间机器》《星际战争》等小说，开辟了当代科幻小说的时间旅行与外星人冲突的先河，并将其对现实社会的影射与思辨融合在科学幻想之中。此后，科幻小说风靡世界，大有取代海外掠夺时代冒险小说的意味，而爱因斯坦的相对论又助长了科幻小说的奇幻想象。美国在科幻小说上也大有后来居上的势头，从巴勒斯（Edgar Rice Burroughs，1875—1950）、根斯巴克（Hugo Gernsback，1884—1967）、坎贝尔（John W. Campbell，1910—1971），一直到新浪潮科幻小说、“赛博朋克”小说，以后浪推前浪的形式长盛不衰。而影视艺术也前来助阵，科幻电影成为好莱坞一种重要的类型片。很多科幻小说正是借助电影走进千家万户的，譬如巴勒斯的科幻小说《人猿泰山》就是借助影视走向千家万户的。随着科学越来越神通广大以及对人文生态的入侵，科幻小说已从凡尔纳对科学的乐观想象，变成了恐怖与悲观的描绘。由于科幻小说的兴盛及不同侧重，科幻小说又被分为“硬科幻小说”（Hard Science Fiction）与“软科幻小说”（Soft Science Fiction），硬科幻小说比较遵循科学幻想的逻辑，而软科幻小说则将科学幻想作为小说的由头与物质外壳，重在表现对于社会与人生的看法。

在梁启超等人大力倡导新小说的影响下，凡尔纳等人的科幻小说与教育小说、政治小说、侦探小说等文体一起传入中国，也催生了《新法螺先生谭》《世界末日记》等中国科幻小说的诞生。鲁迅在20世纪初也曾热衷于科幻小说的翻译，将凡尔纳的《月界旅行》《地底旅行》《北极探险记》等科幻小说改译成中文。由于科学并非中国文化之所长，中国的科幻小说从一开始就担负着科学普及的任务，也就是鲁迅所说的“导中国人群以进行，必自科学小说始”。[①] 因而中国人热衷的主要是“硬科幻小说”，以至于后来演变成高士其式的科普文学。但是，能够在文学史上传世的，恰恰不是这些艺术价值并不高的“硬科幻”，而是具有“软科幻”色彩的《猫城记》。小说中的主人公乘坐飞机去火星探险，然而飞机在进入火星气圈时突然出现故障而坠毁，小说主人公落入了火星上的“猫国”里，在“猫国”的半年亲眼目睹了“猫国”国民表现出来的腐败、懒惰、内斗等形形色色的劣根性，直到小矮人国（影射日本）进攻“猫国”致其灭亡，法国的飞机把主人公又带回地球。《猫城记》虽然是老舍借助科幻形式表现的抗战之前中国的悲观寓言，但是，关于火星上可能存在高级生命的推测以及对于航天飞机的科学幻想，却是这部小说的物质外壳。

在研讨文学对科学的表现之后，我们最后探讨一下科学技术影响下的文学。从文艺复兴之后，随着科学技术日新月异的发展，对文学的影响也越来越大。而科学的方法论一直对包括文学之内的人文社会科学的研究方法产生着重要影响。在当代的文学研究中，有学者引入系统论、信息论与控制论等科学方法进行研究，而在20世纪盛极一时的结构主义文学研究，本身就是一种科学的企图。整体来看，对文学发生巨大影响的有生物进化论、精神分析与相对论。相对论对科幻小说的影响较大，而对其他文学形式的影响相对较小。精神分析的科学性质本身就值得怀疑，而且在文学与心理学部分已讨论了精神分析与文学的关系。我们重点分析一下生物进化论对近现代文学的影响。

以达尔文为集大成者的生物进化论击毁了上帝创世造人的观念，使得基督教的文化大厦摇摇欲坠。正是在这种科学背景下，尼采激烈

① 鲁迅：《译文序跋集·〈月界旅行〉辨言》，《鲁迅全集》第10卷，第152页。

地抨击基督教而疾呼“上帝死了”，唾弃基督教的文化价值而复活古希腊的酒神与日神的审美文化价值。然而，审美的文化价值并不必然导向生命的进化：中国的庄子就以审美为至境，却退化到天地未分的混沌状态。因此，尽管尼采认为他的超人学说与进化论无关——进化论强调物竞天择、适者生存，但在尼采看来，适者并不一定是尼采推崇的强者与超人，弱者与末人通过狡诈与伪装常常能够用以柔克刚的方法战胜强者：“这些小物件与可怜虫是无数的，许多高耸的大厦，曾被雨点与恶草所倾毁”；[①] 但是，尼采对退化的斥责，认为人是一根系在兽与超人之间的绳索，要人独立自强进向超人，这还是进化论的结果。而进化论对上帝观念的毁灭性打击，在陀思妥耶夫斯基等作家那里引起了激烈的灵魂冲突，一方面是以进化论为代表的宣示科学真理的伊凡等人以及忏悔前的拉斯科尔尼克夫，他们猛烈地攻击上帝、基督教及其道德价值的虚幻不真，认为在上帝死后就可以无所不为，可以成为超人；另一方面，在佐西玛长老、阿廖沙等人那里，一个没有上帝的世界就是一个荒诞的世界，因而绝对不能舍弃上帝，二者的激烈冲突实际上表现了陀思妥耶夫斯基灵魂深处残酷的斗争。

生物进化论作为科学的最新成果问世之后，无论是赞成还是反对，几乎没有诗人与作家能够避开而不受影响。法国作家左拉（Emile Zola，1840—1902）所受生物进化论的影响不像其他作家那样普泛，而是很具体。左拉主张小说要以科学实验方法对人进行客观的生理学和解剖学的实验与分析：“文学上的实验方法与科学上的一样，正在解释个人的以及社会的自然现象”，“自然主义的小说，乃是小说家借助

① ［德］尼采：《查拉图斯特拉如是说》，文化艺术出版社，1987年，第58页。

观察而对人作出的真正的实验。”[1] 他的20部小说被他编入《卢贡—马卡尔家族》，通过对五代人生活的描绘，探究遗传对人性的影响。当然左拉的遗传学观点，除了达尔文的《物种起源》与《动物和植物在家养下的变异》，还有当时其他遗传学著作的影响。

在近代中国，严复的《天演论》重点译介的就是达尔文的进化论，并且对中国知识界发生了巨大的影响，这种影响不会亚于赫胥黎的《进化论与伦理学》在英国的影响。中国传统的静态的世界观被进化论提供的动态的世界观打破了，而且中国人如果不能在物竞天择的列国争斗中自立，就有亡国灭种的危险。陈独秀（1879—1942）、胡适、鲁迅等一代文人，都毫不犹豫地接受了达尔文的进化论观点，并且运用到五四新文化运动中。发起文学革命的胡适的《文学改良刍议》，就从文学进化的角度对传统文学进行了批判。鲁迅多次声称自己是进化论的信奉者，《狂人日记》中狂人的“救救孩子”，《孤独者》中的魏连殳对进化论的信奉与怀疑，使进化论思想渗透到了鲁迅的小说文本中。当然，鲁迅信奉的进化论深深地打上了尼采的烙印，突出了在自然淘汰与竞争中的“强”字，与胡适突出适者生存的“适”字略有不同。

最后，让我们看一下技术革命对文学的影响。在过去的3000多年里，人类的文学载体发生了几次重大的变化。在文字没有产生之前，文学尚在口传阶段，然而忽视了这个“前文学时期”，就会漠视从口传文学进入文字文学所发生的文化变异。而印刷术的发明与普及对于文学而言是一场巨大的“新技术革命”，从此在市民文化土壤上成长起来的小说，向过去时代的主导文体诗歌发出了挑战，并且从边缘向中心移动，逐步成为近代工业文明时代的主导文体。随着计算机的普及，

---

① ［法］左拉：《实验小说》，《西方文论选》下册，第251—256页。

诗人与作家的“换笔”又是一次革命。而网络的兴起提供了一个文化多样性的平台，网络上既有抒情的诗歌，又有小说散文，也有各种类型的影视，上网者可以从被动地接受到主动地搜索、选择自己喜欢的文学文本与影视文本，可以即时在网上交流审美体验，甚至可以将自己创作的诗歌、小说文本以及影视文本加到网站上去。这种接受、批评与创作在网络交流中的融合，无疑是人类文化史上的一次革命，为真正实现艺术与审美的民主展现了美好的前景。

第五章

文学与生态环境

当人类以最为发达的现代化生产工具榨取自然时，文学与生态环境就变成跨学科研究的热门话题。其实，当人类与自然和谐相处时，生态环境不会成为问题；只要当生态环境在人类的破坏下变得危害到人类生存时，对绿色环境的渴望才表现到文学文本中，文学批评也才会注重环境伦理学。那么，当下生态文学的倡导，生态批评与绿色批评的繁荣，其深层的文化背景是什么？西方的生态文学是何时兴起的？为什么上世纪 70 年代兴起、90 年代才汇为一种批评浪潮的生态批评，会迅速在中国登陆，并成为当代批评界与美学界一支不可忽视的力量？

人类生态环境的灾难，归根结底是基督教文化导致的。当然，随着人类生态灾难的加深，基督教也出现了所谓的“生态神学”，但是，如果进行文化上的反思，就会看到，基督教文化与人类的生态灾难确实有着千丝万缕的联系。在基督教中，人虽然在神之下，神是人的创造者和牧人，人应该绝对听命于神；但是除了上帝之外，宇宙中就数人最伟大了，人是“宇宙的精华，万物的灵长”。神说：“我们要照着我们的形象，按着我们的样式造人，使他们管理海里的鱼、空中的鸟、地上的牲畜，和全地，并地上所爬的一切昆虫。”① 基督教为了抬高人的位置，甚至认为人与自然没有共通之处。费尔巴哈（Ludwig Andreas Feuerbach，1804—1872）在《基督教的本质》中说：“跟属人的灵魂相比，太阳、月亮和地球算得了什么呢？世界正在消逝，唯独人是永恒的。基督教使人跟自然毫无共通之处，因而陷入鹤立鸡群式的极端，反对把人跟动物作任何细小的比较，认为这样的比较是对人的尊严的亵渎。”② 因此，在基督教文化中，人与神、人与自然都是分裂的，人的位置是很明确的，即与自然相比人和神更近似，可以支配并征服自然。基督教这种人与神、人与自然的二分，加上文艺复兴之后与古希腊科学理性的共谋，造就了今天的生态灾难。可以说，从伽利略以来，尤其是从英国工业革命以来，人类日新月异的发展就像一列没有目的却高速行驶的列车，征服自然已成为不可阻挡的趋势。进入 20 世纪，新技术革命使得人类与万能的上帝更接近了，然而生态灾难却是越演越烈。人类蓦然发现，自己非但不是上帝，而且对自然的榨取正在遭到自然的报复，生态灾难正在影响人类的生存。于是，文学上的生态批评便出现了。

---

① 《旧约全书·创世记》第 1 章第 26 节。

② ［德］费尔巴哈：《基督教的本质》第 17 章，商务印书馆，1984 年，第 206 页。

生态批评虽然在20世纪的后半期才产生，但其先驱可以追溯到19世纪初，甚至可以上溯到浪漫主义运动。浪漫主义发生之时，正是资本主义生产关系在欧洲对封建主义节节取得胜利的时候，也是人类运用理性算计榨取自然全面展开之时。因此，浪漫主义尽管在推崇个人自由一点上是资本主义伦理的结果，但是，浪漫主义对人的理性算计与城市的污染噪音的极端厌恶，对大自然的歌颂与回归，是西方最早的反叛榨取自然的生态文学。卢梭作为哲学与文学上的浪漫主义的鼻祖，是西方最早的反文明回归自然的倡导者。从卢梭的《新爱洛伊丝》、歌德的《少年维特之烦恼》开始，浪漫主义在法国、德国、俄罗斯等国都以崇尚自然与自由为主导。且看冯至翻译的海涅《星星迈着金脚漫游……》：

星星迈着金脚漫游，
胆子小，步履轻，
大地睡在夜的怀里，
它们怕把它惊醒。

静静的树林在倾听，
一片叶，一个绿耳朵！
山好像在做梦，
伸出它影一般的胳膊。

如果说德国浪漫派智性的介入还比较多，那么在英国，自然文学的藤蔓爬满了浪漫主义的田野，所以勃兰兑斯在《十九世纪文学主流》

中将英国浪漫主义的分册命名为“英国的自然主义”。除了拜伦笔下的自然具有压迫主体的强力之外，其他英国浪漫主义诗人笔下的自然都是与人和谐的自然，类似中国诗人笔下的自然。因此，尽管与陶渊明(约352—427)、王维相比，英国自然诗歌中仍有智性的介入，但是不断有人将湖畔派诗人华兹华斯的田园诗与湖畔诗同陶渊明的诗歌进行比较研究。其他如济慈（John Keats，1795—1821）追求与自然共振的唯美的感觉主义诗歌，雪莱徜徉在自然怀抱中的诗歌，无不将英国浪漫主义诗歌对自然的热爱表现得淋漓尽致。且看雪莱的《云》中的诗句：

　　那闪烁着柔辉的圆脸女郎，
世人称她为明月；
　　夜半的微风把我的羊毛地毯铺在天上，
她闪闪地在这地毯上款步。
　　她有一双无形的玉足，
那步音只有天使才能听见；
　　当我篷帐的薄顶被她踩破，
星星便从她背后探头窥看……

雪莱的诗句令人想到辛弃疾与自然同化的词句“明月别枝惊雀，清风半夜鸣蝉”。英国浪漫主义文学的这种推崇自然的特征，对后来的文学造成了广泛而持久的影响。尽管哈代（Thomas Hardy，1840—1928）的小说比较写实，但浪漫主义的崇尚自然仍隐现其中，这只要看看哈代几部小说的题目就会明白：《绿树荫下》（*Under the*

Greenwood Tree)、《远离尘嚣》(*Far from the Madding Crowd*)、《还乡》(*The Return of the Native*)，其中《还乡》翻译成《返璞归真》可能更确切。劳伦斯更是一个厌弃工业文明而返归自然的作家，从青年到晚年，他都极端仇视破坏大自然的以机械与金钱为指归的工业文明。他曾企图在北美建立一个乌托邦式的自然庄园而告失败，此后他在世界的各个角落寻找未被工业文明侵扰的充满生机和活力的纯自然地区。他的很多诗歌以生动的语言表现了对鸟兽花草等自然物的热爱，尤其是他的被很多人误读成《金瓶梅》的长篇小说《查泰莱夫人的情人》，集中表现了劳伦斯的生态文学观。

《查太莱夫人的情人》中有两个世界。一个是文明的世界，这个世界的代表是克利福·查太莱，康妮的丈夫。克利福整天捧着书读，埋头于写作当作家，精于算计地驱使工人为他赚钱。克利福对于康妮也是彬彬有礼，一副文明人的姿态。然而正是这个文明社会，导致了人的异化：人成了工具，成了阉人，连人之为人的古老而原始的自然本能也丧失了，连一点温情也被机械主义的马达赶走了，于是剩下的只有算计、诈取、贪婪地赚钱……克利福出场不久，就在现代战争中"伤得一身破碎"，只有依靠轮椅或小车，才能活动。克利福只剩下了一个有理性的会思考的大脑，其性功能完全丧失，其夫人康妮等于守着活寡。这里的象征意味在于，现代以工具理性和机械主义为特征的工业文明，已经使人成了支离破碎、残缺不全的人，使活生生的人成了工具的奴隶和阉人，丧失了温情和性欲。克利福以文明的方式，将一切充满活力的东西弄得僵死。"紫罗兰拿来比朱诺的眼睑，白头翁拿来比被奸污的新妇。……这些现成的字眼，便是奸污者。它们吮吸着一切有生命力的东西的精华。"劳伦斯为这个文明世界设置的环境，是噪音、煤烟、污染，这是一个铁与煤的世界，铁的残忍，煤的乌烟和无穷无尽的贪婪，驱使着世上的一切。与这个铁与煤的文明世界对立的，是美的充满生机和活力的自然世界。守猎人梅乐士，便是自然世界的代表人物。梅乐士精力充沛，富有生命力。这里一切都充满了生机：鲜花，绿叶，树林，鸡蛋里蹦出来的活泼的小鸡……梅乐士的小屋就埋在这富有生机的青枝绿叶中。与文明人的残缺不全又善于进行虚伪的包装不同，梅乐士甚至在屋子外裸体而浴。他厌烦有人来侵扰这个自然的世界，有文明人来，就用一口模糊不清的土语与之交谈……这里的黄昏，树林是静息而幽秘的，半开着的叶芽，半开着的花，和孵化万千的卵子，充满着神秘。……小雏鸡差不多都藏到母鸡的毛羽下去了，只有一两只较为冒失的，还在那草棚下的干地上啄食着。……细雨轻柔地被风吹着，但是风并没有声音。一切都没有声息。树木站立着，像是些有权威的生物，朦胧、幽明、静谧而有生气。一切都多么地有生气！劳伦斯让小说的女主人公康妮离弃克利福所代表的文明世界，而走向梅乐士所代表的自然世界。他们在丛林中像蝴蝶一样嬉戏，像自然花开一样做爱。甚至在梅乐士的教示下，康妮复活了古希腊的狄俄尼索斯精神，赤裸裸地在风雨中投向野性的大自然。很多批评家忽视了《查泰莱夫人的情人》中的浪漫成分，事实上这部小说是在现实主义叙述框架下，以象征的技巧，将浪漫主义导向了现代的深度，集中表现了劳伦斯厌弃工业文明返归自然的生态文学观。

美国的浪漫主义文学不像欧洲那样灿烂，而且惠特曼（Walt Whitman，1819—1892）笔下的自然并非和风细雨，而是带有粗犷的强力成分，这种带有强力色彩的粗犷自然在梅尔维尔（Herman Melville，1819—1891）的《白鲸》、杰克·伦敦（John Griffith London，1876—1916）的《野性的呼唤》与《海狼》、海明威（Ernest Miller Hemingway，1899—1961）的《老人与海》等作品中都有表现，是美国精神的一种表现。然而，在打上浪漫主义文学烙印的爱默生、梭罗（Henry David Thoreau，1817—1862）、惠特曼等作家身上，具有丰富的生态文学资源。

当然，爱默生并非浪漫主义能够概括，但他深受浪漫主义文学的浸染，他在《论自然》中说："不仅阳光和夏天带来欢跃，四季的每一时分都奉献出愉悦；自然变化的每一时辰无不如是。""阳光只照亮了成人的双眼所见，却照进儿童的眼睛和心灵深处。自然的热爱者，内向和外向的感觉尚能和谐的相应，他尚能在成年时保有婴儿的心灵。与天地的交汇成为必需，就如每日的食物一样。"梭罗的散文《瓦尔登湖》几乎为所有研究生态文学的学者所关注，《瓦尔登湖》以夹叙夹议的随笔方式，表现了明慧的真理。在梭罗看来，大地是活生生的诗歌，自然表现了生机勃勃的灵性，"一片树叶，一滴水，一块水晶、一个瞬间，都同整体相联，都分有整体的完美。"梭罗对现代人追求工具理性而忘却了生命本身提出了强烈的抗议，而让人简化生活以便更好地品味人生。他认为工业文明对自然的榨取、追求金钱的喧嚣社会对人类心性的侵蚀，使人们忘却了生活的本义；而简朴的原始的平淡而自然的生活则有利于人返璞归真。梭罗不但受到了卢梭反文明回归自然的著述的影响，而且也受到了中国思想的影响，这从《瓦尔登湖》对儒家经典十余处的引用中可以看出来。

在惠特曼晚年的散文集《典型的日子》中，不再是他的代表性诗集《草叶集》那种强力与崇高的自然，而是令生命回归的具有母亲般温馨的美丽自然："在日落之后来到外面，来到溪边。光线、香味、旋律——蓝鸟、草鸟和知更鸟，在各个方向——喧闹、回荡的自然的音乐会。"他呼吁人能离开房间、离开城市，甚至离开灵魂，"至少一天一夜，返回我们所有人赤裸的生命之源——返回伟大、寂静、野性、接纳一切的母亲！"因而即使在梅尔维尔具有象征意味的《白鲸》中也揭示了这样的真理：如果狂妄地反抗自然，就会导致人的毁灭。浪漫主义文学之后，对美国生态文学与生态批评产生较大影响的是利奥波德（Aldo Leopold，1887—1948），他认为在人与人、人与社会的关系之外，人与土地的关系值得特别强调，然而长久以来，人与土地的关系被看成是人类榨取食物的经济关系与隶属谁的财产关系，而没有考虑土地自身的独立属性。利奥波德心目中的土地与自然的观念密切相联，因为他把动物、植物、水乃至空气等都看成是隶属土地的，从而建构了他的大地伦理：应该摆脱长久以来的人类中心主义，与大地建立相互依存的和谐关系。利奥波德的《沙乡年鉴》就表现了他的生态整体主义。

我们之所以对英美的生态文学讨论较为详细，是因为生态批评发端于20世纪后半期的英美，而且英美生态批评直接的研究对象正是英国浪漫主义文学以及爱默生、梭罗等美国自然文学作家。然而，文学上生态批评的先驱，却多是富有浪漫主义哲学与文学传统的德国学者。19世纪初，德国诗人阿恩特（Ernst Moritz Arndt，1769—1860）反对榨取自然、无休止地掠夺土地与森林，而主张树木、昆虫、植物、人、岩石没有孰先孰后之分，而是共同构成了一个统一的整体，人与自然应是相互依存的关系，而不是榨取关系。作为达尔文身后又一进化论巨人的德国生物学家海克尔（Ernst Haeckel，1834—1919）则创立“生物发生学”（亦名“重演律”）。既然人类是生物进化的结果，那么，人类如上帝般鹤立鸡群的地位就不复存在，与其他种类的生物只有进化等级的差别，而没有本质的差别。1867年他正式使用了“生态学”一词，其宗旨是“研究生物体与其环境之间的相互关系”，并且否定了人类中心主义的西方传统。1913年，克拉格斯（Ludwig Klages，1872—1956）发表了《人与地球》，他对现代性所造成的大地荒漠化与自然环境的破坏提出了强烈的抗议，开垦森林毁坏植物，灭绝动物种群，消灭原住民人种，用工商业油彩对自然风景进行覆盖和丑化，欺辱所剩无几的生物，一切的一切，都是在“进步”、“经济发展”与“文化”的借口下，以科学技术的工具疯狂地毁灭生命。海德格尔作为20世纪杰出的哲学家，深刻反思了西方的形而上学所导致的技术统治，而且随着这种技术统治的全球性蔓延与对自然资源毫无节制的疯狂掠夺，人类已面临着巨大的危机。海德格尔认为，人不是世界的中心而是处于与世界的整体联系中，人应该学会诗意地栖居大地，作为面临死亡的大地过客应该珍惜大地，而不是运用技术操控大地。因此，海德格尔不但对现象学、存在哲学、解释学、语言哲学以及后现代主义发生了巨大的影响，而且也是生态批评取之不尽的哲学源泉。

20世纪70年代，文学的生态批评在美国暗流涌动。1972年美国学者米克（Joseph W. Meeker）在《生存的喜剧：文学生态学研究》中提出“文学生态学”（Literary Ecology）的概念。1978年美国学者威廉·罗依克特（William Ruekert）在《文学与生态学：生态批评的实验》中提出生态批评（ecocriticism）的概念，该文也拉开了文学与生态的跨学科研究的帷幕。虽然上述论著在当时并未引起注意，但在20世纪90年代，在美国与英国很快形成了布伊尔（Lawrence Buell）所称的生态批评第一次浪潮。1992年在美国举办了几次生态批评会议的基础上，格罗特费尔蒂（Cheryll Glotfelty）等人发起成立了“文学与环境研究学会”，宗旨是“促进人类和自然世界关系的文学思想与文学信息的交流”，“鼓励新的自然文学创作，推动传统的和创新的研究环境文学的学术方法以及跨学科的生态环境研究。”1993年第一份文学与生态环境研究刊物《文学与环境跨学科研究》开始发行，办刊宗旨是“从生态环境角度为文学艺术的批评研究提供论坛，包括生态理论、环境保护主义、自然及对自然描述的思想、人/自然两分法及其他相关的理论思想。”1992 年哈里森（Robert P. Harrison）的“深层生态学”（deep ecology）著作《森林：文明的阴影》出版。1996 年格罗特费尔蒂与佛罗姆（Harold Fromm）主编的批评文集《生态批评读本：文学生态学的里程碑》出版，讨论了生态学、生态文学理论以及关于文学的生态批评。1999 年安德森（Lorraine Anderson）与斯洛维克（Scott Slovic）主编的《文学与环境 ：自然与文化读本》出版，收入生态文学与批评文章百余篇。1998 年墨菲（Patrick Murphy）编辑出版了文集《自然文学：国际原典读本》(*Literature of Nature: An International Sourcebook*)，2000 年又出版了《自然文学研究的广阔天地》(*Farther Afield in the Study of Nature-Oriented Literature*)。2000 年梅泽尔（David Mazel）出版《美国文学的环境主义》。

从 2001 年布伊尔出版《为濒临危险的地球写作》之后，美国生态批评开始进入第二次浪潮。布伊尔在 2011 年著文认为，2002 年出版的《环境正义读本》(与 1996 年的《生态批评读本》形成明显对比)，菲利普斯（Dana Philips）2003 年出版的著作《生态学真相》，莫顿（Timothy Morton）2007 年出版的著作《自然缺席的生态学》(作为对本书的修正与发展，作者 2010 年又出版《生态思想》一书）等，都是生态批评开始进入第二次浪潮的标志性成果。《环境正义读本》优先考虑环境正义问题是生态批评第二次浪潮中最具行动主义色彩的一面，菲利普斯也对生态批评第一次浪潮进行了认识论上的批判反思，莫顿的观点甚至被英国生态批评家格雷格·杰拉德（Greg Garrard）认为有泼脏水泼掉孩子之嫌。布伊尔认为，生态批评的第一次浪潮明显偏爱乡野空间而非都市，而生态批评的第二次浪潮认为，横亘在乡野和都市之间的壁墙乃是历史生产的人为物；纵贯文明史，自然本身一直处在人类的重塑中，特别是自工业革命以来，都市景观与人塑环境至少应被考虑为与生态批评同等重要的沃野。生态批评的第一次浪潮重视文献资料和自然景观的多样性，第二次浪潮更主要的特点是生态批评的主导力量开始转向文化研究和文化理论，从文本实践型生态批评转向文化实践型环境批评。[①] 生态批评的第一次浪潮虽然融合了生态学、地理学、人类学、历史学、现象学和美学等学科的资源，但这次浪潮主要局限在美国与英国，第二次浪潮则在空间上得以极大拓展，有亚洲尤其是正在向现代化飞行的人口大国——中国的加盟。

英国的生态批评有时被称为绿色研究（Green Studies），虽然在 90 年代与美国的生态批评几乎同时发生，但很显然更偏重于对英国浪漫主义的自然文学传统的研究。巴特（Jonathan Bate）1991 年出版《浪漫主义生态学》，2000 年又出版生态批评力作《大地之歌》。他是深层生态学的批评家，既发掘英国浪漫主义的自然主义智慧，又以海德格尔的哲学为生态批评开路。另一位对英国生态批评影响甚大的是库泊（Laurence Coupe），2000 年他编辑出版了《绿色研究读本：从浪漫主义到生态批评》。库泊以中国以物观物的自然观，抨击西方文化传统中的自然并非独立自足的存在，而仅仅是理念或语言的衍生物，自然并不真的存在，这是整个西方文化人类中心主义的产物。库泊还建议用“绿色研究”来代替“生态批评”，因为生态批评研究文学与生态环境的关系，将自身局限于文学和文化研究中；而“绿色研究”包容性更大，关注更为广泛的正义问题，即与我们共同栖息于地球之上的其他生物

---

① [美] 劳伦斯·布伊尔：《生态批评：晚近趋势面面观》，《电影艺术》2013 年第 1 期，原题“Ecrocriticism: Some Emerging Trends”，发表于美国《谁语》（*Qui Parle*）杂志 19 卷 2 期（2011 年春、夏季号）。

的权利问题，如森林、河流，尤其是生物圈本身。绿色研究通过否定工业主义（industrialism）和文化主义（culturalism）两种观点，使人们认识到地球上的生命已经处于危机状态，绿色研究正是对这种危机而做出的回应。因此，绿色研究不是谈论自然，而是捍卫自然。

库泊以绿色研究取代生态批评的称呼，是从文学的生态批评走向了维护绿色正义的环境伦理学；然而也有人认为生态批评没有在字面上表现出是文学批评，而以“生态诗学”(ecopoetics)、“环境文学批评”(environmental literary criticism）等更具文学色彩的概念加以补充。西方的女性主义与马克思主义批评同生态学的结合，又衍生出生态女性主义(eco-feminism）与生态马克思主义（eco-Marxism）等。而20世纪后半期出现的生态神学（Eco-theology)、生态哲学（Ecophilosophy)、生态伦理学（Ecological)、生态社会学(Ecosociology)、生态伦理学(Ecological)、生态人类学(Ecological anthropology)、生态心理学(Ecological psychology)生态政治学(Ecological politics)、生态经济学(Ecological economics）等，与生态批评产生了交叉影响，共同造就了一股汹涌澎湃的生态文化潮流。

值得注意的是，2007年张旭春认为“在当今西方文论界纷乱的话语角逐中，生态批评作为一种新出现的话语，仅仅只是开始引起注意而已，还没有能够获得当代西方批评话语的主导权，更谈不上引导当代批评理论完成从语言论到生态论的‘绿色转向’”。[①] 然而，2007年前

① 张旭春:《生态法西斯主义：生态批评的尴尬》,《外国文学研究》2007年第2期。该文以大量论据论证这一观点，并且在四个理由的每个理由后面都征引外国学者的论述加以印证：“第一，生态批评目前还主要局限在英美两国，并没有掀起席卷整个西方批评界的浪潮；第二，即使在英美两国，从事生态批评的学者大部分都还处于比较边缘的学术地位，要成为英美批评界的理论主流恐怕还要假以时日；第三，新出版的关于20世纪西方文论的综述性专著很少有给生态批评专列一章，

后中国学界的生态批评浪潮却是汹涌澎湃，在主流美学家曾繁仁与批评家鲁枢元等人的倡导下，中国学界俨然在进行着一场生态批评的绿色革命，这是任何一种其他西方文学批评思潮所没有做到的。曾繁仁由西方美学、美育研究转向生态美学研究，出版了《生态存在论美学论稿》《生态美学导论》等专著。鲁枢元由文学心理学、文学语言学批评转向生态批评，出版了《生态文艺学》《生态批评的空间》《文学的跨界研究：文学与生态学》以及《陶渊明的幽灵》等专著。王诺在出版《欧美生态文学》之后又投入曾繁仁门下加强理论修养，他在厦门大学培养了一支生态批评的研究团队。在北京，王宁致力于英美生态批评的输入，他与高旭东培养的博士中，韦清琦、宋丽丽、苗福光、方丽等都是以生态批评获得博士学位并且出版了生态批评方面的专著。迄今为止，仅以10多年的时间中国生态批评与生态美学的著作就出版近50部。为什么在西方还处于边缘地位的生态批评迅速在中国登陆，并且成为主流的批评思潮？20世纪90年代伊始，中国在经济领域更进一步的改革开放使中国很快就实现现代化，并成为世界的大型加工厂，发达国家往往将那些在本国重污染的制造业与加工业转移到中国，使得占世界人口近19%的中国的生态环境日益恶化，霾已经成为天气预报中的新词汇。这是生态批评在中国迅速崛起的现实根源，而文化根源则在于中国具有悠久的重视生态环境的丰富资源。

从某种意义上，中国文化的最大特征就是对自然生态的尊崇。这就是为什么梭罗在《瓦尔登湖》中不断征引儒家的观点，库泊在《绿色

而将其作为一家独立开山立户的批评流派进行全面介绍的著作，就笔者目前的资料掌握还只有加拉德（Greg Garrard）的《生态批评》一本；第四，也是最重要的一点，借用巴里（Peter Barry）的话来说，到目前为止‘这个运动还没有一整套为人们广泛了解的理论预设、基本原则和批评程序’”。

研究读本：从浪漫主义到生态批评》的开始就征引禅宗语录。老子学说介乎儒家文明与庄学反文明之间，一方面老子肯定文明，所以他谈兵又谈政治，推崇小国寡民，后世法家也采用老子学说而成道法家，汉初与民休息的政治也采用老子学说。但是老子学说又蕴涵了庄子反文明而推崇自然学说的一些要素，所以老子贵无，让人“见素抱朴，少思寡欲”，认为“人法地，地法天，天法道，道法自然”，并以“天之道”亦即自然之道反对“人之道”。老子让人“处无为之事，行不言之教，万物作焉而不为始，生而不有，为而不恃”，这是与西方以人的主体戕害自然相悖的“道法自然”的大智慧。因此老子虽然讲兵，但又强调：“兵者不祥之器，非君子之器，不得已而用之，恬淡为上，胜而不美”。老子虽然讲政治，但他倡导的却是无为之治：“我无为而民自化；我好静而民自正；我无事而民自富；我无欲而民自朴。”[①] 在人为与自然之间，老子更崇尚自然，这就排除了人榨取自然的反生态环境的任何可能。

彻底否定人为的文明而呼吁回归自然的是庄子，他既是卢梭等西方反文明回归自然等浪漫派的先驱，又是当代“深层生态学”的知音。如果说老子还试图分辨有与无、是与非、生与死，那么，庄子沿着老子“道法自然”的路径，进一步泯灭了有无、是非、生死的界限，欲使世界上的一切都归于自然的混沌。从生态学的角度看，自然环境之所以被破坏，使人类丧失了绿色的家园，是因为人运用工具榨取自然与征服自然的结果，在文化上是高扬人的主体导致人类中心主义的结果。因此，庄子从根本上颠覆了人类中心主义乃至一切人为的文明：“牛马

---

① 以上所引先后见《老子》第19章、第25章、第2章、第31章、第57章，上海古籍出版社，1985年，第64—184页。

四足，是谓天；落马首，穿牛鼻，是谓人。”牛马自由地在原野上奔跑就是自然；人为的文明就是戕害自然的“落马首，穿牛鼻”。因此，庄子进一步控诉反自然的人为：“马，蹄可以践霜雪，毛可以御风寒，龁草饮水，翘足而陆，此马之真性也。虽有义台路寝，无所用之。及至伯乐，曰‘我善治马’：烧之，剔之，刻之，雒之；连之以羁馽，编之以皁栈，马之死者十二三矣！”可以说，庄子早在两千多年前就激烈地抨击人类中心主义，而推崇自然中心主义。在庄子看来，即使是善意的人为，也足以伤害自然：“南海之帝为儵，北海之帝为忽，中央之帝为浑沌。儵与忽时相与遇于浑沌之地，浑沌待之甚善。儵与忽谋报浑沌之德，曰：‘人皆有七窍以视、听、食、息，此独无有，尝试凿之。’日凿一窍，七日而浑沌死。”浑沌就是自然的象征，儵与忽善意的人为导致了自然的毁灭。为了反对人类伤害自然，庄子极力排斥工具理性以及对工具的使用，为此他虚构了孔子的弟子子贡路过汉阴，见一老人抱瓮给菜园浇水，子贡问他为什么不用名为槔的机械，老人说：“吾闻之吾师：有机械者必有机事，有机事者必有机心。机心存于胸中则纯白不备。……吾非不知，羞而不为也。”子贡闻言感到惭愧。庄子的创意在于他发现了在善于运用机械者的背后，潜藏着败坏自然的机心，所以老人为了自然纯朴的道德，宁可多费力也绝不使用机械。

庄子认为，人与自然根本没有区别，这就是“天地与我并生，而万物与我为一”。庄周做梦变成蝴蝶，醒来又变成庄周：“不知周之梦为蝴蝶与，蝴蝶之梦为周与？”所以庄子妻死，庄子非但不悲痛，反而鼓盆而歌，因为妻子又回返到天地自然的浑沌之中。而庄子要将骷髅起死回生，骷髅坚决反对，因为死后已经与大地的自然浑沌融入一体：“死，无君于上，无臣于下，亦无四时之事，从然以天地为春秋，虽南面王乐，不能过也。”从庄子这些极端的寓言故事中，可以看到他是多么反对人为的文明，又是多么向往与自然一体！因而庄子就让不得已落入文明中的人向自然回归，“呼我牛也而谓之牛，呼我马也而谓之马”，“鹑居而鷇食，鸟行而无彰”，“上如标枝，民如野鹿。”庄子反对理性而崇尚直觉，反对分析而崇尚混沌，说“天地有大美而不言”[①]，所以有人说庄子的哲学是美学。庄子美学与西方美学的集大成者黑格尔美学是极端对立的，黑格尔几乎完全取消了自然美：“像太阳这种自然物，对它本身是无足轻重的，它本身不是自由的，没有自意识的，我们只能就它与其他事物的必然关系来看待它，并不把它作为独立自为的东西来看待，这就是，不把它作为美的东西来看待。”[②]黑格尔这种以理念为核心的人类中心主义美学显然与庄子美学格格不入，在庄子看来，高扬主体的理念以及所有的人为都是丑陋的，自然才是最美的，所以庄子美学可以叫做自然美学或生态美学。中国后来闻名于世的陶渊明、王维等人的自然文学、田园山水诗基本上是庄子哲学塑造的。鉴于庄子哲学具有浓重的诗性，庄子既是人类历史上第一个伟大的生态哲学家，又是第一个杰出的生态文学家。

当然，正如当代深层生态学仅仅是一种对文明的激烈叛逆一样，庄子极端的反文明只能是一种浪漫幻想，从他的学说被传统文人当成是入世不能的精神逃路来看所发挥的作用也是如此。那么，肯定人为的儒家是不是反生态的呢？答案是否定的。与基督教文化相比，整个中国文化都注重人与自然的生态平衡与和谐，执著文明礼仪的儒家并不例外。可以说，儒家文明与基督教文明最大的不同，就是在文明中

① 以上所引先后见于《庄子》的《秋水》《马蹄》《应帝王》《天地》《齐物论》《至乐》《天道》《天地》《知北游》，王夫之：《庄子解》，中华书局，1985年，第22—186页。

② [德]黑格尔：《美学》第1卷，商务印书馆，1982年，第4页。

崇尚自然。如果说庄学与生态批评的理想派近似，那么儒学则与生态批评的现实派接近。基督教文化注重分化，上帝与魔鬼、理性与感性、灵魂与肉体、人与自然都是处于分裂与对峙状态的，而中国文化注重和合，不但庄子反对分化强调和合，而且儒家也以中庸之道来致力于和合，正如《中庸》开篇所言："致中和，天地位焉，万物育焉。"因此，注重天人合一、人与自然的和谐，不但是庄学所追求的，也是儒学所追求的，只不过庄学是以个人直接与天地合一，儒学则是以伦理整体与天地合一。高于人的天地是被儒家所尊崇的，人应该敬天礼地，儒家的人伦之首是夫妇，夫妇敬天礼地的方式是具有天人合一意味的，即夫在上为天，"油然作云，沛然下雨"，妇在下承受阳光雨露，在地是抚育万物，在妇是生养孩子。天地和生万物，夫妇和生子女，父子和万事兴，君臣和社会有机体就会和谐运转。这一切都是自然而然的，所以孔子说："天何言哉？四时行焉，百物生焉。天何言哉！"这里的天显然就是自然。然而在儒家哪里，"天"的自然意义与主宰意义往往是混而为一的。当孔子说"天丧予"以及"获罪于天，无所祷也"时，这里的天就具有主宰意义，这就使得中国的天地自然打上了某种神性烙印。有一次，孔子问弟子子路、冉有、公西华、曾点各自的志向，其他人都表现出对于政治、祭祀等感兴趣，只有曾点说："莫春者，春服既成。冠者五六人，童子六七人，浴乎沂，风乎舞雩，咏而归。"[①]孔子赞许曾点的志向，显然是向往与自然同化的审美人生观。《孟子·尽心上》也认为："君子之于物也，爱之而弗仁；于民也，仁之而弗亲。亲亲而仁民，仁民而爱物。"可以看到，在儒学中也蕴含着丰富的生态

① 上引关于天的两种不同意思及本处先后见于《论语》的《阳货》《八佾》《先进》，朱熹：《四书章句集注·论语章句》，中华书局，1983年，第65—180页。

智慧。

中国文化的生态特征表现在各个方面，而且由于生态批评的价值尺度与西方传统批评的背离，会对中西文化传统发生颠覆性的重新估价。米克在《生存的喜剧：文学生态学研究》一书中，一反西方尊崇悲剧贬低喜剧的文学传统，认为悲剧表现的是不可克服的矛盾冲突，凸显人类精神力量的雄浑伟大，突出人与自然斗争的悲壮崇高，体现的是人类中心主义的精神，与保护生态环境的精神是相悖的。喜剧致力于保护与延续生命并保持生态的平衡，将生命的存在看得比精神上的超越与救赎更重要，更关注事物之间的和谐，无论哪个方面出现问题，很快就会加以弥补并达到圆满。喜剧注重世界普遍联系的整体性，契合众生平等的生态法则；而人类中心主义的悲剧带来的只是灾难与毁灭。米克认为，为了保护人类的绿色家园维持生态平衡，应该摒弃与自然对立的悲剧精神，而倡导与自然和谐的喜剧精神。如果以米克的喜剧观点来重新审视中西文化与文学，那么应该摒弃的就是西方文化传统，需要弘扬的则是中国传统文化。从古希腊悲剧、莎士比亚到现代西方戏剧，悲剧及悲剧精神在西方的文学传统中占有绝对主导的地位，而阿里斯托芬（Aristophanes，约前446—前385）的喜剧传统处于次要的从属地位。这种情况在中国文化与文学中却恰好被颠倒过来，喜剧与喜剧精神在中国的文学传统中占有绝对主导的地位，而悲剧精神则处于次要的从属地位。即使像《窦娥冤》那种悲剧，不但有张驴儿那种喜剧式的人物游走在戏剧之中，而且最后也需要一条光明的尾巴来达到平衡与和谐。因而胡适与鲁迅站在西化的立场上，才在五四时期批判中国传统的喜剧精神而倡导西方的悲剧精神，李泽厚甚至认为中国文化的特征就是“乐感文化”。[1]朱光潜说：“中国文学在其他各方面都灿烂丰富，唯独在悲剧这种形式上显得十分贫乏。事实上，戏剧在中国几乎就是喜剧的同义词，中国的剧作家总是喜欢善得善报、恶得恶报的大团圆结尾。他们不能容忍象伊菲革妮、希波吕托斯或考狄利娅之死这样引起痛感的场面……仅仅元代（即不到一百年时间）就有五百多部剧作,但其中没有一部可以真正算得悲剧。”[2]虽然中国文学的喜剧精神使其在现代化的道路上落后于西方，却收获了丰富的生态智慧。从米克的生态批评的视角看，中国文学的价值要优于西方，这是生态批评对传统文学价值标准重估的结果。

从生态女性主义的角度看，中国文化与文学应该获得更高的评价。生态女性主义认为男性喜欢支配自然，与自然为敌，女性则喜爱自然，与自然一体；演绎到中西文化中，西方文化喜欢支配自然，中国文化则在天人合一下追求与自然的和谐。男性偏重于分析、理性、逻辑，女性偏于审美、直觉、感觉；演绎到中西文化中，西方文化以科学为特征，偏重于分析、理性、逻辑，中国文化则以审美为特征，偏于直觉与感觉。生态女性主义认为女性的月经与月亮引起的潮汐相关，与喜爱阳刚的男性喜爱太阳有别；演绎到中西文化中，西方人以太阳纪年（阳历），在古希腊就有阿波罗崇拜，斯宾格勒甚至将希腊文化叫做“阿波罗文化”，中国人则以月亮纪年（阴历），后羿射日与嫦娥奔月的故事，都表明中国人厌恶秋霜烈日而喜欢春花明月。中国诗学所追求

① 尽管以“乐感文化”来概括中国文化具有片面性，对此，张法在 1989 年中国人民大学出版社出版的《中国文化与悲剧意识》、高旭东在《北京大学学报》2012 年第 3 期发表的《论悲剧精神在中国现代文体转型中的错位》中进行了修正，然而整体而言，中国文化毫无疑问比西方文化具有更浓重的喜剧精神。

② 朱光潜：《悲剧心理学》，人民文学出版社，1985 年，第 218 页。

的那种含蓄蕴藉、空灵妙悟的境界，仿佛笼罩在朦胧模糊的月色之下；而西方诗学逻辑体系式的分析，更接近太阳的光照。生态女性主义批判传统的理念、精神、灵魂高于感性与身体的观点，演绎到中西文化中，西方文化传统崇尚理念、精神、灵魂，并且以理念蔑视感性，以灵魂蔑视肉体；中国文化根本就没有脱离物质的精神、脱离感性的理念、脱离肉体的灵魂，而是非常看重身体，甚至死了还要挖坟保护好身体。生态女性主义者对进步发展的概念提出质疑，演绎到中西文化中，进步与发展的概念都是从西方舶来的，中国传统文化执著于现世，儒道的理想不是要复归周礼，就是小国寡民或者混沌，根本就没有进步发展的概念。

为什么生态女性主义与中国文化仿佛有着天然的精神联系？因为与西方文化的阳刚相比，中国文化具有明显的与女性可以共鸣的阴柔性格。虽然儒家推崇刚健与自强不息，但又讲温良恭俭让，以温柔敦厚为诗教，许慎在《说文解字》中以“柔”释儒。老子更进一步贵柔守雌，在强与弱之间推崇弱（“弱者道之用”），在刚与柔之间推崇柔（“柔弱胜刚强”），在动与静之间推崇静（“静为躁君”），在雄与雌之间推崇雌（“知其雄，守其雌”）。老子还说雌性之所以能战胜雄性，就在于安静而居下（“牝常以静胜牡，以静为下”）。[①] 所以中国诗歌中充满了月亮意象，与西方诗歌以太阳意象为多不同。生态女性主义对传统价值的激烈抨击，使得批评的标准值得重新审视。女性是美的化身，审美与直觉都是女性的天性，然而为什么在伟大的文学家行列中却没有女性？那是因为迄今为止的文学评价标准是以思想为标准而不是以

① 关于中西文化性格的阳刚与阴柔，详见高旭东：《中西比较文化讲稿》第四章《中西文化性格比较》，安徽大学出版社，2012 年，第 121—167 页。

美为标准，这就是为什么康德以“纯粹美”界定美却走向“依存美”的原因。如果以纯粹美而不是以思想的深刻为文学评价标准，那么女性文学家马上就会进入伟大的行列。这也是中国文化以审美为特征，但是在评价上总是好像不如西方文学，因为中国文学也是以文辞之美与表现自然之美见长，若是以思想深刻为标准，就会贬低中国文学的价值。因此，生态批评将会大大提升中国文化与文学的价值。

从五四新文化运动到20世纪80年代的新启蒙，时代的主潮是摆脱传统走向现代，因而在这个历史阶段富有生态智慧的中国传统文化遭到激烈的批判与否定，主流文学中很少绿色，郭沫若居然将西方浪漫主义非常厌恶的黑烟赞美成“黑色的牡丹”，“二十世纪底名花”，因而尽管浪漫主义在现代文学中占据很大分量，但是中国现代的浪漫主义多是自我暴露与主观抒情，而较少反文明对自然的回归。只有在边缘的废名与沈从文的小说中，尚存几许绿色。20世纪90年代之后，随着西方生态批评的输入，徐刚、张炜、阎连科等作家的绿色文学创作渐成气候，在走向现代阶段被激烈批判的中国传统文化与文学丰富的生态价值，也正在得到重新发掘。因此，中国生态批评的建构或许给世界一个惊喜。不过，如果我们沿着深层生态学与庄子生态哲学的激进自然主义反人为的道路，除非我们变成摄取没有生命的无机物的生命体才可达到他们的要求。那你可能会说，无须如此极端，但是界限在哪里呢？我们就算吃素，也不是完全意义上的生态主义者，因为素食的对象植物也是一种生命。蚯蚓吃土也是摄入土中有生命的物质，如果纯粹吃无机物的话，它的生命也无法存活。所有的生命都在摄取其他生命，如果我们要彻底保护生态，就只有化作无机物才能实现。主体膨胀之后造成现在的生态危机是人类的灾难，不强调生态主义就不能抵御现在到处都在发生的类似于原始积累时期破坏生态的灾难。悖论在于这个界限在什么地方？从中国的现实来看，我们国家处于一个从传统走向现代化还未进入后现代的阶段，离西方的发达国家还有段距离。现代的作家，往往把西方几十年、几百年形成的创作流派一股脑儿地融合在他的作品中。我们一方面有中关村后现代性质的地区，但是另一方面，出北京城不多远便能看见刀耕火种般的农业文明。如果我们想回到传统的自然状态，只要走向西部就能回去。因此，深层生态学与庄子生态哲学在文学上盛开的绿色枝叶固然值得珍视，而儒家与生态批评的现实派作为肯定文明的生态主义，尤其值得我们重视。

第六章

文学与宗教

我们之所以将文学与宗教的关系放在最后讨论，是因为在世界很多文明中，宗教就是文化，其他一切文化表现形式，如伦理学、文学等都是从属于宗教的，就此而言文学与宗教的关系有点包含与被包含的关系。至少到鸦片战争后，当中国人喜欢西方的科学而不喜欢西方的宗教时，传教士却很高兴，因为在他们看来，西方的科学也属于基督教的一部分，有助于中国人信仰基督教。而在另外一些文明，如中国文化中，文学与宗教却并非从属关系，而是并列关系。在孔子“兴于诗，立于礼，成于乐”的伦理建构中，以及“不语怪力乱神”的信仰等方面，根本就没有宗教的位置。在中国，宗教比文学晚出得多，如果没有东汉从印度传入中国的佛教，并由此刺激了中国本土的道教产生，那么，中国本土能不能产生宗教都是一个疑问。

由于西方文化与基督教有着密切的联系，在相当长的时间里，西方文学是从属于基督教的，因而文学与宗教的关系一直都是西方学术界的热门话题。就文学的起源而论，西方早有文学起源于宗教之说，这一学说曾经深刻地影响了鲁迅，到了1924年鲁迅在西安讲学的时候，还认为“诗歌起源于劳动和宗教”[①]。现代西方著名诗人兼新批评理论家T. S.艾略特在《基督教与文化》一书中，甚至认为基督教就是文化，没有基督教就没有了文化，就会使人处于没有价值的荒原之中，与其在荒原中等青草长高、羊吃了青草长出羊毛来、再用羊毛编制文明的衣裳，还不如信奉基督教。甚至激烈批判基督教的伏尔泰（Voltaire，1694—1778）和尼采，在艾略特看来也是基督教文化造就的。西方诗歌和小说确实深受基督教的浸染，但丁的《神曲》、弥尔顿的《失乐园》、拜伦的《该隐》、歌德的《浮士德》等杰出的诗歌，取材就与基督教有关；而在雨果的《悲惨世界》、巴尔扎克的《欧也妮·葛朗台》、陀思妥耶夫斯基的《白痴》《罪与罚》《卡拉马佐夫兄弟》以及托尔斯泰的《复活》等小说中，都贯穿着基督教的博爱及忏悔意识。

然而，T. S.艾略特理论的第一个谬误是，从文艺复兴的人文主义对神学迷狂的冲击，启蒙运动以理性之光驱散宗教狂热的迷雾，到马克思从科学的意义上对基督教的批判，离别黑暗的中世纪而走向现代化的进步历程，恰恰就是基督教逐步衰亡的世俗化过程，按照T. S.艾略特的“基督教就是文化”的理论逻辑，那么，最有文化的就是中世纪，而走向现代的历程就是“脱文化”的过程，这显然有违西方文化的

---

① 鲁迅：《中国小说的历史的变迁》第一讲，《鲁迅全集》第9卷，人民文学出版社，1981年，第302页。

发展事实。马克思说："宗教是被压迫生灵的叹息，是无情世界的感情，正像它是没有精神的制度的精神一样。宗教是人民的鸦片。废除作为人民幻想的幸福的宗教，也就是要求实现人民的现实的幸福。"[①] 马克思的理想就是撕破宗教的虚幻面纱，将彼岸的天国拉到现实的地上，在现世今生实现人民的幸福。而这一理想，恰恰被从古以来就不以宗教为文化根本的中国所接受。因此，T. S. 艾略特理论的第二个谬误是，不以宗教为根本而以伦理为根本的中国文化就不是文化了吗？孔子"不语怪力乱神"，以伦理整体超越个体生命的短暂抚慰人的情感，缔造了一种与基督教文化迥然不同的文化。

也许，上古的中国人生活在原始宗教或巫术的迷雾中，但是，当中国文化走向定型之时，中国文人就已经从宗教的迷雾中走了出来。在诸子百家之中，墨家的宗教性是较强的，墨子在《天志》和《明鬼》等书中，就强调了天鬼的存在，所以有人就称墨家是一个由武士组成的宗教团体。然而，墨家对于超自然的实体没有任何兴趣，他强调天鬼只是因其有用，所以在墨子的著作中，"国家百姓人民之利"始终都是第一位的。秦汉之后，连有点宗教色彩的墨家也失传了。此后，中国文人的心态基本上是儒道互补型的，然而，儒家和道家都不是宗教，而是以伦理学和美学为核心的哲学。德克·布德（Derk Bodde，1909—2003）就说："中国文化的精神基础是伦理（特别是儒家伦理），不是宗教。"[②] 中国人尤其是士人之所以缺乏宗教精神和宗教热情，根本原因就在于以伦理代宗教，或者说中国的伦理具有准宗教的功能，在

① ［德］马克思：《〈黑格尔法哲学批判〉导言》，《马克思恩格斯全集》第 3 卷，人民出版社，2002 年，第 200 页。

② 引自冯友兰：《中国哲学简史》第一章《中国哲学的精神》，北京大学出版社，1985 年。

你我他的和合的现世关系中就获得了西方人在上帝中所需要的情感慰藉，在族类绵延中就获得了生命的不朽，从而使宗教在中国始终不能兴旺发达。而且中国文人即使从儒家建构的大家庭中走出来，也不愿意离却现世和感性生活而到宗教中寻找抚慰精神痛苦的宗教。于是，他们就走入山林，观赏着一草一木，嗅着野花散发出来的芳香，倾听着小鸟歌唱，流水潺潺，在对大自然的审美中消融了已身。在儒家看来，如果个人在仕途上不得志，或者君父昏庸，那么，个人也不妨到审美中求解脱。这就是“无道则隐”与“穷则独善其身”。孔子本人在晚年不得志时，就将审美看得高于伦理和政治。有一次，孔子问学生们的志向，子路和冉求表示有志于治国，公西赤愿做一名祭祀时的小司仪，而曾点则说：“莫春者，春服既成，冠者五六人，童子六七人，浴于沂，风手舞雩，泳而归。”孔子长叹道：“吾与点也！”[①]孔子赞许的曾点的志向，正是一种审美状态。儒家的这一点被道家、特别是庄子发展成为中国文人在审美中求解脱的存在方式。如果说孔子的入世给出世留有后路，那么，庄子的出世又是入世的，即不否定、放弃有限相对的感性。齐生死、等万物、泯灭是非，在有限中求无限，在相对中求绝对，在自然中求解脱，正是一种审美的境界。因此，如果说儒家以伦理整体来超越个体生命，那么，庄子则让人在审美状态中达到对情感烦恼和生命短暂的超越。儒道互补构成了中国文人较为稳定的心态。

然而，儒家的伦理理性，庄学的审美人生观，都不可能满足中国百姓的神话心理和想象力。如果说儒家伦理大体说来是中国人的伦理准则，那么，庄学的审美人生观则只属于中国文人。中国百姓还没有

---

① 《论语·先进》，朱熹：《四书章句集注·论语章句》，中华书局，1983 年，第 130 页。

高雅到在审美中求解脱的地步。所以，如果他们想在儒教伦理之外求解脱，就只好到宗教中去。几乎每一种宗教，都有其系统的神话体系，都能够满足信徒的神话心理和想象力。而儒家对于怪力乱神，只是不说存疑，而并不加以排斥。这就是“祭神如神在”，这就是“敬鬼神而远之”，从而为中国百姓信从怪力乱神留下了余地。因此，如果说中国文人超越生命的方式是伦理的和审美的，那么，中国百姓超越生命的方式则是伦理的和宗教的。值得注意的是，在西方，由于对基督教的接受是全社会的，是以对异教的排斥为前提的，所以西方文人就以希腊哲学来阐发基督教义，从而形成了基督教神学，并使基督教变成了一种与物质、肉体相敌对的崇尚精神、灵魂的宗教。在中古时代乃至以后，以教堂为代表的与灵魂打交道的宗教圣境与以国王为代表的世俗世界，形成了一种截然的对立。因此，在西方的文人中，无论是信奉、怀疑还是反对宗教，其作品却无不受到基督教的影响。但是在中国，由于对“怪力乱神”的信奉主要是在下层社会，所以物质上的需求往往要高于精神上的需求，从而使许多宗教变为拜物教。佛教在中国的拜物性质从贝塔尼对华北尤其是北京祭祀偶像神的一些描述中可以看出来：“一切铜像、铁像、木像或泥像，通常都要配置内脏器官……然而这些塑像的头部却是空的（！）。腹腔器官由一块写有祈语或咒文的绸布裹着，是一个装有金、银、珍珠、五谷的口袋。”[①] 鲁迅在《吃教》一文中说：“耶稣教传入中国，教徒自以为信教，而教外的小百姓却都叫他们是‘吃教’的，这两个字，真是提取了教徒的‘精神’”[②]。

---

① ［俄］约·阿·克雷维列夫：《宗教史》下册，中国社会科学出版社，1984年，第344—345页。

② 鲁迅：《准风月谈·吃教》，《鲁迅全集》第5卷，人民文学出版社，1981年，第310页。

虽然东汉佛教进入中国，并且刺激了中国本土而产生道教，但都没有取代儒家的正宗地位。因而在中国正宗的文体诗歌与散文中，都是执著于现世今生的伦理情怀与感时忧国，宗教意识极为淡薄。不过，与中国上层以伦理（儒家）与审美（道家）的超越有所差异，中国下层却是以伦理（儒家）与宗教（佛教、道教）为根本。话本小说产生于宋代的勾栏瓦舍之中，宗教意味就比文人散文浓重。道教诸神不但体现出中国百姓的愿望、想象力，满足了人们的神话心理，而且真正成了中国百姓生活中不可缺少的一部分。《水浒传》中仗剑作法的公孙胜，《三遂平妖传》《封神演义》等小说中的神话思维，都具有道教色彩。在民间产生的话本小说中，佛教的影响也不可低估，《西游记》《金瓶梅》与《红楼梦》等小说都打上了深深的佛学烙印。在神魔小说中，法力往往表现一个教派的威力。在《西游记》中，折射了人间现实儒学秩序的玉帝、王母娘娘的天庭对付不了孙悟空，被道教奉为教主的太上老君对孙悟空也无可奈何，然而，孙悟空无论怎样翻筋斗也逃不出如来佛的手掌心，表现的是佛法无边。孙悟空终于接受了观音菩萨的招安，跟从师傅唐僧去西天取经。因此，不但《西游记》中孙悟空的原型来源于印度的古史诗《罗摩衍那》中的神猴哈努曼，而且支配小说的主导思想也是来自印度的佛教。《金瓶梅》描写的是煎熬在性欲、金钱欲与权势欲之中的欲海男女，并将世情之恶表现得淋漓尽致。可以说，《金瓶梅》是在明代市民土壤上生长出来的一朵恶之花，儒家的人性本善与温柔敦厚已经无法加以超度，最后只有靠佛法来拯救这些欲海罪人，由孝哥皈依佛门替西门庆赎罪。《红楼梦》开篇似乎是做了一个人生的假设：若是把一个人放到温柔富贵之乡、繁花似锦之地，会是什么结果呢？结果仍是佛教昭示的人生就是苦海，当贾宝玉在黛玉与宝钗、晴雯与袭人之间无法抉择的时候，就想弃绝人世而参禅悟道。最后，当宝玉亲历了人生诸般痛苦之后，终于出家做了和尚。从《红楼梦》的别名《情僧录》，就可以看到小说浓重的佛学意识。因此，明清的人情小说在佛教的影响下，形成了这样一种叙述模式：先讲一个人怎样怎样好色，怎样喜欢许多漂亮女人，其后悟到“色即是空”，最终出家当和尚。《续金瓶梅》第四十三回说：“一部《金瓶梅》说了个色字，一部《续金瓶梅》说了个空字，从色还空，即空是色，乃自果报，转入佛法。”甚至连《肉蒲团》之类极为淫荡的色情小说，采用的都是这种叙述模式，所以《肉蒲团》又名《觉后禅》。需要指出的是，《金瓶梅》《红楼梦》等小说具有宗教之外的审美价值与社会意义，这里只是从文学与宗教的角度进行单向度的分析。

当然，中国文人与百姓超越生命的方式的区别并不是绝对的。文人虽有文人的雅气，但是未能免俗而与百姓一气的文人也不少。特别是在儒学受到佛教的挑战之后，这种情况就尤为明显。从魏晋南北朝到宋初，佛教在中国大盛，许多一流的中国文人都皈依佛门。慧远甚至声称，与佛教相比，儒教和道教跟所有其他学说一样，不过是一堆垃圾。于是，许多中国文人就在佛教与中国固有文化的撞击中选择自己的人生和创作道路。一方面，以某些道家的语言符号翻译佛经，一开始就有同化的意味，而且这种同化随着佛教在中国的广泛传播就愈益明显；另一方面，佛教在中国文化的同化过程中也开始对中国文人的心态、作家的运思方式和想象力施加影响。尽管如此，中国本土产生的道教对于诗人与作家仍然不能无视，李白与道教的关系就很密切，杜甫尽管以儒家为主导，但他的某些诗篇也有佛教的影响；而在苏轼的诗词中，儒、道、释的思想往往以混杂的形式出现。佛教的中国化，在上层文人那里就是宗教的审美化，从而导致了禅宗的产生以及在文人阶层的广播流行。于是禅宗的和尚在向中国文人靠拢中，雅气十足地吟起诗来。“禅诗”就是佛教审美化的一个明证。唐代出现了寒山、拾得（783—891）、皎然（730—799）、贯休（832—912）、齐己（863—937）等著名的诗僧，宋代的诗僧更多，《宋诗纪事》所收诗僧多达240人；然而，正如引庄入禅使佛教越来越由宗教的超越向审美的超越转化，和尚作诗恰恰就是这一转向的一种表现。

梁启超在《翻译文学与佛典》中，探讨了佛典的翻译对中国语言和文化的影响。他认为佛典的翻译首先丰富了汉语的词汇和概念，为汉语的语法和文体输入了外来成分，从而导致了中国固有文体的变化：“自禅宗语录兴，宋儒效焉，实为中国文学界一大革命，然此殆可谓为翻译文学之直接产物也。”梁启超甚至说：“我国近代之纯文学——若小说、若歌曲，皆与佛典之翻译文学有密切关系。”中国佛教自鸠摩罗什以来几乎为大乘派所独占。大乘在印度本为晚出，其盛行得力于文学。大乘佛教的创始人马鸣菩萨，在梁启超看来是一位大文学家、大音乐家。他的《佛本行赞》可以视为一首三万余言的长歌，虽无韵而读之与《孔雀东南飞》和古乐府相仿。他的《大乘庄严论》则是一部《儒林外史》式的小说，读之能令人“肉飞神动”。梁启超认为，这些富于文学性的佛教经典，又经翻译家以优美的汉语译出，就对中国文人的想象力和写作手法产生了很大的影响。“自《搜神记》以下一派之小说，不能谓与《大庄严经论》一类之书无因缘，而近代一二钜制《水浒》《红楼》之流，其结体运笔，受《华严》《涅槃》之影响实甚多。即宋元明以降，杂剧传奇弹词等长篇歌曲，亦间接吸《佛本行赞》等书之流焉。”梁启超在这里显然是夸大了佛典翻译对中国文学的影响，而且也忽视了中国本土文化对佛典的同化，但是，佛典的翻译对汉民族语言和思维方式的影响，并进而影响了在民间产生的白话文学，也是无可置疑的。[①]

尽管佛教与道教对中国文学造成了广泛而深刻的影响，但是中国正统的文学仍是以儒道互补为主导的，宗教仅仅在下层的民间文学中发生过主导的影响，这种情况一直持续到1894年的甲午战争。甲午战败导致了“中体西用”的破产，西化从器物层面转化到文化深层的伦理价值与文学艺术。不过，即使到了文化西化的戊戌变法前后，主流文化界也不想放弃儒家伦理，甚至康有为（1858—1927）试图模仿西方文化，在中国将孔教抬到足以与基督教在西方的地位相等。在西方推崇基督教的启发下，从谭嗣同（1865—1898）到章太炎（1869—1936），又抬高佛教的地位。直到新文化运动，以儒道互补为特征的中国正统的文学传统才受到了激烈的批判。于是，在儒家伦理逐渐崩溃之时，宗教开始对主流文坛发生影响。从鲁迅到许地山，尽管都非常重视道教对中国文化所发生的重大作用，但是道教除了对许地山等少数作家有所影响外，对现代中国文学的影响不大。佛教对鲁迅、许地山、废名（1901—1967）等作家有程度不同的影响，不过这种影响因人而异，鲁迅接受佛教的影响主要是对人生深度的体味，这在《野草》中就有所表现，而禅宗对废名的影响则是其飘然出世的审美姿态，这在小说集《竹林的故事》与《桃园》中都有表现。

基督教对现代中国文学的影响是与文化价值上的西化浪潮一并发生的。鲁迅在《文化偏至论》中就以耶稣基督作为“任个人而排众数”的榜样，后来在《野草》中的《复仇（其二）》中又将耶稣描绘成为民众受难却遭民众唾弃迫害致死的个性战士。周作人（1885—1967）在《圣书与中国文学》中认为，“极少数的人能够以科学艺术或社会的运

---

① 详见孙昌武《佛教与中国文学》，葛兆光《禅宗与中国文化》《道教与中国文化》。

动去替代宗教的要求，但在大多数是不可能的”；因而“要一新中国人的人心，基督教实在是很适宜的。”他甚至认为西方“现代文学上的人道主义思想，差不多也都是从基督教精神出来”。基督教对中国的渗透给一些现代作家打上深深的烙印，林语堂出生于基督教牧师家庭，并且毕业于教会大学上海圣约翰大学，冰心、许地山等也是从教会大学燕京大学走出来的，老舍23岁时皈依过基督教。在郁达夫的小说《迷羊》、徐志摩的诗歌《最后的那一天》、艾青（1910—1996）的诗歌《时代》、曹禺（1910—1996）的剧作《雷雨》与《原野》等作品中，都可以发现基督教的影响。巴金（1904—2005）留法时研读过《圣经》，其小说中的世界主义打上了深深的基督教烙印。然而，在现代中国文学所受基督教影响的研究中，以路翎（1923—1994）的小说与绿原（1922—2009）等人的诗歌为代表的七月派作品与基督教的密切精神联系，几乎被所有论著忽略了。因为大部分现代中国作家与诗人所受基督教的影响都是浅层的，如冰心看取基督教的就是博爱，并在《超人》中被归结为“世界上的母亲和母亲都是好朋友，世界上的儿子和儿子也都是好朋友”。而路翎在《财主底儿女们》中却将基督教文化骚动不安的动态心理与人物的现代深度结合起来，成就了一部天才的文学巨著。

当然，夸大基督教以及其他宗教对现代中国文学的影响是不合适的，因为这种影响实在远不如被推倒批判的儒学来得重要。所以夏志清将中国现代文学的传统归结为注重现世福乐的“感时忧国”，他认为现代中国文学“对于原罪之说或者阐释罪恶的其他宗教论说不感兴趣，无意认识”。“中国作家由于整日惦念的都是国家与社会问题，因此他们所求之于西方小说家的，主要还是知识上的同情和支持。”“我们不禁怀疑，西方文学的研究，究竟已使中国人的精神生活丰富了多少？”[①]感时忧国，关注国家与社会问题，都是儒家文学的传统。可以说，在现代中国，儒道文学传统表层的文字符号虽然被打碎了，然而却在暗暗地发挥着支配文字符号的语法作用。林语堂虽然是从基督教的家庭与大学里走出来的，但他最终推崇的却并非基督教而是道家，这在《京华烟云》等小说中表现得特别明显。而更多作家则潜在地受到儒家文学传统的制约，皈依过基督教的老舍虽然在早期小说中略有基督教的影响，但是从《骆驼祥子》到《四世同堂》，完全是儒家的感时忧国精神，甚至在早期的《赵子曰》与《二马》等小说中，感时忧国精神也占有主导地位。尽管鲁迅受到佛教与基督教的影响，但在鲁迅身上，占有主导地位的是传统士大夫那种以天下为己任的使命感与拯救家国社稷的忧患意识，为此他热情拥抱伸张主体的尼采学说，同时又接受托尔斯泰学说以反对帝国主义侵略。因而虽然鲁迅接受进化论、尼采学说与马克思学说，并且激烈地反孔反传统，然而只有儒家文化，才可能产生鲁迅。[②]

而在基督教文化中，即使是反叛基督教者往往也是基督教的产儿。尼采是反叛基督教最激烈的哲学家与文学家，他对后来的西方文学产生了广泛而久远的影响，因而讨论尼采是否受到基督教的影响是很有必要的。基督教的神是个体人的神，“上帝乃是被当作个体的类之概念，是类之概念或本质”。按照费尔巴哈的观点，这个本质一方面是类的“普遍本质”，是一切“完善性之总和”；一方面“同时又是个体性的、个别的存在者”。换句话说，上帝能够使人“直观到类跟个体性的

---

① 夏志清：《中国现代小说史》，香港友联出版社，1979 年，第 432 页。

② 详见高旭东：《鲁迅与中国文化传统》，《山东社会科学》1990 年第 4 期；《论孔子对鲁迅的影响》，《齐鲁学刊》1991 年第 4 期；《鲁迅、尼采与孔子、耶稣》，《鲁迅研究月刊》1991 年第 4 期。

直接统一”。[1] 也就是说，基督教的个人不必一定合群就可以通过“神”的概念使自己达到道德与宗教上的完善，正如托马斯·阿奎那所说的，即使是单独一个灵魂，即使它没有一个亲邻，只要他自为地享受到上帝，那就还是福乐的。因此，个性主义正是基督教文化的产物；其悖谬之处在于，只有在上帝死了以后，尼采式的充分强化个体主体性的个性主义才会脱颖而出。虽然基督教的个人可以撇开类不管而直接对上帝负责，但是对上帝负责就要接受上帝的约束；只有在上帝死了以后，尼采式的个人才能只对自己负责而得以完全自由。他不但不必跪倒在上帝面前进行罪人的忏悔，而且可以取代上帝成为“超人”。

基督教的人既是个体的人，那么就不得不以个体去面对死亡。在基督看来，个人的灵魂是属神的、不朽的，只要个人能自我完善，与神沟通，享受到上帝的恩宠，那么，就会在末日审判之后进入永恒的天国。但是，在“上帝死了”而“灵魂蔑视肉体”成为历史之后，尼采式的自由的个人就不得不真正地以个人去面对死亡。在对死亡的超越上，尼采背叛了基督教的传统而转向狄俄尼索斯，也就是以审美的方式，在世界的生成与毁灭中与大地本体意志合一，从而超越了个体生命的短暂。但是，尼采对基督教传统的背叛是有限度的。尼采没有将个体纳入整体族类之中，在族类的绵延中超越个体生命的短暂，像孔子与鲁迅[2] 所做的那样，因为这样一来，必然会使得族类整体凌驾于个体之上，妨害了个体生命意志的张扬。尼采与庄子都是以审美的方式超越死亡的，然而二者的巨大差异，正如达尔文眼中竞争厮杀的自然

---

① [德] 费尔巴哈：《基督教的本质》第 17 章，商务印书馆，1984 年，第 209 页。

② 鲁迅在《热风·四十九》《热风·六十六生命的路》等文中表达了与孔子族类绵延的大致相同的话，只不过鲁迅借助进化论在目的意向性上使传统的向后看转变成了向前看。

与中国道家眼中宁静无声的自然。庄子泯灭人的主体性，泯灭个体的意志，让人向无机静态的自然靠拢；尼采则强化人的主体性，张大个人的意志，让人进向超人。从这个意义上看，基督教重视个性的传统可以说又被尼采发扬光大了。

尼采把耶稣（Jesus）与基督（Christ，即救世主弥赛亚）二分，认为历史上只有一个基督徒，就是已经钉死在十字架上的耶稣。那么，第二个基督徒是谁呢？按照尼采的基督徒标准，似乎就是尼采本人。尼采曾断言，人类历史将因他而分成两个部分，他将取代耶稣成为新的纪元的依据。原始基督教本来是带有浓重的犹太民族主义色彩的，但是在后来的发展演变中，却是面对整个人类的。在基督徒的心目中，耶稣是在人类的罪恶灾难中以救世主的身份降临人世教训人的，并且只给予而不索取；而尼采是在人类（西方）面临着一场巨大的价值危机的前夜，以类似救世主（查拉图斯特拉）的身份下山教训人的，并且也自称是太阳，只给予而不索取。尼采的自传《瞧！这个人》就将自己比成受难的耶稣。尼采发疯时，寄给勃兰兑斯一封信的署名是“钉在十字架上的人”。他的朋友去接他，他又唱又舞，说自己是死去的上帝的继承人。我们应该怎样理解尼采激烈的扫荡基督教却又自比耶稣呢？传统的基督徒只能跪倒在耶稣的面前忏悔，与耶稣那种有权柄的大口气迥然相异，只有在上帝死了的时候，尼采式的基督徒才敢于自比拯救人类的耶稣。

耶稣是一个崇高的、具有神性的、光彩夺目的、神秘而有异能的神之子；而尼采所自恃的光辉而高贵的人格，所希冀出现的超人就与此相类，从而成为与孔子、鲁迅式的文化圣人不同的文化超人。凯德伯瑞说：“也许，以新奇、独到等字眼来形容耶稣的独到之处，还不如以激进、热情、极端来形容更为精确。”[①] 耶稣的确是一个狂热的激进分子，有时候简直就像害了热病。耶稣的狂热性格以及与众不同的言行，使耶稣的亲属要“拉住他，因为他们说他癫狂了”。[②] 耶稣的狂热、激进、爱走极端以及自夸有大异能等性格，在尼采身上表现得最充分。从中国人的角度看，没发疯的尼采就是一个狂人、疯子。翻开尼采自传《瞧！这个人》，可以发现“我为何如此聪明”、“我为何能写出如此优越的书”之类的标题，他甚至说：“在我之前，根本没有心理学”，“我是第一个发现真理的人”，“一切伟大的心灵的全部精神和良善合起来，也不能创造一篇查拉图斯特拉的说教”，“我飞翔在所有向来所谓诗歌的千里之上”…… 耶稣是在高处的神，是能够驾着云头下来审判人类的上主；而尼采推崇的就是“高山气象”，自称“舞蹈者”，他说：“我是从高处下来的，而这个高处高到连飞鸟也飞不上去”。[③] 耶稣自称是神派来的“人子”，而尼采称他的查拉图斯特拉的“遭遇只能为一个神所带来”。耶稣说：“我就是道路、真理、生命，若不借着我，没有人能到父那里去。”[④] 尼采说：“只有我才握有真理的标准；我是唯一的仲裁者……在我之前，没有人知道真正的道路。”[⑤]

耶稣、尼采之为超人，表现在他们绝不随顺传统和众人，而成为被众人所弃绝、被家乡所驱逐、被祖国所残害的先知。尽管耶稣被圣灵充满，有神恩在他身上，却仍然被家乡的人所厌恶。有一次，耶稣在家乡训众，因其对家乡的批判，使得家乡人“都怒气满胸，就起来

---

① 卡本特：《耶稣》，工人出版社，1985 年，第 116—117 页。

② 《圣经 · 新约 · 马可福音》第 3 章第 21 节。

③ [德] 尼采：《瞧！这个人》，中国和平出版社，1986 年，第 43 页。

④ 《圣经 · 新约 · 约翰福音》第 14 章第 7 节。

⑤ [德] 尼采：《瞧！这个人》，中国和平出版社，1986 年，第 97 页。

撵他出城（他们的城造在山上）；他们带他到山崖，要把他推下去”。耶稣也知道家乡人不信他、厌恶他，所以他说：“我实在告诉你们，没有先知在自己家乡被人悦纳的。”[①] 因为象征意义上的“家乡”就是先知所处的现实，先知来得太早，众人不能理解他，他就攻击家乡而为家乡所弃绝所迫害。因而耶稣到了耶路撒冷，耶路撒冷又变成耶稣的家乡而迫害耶稣。最后，耶稣终于被其同胞钉死在十字架上。在钉十字架的时候，众人唾弃他，戏弄他，连与他同钉的强盗都讥笑他，使耶稣作为被家乡迫害致死的先知的文化原型构建而成。正如耶稣自称先知、说“天国近了，你们应当改悔”，尼采也自诩为先知，说他是新世纪的头生子，并教人做超人的道理。但是先知注定不为家乡所悦纳，尼采也知道这一点：“希望在今天就发现有人接受我所宣扬的真理，那将是彻底的自我矛盾，今天没有人听从我，没有人知道如何接受我要提出的东西”，因为“我的时代还没有来到；有些人是出生得太早了”。[②] 于是，尼采猛烈地攻击家乡，说德国所及之处就腐化了文化。德国本是哲学的故乡，从莱布尼兹、康德、费希特、谢林、黑格尔到叔本华、马克思，涌现了一大批世界一流的哲学家，但是尼采却说德国人根本配不上“哲学家”这一美称，他们的莱布尼兹和康德不过是“欧洲知识总体上的最大的赘疣”。德国也是音乐的故乡，贝多芬、勃拉姆斯（Johannes Brahms，1833—1897）以及与尼采同时代的瓦格纳（Wilhelm Richard Wagner，1813—1883）都是世界一流的音乐家，但尼采却说，法国是音乐的圣地，“德国人根本不知音乐为何物”。总之，德国人是一个“罪恶的集团”，“德国人都是贱民”，他们不知道自己有

---

① 《圣经·新约·路加福音》第 4 章第 24—29 节。

② [德] 尼采：《瞧！这个人》，中国和平出版社，1986 年，第 38 页。

多么丑恶，有德国人在场尼采连饭都难以下咽，到最后，“德国人”成了尼采最厉害的骂人词语。尼采说：“德国人想要完全误解我以使他们自己永垂不朽”，“当德国人正如此对待我时，我的著作已经在彼得堡和巴黎为人们所研读了”。尼采在攻击德国人时，自觉被德国人冷遇、误解，在精神上遭受德国人的迫害，所以他发疯时自称是“钉在十字架上的人”。

因此，耶稣、尼采之为文化超人，还在于他们是以自己的受难来拯救世界的。尽管耶稣被家乡驱逐和迫害，自己连枕头大的地方都没有，连地上的狐狸和空中的飞鸟都不如，但是耶稣自愿受苦受难，若不承担苦难就难以拯救人类。因此，耶稣教导门徒也要意志坚强：“你们要为我的名，被众人恨恶；惟有忍耐到底的必然得救。”这与尼采推崇的要敢于承受痛苦、经受灾难的强力意志又是相似的。尼采要按照一个意志所能作出的抵抗的量和它所能忍受的痛苦与折磨的量来检验它的力量。耶稣推崇殉道精神，作为神的独生子，他明明知道去耶路撒冷要被治死，却毅然决定去赴死，以自己被钉十字架上的血为人类赎罪，使人与神得以和好。尼采也推崇殉道精神，他说高贵的人为了强力意志的实现不惜将生命孤注一掷。他的自传《瞧！这个人》，就是取自《约翰福音》中彼拉多指着要钉十字架的耶稣所说的话。从以上几个方面看，激烈地反叛基督教的尼采却是基督教文化的真正产儿。

不但如此，西方文学的深刻性往往与基督教密切相关，我们以陀思妥耶夫斯基的作品来分析这个问题。陀思妥耶夫斯基笔下的“地下室人”、拉斯柯尔尼科夫、基里洛夫、伊凡等人，在科学理性的作用下对上帝的存在进行了难以辩驳的质疑。也许《卡拉马佐夫兄弟》第二部第二卷中的《叛逆》和《宗教大法官》是历来反对上帝、控诉基督教的文字中最有深度的文字。伊凡问阿辽沙当一个无辜的孩子被将军支使的狗撕碎了的时候，这个将军应不应该枪毙，连圣徒阿辽沙也忘了基督教的宽恕精神而顺口说道“枪毙”。伊凡说：“假使大家都该受苦，以便用痛苦来换取永恒的和谐，那么小孩子跟这有什么相干？”而这种受难又是多么令人触目惊心，除了在诺亚的时代上帝曾经剿灭过人类，甚至在末日审判的时候也要经受大灾难：“那时必有大灾难，从世界的起头直到如今，没有这样的灾难，后来也必没有。若不减少那日子，凡有血气的，总没有一个得救的……那些日子的灾难一过去，日头就变黑了，月亮也不放光，众星要从天上坠落，天势都要震动。那时，人子的兆头要显在天上，地上的万族都要哀哭。”[①] 难道这比现世的苦难和罪恶更容易令人承受？所以伊凡“决不接受最高的和谐，这种和谐的价值还抵不上一个受苦孩子的眼泪”。[②] 而且《圣经》描绘了世界有开头（创世），有堕落而被惩罚（现世），还有一个耶稣宣称的末日的审判（现世终结进入来世），但是伊凡在自己的诗作《宗教大法官》中一开始就写道，耶稣原来说的是天国马上就要来到，为什么过了整整十五个世纪，还一点音信都没有？

当然，在陀思妥耶夫斯基之前就有许多无神论作家，那么，陀思妥耶夫斯基的质疑比他们高明在哪里呢？其实，萨特在《存在主义是一种人道主义》中已经讲得很清楚，即使在无神论的启蒙学者那里，也没有产生“存在先于本质”的观念，而是仍然沿用基督教“本质先于存在”的观念，只不过是以“理性”取代了上帝，而这一“理性”概念又容纳了上帝。诗人雪莱曾经因为宣扬“无神论的必然性”而吃尽了

---

① 《圣经·新约全书·马太福音》第 24 章第 16—30 节。

② ［俄］陀思妥耶夫斯基：《卡拉马佐夫兄弟》，人民文学出版社，1991 年，第 365—366 页。

苦头，甚至被人称为“恶魔”；但是雪莱反对的仅仅是天启的上帝，并不反对爱和美的上帝，相反，雪莱对于在现象界之外的爱和美的理念世界和“一种精神”的永恒本体深信不疑。正如佩西神甫向阿辽沙所说的：“世间的科学集结成一股巨大的力量，特别是在最近的一世纪里，把圣经里给我们遗留下来的一切天国的事物分析得清清楚楚，经过这个世界的学者残酷的分析以后，以前一切神圣的东西都一扫而光了。……然而这整体仍像先前一样不可动摇地屹立在他们面前，连地狱的门都挡不住它。难道它不已经存在了十几个世纪，至今还存在于每个人的心灵里和民众的行动里么？甚至就在破坏一切的无神派自己的心灵里，它也仍旧不可动摇地存在着！因为即使是那些抛弃基督教反抗基督教的人们自己，实质上也仍然保持着他们过去一直保持的基督的面貌。”[①] 更重要的是，这些无神论者几乎都以为上帝的死去对于西方世界是无关紧要的事情，取而代之的将是一个光辉灿烂的更合理的世界。他们都没有看到，假如上帝死去，整个基督教文化也将随之崩溃，人们将在没有价值的荒原上挣扎。而陀思妥耶夫斯基通过他的《群魔》和《卡拉马佐夫兄弟》等作品，已经深刻地预示了这种现代危机。

对上帝死后的怪诞世界与荒谬人生的表现，使得陀思妥耶夫斯基成为基督教文化中的先知，成为西方现代主义文学的先驱。“上帝”这一概念对于整个基督教文化来说，含义是极为丰富的，绝非像无神论想象的那样可有可无。没有上帝，耶稣基督的救赎和复活完全就是一堆骗人的谎言；没有上帝，基督教文化中的伦理道德观念与判断善恶是非的价值观念就失去了根基；没有上帝，所谓灵魂不死就失去了凭据，每个个人都要面对死后的荒诞与虚无……陀思妥耶夫斯基的超前

① ［俄］陀思妥耶夫斯基：《卡拉马佐夫兄弟》，人民文学出版社，1991 年，第 250 页。

预见，就在于当其他人都忙于现世事务或者醉心于科学的时候，他深切地洞察到没有上帝整个基督教文化将要面临的巨大的价值危机；陀思妥耶夫斯基的大慈悲大仁德，就在于他感到没有上帝对于那些“超人”或许还可以忍受，可是对于那些受苦受难的芸芸众生还值得活下去吗？加缪认为，真正严肃的哲学问题是关于自杀的问题，探讨人是否值得活着比探讨世界有几个概念几对范畴要重要得多。但是，加缪的观点几乎是从陀思妥耶夫斯基笔下人物的话语中抄来的，伊凡就说：“当对自己为什么活着缺乏坚定的信念时，人是不愿意活着的，宁可自杀，也不愿意留在世上，尽管他的周围全是面包。”① 当然，对于伊凡、拉斯柯尔尼科夫这一类具有“超人”品格的人来说，没有上帝或许对他们算不了什么大问题，而反对基督教摧毁上帝的也正是这些人。《罪与罚》中的主人公拉斯柯尔尼科夫，不是曾经对没有上帝的世界感到自由选择的无拘无束吗？他可以随自己的便而杀死一个放高利贷的老太太，因为按照他给世界赋予的价值，进步永远是在犯法的具有破坏性的不凡之人（类似尼采的超人）对因循守旧、循规蹈矩、屈辱忍从的凡人（类似尼采的末人）的挑战中实现的。《卡拉马佐夫兄弟》中的富有哲学大脑的伊凡，以及那位爱写诗的拉基金，就都有毁灭上帝滥用自由的倾向。德米特里问拉基金：“既没有上帝，也没有来生，人将会变成什么样呢？那么说，现在是不是什么都可以容许，什么都可以做了么？”拉基金回答说：“聪明的人是什么都可以做的。”他还声称“我把钱从一个傻女人手里抢过来，以后可以造福社会”，② 而这与拉斯柯尔尼科夫的自由选择几乎完全是一致的。伊凡说得比拉基金更彻底：“人

① ［俄］陀思妥耶夫斯基：《卡拉马佐夫兄弟》，人民文学出版社，1991 年，第 381 页。

② 同上书，第 890—892 页。

们对于不死的信仰一被打破，就不仅是爱情，连使尘世生活继续下去的一切活动都将立刻灭绝。不但如此：那时也将没有所谓不道德，一切都是可以做的，甚至吃人肉的事情也一样。……而利己主义，即使到了作恶的地步，也不但应该容许人去实行，而且还应该认为这在他的地位上是必要的，最合理的，几乎是最高尚的一种出路。”[①]

陀思妥耶夫斯基确实是预见到了尼采所能预见到的一切，然而与尼采不同的是，他没有为此欢呼雀跃，而是被上帝死亡的事实压得喘不过气来；他个人也许曾经是拉斯柯尔尼科夫、斯塔夫罗金、基里洛夫、伊凡等恶魔式的人物，或者至少为这种思想所吸引，但是陀思妥耶夫斯基同时也在思考，那些不能在思想和艺术中陶醉，那些仅仅以劳动为谋生手段的被侮辱被损害的穷人、庄稼人等小人物失去上帝该怎么办呢？《卡拉马佐夫兄弟》中的伊凡对阿辽沙说：“你要知道，修士，这大地上太需要荒诞了。世界就建立在荒诞上面，没有它世上也许就会一无所有了。”但是，当伊凡为失去上帝而导致的荒诞欢呼的时候，《罪与罚》中身陷火坑的索尼娅就感到没有上帝无法生活，而《卡拉马佐夫兄弟》中的那个喜欢酒色而穷困潦倒的德米特里对阿辽沙说：“假如没有上帝，那可怎么办？……要是没有上帝，人就成了地上的主宰，宇宙的主宰。妙极了！但是如果没有上帝，他还能有善吗？问题就在这里！我一直想着这个。因为那时候叫他——人——去爱谁呢？叫他去感谢谁？对谁唱赞美诗呢？拉基金笑了。他说，没有上帝也可以爱人类。只有流鼻涕的傻子才能这样说，我是简直没法理解。”[②]陀思妥耶夫斯基之所以比尼采更伟大，就在于尼采仅仅执著于一端，而陀

① ［俄］陀思妥耶夫斯基：《卡拉马佐夫兄弟》，人民文学出版社，1991 年，第 93 页。
② 同上书，第 364、896 页。

思妥耶夫斯基则同时并写两面。事实上，在上帝死了的文化背景下产生的现代主义作品，正是对伊凡和德米特里这两种不同的文化倾向的扩展。萨特、加缪的作品似乎是从对伊凡的道路走来的，卡夫卡、艾略特仿佛是对从德米特里的道路走来的，他们都在陀思妥耶夫斯基的身后，痛苦地正视着上帝死后偶然堆积的荒诞世界，在没有价值依凭的荒原上走着孤独的路，或者焦虑地“等待戈多”。

陀思妥耶夫斯基在秋收季节真切地感到了拉斯柯尔尼科夫、基里洛夫、伊凡等人带来的凉意，他在这种凉意中预言性地透视了严冬的全部残酷性和荒诞性，并且以基督教原罪的眼光，将人间的罪恶、恶毒和残酷刻画得令人触目惊心。他把他们放在心灵的拷问台，一层一层地拷问他们灵魂深处的罪恶，直至把他们拷问得发疯或者自杀。于是，各种各样的精神失常者、歇斯底里者、癫痫者、发疯者、谋杀者、虐杀者、自杀者便爬满了他的作品。但幸运的是，陀思妥耶夫斯基并非站在艾略特所描绘的残冬的荒原上，他在基督教文化的秋收季节还在盼望春天的温暖能够温煦落叶的大地。于是，忏悔和救赎的主题一直作为一个重要的组成部分显现在他的作品中。他在《罪与罚》中让拉斯柯尔尼科夫悔罪，在《群魔》中让基里洛夫自杀，在《卡拉马佐夫兄弟》中让伊凡发疯，以便不使基督教文化深秋的凉意变成严寒的冬天。他甚至让伊凡的理论物化成斯麦尔佳科夫的行动，以至于酿成弑父的惨剧。而表现陀思妥耶夫斯基救赎主题的重要人物，就是《白痴》中的梅思金公爵以及《卡拉马佐夫兄弟》中的佐西玛长老和阿辽沙等。在《卡拉马佐夫兄弟》中，如果说伊凡、拉基金、斯麦尔佳科夫代表着恶魔的阵营，那么与之对立的佐西玛长老、阿辽沙等则代表着上帝的阵营，后者一直试图对前者进行救赎。伊凡的“什么都可以做”象征着上帝死后人的自由，可是佐西玛长老却对这种自由进行了控诉：“他们有科学，但是科学里所仅有的只是感官所及的东西。至于精神世界，人的更高尚的那一半，人们却竟带着胜利甚至仇恨的心情把它完全摒弃、赶走了。世界宣告了自由，特别是在最近时代，但是在他们的自由里我们看到了什么呢：只有奴役和自杀。……当他们把自由看作就是需要的增加和尽快满足时，他们就会迷失了自己的本性，因为那样他们就会产生出许多愚蠢无聊的愿望、习惯和荒唐的空想。他们只是为了互相嫉妒，为了纵欲和虚饰而活着。”佐西玛长老对《圣经》的毫无保留的推崇，甚至在他的故事中也出现了类似《圣经》中曾出现过的超自然的奇迹：一只狗熊走近一位大圣徒，大圣徒给他一块面包说：“你去吧，愿基督和你同在。”“这只凶横的狗熊竟服服帖帖地走开了，不加一点伤害。”[①] 如果说佐西玛长老和阿辽沙作为拯救者的艺术形象不如伊凡等恶魔形象生动的话，那么，梅思金公爵的形象则是一位丰满而杰出的拯救者形象。世界已经彻底为邪恶所浸染，于是梅思金发自善良心地的自然真诚的话语，在这个为城市文明所毒化的社会看来竟是“白痴”的话语。女主人公娜斯塔西娅·费利波夫娜虽然被邪恶所包围而成为一朵“恶之花”，但她并未完全丧失内在的善良，只有她深深体悟到梅思金的善良、真诚和救赎的爱心，然而却因为不忍心让他采摘自己这朵带毒的花，而嫁给了大商人罗果静并被他杀害。美毁灭在邪恶中，梅思金的拯救反而促使悲剧快速的到来，他在绝望中癫痫病复发，只有离开城市而到瑞士养病。尽管对苦难的拯救没有成功，但是梅思金那种面对邪恶背起十字架的精神着实是很感人的。梅思金这一难得的艺术形象，是不可能出现在 20 世纪的现代主义作家笔下的，基

---

① ［俄］陀思妥耶夫斯基：《卡拉马佐夫兄弟》，人民文学出版社，1991 年，第 469、442 页。

督教文化的没落已经使梅思金后继无人了。

陀思妥耶夫斯基对基督教文化的深刻呈现及其心灵的内在冲突，令人想到被斯宾格勒以西方文化的高峰加以推崇的康德。中世纪一神信仰与科学理性统一的局面，在康德那里彻底被打破了。康德虽然推崇理性，但是他却要推究理性的限度，他认为理性认识的范围仅仅是现象界。康德无意摧毁上帝，他认为如果没有上帝，自由和不朽等生命要义都不能保证，所以他就把上帝留给了信仰；但是，康德却摧毁了关于上帝存在的目的论的、本体论的和宇宙论的所有理性证明。这样一来，一神信仰与科学理性就分裂了，认知理性与实践理性也分裂了：康德一方面认为人作为自然现象要受经验世界与事实世界的一切客观规律的支配，一方面又认为人在伦理实践上是属于由上帝保证的自由世界和价值世界。于是，在嗜好科学实证与理性事实的现代，上帝观念的衰落也就成了必然。与此相似，陀思妥耶夫斯基给上帝留下的位子也仅仅是信仰，只是由于在他的时代上帝的位子处于更摇摇欲坠的危局，所以他才借助佐西玛长老、阿辽沙等人比康德更加强烈地希望上帝的存在，以拯救只有靠基督教的上帝才能保证的自由、不朽等伦理价值，否则，整个基督教文化就存在大厦倾覆的危险。问题的症结就在于，尽管陀思妥耶夫斯基让拉斯柯尔尼科夫走上忏悔罪恶的道路，让基里洛夫为证明自己最高的自由意志而自杀，让伊凡在诱导斯麦尔佳科夫弑父之后在巨大的内心冲突中发疯，但是，除了像索尼娅那样以情动人的例外，所有与“地下室人”、拉斯柯尔尼科夫、斯塔夫罗金、基里洛夫、伊凡等人进行理智辩论的圣徒们，都找不出支撑基督教文化大厦的足够理由，都显示出理论上的苍白。换句话说，陀思妥耶夫斯基的作品已经雄辩地表明，从科学知识上，从认知理性上，从理论论辩上，恶魔已经彻底击败了上帝，上帝的存在仅仅是靠着一种传统和人们向善之心的纯粹信仰，而真理已经为恶魔所掌握。难怪对法国存在主义产生过巨大影响的舍斯托夫（Lev Shestov，1866—1938）在考察《罪与罚》中的“超人”思想时写道：“如果拉斯柯尔尼科夫的思想标新立异得除了他的塑造者之外，谁也没有想到，那么陀思妥耶夫斯基为什么又要反对这一思想呢？为什么要争吵呢？又是同谁争吵？回答是：同自己，仅仅是同自己争吵而已。”[①] 从这个意义上说，陀思妥耶夫斯基既是伟大的救赎者，同时又是伟大的恶魔。尽管他本人对于上帝恋恋不舍，甚至以为是未来天国的必要保证，但是他的理智又告诉他，上帝无可挽回地死去了！从真理的意义上讲，上帝确乎是死去了。但是，每当走到这个思想的边缘上，陀思妥耶夫斯基立刻就又回到基督教的救赎立场，因为他感到随意抛弃上帝的浅薄，他看到随着上帝死去的将是整个基督教文化的崩溃。可是他又找不出任何能够让上帝活下去的理由和证据，只是绝望地执著于神的救赎，于是他的思想就在这两个极端之间激烈地冲突、循环性地震颤，而正是在这种循环性的震颤中，成就了陀思妥耶夫斯基的小说艺术无与伦比的伟大。

我们以理论描述与抽样分析的方法，对中西文化中文学与宗教的关系进行了讨论。在当代中国学界，已出版了数十部宗教与中国文学关系的专著，杨慧林等学者在文学与宗教关系的研究上做出了卓越的贡献。

---

① ［俄］格·米·弗里德连杰尔：《陀思妥耶夫斯基与世界文学》，上海译文出版社，1997年，第220页。

跨学科研究中英文主要资料

第一章 文学与艺术

第一节 文学与音乐

中文专著

蔡先保．文学与其他艺术比较研究．武汉：武汉测绘科技大学出版社．1998．
陈煜斓．现代音乐文学导论．郑州：河南人民出版社．2006．
杜兴梅、杜运通．中国古代音乐文学精品评注．北京：线装书局．2011．
古笛．冯艺．唱诗 音乐文学．南宁：广西民族出版社．2000．
洪雯倩．欧洲人文行板 音乐与文学的时空絮语．新北：立绪文化事业有限公司．2002．
蒋理容．音乐与文学的对话．北京：中国青年出版社．2002．
黎孟德．唐宋音乐文学史．成都：四川文艺出版社．2003．
李炜．碎心曲 音乐·哲学·文学·自杀．上海：上海文艺出版社．2009．
李小荣．敦煌佛教音乐文学研究．福州：福建人民出版社．2007．
刘建华．新闻·音乐·文学．北京：中国和平出版社．2005．
罗小平．音乐与文学．北京：人民音乐出版社．1995．
瞿世镜．音乐、美术、文学 意识流小说比较研究．上海：学林出版社．1991．
艾德华·萨依德．论晚期风格：反常合道的音乐与文学．台北：麦田出版社．2010．
石林．音乐文学选集．北京：大众文艺出版社．2006．
佟文西．论音乐文学创作．南宁：广西民族出版社．1993．
王德埙．欧洲音乐—文学关系史叙论．贵阳：贵州人民出版社．2004．
王彦秋．音乐精神：俄国象征主义诗学研究．北京：北京大学出版社．2008．
小泽征尔、大江健三郎．音乐与文学的对谈——小泽征尔与大江健三郎．台北：高谈文化事业有限公司．2006．

谢安庆．音乐文学艺术研究．呼和浩特：内蒙古人民出版社．2006．
邢慧玲．中国音乐 文学文献研究．呼和浩特：远方出版社．2005．
修海林、孙克强、赵为民．宋元音乐文学研究．开封：河南大学出版社．2004．
闫笑雨、刘雅新．西方音乐中的文学．广州：广东教育出版社．2012．
张磊．跨文化视野下的古典音乐与世界文学．北京：北京联合出版公司．2012．
周亮．花儿研究 文学性与音乐性关系及传承．北京：民族出版社．2015．
朱谦之．音乐的文学小史．上海：泰东图书局．1925．
朱谦之．中国音乐文学史．上海：商务印书馆．1935．
庄捃华．音乐文学概论．北京：人民音乐出版社．2006．

英文专著

Alder, Erik, and Dietmar Hauck. *Music and Literature: Music in the Works of Anthony Burgess and E. M. Forster; An Interdisciplinary Study*. Tübingen: Francke, 2005.

Benson, Stephen. *Literary Music: Writing Music in Contemporary Fiction*. Aldershot, Hampshire, England; Burlington, VT, USA: Ashgate Pub., 2006.

Bernhart, Walter., Werner, Wolf. Ed. *Self-Reference in Literature and Music*. Amsterdam: Rodopi, 2010.

Bowden, Betsy. *Performed Literature: Words and Music by Bob Dylan*. Lanham, Md.: University Press of America, 2001.

Bushnell, Cameron Fae. *Postcolonial Readings of Music in World Literature: Turning Empire on Its Ear*. New York: Routledge, 2013.

Cluck, Nancy Anne. *Literature and Music: Essays on Form*. Provo, Utah: Brigham Young University Press, 1981.

Donovan, Siobhán, Robin, Elliott. Ed. *Music and Literature in German Romanticism*. Rochester: Camden House, 2004.

Fallahzadeh, Mehrdad. *Persian Writing on Music: A Study of Persian Musical Literature from 1000 to 1500 AD*. Uppsala: Uppsala Universitet, 2005.

Fink, Michael. *Exploring Music Literature*. New York: Schirmer Books, 1999.

Haroon, Mohammed. *Indian Music Literature: A Compendium*. Delhi, India: Indian Bibliographies Bureau, 2009.

Hejmej, Andrzej., Lindsay Davidson. *Music in Literature: Perspectives of Interdisciplinary Comparative Literature*. Frankfurt am Main; New York: Peter Lang Edition, 2014.

Hoene, Christin. *Music and Identity in Postcolonial British-South Asian Literature*. New York: Routledge, 2015.

Jeannin, Marc, Ed. *Anthony Burgess: Music in Literature and Literature in Music*. Newcastle upon Tyne: Cambridge Scholars, 2009.

Kivy, Peter. *Antithetical Arts. On the Ancient Quarrel between Literature and Music*. Oxford: Oxford University Press, 2009.

McGlathery, James M. *Music and German Literature: Their Relationship since the Middle Ages*. Columbia, SC, USA: Camden House, 1992.

McKinnon, James W. *Music in Early Christian Literature*. Cambridge: Cambridge University Press, 1987.

McParland, Robert. *Music and Literary Modernism: Critical Essays and Comparative Studies*. Newcastle: Cambridge Scholars, 2009.

Meyer, Michael J. *Literature and Music*. Amsterdam, New York, NY: Rodopi, 2002.

Reschke, Claus., Howard Pollack. *German Literature and Music: An Aesthetic Fusion, 1890–1989*. München: W. Fink, 1992.

Shockley, Alan Frederick. *Music in the Words: Musical Form and Counterpoint in the Twentieth Century Novel*. Farnham, England; Burlington, VT: Ashgate, 2009.

Tracy, Steven C. *Hot Music, Ragmentation, and the Bluing of American Literature*. Tuscaloosa, Alabama: The University of Alabama Press, 2015.

中文论文

弗朗索瓦兹·埃斯卡尔、温永红．文学主题和音乐主题．中央音乐学院学报，2004，02：95－104．

陈新凤．略论中国歌剧音乐的“文学思维”．人民音乐，2014，02：82－84．

邓乔彬、王晓东．文学、音乐的辩证发展与词体的生成．文艺理论研究，

2008，06：74—80.
傅宗洪."音乐的"还是"文学的"？——歌谣运动与现代诗学传统的再认识.中国现代文学研究丛刊，2011，09：129—138.
高华平.古乐的沉浮与诗体的变迁——四言诗的音乐文学属性及兴衰探源.中国社会科学，1991，05：201—212.
海贝.意识流：一次跨学科的探索——评瞿世镜《音乐·美术·文学——意识流小说比较研究》.社会科学，1992，08：77.
贾曼.浅议中国古典文学作品中的音乐描述手法.中国音乐，2003，03：75、87.
姜蕾.现代主义文学结构与二战后音乐形式革命——以布列兹《第三钢琴奏鸣曲》为例.音乐研究，2012，05：86—97.
居其宏.论歌剧音乐剧剧本文学研究的学科归属.中国音乐，2011，03：10—14.
居其宏.在戏剧性与音乐性的强烈互动中高歌民本主题——评大型歌剧《钓鱼城》的剧本文学创作.戏剧（中央戏剧学院学报），2012，02：61—66.
劳伦斯·克拉默、柯扬.李斯特音乐中的文学性.中央音乐学院学报，2013，01：93—98、127.
李吉提.中国传统音乐的结构力观念（之二）——传统音乐结构与中国古典文学、戏剧（结构）的关系.中央音乐学院学报，1994，02：53—62.
李兆忠.古老永恒的咏叹调——音乐的文学表现性.文艺研究，1989，03：70—74.
刘水云.家乐盛衰演变的轨迹及其对中国音乐文学的重大影响.文艺研究，2007，03：110—116.
刘志伟.从音乐意象看阮籍文学创作与音乐的关系.西北师大学报（社会科学版），1992，06：38—43.
马磊.应当重视音乐与文学的交叉互补.河北学刊，2002，03：33.
潘必新.为的不把斧子当钥匙——音乐与文学之比较.中央音乐学院学报，1991，04：43—47.
潘晓彦.传统文学音乐质素的审美观照.求是学刊，2005，04：99—102.

潘晓彦．文学与音乐：艺术领域中的一对默契搭档．学习与探索，2005，04：112－114．
钱仁康．杜鹃文学在音乐中的反映．音乐艺术（上海音乐学院学报），1998，03：21－33．
钱永利．论文学向音乐的“转化”——现代中国器乐表现文学作品形式美探讨．中国比较文学，1994，01：104－120．
任红军．文学到音乐的僭越——作为音乐研究“他者”鲁迅的音乐贡献．当代文坛，2014，03：125－128．
石惟正．音乐和文学在声乐艺术中的结合．人民音乐，2012，05：46－48．
史琳、段玉香、袁媛．基于俗文学与音乐学的宝卷学研究．郑州大学学报（哲学社会科学版），2013，06：181－184．
孙甘露、田艺苗．当文学遇上音乐．图书馆杂志，2011，11：97－104．
孙星群．寓唐诗宋词音乐性　赋福建南音文学性——卓圣翔、林素梅《唐诗宋词南管唱》析．中国音乐，2001，03：41－42．
孙怡．传统民族器乐曲中的文学性因素与音乐欣赏．人民音乐，2002，03：34．
谭惠娟．布鲁斯音乐与黑人文学的水乳交融——论布鲁斯音乐与拉尔夫·埃利森的文学创作．文艺研究，2007，05：74－85、167．
谭文鑫．论沈从文的文学创作与音乐结构之关系．民族文学研究，2012，01：28－34．
汤才虎．浅谈音乐与文学的联系．中南民族大学学报（人文社会科学版），2005，S1：273－274．
王次炤．关于文学和音乐比较研究的设想．文艺争鸣，1990，01：60－65．
王次炤．论音乐与文学．文艺争鸣，1991，01：48－52、64．
王次炤．音乐与文学的艺术类同性．中央音乐学院学报，1993，03：17－23．
王德埙．关于“音乐文学”．中国音乐，1986，01：8．
王小盾、陈应时．唐传古乐谱和与之相关的音乐文学问题．中国社会科学，2000，05：166－176、208．
王志清．乐府文学研究中的“音乐视角”．西北大学学报（哲学社会科学版），2012，04：52－56．

吴笛．文学与音乐的奇妙结合——论哈代文学作品中的音乐性．浙江大学学报（人文社会科学版），2001，01：39－45．
肖百容．音乐、绘画与文学之关系．文艺争鸣，2010，22：48－50．
解明．中国古典文学与音乐内在联系之管窥．甘肃社会科学，1999，S1：71－70．
谢桃坊．宋词的音乐文学性质．东南大学学报（哲学社会科学版），2003，04：115－120．
辛丰年．两全其美与有得有失　文学化之音乐与音乐化之文学．读书，1992，06：104－109．
信应举．我国古代文学作品中的音乐哀声问题．郑州大学学报（哲学社会科学版），1979，03：57－59．
邢维凯．舒曼钢琴音乐作品中的文学性创作意识．中央音乐学院学报，1988，03：104－106．
徐宝余．音乐观念的政教承载与文学承继——以“亡国之音”的观念生成与历史演变为中心．上海师范大学学报（哲学社会科学版），2012，05：119－128．
杨雨．音乐文学系统和诗学系统的裂变与交融．求索，2006，07：184－186．
张伯伟．略论魏晋南北朝时期音乐与文学的关系．文学评论，1999，03：126－134．
张建建．调与语式：音乐与文学的比较中介——兼论建立文学的形式化分析．贵州社会科学，1989，02：25－29、15．
张哲俊．中国古典戏曲文学与音乐的情感关系．音乐研究，2002，04：35－42．
赵山林．试论戏曲传播中的文学与音乐关系．戏剧艺术，2005，04：27－32．
赵鑫珊．贝多芬音乐与德国古典哲学、文学和自然科学传统．音乐艺术，1983，02：30－34．
郑祖襄．曲牌体音乐与词曲文学关系之研究．首都师范大学学报（社会科学版），2007，06：75－80．
周海宏．走出用文学化、美术化方式理解音乐的误区——对普及严肃音乐的理论与实践问题的分析．人民音乐，2001，03：48－52．

祝敏青．文学语言的音乐美．福建师范大学学报（哲学社会科学版），1992，02：88－92．

庄桂成、孟婧勔．中国风音乐流行的文学生态原因——从歌词的角度．文艺争鸣，2010，22：56－58．

曾锋．鲁迅的文学创作与音乐．中国现代文学研究丛刊，2014，01：176－189．

曾锋．沈从文的文学创作与西方古典音乐．中国比较文学，2009，03：17－30．

曾锋．文学“音乐化”的合理性论证——以几位现代中国音乐家的著作为例．文艺争鸣，2010，02：93－97．

左汉林．唐代音乐制度与文学的关系．文学评论，2010，03：81－89．

英文论文

Burgess, Anthony. “Music and Literature.” *The Wilson Quarterly*. 7 (1984): 86—97.

Crapoulet, Emilie. “Voicing the Music in Literature.” *European Journal of English Studies*. 13.1 (2009): 79—91.

Diodato, Virgil, and Fran Smith. “Obsolescence of Music Literature.” *Journal of the American Society for Information Science*. 44.2 (1993): 101—112.

Higgins, Kathleen M. “Review: Deeper Than Reason: Emotion and Its Role in Literature, Music, and Art.” *Mind*. 116.461 (2007): 209—212.

Wicher, Andrzej. “Magnificence and the Sublime in Medieval Aesthetics: Art, Architecture, Literature, Music.” *The Journal of English and Germanic Philology*. 112.2 (2013): 219—221.

Will, Howard. “Pairing Music with Literature.” *Teaching Music*. 4.5 (1997): 35—37.

第二节　文学与绘画

中文专著

努乔·奥尔迪内．影子的门槛　布鲁诺笔下的文学、哲学和绘画．北京：东方出版社．2009．

巴莫曲布嫫．神图与鬼板　凉山彝族祝咒文学与宗教绘画考察．南宁：广西人民出版社．2004．
邓乔彬．有声画与无声诗．上海：上海社会科学院出版社．1993．
丰子恺．绘画与文学．上海：开明书店．1934．
莱辛．拉奥孔．北京：人民文学出版社．1984．
马云．铁凝小说与绘画、音乐、舞蹈　兼谈西方现代艺术对中国文学的影响．石家庄：河北人民出版社．2006．
孙荣．寻找艺术中的故事　绘画与文学．武汉：湖北少年儿童出版社．2002．
王韶华．元代题画诗研究．北京：中国传媒大学出版社．2010．
王新．诗、画、乐的融通．北京：中国社会科学出版社．2012．
吴根友．郑板桥的诗与画．南京：南京出版社．1998．
吴冠中、燕子．画与诗．北京：团结出版社．2007．
吴彤．自然与文化　中国的诗、画与炼丹．北京：清华大学出版社．2010．
钟巧灵．宋代题山水画诗研究．北京：中国社会科学出版社．2008．
左建明．文学与绘画．济南：明天出版社．2009．

英文专著

Berg, William J. *Literature and Painting in Quebec: From Imagery to Identity*. Toronto; Buffalo: University of Toronto Press, 2012.
Buffi, Roberta. *Between Literature and Painting: Three Australian Women Writers*. New York: Peter Lang, 2002.
Gracia, Jorge J. E. *Painting Borges: Philosophy Interpreting Art Interpreting Literature*. Albany: State University of New York Press, 2012.
Rogers, Mary Ann, and Franklin R. Rogers. *Painting and Poetry: Form, Metaphor, and the Language of Literature*. Bucknell University Press, 1985.
Steiner, Wendy. *Pictures of Romance: Form against Context in Painting and Literature*. Chicago: U of Chicago P, 1988.
Steiner, Wendy. *The Colors of Rhetoric: Problems in the Relation between Modern Literature and Painting*. University of Chicago Press, 1982.
Wolf, Bryan Jay. *Romantic Re-Vision: Culture and Consciousness in Nineteenth-*

Century American Painting and Literature. United States of America: University of Chicago Press, 1983.

中文论文

邓乔彬．论康雍时期文学理论对绘画思想的影响．社会科学，2000，11：71－75．

范方俊．试析朱光潜和钱锺书对于莱辛“诗画异质说”的比较．中国人民大学学报，2007，02：127－133．

顾平旦、曾保泉．文学、绘画与园林——曹雪芹笔下的大观园．红楼梦学刊，1987，02：297－312．

过晓．对钱锺书诗画关系论的质疑．文艺争鸣，2008，09：147－150．

韩经太．中国诗画交融若干焦点问题的美学思考．北京大学学报（哲学社会科学版），2011，03：27－39．

黄鸣奋．苏轼的诗画同体论．学术月刊，1985，08：50－55．

贾浅浅．文学视阈下贾平凹绘画艺术研究．文艺争鸣，2014，07：179－187．

鲲西．诗·画·音乐——读钱钟书《旧文四篇》．读书，1982，03：40－46．

李亮．中和审美说与诗画同源论．文艺研究，1992，03：68－74．

刘石．“诗画一律”的内涵．文学遗产，2008，06：117－128．

刘石．诗画平等观中的诗画关系——围绕“诗中有画”说的若干问题．文艺研究，2009，09：41－52．

刘石．西方诗画关系与莱辛的诗画观．中国社会科学，2008，06：160－172、208．

刘石．中国古代的诗画优劣论．文学评论，2010，05：76－83．

钱兆明．《勃鲁戈尔诗画集》——从回归非人格化“立体短诗”看威廉斯的唐诗缘源．外国文学，2014，03：34－43、157．

钱钟书．中国诗与中国画．七缀集．北京：三联书店，2001．

任莉．论中国绘画的白描技法与文学白描手法的异曲同工．宁夏大学学报（人文社会科学版），2012，04：163－166．

宋雄华．中西诗画论之文化基因比较．华中师范大学学报（人文社会科学版），2002，03：132－138.
汤拥华．宗白华美学思想中诗画统一的难题．社会科学战线，2010，01：248－250.
汪冲云．古瓷“诗画配合”形式演变．文艺争鸣，2011，12：79－80.
王玲娟．从诗画理论看中国古代山水画之“画中有诗”．中国文化研究，2007，02：56－63.
王韶华．苏轼“诗画一律”的内涵．文艺理论研究，2001，01：77－83.
王晓骊．“诗画一律”与中国古代图文关系的重构．甘肃社会科学，2014，03：223－227.
徐玫．“诗画一律”与“诗画异质”——从莱辛的《拉奥孔》看中西诗画观差异．江西社会科学，2011，05：187－190.
徐学．余光中文学创作与现代绘画艺术．台湾研究集刊，2008，02：10－15.
杨向荣．“诗画”视域中的图文关系探究．求索，2014，10：126－131.
张保红、刘士聪．文学翻译中绘画因子的借用．中国翻译，2012，02：98－103.
张法．文学与绘画的不同“转型”之路．求是学刊，1996，01：73－77.
张思齐．从北宋看中西诗画关系学说之异同．中州学刊，2000，06：112－119.
章继光．诗画一体的观念与宋人尚意的美学追求．中国文学研究，2003，03：18－22.
章燕．论布莱克诗画合体艺术中的多元互动关系——以《天真与经验之歌》为例．文艺研究，2014，09：38－47.
赵云红．音·诗·画的完美结合——试论格林卡及其浪漫曲（艺术歌曲）的创作．中国音乐，2004，04：90－92.
佐禹．谈山水诗、画的同一性．社会科学辑刊，1982，02：160－162.

英文论文

Borowitz, Helen O, and Helen O. Borowitz. “Painted Smiles: Sad Clowns in French Art and Literature.” *The Bulletin of the Cleveland Museum of Art*. (1984): 23–35.
Cocking, John. “Proust and Painting.” *French 19th Century Painting and Litera-*

ture. (1972): 305—324.

Deréky, Pál. "The Reception of Italian Futurism in Hungarian Painting and Literature." *International Yearbook of Futurism Studies*. (2014): 301—327.

Flaker, Aleksandar. "Avant-garde Literature and Painting." *Literature and the Other Arts*. (1981): 175—179.

Landow, George P. "Iconography and Point of View in Painting and Literature: The Example of the Shipwreck." *Studies in Iconography*. (1977): 89—104.

Majewski, Henry F. "Painting into Text: Théophile Gautier's Artistic Screen." *Transposing Art into Texts in French Romantic Literature*. (2002): 21—43.

McLoughlin, Tim. "Ways of Seeing the Rural Landscape in Zimbabwean Fiction and Painting." *Gallery: the Art Magazine from Gallery Delta*. (1995): 12—14.

Saisselin, Rémy G. "The Portrait in History: Some Connexions between Art and Literature." *Apollo*. (1963): 281—288.

第三节　文学与戏剧

中文专著

蔡师仁．文学与戏剧．北京：中国文联出版社．2006．

陈炳良．文学与表演艺术　第三届现当代文学研讨会论文集．广州：岭南学院中文系．1994．

陈军．戏剧文学与剧院剧场　以“郭、老、曹”与北京人艺为例．北京：社会科学文献出版社．2011．

邓涛、刘立文．中国古代戏剧文学史．北京：北京广播学院出版社．1994．

董健．启蒙、文学与戏剧．北京：人民文学出版社．2014．

冯彬彬．说唱文学的艺术世界．郑州：中原农民出版社．2012．

高文升．中国当代戏剧文学研究．郑州：河南人民出版社．1991．

戈晓毅．近代中国歌剧文学创作特性历史审视．南京：南京大学出版社．2013．

胡健生．中外戏剧文学比较研究．乌鲁木齐：新疆人民出版社．2000．

胡星亮．文学视阈与戏剧电影．北京：人民文学出版社．2014．

黄献文．时光的痕迹　戏剧、电影、文学评论．北京：中国社会科学出版社．2013．

居其宏．中国歌剧文学特性历史审视与美学视野．合肥：安徽文艺出版社．2014．

李强．民族文学与戏剧文化研究．太原：三晋出版社．2009．

厉震林、刘庆．小微之魅　戏剧影视文学的微美学研究．上海：上海交通大学出版社．2014．

厉震林．转型之痒　戏剧影视文学研究的再度现代化．上海：百家出版社．2009．

刘立滨．戏剧文学的创作与实践　第六届亚洲戏剧教育研究国际论坛文集．北京：中国戏剧出版社．2012．

门岿．戏曲文学　语言托起的综合艺术．桂林：广西师范大学出版社．2000．

穆睿清．欧洲戏剧文学简史．北京：北京广播学院出版社．1994．

彭耀春．中国现代文学艺术研究　上　中国现代戏剧影视史论．北京：中国戏剧出版社．2003．

彭耀春．中国现代文学艺术研究　下　台湾当代戏剧论．北京：中国戏剧出版社．2003．

饶芃子．中西文学戏剧比较论文集．广州：暨南大学出版社．1996．

孙柏．比较文学视野下的现代戏剧和社会空间．北京：北京大学出版社．2006．

唐礼兵．文学语境下的戏剧剖析．广州：暨南大学出版社．2013．

托娅．达斡尔族报告文学戏剧文学研究．呼和浩特：内蒙古大学出版社．2012．

王岚、陈红薇．当代英国戏剧史．北京：北京大学出版社．2007．

王颖泰．20世纪贵州戏剧文学史．贵阳：贵州民族出版社．2000．

王永健．中国戏剧文学的瑰宝　明清传奇．南京：江苏教育出版社．1989．

王增斌、杜改俊．中国戏剧文学流变史．北京：中国文史出版社．2005．

王钟陵主编；庄浩然，倪宗武选编．二十世纪中国文学史文论精华　戏剧卷．石家庄：河北教育出版社．2000．

箫枫．世界文学与戏剧历史纵横谈．沈阳：辽海出版社．2011．

严程莹、李启斌．西方戏剧文学的话语策略 从现代派戏剧到后现代派戏剧．昆明：云南大学出版社．2009．

姚一韦．戏剧与文学．台北：联经出版事业公司．1989．

郑传寅、黄蓓．欧洲戏剧文学史．武汉：长江文艺出版社．2002．

中国戏剧文学学会，汕头市文化局；王正，陈纤主编．戏剧文学新思维 首届全国戏剧文学研讨会论文集．北京：中国戏剧出版社．2000．

左进．20 世纪美国女性戏剧文学与文化的语用文体研究（英文）．南京：南京大学出版社．2013．

英文专著

Barnett, David. *Literature Versus Theatre: Textual Problems and Theatrical Realization in the Later Plays of Heiner Müller*. Bern; New York: P. Lang, 1998.

Bottenberg, Joanna, Ed. *Literature in Opera*. Toronto: University of Toronto Press, 2002.

Carmen Trammell, Skagg. *Overtones of Opera in American Literature from Whitman to Wharton*. Baton Rouge: Louisiana State University Press, 2010.

Hughes, Derek. *Culture and Sacrifice: Ritual Death in Literature and Opera*. Cambridge: Cambridge University Press, 2007.

Kleinau, Marion L., Janet Larsen McHughes. *Theatres for Literature: A Practical Aesthetics for Group Interpretation*. Sherman Oaks, Calif.: Alfred Pub. Co., 1980.

Malekin, Peter., Ralph Yarrow. *Consciousness, Literature, and Theatre: Theory and Beyond*. New York: St. Martin's Press, 1997.

Rosmarin, Léonard. *When Literature Becomes Opera: Study of A Transformational Process*. Amsterdam, Netherlands: Rodopi, 1999.

Schmidgall, Gary. *Literature As Opera*. New York: Oxford University Press, 1977.

Skaggs, Carmen Trammell. *Overtones of Opera in American Literature from Whitman to Wharton*. Baton Rouge, LA: Louisiana State UP, 2009.

Wallace, John S. *The Opera Glass, Devoted to the Fine Arts, Literature and the Drama*. New York: James S. Wallace, 1828.

中文论文

艾晓明．孤寂的戏剧——聚斯金德的文学世界．中山大学学报（社会科学版），1999，05：23－28、85．

安凌．论李健吾莎士比亚戏剧改译本的民族化特质——从文学翻译的互文性看改译者的创造．外语与外语教学，2010，02：86－89．

卜键．巫风楚舞的文学呈现——《九歌》的戏剧文化学考察．文学评论，2000，05：23－26．

高直．论当代工业戏剧文学题材的演变．中州学刊，1988，04：74－78．

郭继德．美国黑人戏剧文学．戏剧艺术，1988，02：11－21．

侯涛．文学语用学视角下的戏剧话语分析．外语教学，2011，01：16－19．

胡铁生、韩松．论全球化语境下美国戏剧文学的发展．东北师大学报（哲学社会科学版），2011，04：106－110．

胡铁生、夏文静．当代中美戏剧文学现状及其走向对比研究．学习与探索，2011，04：218－222．

贾冀川．离开文学的戏剧——论二十世纪贬斥文学的戏剧思潮．戏剧艺术，2002，06：4－18．

姜景奎．近代印地语戏剧文学的特点．南亚研究，1996，Z2：82－85．

黎蔷．西域文学艺术的戏剧化．敦煌研究，1994，01：71－78．

李国平．“文学革命”中的一场戏剧论争——1920年《晶报》的“评剧”事件述论．中国现代文学研究丛刊，2008，02：32－39．

李吉提．中国传统音乐的结构力观念（之二）——传统音乐结构与中国古典文学、戏剧（结构）的关系．中央音乐学院学报，1994，02：53－62．

李万钧．比较文学视点下的莎士比亚与中国戏剧．文学评论，1998，03：76－86．

李万钧．从比较文学角度看李渔戏剧理论的价值．文艺研究，1996，01：62－71．

骆蔓．论陈楚淮对新月派戏剧文学的拓展．中国现代文学研究丛刊，2009，04：76－85．

马家骏．马克思与戏剧文学．陕西师大学报（哲学社会科学版），1983，01：12－15．

马俊山．论爱美剧时期文学与演剧关系的调整及近代戏剧审美风范的构建．首都师范大学学报（社会科学版），2014，02：99－104．

穆罕默德·艾沙．现代维吾尔戏剧文学流变研究．中央民族大学学报，2001，02：91－98．

南平．娃娃阿比：残疾人与中外戏剧影视文学．外国文学研究，1991，03：81－88．

宋杰．中国电影的“宿命”：在戏剧与文学间徘徊．电影艺术，2013，05：42－48．

苏晖、李银波．论德国文学对易卜生戏剧创作的影响．戏剧艺术，2013，05：34－40、25．

孙自筠．笑声引起的回忆与思考——谈现代文学中的现代派戏剧．社会科学研究，1989，01：88－95．

涂慧．“文学性”与“演剧性”的融汇——从《当代英国及爱尔兰戏剧指南》看戏剧史写作．外国文学研究，2011，01：159－162．

宛柳．新时期戏剧文学探索的回顾．文史哲，1987，03：73－75、44．

汪义群．美国戏剧对文学传统的背离．外国文学评论，1992，03：24－31．

王金胜．评陈军著《戏剧文学与剧院剧场——以“郭、老、曹”与北京人艺为例》．中国现代文学研究丛刊，2012，06：206－208．

王长安．明清民歌时调与黄梅戏剧本文学．戏剧艺术，1993，02：67－75．

王忠祥．易卜生戏剧创作与20世纪中国文学．外国文学研究，1995，04：27－31．

吴继路．少年戏剧影视文学初论．北京师范学院学报（社会科学版），1990，06：61－67．

席珍彦．再现人物的神韵——戏剧对白翻译的舞台性和文学性刍议．当代文坛，2012，05：154－159．

阎立峰．行动与造型：西方戏剧中的文学性．文艺研究，2009，06：163－166．

杨硕．从文学形象到舞台形象的艺术创造．戏剧（中央戏剧学院学报），2014，05：64—71．

尤根·霍夫曼、张倩．文学化戏剧——它能存在到下世纪末吗？．戏剧艺术，1999，02：12—17．

张仁胜．戏剧人说文学．南方文坛，1996，01：23—25．

张玉兰．冲破“社会道德守护人”樊篱的文学思潮——二十世纪美国妇女戏剧一瞥．当代外国文学，1994，02：148—154．

赵心宪．历史纪实与戏剧文学的艺术再现——鲁煤《里外工会》剧本的文学史价值初探．西南民族大学学报（人文社科版），2010，07：161—165．

周云龙．从书写符号拯救主体——重审“五四”时期的“戏剧文学”．东南学术，2010，03：104—110．

朱栋霖．论戏剧文学的美学研究．中国现代文学研究丛刊，1986，02：9—23．

英文论文

Adedeji, Joel A. “Aesthetics of the Yoruba Opera.” *Journal of the New African Literature and the Arts*. (1972): 13—14.

Arps, Bernhard. “Javanese Language, Literature and Theatre.” *Southeast Asian Languages and Literatures: a Bibliographical Guide to Burmese, Cambodian, Indonesian, Javanese, Malay, Minangkabau, Thai and Vietnamese*. (1996): 112—164.

Gross, Alexander. “The Theatre of the Manure: Durrenmatt’s Struggle against Literature.” *Encore*. 12.2 (1965): 28—35.

Kofoworola, Ziky., Yusef Lateef. “Transposition and Adaptation of Dramatic Literature for Theatre Performances.” *Hausa Performing Arts and Music*. (1987): 136—157.

Wichmann-Walczak, Elizabeth. “Beijing Opera Plays and Performance.” *Chinese Aesthetics and Literature*. (2004): 129—152.

Zlatnar, Moe M. “*Hamlet* in Slovenia: From Myth to Theatre.” *Multicultural Shakespeare*. 9 (2012): 14—25.

第四节 文学与影视

中文专著

陈伟华．中国现代电影与文学之关联研究 以历史与比较的视角．北京：中国青年出版社．2013．

陈阳．影视文学教程．北京：中国人民大学出版社．2013．

方位津．海底石 外国文学与外国影视论集．北京：外语教学与研究出版社．1995．

胡清．影视与当代文学批评．北京：台海出版社．2002．

黄会林、周星．影视文学．北京：高等教育出版社．2002．

季晓燕．江西当代影视文学总论．南昌：百花洲文艺出版社．2001．

李国珍．影视文学创作的奥秘．贵阳：贵州民族出版社．1993．

厉震林．网络母题 戏剧影视文学的网络小说改编研究．上海：上海交通大学出版社．2013．

刘金镛、宋家庚．电影艺术与电影文学．济南：山东文艺出版社．1990．

梁振华．中国当代影视文学导论 1949—2012．北京：北京师范大学出版社．2013．

刘建勋．中国当代影视文学．南宁：广西人民出版社．1986．

孟固．电影艺术的文学解读．延吉：延边大学出版社．2004．

孟中、李瑾．影视文学基础．北京：中国电影出版社．2012．

南兆旭．语言文学与影视艺术．北京：中国标准出版社．2004．

彭耀春．中国现代戏剧影视史论．北京：中国戏剧出版社．2003．

宋家玲．影视文学创作论．北京：北京广播学院出版社．1997．

罗伯特·斯塔姆．电影中的文学 现实主义、魔幻与改编艺术．北京：北京大学出版社．2006．

汪坚强．文学这根拐杖 中国现当代文学的影视改编研究．成都：四川大学出版社．2011．

王晓玉、杨海燕、崔彩梅．影视文学写作．上海：上海外语教育出版社．2006．

王晓玉等．影视文学创编引论．重庆：重庆出版社．1996．

王愿坚．看得见的文学　影视创作漫谈．北京：人民出版社．1998．

许文郁．解构影视幻境　兼及与文学、历史、性、时尚、网络的关系．北京：中国社会科学出版社．2004．

因多维诺．经典传奇　文学及影视作品中的吸血鬼和狼人．武汉：湖北少年儿童出版社．2012．

余发海．警坛影视文学与治安论谈．北京：中国文联出版社．2002．

余琍萍．影视文学．北京：北京理工大学出版社．2012．

张宗伟．中外文学名著的影视改编．北京：中国广播电视出版社．2002．

周星．从文学之隅到影视文化之路　文学与影视文化研究文集．北京：北京出版社．1998．

朱玛．电影艺术与电影文学基础．四川大学中文系．1977．

邹红．影视文学教程．北京：中国人民大学出版社．2004．

英文专著

Aycock, Wendell M, and Michael K. Schoenecke. *Film and Literature: A Comparative Approach to Adaptation*. Lubbock, Tex: Texas Tech University Press, 1988.

Braester, Yomi. *Witness against History: Literature, Film, and Public Discourse in Twentieth-Century China*. Stanford, Calif: Stanford University Press, 2003.

Ferrell, William K. *Literature and Film As Modern Mythology*. Westport, Conn: Praeger, 2000.

Harrington, John. *Film And/as Literature*. Englewood Cliffs, N. J: Prentice-Hall, 1977.

Rentschler, Eric. *German Film & Literature: Adaptations and Transformations*. New York: Methuen, 1986.

Richardson, Robert D. *Literature and Film*. Bloomington: Indiana University Press, 1969.

Stam, Robert, and Alessandra Raengo. *A Companion to Literature and Film*. Malden, MA: Blackwell Pub, 2004.

Stam, Robert, and Alessandra Raengo. *Literature and Film: A Guide to the Theory and Practice of Film Adaptation*. Malden, MA: Blackwell, 2005.

Turner, Graeme. *National Fictions: Literature, Film, and the Construction of Australian Narrative*. Sydney: Allen & Unwin, 1986.

中文论文

安康．中外影视文学的渗透与排斥——中外影视文学比较分析．外国文学研究，1991，02：50－58．

曹顺庆、黄文虎．失语症：从文学到艺术．文艺研究，2013，06：33－40．

丁林．关于文学名著影视化的思考．电影艺术，1993，05：74－75．

封孝伦．影视艺术冲击下文学的困境及其生存策略．思想战线，2001，01：88－93．

何平华．论影视文学审美创造特征．当代电影，2005，03：128－131．

胡慧翼．性别视角的转换和女性主体性的“滑落”——女性文学从小说到影视的文化反思．南京师大学报（社会科学版），2004，01：118－121．

胡亚敏．美国越战叙事文学中影视文化对士兵的影响．外语研究，2009，02：99－103．

黄永林、徐金龙．论民间文学资源对于国产动漫艺术的价值．文化遗产，2011，03：78－83、158．

简敏．影视的传播与文学的接受．武汉大学学报（人文科学版），2009，02：202－206．

金宏宇、原小平．影视与文学名著的日渐疏离．武汉大学学报（人文科学版），2009，02：196－201．

金艳．老舍文学作品影视转换的生产动力与接受条件．中南民族大学学报（人文社会科学版），2006，06：153－157．

李建秋、魏波．影视媒介建构文学形象的叙事转换．新闻界，2010，01：139－141．

李静．影视小说：“读图时代”的文学“宠儿”．文艺争鸣，2007，04：31－35．

梁振华．文学与影视：双重视域中的纠结与互动．江淮论坛，2006，04：183－187．

明桂花．从文学到电影——从《肖申克的救赎》与《乱世佳人》谈改编的艺术．当代电影，2015，04：198－200．
欧阳友权．数字媒介文学的转型范式与艺术症结．福建论坛（人文社会科学版），2009，10：107－109．
彭海军．历史积淀与时代超越——中国现代文学名著影视改编透视．北京电影学院学报，2002，01：41－49、114．
秦俊香．从改编的四要素看文学名著影视改编的当代性．北京电影学院学报，2003，06：31－34、47．
石小寒、石兴泽．新世纪军事题材影视文学的困境与突围．文艺争鸣，2014，09：174－178．
帅锦平．文学和影视艺术的语言．中南民族大学学报（人文社会科学版），2003，S1：136－137．
宋杰．中国电影的“宿命”：在戏剧与文学间徘徊．电影艺术，2013，05：42－48．
宋玉书．文化共享仪式与多元解码立场——文学经典影视传播的传播学分析．社会科学辑刊，2011，06：255－259．
孙静、胡雪颖．论“读图时代”文学与影视的共生关系．西北大学学报（哲学社会科学版），2014，04：110－114．
王德杰．谈外国影视文学的结构和语言特点及其欣赏．兰州大学学报，2000，S1：202－204．
王嘉良．茅盾文本：从小说到影视文学．浙江社会科学，2002，02：174－178．
王俊虎．老舍的文学创作与影视传播．北京社会科学，2007，03：60－63．
王一川．与影视共舞的20世纪90年代的北京文学——兼论京味文学第四波．北京社会科学，2003，01：89－94、107．
吴菲．形而上质——文学体裁影视转轨过程中的阵痛．文艺争鸣，2014，03：212－215．
吴子林．图像时代的文学命运——以影视与文学的关系为个案．浙江社会科学，2005，06：189－193、204．
向怀林．视觉愉悦与诗意空间——也谈影视与文学不同的品格特征与审美功能．当代文坛，2010，05：125－127．

徐志祥．论画面感对影视文学的制约．江汉论坛，2002，10：87－89．

许思悦．文学电影改编中的媒介意识——浅析新版《安娜·卡列尼娜》的改编艺术．当代电影，2013，05：151－154．

闫红．论当前影视霸权与文学尴尬生存的悖论性处境——以铁凝作品的影视改编为例．河北大学学报（哲学社会科学版），2007，02：15－20．

杨薇．“复仇”的“原型、仪式、跨文化性”——从《基督山伯爵》的影视改编谈文学经典的传播现象．当代电影，2014，06：178－181．

张阿利、张黎．漂移在文学、艺术与商业之间——评电影《白鹿原》．艺术评论，2013，01：34－39．

张建波．齐鲁文化的文学镜像与影视传播．管子学刊，2014，01：81－87．

张建波．文学与影视的互动镜像及国家影视文化建构．管子学刊，2012，02：70－75．

张晶、于隽．文学与传媒艺术．现代传播（中国传媒大学学报），2008，02：1－7．

张文红．与文学同行：从文学叙事到影视叙事．甘肃社会科学，2003，06：15－18．

张志忠．定位与错位——影视改编与文学研究中的“红色经典”．文艺研究，2005，04：13－20、158．

赵凤翔．传记文学与传记影视片．现代传播，1989，Z1：86－91．

赵勇．影视的收编与小说的末路——兼论视觉文化时代的文学生产．文艺理论研究，2011，01：114－123．

周清平．文学困境与现代视像艺术．中国图书评论，2007，02：76－77．

朱琳．由英剧论视觉文化时代影视与文学的关系．新闻界，2012，21：51－54、62．

英文论文

Antoine-Dunne, Jean. “Playing with Sound and Visual: Literature and Film in the Anglophone Caribbean.” *Methods in Caribbean Research: Literature,*

Discourse, Culture. (2013): 182—198.

Fawcett, Peter. "Translating Film." *On Translating French Literature and Film*. (1996): 65—88.

Ivaldi, Federica. "The "rebound Effect": Formal and Structural Influences of Cinema on Italian Literature." *Literatura in Gibljive Slike*. (2014): 165—180.

Otiso, Kefa M. "Literature, Media, and Film." *Culture and Customs of Tanzania*. (2013): 68—98.

Schmidt, Nancy J. "African Literature on Film." *Research in African Literatures*. 13.4 (1982): 518—531.

Schwartz, Sheila. "Introducing Literature Through Film." *Elementary English: a Magazine of the Language Arts*. 48.3 (1971): 304—316.

Štrajn, Darko. "The Principle of Montage and Literature: Fragmented Subjectivity as the Subject-Matter in Novel, Film and in Digital Forms of Narration." *Literatura in Gibljive Slike*. (2014): 39—53.

Taylor, Jean G. "Nya Dasima: Portrait of a Mistress in Literature and Film." *Fantasizing the Feminine in Indonesia / Ed. Laurie J. Sears*. (1996): 225—248.

第二章 文学与人文

第一节 文学与哲学

中文专著

马克·爱德蒙森．文学对抗哲学 从柏拉图到德里达．北京：中央编译出版社．2000．
蔡新乐．文学翻译的艺术哲学．开封：河南大学出版社．2001．
陈育德．美学与文学艺术论稿．合肥：安徽人民出版社．2007．
程大城．文学的哲学．世界书局．1977．
冯东宁．当代中国文学哲学观．广州：暨南大学出版社．2002．
高起学．道家哲学与古代文学理论．北京：中国社会科学出版社．2009．
高旭东．中西文学与哲学宗教．北京：北京大学出版社．2004．
胡适．胡适文选 文学与哲学．哈尔滨：北方文艺出版社．2013．
胡志颖．文学彼岸性研究 中国古典文学彼岸性问题的一种文化哲学阐释．北京：中国社会科学出版社．2003．
户晓辉．返回爱与自由的生活世界 纯粹民间文学关键词的哲学阐释．南京：江苏人民出版社．2010．
金亚娜．期盼索菲亚 俄罗斯文学中的“永恒女性”崇拜哲学与文化探源．北京：人民文学出版社．2009．
李文竞．文学翻译机理研究 心智哲学视角．北京：外语教学与研究出版社．2014．
林静．英美文学名家的死亡哲学．昆明：云南人民出版社．2014．
凌建侯．巴赫金哲学思想与文本分析法．北京：北京大学出版社．2007．
刘保昌．荆楚文化哲学与中国现代文学．武汉：湖北人民出版社．2005．
刘昌元．文学中的哲学思想．台北：联经出版事业公司．2002．
刘春伟．二十世纪西方文学作品的生态哲学思想的格式塔分析．北京：外文出版社．2012．

刘戴福．存在主义哲学与文学．台湾：青山出版社．1978．
刘长龄．诗歌文学的艺术与哲学．香港：中国文化出版社．2010．
罗素．哲学·数学·文学．桂林：漓江出版社．1992．
罗立刚．宋元之际的哲学与文学．上海：复旦大学出版社．1999．
理查德·罗蒂．哲学、文学和政治．上海：上海译文出版社．2009．
皮埃尔·马舍雷．文学在思考什么？．南京：译林出版社．2011．
马小朝．走出存在迷宫的阿莉阿德尼金线　哲学价值论转向中的西方现代主义文学．北京：中央编译出版社．2015．
古斯塔夫·缪勒．文学的哲学．桂林：广西师范大学出版社．2001．
陶丽·莫依．性与文本的政治：女权主义文学理论．长春：时代文艺出版社．1992．
梅兰．巴赫金哲学美学和文学思想研究．武汉：华中科技大学出版社．2005．
钱少武．庄禅艺术精神与京派文学．北京：中国社会科学出版社．2009．
秦露．政治哲学丛书　文学形式与历史救赎．北京：华夏出版社．2006．
裘姬新．从独白走向对话　哲学诠释视角下的文学翻译研究．杭州：浙江大学出版社．2009．
P. D. 却尔．解释：文学批评的哲学．北京：文化艺术出版社．1991．
阮庆岳．建筑退化论　哲学·文学·社会．上海：同济大学出版社．2014．
日丹诺夫．论文学、艺术与哲学诸问题．上海：时代书报出版社．1949．
石坚、王欣．似是故人来：新历史主义视角下的20世纪英美文学．重庆：重庆大学出版社．2008．
唐君毅．中国哲学与中国文学之关系，中西哲学思想之比较研究集．重庆：正中书局，1943．
唐凯麟．哲学、文学、教育学．北京：中国人事出版社．2000．
陶东风．文学史哲学．郑州：河南人民出版社．1994．
仝亚辉．对话哲学与文学翻译研究．开封：河南大学出版社．2013．
王冰．文学与编辑学的哲学断想．沈阳：沈阳出版社．2003．
王柯平．历史的遗响　中西美学、文学与哲学研究．北京：文津出版社．2011．
王西彦．文学·科学·哲学．北京：中华书局．1949．

王志明、郑立峰．广西文学的哲学叙事研究．桂林：广西师范大学出版社．2014．

魏朝勇．政治哲学丛书 民国时期文学的政治想像．北京：华夏出版社．2006．

魏莉、陈中明．加拿大社会现实主义文学研究：新马克思主义与儒道视角．呼和浩特：内蒙古大学出版社．2011．

约埃尔·魏因斯海默．哲学诠释学与文学理论．北京：中国人民大学出版社．2011．

吴嘉佑．屠格涅夫的哲学思想与文学创作．北京：人民出版社．2012．

徐真华、黄建华．20 世纪法国文学回顾 文学与哲学的双重品格．上海：上海外语教育出版社．2008．

许总．宋明理学与中国文学．南昌：百花洲文艺出版社．1999．

罗曼·英加登．论文学作品 介于本体论、语言理论和文学哲学之间的研究．开封：河南大学出版社．2008．

张京媛．新历史主义与文学批评．北京：北京大学出版社．1993．

张荣明．人文与社会 文化哲学·宗教·文学．上海：上海社会科学院出版社．2008．

张荣翼、李松．文学史哲学．武汉：武汉大学出版社．2014．

张兴德．文学的哲学：红楼梦的第三种读法．沈阳：沈阳出版社．2006．

张政文等．马克思主义文学阐释观的哲学研究．哈尔滨：黑龙江人民出版社．2005．

周宪．超越文学 文学的文化哲学思考．上海：上海三联书店．1997．

英文专著

Appleyard, J. A. *Coleridge's philosophy of literature: The development of a concept of poetry, 1791–1819.* Cambridge: Harvard University Press. 1965.

Baldwin, R. C., & In McPeek, J. A. S. *An introduction to philosophy through literature.* New York: Ronald Press Co. 1950.

Bolling, D., & Krieger, M. *Philosophy and literature.* New York, N. Y: Haven

Publications. 1987.

Bryan, J. I. *The philosophy of English literature.* Tokyo: Maruzen Co. 1930.

Callus, I., Corby, J., & Lauri-Lucente, G. *Style in theory: Between literature and philosophy.* London: Bloomsbury Academic. 2013.

Cascardi, A. J. *Literature and the question of philosophy.* Baltimore: Johns Hopkins University Press. 1987.

Costello, P. R. *Philosophy in children's literature.* Lanham, Md: Lexington Books. 2012.

Critchley, S. *Very little—almost nothing: Death, philosophy, literature.* London: Routledge. 1997.

Edmundson, M. *Literature against philosophy, Plato to Derrida: A defence of poetry.* Cambridge: Cambridge University Press. 1995.

Grabes, H. *Literature and philosophy.* Tübingen: G. Narr. 1997.

Griffiths, A. P. *Philosophy and literature. Cambridge*, Cambridgeshire: Cambridge University Press. 1984.

Hartman, G. H. *Saving the text: Literature, Derrida, philosophy.* Baltimore: Johns Hopkins University Press. 1981.

Johnson, C. W. *Philosophy in literature.* San Francisco: EMText. 1992.

Kolenda, K. *Philosophy in literature: Metaphysical darkness and ethical light.* Totowa, N. J: Barnes & Noble Books. 1982.

Kuhns, R. *Literature and philosophy, structures of experience.* London: Routledge and K. Paul. 1971.

Lamarque, P. *The philosophy of literature.* Malden, MA: Blackwell Pub. 2009.

Lang, B. *The anatomy of philosophical style: Literary philosophy and the philosophy of literature.* Oxford, UK: B. Blackwell. 1990.

Levi, A. W. *Literature, philosophy & the imagination.* Bloomington: Indiana University Press. 1982.

Magnus, B., Stewart, S., & Mileur, J.-P. *Nietzsche's case: Philosophy as/and literature.* New York: Routledge. 1993.

Müller, G. E. *Philosophy of literature.* New York: Philosophical Library. 1948.

Pallen, C. B. *The philosophy of literature.* St. Louis, Mo: B. Herder. 1897.

Polin, R. *Literature and philosophy.* Buffalo: University of Buffalo. 1956.

Porter, B. F. *The head & the heart: Philosophy in literature.* Amherst, N. Y: Humanity

Books. 2006.

Rand, A. *The romantic manifesto: A philosophy of literature.* New York: World Pub. Co. 1969.

Rickman, H. P. *Philosophy in literature.* Madison: Fairleigh Dickinson University Press. 1996.

Ross, J. L. *Philosophy in literature.* Syracuse, N. Y: Syracuse University Press. 1949.

Ross, S. D. *Literature & philosophy: An analysis of the philosophical novel.* New York: Appleton-Century-Crofts. 1969.

Saul, N. *Philosophy and German literature, 1700–1990.* Cambridge, UK: Cambridge University Press. 2002.

Speight, A. *Hegel, literature, and the problem of agency.* Cambridge: Cambridge University Press. 2001.

Taylor, M. C. *Deconstruction in context: Literature and philosophy.* Chicago: University of Chicago Press. 1986.

Weitz, M. *Philosophy in literature: Shakespeare, Voltaire, Tolstoy & Proust.* Detroit: Wayne State University Press. 1963.

中文论文

包相玲．哲学诠释学视域下文学翻译中的文化误读．湖北社会科学，2012，10：152－154．

陈华文．作为政治哲学的文学：论《曼陀罗》之于马基雅维利学说的意义．学海，2014，04：90－96．

陈书录．“随其所宜而适”——徐渭雅俗文学理论的哲学基础．文艺研究，2006，05：45－54、167．

陈振东．伽达默尔哲学诠释学对中国文学作品译出的启示．国外理论动态，2011，05：101－103．

程朝翔．理论之后，哲学登场——西方文学理论发展新趋势．外国文学评论，2014，04：221－238．

程金城、李向辉．文学价值论的哲学特性及其几个重要问题．兰州大学学报，2003，03：8－17.
邓晓芒、残雪．文学创作与理性的关系——哲学与文学的对话．学术月刊，2010，05：17－25.
方长安．荆楚文化的现代形式——评刘保昌著《荆楚文化哲学与中国现代文学》．江汉论坛，2006，01：140－141.
方长安．西方现代主义哲学思想与文学的转型．学术月刊，1998，08：18－20.
傅浩．叶芝的神秘哲学及其对文学创作的影响．外国文学评论，2000，02：14－24.
高旭东．中国文化中的文学与哲学．长江学术，2002，01：162－167.
高旭东．一个温情的反异化神话——论《查太莱夫人的情人》的哲理意蕴．外国文学，2000，05：38－42.
高万云．文学语言的哲学思考．天津社会科学，2002，05：115－120.
葛中俊．语言哲学视域中钱锺书对文学话语的解读．同济大学学报（社会科学版），2015，04：119－124.
耿文婷．中国文学对哲学的接受机制及审美内化．社会科学辑刊，1998，06：133－137.
顾祖钊．从历史哲学到文学——马列文论研究中应该澄清的问题．华东师范大学学报（哲学社会科学版），2011，02：84－92、155.
韩德信．马克思实践哲学：当代文学理论发展的理论基础．文艺理论与批评，2011，04：95－99.
何小宝．文学与哲学的“完美照应”——小说《我的将军》与哲学著作《母性思考》的“互文性”解读．学术论坛，2010，06：155－157、179.
何新华、蒋振华．《庄子》寓言文学的哲学范畴及其哲理内涵．中国文学研究，2013，04：26－29.
侯敏．成中英“哲学诗”与文学观的美学内涵．南京社会科学，2013，06：115－120.
侯维瑞、何伟文．哲学的文学化演绎：试论艾丽丝·默多克的小说创作．外国语（上海外国语大学学报），1998，05：1－7.
胡鹏林．文化研究的哲学基础与文学研究的文化转向．社会科学研究，

2002，06：71—76.
胡铁生．欧洲政治哲学对美国早期政论文学的影响——再论美国文学形成过程中的全球化因素．厦门大学学报（哲学社会科学版），2010，06：113—120、144.
胡伟希．人文学与中国哲学传统．新视野，2010，01：58—61.
胡伟希．中国经验：哲学与人文学的沟通何以可能——兼论人文学的形而上学基础问题．社会科学，2010，07：90—100、190.
姜喜咏．艾思奇“文学笔法”的大众哲学构想．马克思主义研究，2013，12：111—118.
解志熙．遗迹犹存“西来意”——存在主义哲学和文学在1940年代中国流传之存证．华中师范大学学报（人文社会科学版），2013，06：94—113.
金惠敏．作为哲学的全球化与“世界文学”问题．文学评论，2006，05：154—163.
金亚娜．B.罗扎诺夫的哲学和文学创作中的女性崇拜主题．外语学刊，2005，06：85—92.
金窈如．后萨特时代的萨特肖像——从哲学、文学、政治方面解读知识分子萨特．西藏大学学报（社会科学版），2014，03：197—202.
柯文礼．文学翻译与哲学．南开学报，1999，04：79—84.
郎宝如．言意之辨——从哲学到文学的多层面考察．内蒙古大学学报（人文社会科学版），1999，02：62—68.
黎昌抱．哲学阐释学视域下的文学自译标准策略考察．中国外语，2012，05：101—106.
李炳海．天地人同构的符号世界——汉代文学与生命哲学的因缘．吉林大学社会科学学报，1999，04：56—61、97.
李春青．文学理论：从哲学走向历史．探索与争鸣，2011，10：66—69.
李莎、彼得·芬维斯．“本雅明：朝向空间的缘在”：当哲学、文学、宗教三者交汇时——彼得·芬维斯访谈录．文艺理论研究，2014，03：124—132.
李小玲．对中国现代民间文学的新阐释——以胡适民间文学观中的哲学意蕴为视点．江西社会科学，2012，10：88—94.

李晓红．语言哲学与文学翻译诗学建构．江苏社会科学，2014，01：190－196．
李晓华．西方哲学与中国文学熔铸而成的“天才之作”——王国维《人间词话》的审美意象剖析．中国比较文学，2009，01：102－111．
李音．作为哲学和政治的文学批评．文艺理论与批评，2015，01：39．
刘成富．乔治·巴塔耶：文学与哲学结合的典范．当代外国文学，2002，02：120－125．
刘士林．“诗学”与“哲学”的学术“互证”——许总《宋明理学与中国文学》简评．中国出版，2000，12：138．
鲁国尧．文学、文字学、哲学札记各一则．浙江大学学报（人文社会科学版），2015，02：192－199．
马龙潜．对当代文学理论体系哲学基础的认识．社会科学战线，2001，02：89－92．
孟高旺、杨琳琳．《屠格涅夫的哲学思想与文学创作》评．求索，2013，04：268、267．
欧阳可惺．当代少数民族文学批评理论的历史哲学基础．中南民族大学学报（人文社会科学版），2008，04：156－160．
彭玉平．从1903到1907：王国维的哲学研究与文学思想的形成．浙江社会科学，2014，02：114－126、159．
皮进．个体生命的自我体认——存在主义哲学的文学话语及创作主张．求索，2014，09：80－84．
瞿明刚．论中国文学时间悲情的哲学背景．江淮论坛，2004，04：143－147．
石心．文学的哲学阐释——解析《登鹳雀楼》、《题西林壁》．江海学刊，2000，04：151－152．
孙悦、焦明甲．从“文化批评”到“哲学批判”——詹姆逊马克思主义文学批评的内在理路及其特点．文艺争鸣，2014，10：183－187．
唐铁惠．文学的哲学研究探实．文艺争鸣，2010，13：48－52．
唐文明．辛亥革命以前王国维论哲学及人文学的分科．云南大学学报（社会科学版），2011，06：58－67、94．

汪正龙．论文学的指称——超越分析哲学视野的文学表意路径考察．文学评论，2011，03：26－31．

王晨．梅列日科夫斯基文学创作中的哲学观与宗教观．学术交流，2013，10：151－154．

王晨．屠格涅夫文学创作中哲学思想探源．学术交流，2014，01：161－165．

王纯菲．哲学视域下的中西性别理论与女性文学批评．辽宁大学学报（哲学社会科学版），2014，06：157－163．

王孟图．寻根问祖：中国现代浪漫主义文学之哲学回望．福建论坛（人文社会科学版），2014，05：108－114．

王少良．本原哲学与《文心雕龙·原道》的文学本原论．文艺评论，2013，12：4－10．

王钟陵．论解构主义的哲学与文学观及其影响．江苏社会科学，2013，03：157－167．

王宗琥．新的哲学，新的语言——《俄罗斯后现代主义文学：新哲学，新语言》简评．外国文学动态，2009，02：45－47．

卫芳．古典文学哲学意识的诗性阐说及诗兴精神．河南社会科学，2010，06：162－164．

吴岳添、罗鑫．马舍雷与“文学性哲学”——《文学在思考什么？》评介．外国文学动态，2011，01：62－63．

习传进，李社教．文学人类学的哲学思考．天津社会科学，2004，02：108－113．

徐国亮、吕超．冯友兰哲学思想和20世纪后期中国文学研究．孔子研究，2006，05：123－128．

徐天成、訾连生．论生态哲学视阈的当代流散文学．求索，2013，05：149－151．

于河生．五四文学的哲学基础．西北师大学报（社会科学版），1998，05：42－48、115．

余虹．德里达：解构哲学化的文学批评．外国文学研究，2004，01：7－15、169．

郁龙余．徐梵澄的印度文学哲学经典汉译．南亚研究，2010，01：137－146．
张恩普．哲学虚静论与中古文学虚静理论．东北师大学报，2004，06：61－67．
张光芒．从“启蒙辩证法”到“欲望辩证法”——20世纪90年代以来中国文学与文化转型的哲学脉络．江海学刊，2005，02：5－12．
张光芒．中国近现代启蒙文学思潮的哲学建构．文学评论，2002，02：107－116．
张金环．相似人格的不同哲学内涵——李贽与李梦阳文学思想对立的根源．齐鲁学刊，2006，03：76－79．
张曙光．“圣叹文字”与文本解释中的自我理解——从哲学解释学谈金圣叹叙事文学评点．湖南师范大学社会科学学报，2012，02：119－122．
张玉能．新康德主义的价值哲学与文学思想．汕头大学学报（人文社会科学版），2008，03：40－42、94－95．
张驭茜．皮埃尔·马舍雷：文学哲学的思考．中国图书评论，2013，12：95－98．
周进．自然主义文学的多维哲学意蕴研究．西南民族大学学报（人文社会科学版），2011，10：176－179．
周艳华．低调主义：女性文学的话语哲学．内蒙古社会科学（汉文版），2004，06：71－74．
宗明华．庄子人生哲学及其在魏晋的文学意义．安徽大学学报，2000，04：27－30．
赫伯特·翟理斯、何进平．简论中国古代文明——以哲学、文学、教育为例．天府新论，2009，S1：256－261．

英文论文

Alter, Robert. “Reading Style in Dickens.” *Philosophy and Literature*. 20 (1996): 130—137.
Brody, Jules. “Montaigne: Philosophy, Philology, Literature.” *Philosophy and Literature*. (1998): 83—107.

Cantor, Paul A. "The Uncanonical Dante: the Divine Comedy and Islamic Philosophy." *Philosophy and Literature*. 20 (1996): 130—137.

Hassan, Ihab. "Negative Capability Reclaimed: Literature and Philosophy Contra Politics." *Philosophy and Literature*. 20 (1996): 305—324.

Leib, Ethan J. "Nietzsche's Playground/battlefield in Thus Spoke Zarathustra: The Quarrel between Philosophy and Poetry." *Yearbook of Comparative and General Literature*. (1999): 125—165.

Litzenberg, Karl. "The Social Philosophy of William Morris and the Doom of the Gods." *Essays and Studies in English and Comparative Literature*. 24 (1933): 183—203.

Matheson, Carl, Evan Kirchhoff. "Chaos and Literature." *Philosophy and Literature*. 21 (1997): 28—45.

Milnes, Tim. "Through the Looking Glass: Coleridge and Post-Kantian Philosophy." *Comparative Literature*. (1999): 309—323.

Norris, Christopher. "'the Night in Which All Cows Are Black': De Man, 'mere Reading', and Indifference to Philosophy." *Canadian Review of Comparative Literature*. (1998): 429—448.

Sapp, Vicki J. "The Philosopher's Seduction: Hume and the Fair Sex." *Philosophy and Literature*. (1995): 1—15.

Sherer, Susan. "Secrecy and Autonomy in Lewis Carroll." *Philosophy and Literature*. 20 (1996): 1—19.

Tadday, Ulrich. "Life and Literature, Poetry and Philosophy: Robert Schumann's Aesthetics of Music." *The Cambridge Companion to Schumann*. (2008): 38—47.

Zayani, Mohamed. "The Nietzschean Temptation: Gilles Deleuze and the Exuberance of Philosophy." *Comparative Literature Studies*. (1999): 320—340.

第二节 文学与历史

中文专著

毕宝魁．重大历史变革时期的文学演变．北京：文化艺术出版社．2012．

陈国恩．中国现代文学的历史与文化透视．武汉：武汉大学出版社．2005．

陈伟强．汉唐文学的历史文化考察．南京：凤凰出版社．2014．
陈晓明．表意的焦虑　历史祛魅与当代文学变革．北京：中央编译出版社．2002．
程光炜．当代文学的“历史化”．北京：北京大学出版社．2011．
戴清．历史与叙事　二十世纪中国文学与文化批评．北京：学苑出版社．2002．
东海大学中国文学系．台湾文学中的历史经验．北京：文津出版社．1997．
董健．文学与历史．南京：江苏文艺出版社．1992．
董馨．文学性与历史性的融通　海登·怀特历史诗学研究．北京：中国社会科学出版社．2010．
方维规．文学话语与历史意识．上海：复旦大学出版社．2015．
盖建平．早期美国华人文学研究　历史经验的重勘与当代意义的构建．天津：南开大学出版社．2014．
高继海．历史文学中的英国王室．北京：中国社会科学出版社．2004．
洪子诚．文学与历史叙述．开封：河南大学出版社．2005．
胡可先．唐代重大历史事件与文学研究．杭州：浙江大学出版社．2007．
胡秋原．文学与历史　胡秋原选集第1卷．台北：东大图书股份有限公司．1994．
胡适．文学与历史．广州：广东旅游出版社．2014．
胡玉伟．文学·历史与现实．哈尔滨：黑龙江人民出版社．2007．
黄华珍、张仕英．文学·历史传统与人文精神　在日中国学者的思考．北京：中国社会科学出版社．2003．
黄秋平．中国新近文学的泛历史化．长沙：湖南省文艺出版社．2007．
江玉勤．历史文学．香港：商务印书馆（香港）有限公司．2004．
洁民．当代文学的社会　历史批评．北京：人民文学出版社．1991．
冷成金．中国文学的历史与审美．北京：中国人民大学出版社．1999．
李昂．美国文学的历史属性简论．长春：东北师范大学出版社．2014．
李鸿然．鲁迅与历史、文学及其他．武汉：长江文艺出版社．1983．
李欧梵．睇《色，戒》　文学·电影·历史．香港：牛津大学出版社．2008．

李润强．历史、社会与文学　牛李党争研究的新视野．北京：人民出版社．2012．

李树声．人的颖悟与梦的追寻　对历史与文学的思考．北京：中国文联出版公司．1993．

李树声．诗化的记忆　关于历史与文学的思考．北京：大众文艺出版社，1999．

李怡．词语的历史与思想的嬗变　追问中国现代文学的批评概念．长春：吉林出版集团有限责任公司．2013．

刘复生．文学的历史能动性．北京：昆仑出版社．2013．

刘进军．历史与文学的想象．济南：山东人民出版社．2013．

刘俐俐．隐秘的历史河流　当前文学创作与批评中的历史观问题考察．天津：天津人民出版社．2002．

罗成琰．历史的选择与选择的历史　中国现代文学综论．长沙：湖南师范大学出版社．1999．

罗云锋．现代中国文学史书写的历史建构．北京：法律出版社．2009．

浦忠成．被遗忘的圣域：原住民神话、历史与文学的追溯．台北：五南图书出版公司．2007．

钱建状．宋代文学的历史文化考察．福州：福建教育出版社．2012．

邵明．文学棱镜中的历史景观　世纪之交历史叙事的文化研究．合肥：安徽大学出版社．2009．

王德威编选导读；黄英哲，黄美娥编选顾问．台湾：从文学看历史．台北：麦田出版社；城邦文化事业股份有限公司．2005．

王贤俊、阮振铭．历史·文学·教育面面观．沈阳：春风文艺出版社．2003．

王新球．《圣经》的历史性与文学性（英文本）．上海：上海交通大学出版社．2003．

王艳萍．后现代文学视域中的历史叙事　格雷厄姆·斯威夫特小说研究．厦门：厦门大学出版社．2014．

王尧等．文学与历史的双重见证．北京：中国华侨出版社．2008．

吴秀明．真实的构造·历史文学真实论．沈阳：春风文艺出版社．1995．

吴秀明．当代历史文学生产体制和历史观问题研究．北京：中国社会科学出版社．2011．
吴秀明．文学中的历史世界　历史文学论．长春：吉林教育出版社．1994．
席扬．中国当代文学的“历史叙述”和“典型现象”．北京：人民出版社．2015．
徐涛．半领文学风骚——历史文学创作论．武汉：武汉出版社．1992．
颜浩．民国元年　历史与文学中的日常生活．西安：陕西人民出版社．2012．
杨金才．叙事与历史　当代外国文学研究论丛．南京：南京大学出版社．2011．
杨佩昌．王国维　历史、文学、戏曲论稿．北京：中国画报出版社．2010．
杨晓丽．从圣乔治到《尤利西斯》　从英国历史到英国文学．北京：中国社会科学出版社．2012．
杨照．文学、社会与历史想像：战后文学史散论．台北：联合文学出版社．1995．
姚雪垠．论历史小说的新道路　文学论文　史学论文．北京：中国青年出版社．2000．
张清华．中国当代文学中的历史叙事　海德堡讲稿．北京：北京大学出版社．2012．
赵建国．新闻　文学　历史的交汇地带．北京：社会科学文献出版社．2014．
赵明．历史的文学与文学的历史　五四文学传统与俄罗斯文学．银川：宁夏人民出版社．2003．
周玉山．大陆文学与历史．台北：东大图书股份有限公司．2004．

英文专著

Hart, Jonathan L. *Literature, Theory, History*. New York: Palgrave Macmillan, 2011.
Harvey, A D. *Literature into History*. New York: St. Martin' s Press, 1988.
Hoy, David C. *The Critical Circle: Literature, History, and Philosophical Hermeneutics*. Berkeley: University of California Press, 1978.
Krupat, Arnold. *Ethnocriticism: Ethnography, History, Literature*. Berkeley: University of California Press, 1992.

Lyall, Alfred C. *Studies in Literature and History*. Freeport, N. Y: Books for Libraries Press, 1968.

Simpson, Lewis P. *The Dispossessed Garden: Pastoral and History in Southern Literature*. Athens: University of Georgia Press, 1975.

Stegner, Wallace, and Richard W. Etulain. *Stegner: Conversations on History and Literature*. Reno: University of Nevada Press, 1996.

Widdowson, Peter, Simon Barker, and Jo Gill. *Literature as History: Essays in Honour of Peter Widdowson*. London: Continuum, 2010.

中文论文

陈爱香．新俄罗斯的卫国战争记忆与文学化的历史——以三部俄语布克奖小说为例．俄罗斯文艺，2015，01：42－49．

陈吉荣．论中国现当代文学的历史真实性理论：澳大利亚的视角．当代文坛，2010，06：150－154．

陈建华、符杰祥、陈心湛．从“文学革命”到“革命文学”——以关键词为视角的历史叙事．东岳论丛，2014，06：105－114．

陈娇华．论中国当代文学对新历史主义的接受与变异．理论与创作，2010，05：14－20．

陈俊松．历史创伤和文学再现——肯尼迪遇刺与《天秤星座》中的反官方叙事．国外文学，2012，02：138－145．

陈辽．也谈沦陷区文学研究中“历史的原则”——与张泉先生商榷．抗日战争研究，2003，01：155－170．

陈全黎．在历史与记忆之间：文学记忆史的建构．当代文坛，2011，05：27－29．

陈世丹．《中国佬》：一个文学、历史和政治相互交织的符号系统．国外文学，2012，04：97－104．

陈晓明．鬼影底下的历史虚空——对抗战文学及其历史态度的反思．南方文坛，2006，01：49－55．

陈晓明．建国初期文学中的革命历史叙事．艺术评论，2009，10：30－36．

陈晓明．去历史化的大叙事——20 世纪 90 年代以来“精神中国”的文学建构．文艺研究，2012，02：15－25．
陈晓明．新世纪文学：“去历史化”的汉语小说策略．文艺争鸣，2010，19：44－46．
陈新、江睿杰．真与用：关于历史叙事与文学叙事的问答．江海学刊，2011，05：154－161．
陈雪虎．理解历史文学：叙事塑形与历史意识．北京师范大学学报（社会科学版），2009，02：53－58．
陈芷凡．历史书写与数字传播：台湾原住民“文学”论述的两种思维．民族文学研究，2012，03：65－79．
陈中梅．历史与文学的分野：奥德修斯的谎言与西方文学经典表述样式的初始展现．外国文学评论，2011，03：29－63．
程光炜、杨庆祥．文学、历史和方法．当代作家评论，2010，03：95－106．
程光炜．历史重释与“当代”文学．文艺争鸣，2007，07：59－68．
程光炜．我们如何整理历史——十年来“十七年文学”研究潜含的问题．文艺研究，2010，10：16－26．
董炳月．文学与历史的纠缠——比较文学视野中的留日作家群．郑州大学学报（哲学社会科学版），2003，06：9－10、5．
董丽敏．身体、历史与想象的政治——作为文学事件的“50 年代妓女改造”．文学评论，2010，01：113－121．
董晓．试论苏联文学对历史的文本建构．当代外国文学，2010，04：127－134．
董馨．文学性与历史性的融通——海登·怀特的反本质主义历史诗学．中州学刊，2007，04：221－225．
董之林．无法还原的历史——“十七年文学”研究的历史症结．学术月刊，2007，06：106－109、111．
杜彩．新历史主义“历史若文学”的辩证分析——兼论目前历史题材的电视艺术创作．现代传播（中国传媒大学学报），2010，12：63－67．
樊义红．《上塘书》：介于文学与历史之间的书写．当代文坛，2006，02：

99－100.
方宸．文学虚构中的“历史沉思”——评斯泰伦的《奈特·特纳的自白》．外语研究，2012，02：103－107.
方卫平．从“事件的历史”到“述说的历史”——关于重新发现中国儿童文学的一点思考．南方文坛，2012，03：44－47.
费鹏、刘雨．历史记忆与文学的重构——刘震云《温故一九四二》中的历史叙事．文艺评论，2013，11：82－86.
冯黎明．文本的边界——徘徊于历史主义和虚无主义之间的“文学性”概念．文学评论，2006，04：28－34.
冯黎明．文学研究中本质主义与历史主义对立的知识学根源．中国文学研究，2010，01：10－14.
冯媛媛．从历史之侠到文学之侠——侠的文化面相．青海社会科学，2012，02：172－176.
高萍．论历史叙事对文学叙事的影响机理．东北师大学报（哲学社会科学版），2013，02：115－118.
龚奎林．寻找文学与历史对话的场域——试论1949－1966年的文艺报刊研究．甘肃社会科学，2009，06：34－37.
辜也平．论中国现代传记文学发展进程中的“历史”重负．福建师范大学学报（哲学社会科学版），2007，06：188－196.
谷红丽．历史真实与文学虚构——诺曼·梅勒小说中历史的文本性．外国文学，2004，06：66－70.
谷鹏飞．“后新时期文学”：历史语境与文学现代性价值．宁夏社会科学，2010，03：161－165.
顾成华．新历史主义叙事下的新世纪初文学．兰州学刊，2012，11：201－203.
顾祖钊．从历史哲学到文学——马列文论研究中应该澄清的问题．华东师范大学学报（哲学社会科学版），2011，02：84－92、155.
郭全照、布莉莉．文学如何触摸历史——评《金陵十三钗》《南京安魂曲》中的大屠杀叙事．中南大学学报（社会科学版），2012，04：207－210.
韩颖琦．“历史的现场”有余、“文学的现场”不足——对“红色经典”研究现状的一种考察．广西社会科学，2010，04：97－100．
何宁．历史与日常的并置——上世纪 90 年代中期以来的德国文学．德国研究，2011，01：54－63、80．
何锡章、李俊国．从历史的单一视角到历史的多义解释——中国现代文学研究历史反思．文艺研究，2004，03：28－34、168．
泓峻．文学叙事通向历史的两条不同路径——论中国文学“史传传统”与西方写实传统起源语境与理论旨趣的差异．烟台大学学报（哲学社会科学版），2014，01：68－75．
洪永稳．诗与史的对话——谈文学的历史维度．新疆大学学报（哲学·人文社会科学版），2010，06：97－101．
胡玉伟．历史的想象与建构　中国当代文学中的“长征”书写．当代作家评论，2006，05：103－109．
胡作友．在史实与文学之间穿行——解读新历史主义的文学批评．中国社会科学院研究生院学报，2009，01：89－94．
黄浩．宽容的历史主义与历史文学的发展．吉林大学社会科学学报，2004，01：99－101．
黄念然．历史维度在当代西方文学理论中的展开．江海学刊，2005，03：194－198、239．
黄念然．中国文学批评史研究中的历史叙述问题——以几部批评史著作为例．复旦学报（社会科学版），2004，06：102－110．
黄小伟．新历史主义文学批评实践及其文化功能运作．社会科学家，2007，03：33－35．
江腊生．历史循环与人性消费：当下文学历史叙述的走向．福建论坛（人文社会科学版），2008，08：99－102．
金永兵．文学理论研究与历史意识．郑州大学学报（哲学社会科学版），2002，06：9－11、5．
理查德·卡尤珀、孟广林、李家莉．文学与历史：质疑中世纪英国宪政制度．历史研究，2010，03：82－88．
赖大仁、许蔚．历史主义视野中的文学本质论问题．社会科学，2014，05：

177－184.
李常磊. 文学与历史的互动——威廉·福克纳斯诺普斯三部曲的新历史主义解读. 四川外语学院学报，2008，05：7－10.
李春青. 文学的与历史的：对两种叙事方式之关系的思考. 社会科学辑刊，2006，06：213－218.
李凤亮. 文学叙事与历史叙事比较的理论基点. 华中师范大学学报（人文社会科学版），2004，04：113－116.
李福清. 从历史诗学的角度看中国叙事文学中人物描写的演化过程. 兰州大学学报，2005，04：1－9.
李美芹. 文学虚构中的历史本质：论《家》的历史书写. 当代外国文学，2013，02：13－21.
李双志. 家族史与当代德国文学的历史记忆叙述模式. 当代外国文学，2013，04：115－123.
李艳梅. 对中国新历史主义文学的思索. 学习与探索，2006，03：130－132.
李艳梅. 人民性：历史文学中历史真实的体现. 黑龙江社会科学，2008，06：98－100.
李云. 历史记忆的文学阐释——围绕《棋王》的前前后后. 当代文坛，2010，01：54－61.
李长中. “重述”历史与文化民族主义——当代少数民族文学重述历史的深层机理探究. 中央民族大学学报（哲学社会科学版），2012，02：9－17.
林丰民. 《海湾之鹰》：传记文学与国家历史的融合. 阿拉伯世界研究，2010，06：48－54.
林莉、杨仁敬. 美国历史的文学解读——评 E. L. 多克托罗的长篇小说《进军》. 当代外国文学，2007，01：17－24.
林小云. 从历史叙事走向文学叙事——从史料的运用看《吴越春秋》的叙事特征. 中州学刊，2009，02：194－198.
凌晨光. 历史与文学——论新历史主义文学批评. 江海学刊，2001，01：173－177.
刘东方. 新历史主义文学思潮的“流”与“源”. 文艺争鸣，2008，10：71－74.

卢铁澎．历史的还原与迷失——反思新时期以来文学的现代主义历史观念．社会科学，2008，03：181－187、192．

卢永和．历史文本中的“文学性”叙事——《明朝那些事儿》的书写策略．中国图书评论，2009，01：81－86．

罗惠缙．民初遗民对晚明历史的文学表达——以《淞滨吟社集》为中心．江汉论坛，2008，09：117－119．

罗长青．“历史检验”概念的相对性分析——中国当代文学历史化反思．文艺争鸣，2010，11：88－91．

吕洋、孙晓喜．历史与文学的视界融通：海登·怀特“历史转义话语”解读．华南师范大学学报（社会科学版），2015，02：117－122、191．

马大康．文学对历史的理论表述——塞尔托论历史、心理分析与文学．北方论丛，2013，05：103－107．

马铁浩．文学的历史观与历史的文学观——《史通》文史关系析论．兰州学刊，2008，01：190－192、136．

马越．历史诗学：中国当代小说的一种文学叙述法．求索，2013，10：128－130．

孟繁华．历史主义与“史传传统”终结之后——新世纪文学现象研究之一．南方文坛，2006，04：23－25．

明飞龙．1942 延安文学事件中的大历史与小故事——王实味命运考察．理论月刊，2012，08：76－80．

南帆．历史话语与文学话语：重组的形式．天津社会科学，2012，03：92－103．

南帆．历史与语言：文学形式的四个层面．文艺争鸣，2007，11：6－16．

欧阳光明．论新移民文学的历史叙事．中国现代文学研究丛刊，2015，08：122－128．

朴玉．承载历史真实的文学想象——论《愤怒》中的历史记忆书写．当代外国文学，2014，04：12－19．

钱理群．用文学的方式进入历史．读书，2014，10：13－19．

秦弓．现代文学的历史还原与民国史视角．湖南社会科学，2010，01：

133－136.
邱晓. 叙事：历史话语的结构性文学因素——后现代历史叙事学的一个基本理路. 西北大学学报（哲学社会科学版），2010，06：116－120.
尚景建. 文学，历史抑或神话？——论唐璜形象的起源. 外国文学，2014，01：45－52、158.
尚永亮. 历史与传说间的文学变奏——伯奇本事及其历史演变考论. 文史哲，2014，04：83－96、166－167.
沈卫荣. 历史中的小说和小说中的历史——说宗教和文学两种不同语境中的"秘密大喜乐禅定". 中华文史论丛，2013，01：1－39、391－392.
施晔. 男王后：从历史叙事到文学叙事. 史学集刊，2009，02：34－40.
苏光文. 文学与历史——中国现代文学视野里的"一二九运动". 贵州社会科学，2005，06：106－109.
隋清娥. 消费时代文学的历史场景. 文艺争鸣，2006，04：140－141.
孙民乐. 在文学中"发明"历史. 文艺争鸣，2009，06：62－68.
孙文起. 历史中的介之推与介之推故事的文学再现. 文艺评论，2015，06：32－35.
唐卉. 赫拉克勒斯神话：从文学中发现历史. 民族文学研究，2013，01：48－58.
陶水平. "文学的历史性"与"历史的文本性"的双向阐释——试论格林布拉特文化诗学研究的理论与实践. 江汉论坛，2007，08：133－137.
田韶峻. 文学对历史的言说——关于文学历史观的设想. 河北大学学报（哲学社会科学版），2001，02：55－57.
童庆炳. 文学研究如何深入历史语境——对当下文艺理论困局的反思. 探索与争鸣，2012，10：24－27、1.
王彬彬. 中国现代文学研究与中国现代历史研究的互动. 文艺争鸣，2008，01：64－69.
王德威. 世事（并不）如烟——"后历史"以后的文学叙事. 文艺争鸣，2010，19：41－43.
王光明. "锁定"历史，还是开放问题？——关于当代文学的历史叙述. 文艺研究，2003，01：53－57.

王晖．历史意识与历史书写——观察近30年文学的一个视角．南京师大学报（社会科学版），2008，05：137－140、148.

王立群．历史建构与文学阐释——以《史记·司马相如列传》为中心．文学评论，2011，06：147－154.

王确、张树武．关于文学新历史主义的思考．吉林大学社会科学学报，2002，06：64－69.

王绍林．历史与文学的交织：路漫漫其修远兮——郭沫若《屈原》的历史与现实意义．中华文化论坛，2013，12：56－58.

王再兴．《红色娘子军》："妇女解放"的文学讲述与历史记忆．东南学术，2012，05：243－249.

乌日斯嘎拉．文学本位与历史本真的契合点——《蒙古族文学史》（四卷本）的文学史理念与学科意义．民族文学研究，2002，04：104－107.

吴庆宏．《奥兰多》中的文学与历史叙事．外国文学评论，2010，04：111－118.

席扬．关于中国当代文学史中"少数民族文学"的"历史叙述"问题．民族文学研究，2011，02：40－49.

夏楠、孙正国．传说的文本属性：历史－封闭性与文学－开放性——以豫西大禹治水传说文本为中心．湖北大学学报（哲学社会科学版），2015，04：92－96.

肖宝凤．近20年来台湾少数民族题材文学中的历史叙事研究．台湾研究集刊，2013，05：86－94.

肖宝凤．消解历史的秩序：20世纪末台湾文学中的后现代历史叙事研究．台湾研究集刊，2014，06：86－94.

徐岱、范昀．文学书写与历史记忆——当代中国小说个案批评三例．浙江大学学报（人文社会科学版），2007，03：102－110.

徐晓东．英国18世纪文学伪作历史之辩．外国文学研究，2014，02：95－103.

杨炳菁．历史记忆与文学语言——评小森阳一的《村上春树论：精读〈海边的卡夫卡〉》. 外国文学，2008，04：46—52.
杨丁友. 论《史记》历史叙事的文学性特点. 广西民族大学学报（哲学社会科学版），2008，03：137—141.
姚文放. 话语转向：文学理论的历史主义归趋. 文学评论，2014，05：126—135.
叶舒宪. 从文学中探寻历史信息——《山海经》与失落的文化大传统. 文艺理论研究，2012，02：24—31.
余安娜. 从历史研究到历史文学创作——以历史小说《曾国藩》为例. 理论与创作，2011，03：60—64.
詹乔. 以文学的真实还原历史的真实——试论《扶桑》中华人形象的颠覆性. 当代文坛，2006，04：130—133.
张冲. 关于本土裔美国文学历史叙事的思考. 国外文学，2011，01：19—24.
张冲. 文学·历史·文学史——思考美国初期文学发展的历史叙述. 外国文学评论，2002，02：62—66.
张江. 文学不能"虚无"历史. 文学评论，2014，02：5—7.
张军. 二战后美国犹太文学中的"历史母题"及其社会功能研究. 学术论坛，2012，12：172—177.
张丽军. 90后"白毛女"为什么愿嫁"黄世仁"——兼对历史文本化、意识形态化文学叙事的反省. 探索与争鸣，2010，08：70—73.
张隆溪. 记忆、历史、文学. 外国文学，2008，01：65—69、127.
张诗悦、吴景明. 张笑天历史小说创作中历史、文学、现实的融合——以《太平天国》《权力野兽朱元璋》为例. 文艺争鸣，2012，08：134—136.
张松建. 历史暴力与文学记忆. 读书，2006，02：52—57.
张晓东. 在历史镜像与文字记忆之间——由《随想录》而及当代文学写作诸问题. 学术界，2013，04：134—143、288.
张毅. 被偷走的孩子：历史、记忆、文学. 外国文学，2009，03：113—117、128.
张喆. 叙事：将焦虑历史化——从入侵文学看文学与历史间的互动. 外国文学，2008，03：3—8、126.

张仲民．歧路彷徨：历史与文学之间．学术研究，2009，03：20－23．

赵杨．俄罗斯后现代主义文学对历史的书写与反思．首都师范大学学报（社会科学版），2014，03：109－114．

赵义山．历史本位与文学本位．文学遗产，2007，02：133－136．

赵志义．历史的危机与文学话语的救赎．青海社会科学，2008，02：63－67．

赵志义．历史之文学维度．中国海洋大学学报（社会科学版），2013，04：114－118．

周保欣．五四想象：文学神话与历史代偿——一种文学症候的历史主义考察．社会科学战线，2009，04：42－52．

英文论文

Allen, J. V. “Traditional History and African Literature: The Swahili Case.” *Journal of African History*. 23 (1982): 227—236.

Bernik, France. “Slovene Literature and Its Time in History.” *Slovene Studies*. (1998): 131—137.

Diamond-Nigh, Lynne. “Eva Luna: Writing As History.” *Studies in 20th Century Literature*. 19 (1995): 29—42.

Graham, Alan. “Literature on Vegetational History in Latin America.” *Vegetation and Vegetational History of Northern Latin America*. (1973): 315—360.

Grdina, Igor. “The Historical Novel in Slovenian Literature.” *History of the Literary Cultures of East-Central Europe*. (2004): 493—499.

Li, Wai-yee. “History and Memory in Wu Weiye’s Poetry.” *Trauma and Transcendence in Early Qing Literature*. (2005): 99—148.

Martin, Gerald. “Alvaro Mutis and the Ends of History.” *Studies in 20th Century Literature*. 19 (1995): 117—131.

Mbiafu, Edmond M. “Mongo Beti and ‘curse’ of Ham: Myth and History in Africa.” *Research in African Literature*. 33 (2002): 9—33.

Ochwada, Hannington. “Men of Literature and Kenya’s Historiography: An Appraisal of the Writings of Ngugi-Wa-Thiong’o.” *Transafrican Journal of History*. 24 (1995): 151—161.

Silverman, Raymond A, and N W. Sobania. "Mining a Mother Lode: Early European Travel Literature and the History of Precious Metalworking in Highland Ethiopia." *History in Africa*. 31 (2004): 335—355.

Steinmetz, Horst. "History in Fiction—History As Fiction: on the Relations between Literature and History in the Nineteenth and Twentieth Centuries." *Narrative Turns and Minor Genres in Postmodernism*. (1995): 81—103.

第三节 文学与伦理学

中文专著

陈留生．传统伦理与五四作家的人格及其文学创作．上海：学林出版社．2011．

陈召荣．诱惑与困惑 伦理视野中的20世纪西方性文学．北京：中国社会科学出版社．2010．

杜娟．亨利·菲尔丁小说的伦理叙事．武汉：华中师范大学出版社．2010．

杜素娟．市民之路 文学中的中国城市伦理．北京：北京大学出版社．2014．

杜素娟．现代性伦理的设想 基于中国现代文学史阈的研究．北京：法律出版社．2012．

韩冷．京派叙事文学的伦理内涵．北京：中国社会科学出版社．2011．

刘立善．日本文学的伦理意识 论近代作家爱的觉醒．沈阳：春风文艺出版社．2003．

刘玉平、周晓琳．中国文学的伦理精神．成都：四川人民出版社．2001．

路文彬．视觉时代的听觉细语：20世纪中国文学伦理问题研究．合肥：安徽教育出版社．2007．

马兵．伦理嬗变与文学表达 新文学的伦理之维．北京：人民文学出版社．2013．

聂珍钊、邹建军．文学伦理学批评 文学研究方法新探讨．武汉：华中师范大学出版社．2006．

聂珍钊．文学伦理学批评导论．北京：北京大学出版社．2014．

聂珍钊．英国文学的伦理学批评．武汉：华中师范大学出版社．2007．

乔山．文学·人性·伦理．桂林：漓江出版社．1991．

唐红梅．文学叙事与伦理建构 20世纪美国黑人女作家小说创作研究．武汉：华中师范大学出版社．2008．

王纯菲等．火凤冰栖 中国文学女性主义伦理批评．沈阳：辽宁人民出版社．2006．

王德威．现当代文学新论 义理伦理地理．北京：生活·读书·新知三联书店．2014．

王松林．康拉德小说伦理观研究．武汉：华中师范大学出版社．2012．

许宏．翻译存异伦理研究：以中国的文学翻译为背景．上海：上海译文出版社．2012．

赵颖．创造与伦理 罗蒂公共"团结"思想观照下的文学翻译研究．北京：中国社会科学出版社．2010．

周保欣．伦理视野中的中国当代文学．北京：人民出版社．2012．

邹建军．"和"的正向与反向 谭恩美长篇小说中的伦理思想研究．武汉：华中师范大学出版社．2008．

英文专著

Achilles, Sabrina. *Literature, Ethics, and Aesthetics: Applied Deleuze and Guattari.* New York: Palgrave Macmillan, 2012.

Attridge, Derek. *J. m. Coetzee & the Ethics of Reading: Literature in the Event.* Chicago: University of Chicago Press, 2004.

Clausen, Christopher. *The Moral Imagination: Essays on Literature and Ethics.* Iowa City: University of Iowa Press, 1986.

Ellison, David R. *Ethics and Aesthetics in European Modernist Literature: From the Sublime to the Uncanny.* Cambridge: Cambridge University Press, 2001.

Erll, Astrid, Herbert Grabes, and Ansgar Nünning. *Ethics in Culture: The Dissemination of Values through Literature and Other Media.* Berlin: Walter de Gruyter, 2008.

Forrer, Richard. *Theodicies in Conflict: A Dilemma in Puritan Ethics and*

Nineteenth-Century American Literature. New York: Greenwood Press, 1986.

Fussell, Paul. *The Rhetorical World of Augustan Humanism: Ethics and Imagery from Swift to Burke*. Oxford: Clarendon Press, 1965.

Gibson, Andrew. *Postmodernity, Ethics, and the Novel*. London: Routledge, 1999.

Gilcrest, David W. *Greening the Lyre: Environmental Poetics and Ethics*. Reno: University of Nevada Press, 2003.

Hughes, Robert. *Ethics, Aesthetics, and the Beyond of Language*. Albany: State University of New York Press, 2010.

Jernigan, Daniel K. *Literature and Ethics: Questions of Responsibility in Literary Studies*. Amherst, N. Y: Cambria Press, 2009.

Lehner, Stefanie. *Subaltern Ethics in Contemporary Scottish and Irish Literature: Tracing Counter-Histories*. Houndmills, Basingstoke, Hampshire: Palgrave Macmillan, 2011.

Leist, Anton, Peter Singer. *J. m. Coetzee and Ethics: Philosophical Perspectives on Literature*. New York: Columbia University Press, 2010.

McGinn, Colin. *Ethics, Evil, and Fiction*. Oxford: Clarendon Press, 1997.

Miller, Andrew H. *The Burdens of Perfection: On Ethics and Reading in Nineteenth-Century British Literature*. Ithaca: Cornell University Press, 2008.

Mitchell, J A. *Ethics and Eventfulness in Middle English Literature*. New York: Palgrave Macmillan, 2009.

Nussbaum, Martha C. *The Fragility of Goodness: Luck and Ethics in Greek Tragedy and Philosophy*. Cambridge: Cambridge University Press, 1986.

Polloczek, Dieter. *Literature and Legal Discourse: Equity and Ethics from Sterne to Conrad*. Cambridge, UK: Cambridge University Press, 1999.

Potkay, Adam. *Wordsworth's Ethics*. Baltimore: Johns Hopkins University Press, 2013.

Rainsford, Dominic, Andrew Hadfield, and Tim Woods. *The Ethics in Literature*. New York: St. Martin's Press, 1999.

Singer, Peter, and Renata Singer. *The Moral of the Story: An Anthology of Ethics Through Literature*. Malden, MA: Blackwell Pub., 2005.

Tarpley, Joyce K. *Constancy & the Ethics of Jane Austen's Mansfield Park*. Washington, D. C: Catholic University of America Press, 2010.

Wehrs, Donald R, and David P. Haney. *Levinas and Nineteenth-Century Literature:*

Ethics and Otherness from Romanticism through Realism. Newark: University of Delaware Press, 2009.

Weller, Shane. *Beckett, Literature, and the Ethics of Alterity*. Basingstoke, England: Palgrave Macmillan, 2006.

Zanker, G. *The Heart of Achilles: Characterization of Personal Ethics in the Iliad*. Ann Arbor: University of Michigan Press, 1994.

Zhou, Xiaojing. *The Ethics & Poetics of Alterity in Asian American Poetry*. Iowa City: University of Iowa Press, 2006.

中文论文

白利兵．柯勒律治的文学批评伦理观．山西师大学报（社会科学版），2008，05：114－116．

毕光明．社会主义伦理与“十七年”文学生态．南方文坛，2007，05：36－40．

曹书文．论老舍文学创作中伦理观的历史局限．内蒙古社会科学（汉文版），2005，04：76－79．

陈博．新世纪文学的底层书写与叙事伦理．兰州学刊，2014，04：93－97．

陈东辉．另一种“底层写作”叙事伦理——论迟子建近年来的“底层文学”创作．烟台大学学报（哲学社会科学版），2012，03：50－54．

陈学谦．诺贝尔文学奖美国获奖作品中的环境伦理思想探析．伦理学研究，2014，03：74－79．

陈永明．近代以降中国社会的文学伦理话语权．内蒙古社会科学（汉文版），2013，03：122－125．

陈永明．论中国文学伦理的生成与流变．河南师范大学学报（哲学社会科学版），2012，06：162－164．

成海鹰．文艺伦理还是文学伦理——论文学伦理成立的基础．湖南师范大学社会科学学报，2009，01：39－43．

邓寒梅．近二十年中国文学中的医患关系审视与伦理建构．当代文坛，2011，05：66－68．

邓寒梅．伦理视角下中国当代文学的艾滋病叙事．社会科学辑刊，2012，

01：219—222.
邓寒梅．中国当代文学中安乐死的道德困惑与伦理诉求．南通大学学报（社会科学版），2012，04：80—84.
杜素娟．“苗窠”伦理的现代价值——沈从文苗族文学的伦理研究．中国比较文学，2011，04：49—58.
方维保．论左翼文学的人民伦理秩序及其道德情感的形成．文史哲，2011，02：127—137.
冯昊．民族危机下的道德言说——沦陷区文学伦理叙事探析．江西社会科学，2010，09：129—132.
冯溢、刘卓．后现代伦理道德的寓言——《路》的文学伦理学解读．东北大学学报（社会科学版），2014，05：545—550.
高惠莉．马克思主义文学伦理批评的建构．求索，2012，12：150—152.
高玉秋、付天舒．宗教伦理观的文学述说——由托尔斯泰晚年宗教文论观照《复活》的“潜文本”．社会科学战线，2011，11：128—133.
龚举善．“非虚构”叙事的文学伦理及限度．文艺研究，2013，05：43—53.
苟波．从“伦理缺失”到“伦理固化”——道教神仙传记的文学研究与宗教学研究．宗教学研究，2015，01：14—21.
关春玲．近代美国荒野文学的动物伦理取向．国外社会科学，2001，04：10—16.
郭雯．伦理的“暗礁”：《暗礁》的文学伦理学批评．外国文学研究，2012，06：144—151.
贺根民．宗法伦理：古代文学与道德契合的社会体制之基．上海师范大学学报（哲学社会科学版），2014，02：52—58.
洪亮．“民间伦理”与现代文学的雅俗互动及其分野——以三仙姑、曹七巧形象为中心．中国现代文学研究丛刊，2015，07：179—189.
黄伟．西方文学动物叙事的伦理视野．求索，2008，12：195—196、184.
解林静．伦理与世界相互渗透过程中锐意的伦理创新——对早期现代主义文学批评的文学伦理学解读．暨南学报（哲学社会科学版），2014，05：134—139、164.

金炫垌．乡村妇女生活的伦理思考——20 世纪 20 年代乡土文学浅谈．北京师范大学学报（社会科学版），2003，04：132－138．
兰甲云、曾海纯、鲁红平．网络文学传播的伦理困惑与文以载道的传统伦理价值观导向．湖南大学学报（社会科学版），2012，04：110－114．
蓝云春、李卓．呼唤文学伦理价值的理性回归——《文学伦理学批评导论》评析．中国出版，2015，09：67．
李点．理论之后：论当代文学研究中的伦理批评．文艺理论研究，2010，06：23－27．
李广琼．伦理道德与文学批评的把度——以学衡派为中心．求索，2013，07：98－100．
李长中．空间的伦理化与风景的修辞——以当代人口较少民族文学为中心的考察．中南民族大学学报（人文社会科学版），2013，06：137－141．
廖济忠．试论文学的伦理气质．求索，2011，04：197－199．
刘红．云南民族民间文学伦理主题研究的方法．云南民族大学学报（哲学社会科学版），2007，05：128－131．
刘巍．文学伦理之“常”与作品生命之“长”．辽宁大学学报（哲学社会科学版），2013，06：36－42．
刘新锁．“革命叙事”与传统伦理——“十七年文学”的伦理资源．山东社会科学，2011，04：109－113．
龙云．伦理使命与人格化书写：爱默生的文学创作伦理观．暨南学报（哲学社会科学版），2014，10：113－119、163．
龙云．全球化时代文学伦理研究的“去妖魔化”．探索与争鸣，2011，12：97－99．
龙云．西方文学研究的“伦理转向”——功能类型及研究焦点．外国文学，2013，06：103－109、159．
陆建德．文学中的伦理：可贵的细节．文学评论，2014，02：18－20．
罗勋章．传记文学写作中的叙事伦理．文艺理论与批评，2008，06：87－89．
马兵．国家伦理、民间伦理与“十七年文学”．文艺争鸣，2009，12：65－69．
马兵．现当代文学研究的伦理维度．中国现代文学研究丛刊，2014，10：

175－178.
马怡．从文学叙事维度谈儒家伦理对民间信仰的影响．世界宗教文化，2015，01：123－126.
马永辉、赵国龙．伦理缺失·道德审判——文学伦理学批评视角下的《榆树下的欲望》．齐鲁学刊，2007，05：111－113.
毛亮．文学阅读模式的伦理想象——亨利·詹姆斯的《阿斯本文稿》与《地毯中的图案》刍议．外国文学评论，2007，01：5－11.
希利斯·米勒、何卫华．文学中的后现代伦理：晚期德里达、莫里森及其他．华中师范大学学报（人文社会科学版），2005，06：79－86.
希利斯·米勒，王逢振译．文学中的后现代伦理：后期的德里达、莫里森和他者．外国文学，2006，01：63－71.
聂珍钊．谈文学的伦理价值和教诲功能．文学评论，2014，02：13－15.
聂珍钊．文学伦理学批评：伦理选择与斯芬克斯因子．外国文学研究，2011，06：1－13.
尚必武．伦理选择·伦理身份·伦理意识：《慈悲》的文学伦理学解读．外国文学研究，2011，06：14－23.
尚一鸥．日本现代社会伦理的文学阐释——《1Q84》小说人物形象论．日本学刊，2010，05：146－156.
申寅燮、聂珍钊．日本现代文学形成过程中的伦理手段——告白（英文．外国文学研究，2014，01：24－34.
隋晓荻．现代化状况与主体性自由：现代主义文学的伦理向度．外国文学评论，2013，04：170－183.
唐小林．伦理话语：基督教文化在中国现代文学三十年中的基本质态．甘肃社会科学，2008，04：11－16.
陶久胜．奥尼尔的文学伦理思想论析．江西社会科学，2009，09：136－139.
童娣．存在主义与20世纪80年代中后期文学的伦理选择．云南社会科学，2009，03：156－160.
王晨．文学批评的伦理转向：文学伦理学批评．山东社会科学，2009，05：50－53.

王纯菲．女神与女从——中国文学中女性伦理表现的两极性．南开学报，2006，06：23－29．

王珺鹏、高文汉．论文学创作者多重身份认同与道德选择的不确定性——兼评库切文学创作的多元生命伦理观．求索，2013，06：139－141．

王晓华．文学批评为什么负责？——兼谈否定主义文学批评伦理观．南方文坛，2007，02：12－14．

杨革新．文学研究的伦理转向与美国伦理批评的复兴．外国文学研究，2013，06：16－25．

张鸿声．十七年与“文革”城市文学中的工业伦理问题．文艺理论与批评，2011，03：100－104．

张丽军．重建新世纪中国伦理的文学思考——论赵德发《君子梦》、《双手合十》的伦理叙事与道德关怀．小说评论，2009，03：78－82．

张士民、何树．现实主义伦理——文学伦理学关于真实 / 真理和张力关系的调节原则．外语研究，2011，03：93－97．

张昕．约翰逊文学批评的伦理道德取向．兰州大学学报（社会科学版），2015，04：143－148．

赵晓．英雄时代理想的家庭伦理——《奥德赛》家庭伦理的文学伦理学解读．小说评论，2010，S1：227－231．

周才庶．布莱希特“间离”学说的文学伦理反思．外国文学研究，2015，03：135－142．

周启超．警醒人心的伦理向度，形塑性灵的道德能量——重读当代苏联文学黄金时段的几部小说名作．外国文学研究，2014，05：126－130．

曾巍．“闺范”背后的伦理问题——西尔维亚·普拉斯女性诗的文学伦理学批评．外国文学研究，2015，02：59－65．

邹惠玲、陈晓曦．相悖的伦理诉求与两难伦理选择——《日落》的文学伦理学解读．外国文学研究，2015，01：17－25．

英文论文

Boym, Svetlana. "Conspiracy Theories and Literary Ethics: Umberto Eco, Danilo Kiš and the Protocols of Zion." *Comparative Literature*. (1999): 97—122.

Čerče, Danica. "On Self and Society: Ethical and Historical Experience in Drago Jancar's Works." *Discontinuities and Displacements: Studies in Comparative Literature*. (2009): 255—260.

Clouser, K. D. "Philosophy, Literature, and Ethics: Let the Engagement Begin." *The Journal of Medicine and Philosophy*. 21.3 (1996): 321—40.

Davis, Colin. "Duras, Antelme and the Ethics of Writing." *Comparative Literature Studies*. 34.2 (1997): 170—183.

Gaski, John F. "Does Marketing Ethics Really Have Anything to Say?—a Critical Inventory of the Literature." *Journal of Business Ethics*. 18.3 (1999): 315—334.

Irizarry, Ylce. "Making It Home: A New Ethics of Immigration in Dominican Literature." *Hispanic Caribbean Literature of Migration: Narratives of Displacement*. (2010): 89—103.

Islam, Syed M. "Postcolonial Shamanism: Wilson Harris's Quantum Poetics and Ethics." *Journal of West Indian Literature*. 16.1 (2007): 59—82.

Jalalzai, Zubeda. "The Ethics of Love and Indifference: Readings of Brotherhood and Isolation in Wilson Harris and V. s. Naipaul." *Journal of West Indian Literature*. 9.1 (2000): 70—82.

Ładyga, Zuzanna. "Winnicott, Levinas and the Ethics of Referential Play in Postmodern Literature." *Acta Philologica*. (2007): 5—11.

Levine, Peter. "Lolita and Aristotle's Ethics." *Philosophy and Literature*. (1995): 32—47.

Mendelson-Maoz, Adia. "Ethics and Literature: Introduction." *Philosophia: Philosophical Quarterly of Israel*. 35.2 (2007): 111—116.

Mills, Claudia. "The Ethics of the Author: Audience Relationship in Children's Fiction." *Children's Literature Association Quarterly*. 22.4 (1997): 18—187.

Mills, Claudia. "The Portrayal of Mental Disability in Children's Literature: An Ethical Appraisal." *The Horn Book Magazine: About Children's Books and Reading*. 78.5 (2002): 531—542.

Myers, D G. "Responsible for Every Single Pain: Holocaust Literature and the

Ethics of Interpretation." *Comparative Literature*. (1999): 266—288.

Puolakka, Kalle. "Literature, Ethics, and Richard Rorty's Pragmatist Theory of Interpretation." *Philosophia*. 36.1 (2008): 29—41.

第四节　文学与心理学

中文专著

陈炳良．形式、心理、反应　中国文学新诠．香港：商务印书馆（香港）有限公司．1996．

陈进波．文艺心理学通论．兰州：兰州大学出版社．1999．

程正民．文艺心理学新编．北京：北京师范大学出版社．2011．

董小玉．文学创作与审美心理．成都：四川教育出版社．1992．

杜奋嘉．文艺心理学引论．桂林：广西师范大学出版社．2001．

方汉文．西方现代文艺心理学．西安：陕西人民教育出版社．1999．

弗洛伊德．弗洛伊德论创造力与无意识　艺术　文学　恋爱　宗教．北京：中国展望出版社．1986．

弗洛伊德．弗洛伊德论美文选．北京：知识出版社．1987．

郭望泰．文学创作心理研究．北京：中国文联出版社．2002．

洪水娟．心灵的明镜：从心理分析文学批评理论解读康拉德及其作品．北京：中国书籍出版社．2007．

黄书泉．现实的人与审美的人　文学家人格心理解析．合肥：安徽文艺出版社．1994．

K. S. 霍尔．弗洛伊德心理学与西方文学．长沙：湖南文艺出版社．1986．

霍夫曼．弗洛伊德主义与文学思想．北京：生活·读书·新知三联书店．1987．

金开诚．文艺心理学概论．北京：人民文学出版社．1987．

金元浦．当代文艺心理学．北京：中国人民大学出版社．2009．

李丛中．文学与社会心理．昆明：云南教育出版社．1990．

李继凯．新文学的心理分析．西安：陕西师范大学出版社．1991．
林岗．符号·心理·文学．广州：花城出版社．1986．
刘求长．文艺心理学问题研究．乌鲁木齐：新疆人民出版社．2011．
刘兆吉．文艺心理学纲要．重庆：西南师范大学出版社．1992．
鲁枢元．文学的跨界研究　文学与心理学．上海：学林出版社．2011．
贝尔曼·诺埃尔．文学文本的精神分析——弗洛伊德影响下的文学批评解析导论．天津：天津人民出版社．2004．
童庆炳、程正民．文艺心理学教程．北京：高等教育出版社．2001．
童庆炳等．文学艺术与社会心理．北京：高等教育出版社．1997．
王钢．文艺心理学研究．沈阳：辽宁人民出版社．2013．
王立、刘卫英．红豆　女性情爱文学的文化心理透视．北京：人民文学出版社．2002．
王先霈．文艺心理学读本．武汉：华中师范大学出版社．2009．
王言锋．社会心理变迁与文学走向．北京：中国社会科学出版社．2009．
许鹏．社会心理与文学发展的深层关系．太原：山西人民出版社．2001．
许一青．文学创作心理初探．南京：南京出版社．1989．
斯佩克特．艺术与精神分析　论弗洛伊德的美学．北京：文化艺术出版社．1990．
尹鸿．徘徊的幽灵　弗洛伊德主义与中国二十世纪文学．昆明：云南人民出版社．1994．
袁庆丰．灵魂的震颤　文学创作心理的个案考虑．北京：北京广播学院出版社．2002．
张东焱、杨立元．文学创作与审美心理．北京：中国工人出版社．1994．
张佐邦、王基巩．鲁迅文艺心理阐释　鲁迅的个性心理对其文学创作的深层影响．北京：民族出版社．2002．
张佐邦．文艺心理学．北京：中国社会科学出版社．2006．
赵雅博．文学与艺术心理学．台北：正统文化出版公司．1981．
周文柏．文艺心理学．北京：中国人民大学出版社．1998．
周占忠．文学鉴赏与心理．银川：宁夏人民出版社．2000．

朱恩彬、周波．中国古代文艺心理学．济南：山东文艺出版社．1997．

朱光潜．悲剧心理学．北京：人民文学出版社．1985．

朱光潜．文艺心理学．北京：中华书局．2012．

朱寿兴．文艺心理发生论．长春：吉林大学出版社．2009．

英文专著

Ahad, Badia S. *Freud Upside Down: African American Literature and Psychoanalytic Culture*. Urbana: University of Illinois Press, 2010.

Bell, Matthew. *The German Tradition of Psychology in Literature and Thought, 1700–1840*. New York: Cambridge University Press, 2005.

Cairns, Douglas L. *Aidōs: The Psychology and Ethics of Honour and Shame in Ancient Greek Literature*. Oxford: Clarendon Press, 1993.

Fernandez, Ronald. *Social Psychology Through Literature*. New York: Wiley, 1971.

Fox, Christopher. *Psychology and Literature in the Eighteenth Century*. New York, N. Y: AMS Press, 1987.

Kartiganer, Donald M, and Ann J. Abadie. *Faulkner and Psychology*. Jackson: University Press of Mississippi, 1994.

Kearney, James F. *Psychology in the New Literature*. Chicago: Loyola University Press, 1931.

Kiell, Norman. *Psychoanalysis, Psychology, and Literature, a Bibliography*. Metuchen, N. J: Scarecrow Press, 1982.

László, János. *Cognition and Representation in Literature: The Psychology of Literary Narratives*. Budapest: Akad. Kiadó, 1999.

Lindauer, Martin S. *Psyche and the Literary Muses: The Contribution of Literary Content to Scientific Psychology*. Amsterdam: John Benjamins Pub. Co, 2009.

Lucas, F L. *Literature and Psychology*. London: Cassell, 1951.

Noriega-Olmos, *Aristotle's Psychology of Signification: A Commentary on "de Interpretatione" 16a 3–18*. Berlin: De Gruyter, 2013.

Paris, Bernard J. *Third Force Psychology and the Study of Literature*. Rutherford, N. J: Fairleigh Dickinson University Press, 1986.

Potter, Jonathan, Peter Stringer, and Margaret Wetherell. *Social Texts and Context: Literature and Social Psychology*. London: Routledge & Kegan Paul, 1984.

Rollin, Lucy, and Mark I. West. *Psychoanalytic Responses to Children's Literature*. Jefferson, N. C: McFarland, 1999.

Shrodes, Caroline. *Psychology Through Literature: An Anthology*. New York: Oxford University Press, 1943.

Waldoff, Leon. *Wordsworth in His Major Lyrics: The Art and Psychology of Self-Representation*. Columbia: University of Missouri Press, 2001.

中文论文

蔡美花．高丽文学的审美心理结构探析．东疆学刊，2011，02：1—8、111．

昌切．文学中的文化心理．湖北大学学报（哲学社会科学版），2008，03：5—6．

陈润兰．知青作家的精神突围与自我拯救——文学“寻根”运动的心理动因阐释．当代文坛，2008，01：69—71．

陈顺智．玄学虚静说与文学创作心理．文艺理论研究，1999，05：90—97、89．

陈曦．文学中享虐现象心理探微．福建论坛（人文社会科学版），2009，11：119—123．

程桂婷．长期低热对鲁迅个性心理及文学选择的影响．鲁迅研究月刊，2014，11：34—39．

傅敬民、徐君、梅莲．试论文学翻译中的译者心理偏差．上海大学学报（社会科学版），2004，02：32—37．

高辉．网络文学的消费心理研究．编辑之友，2011，12：30—32．

葛红兵．“五四”文学审美心理研究．求是学刊，1999，05：83—88．

耿传明．清末民初的社会心理变异与文学兴替．学术月刊，2007，04：97—103．

顾悦．超越精神分析：家庭系统心理学与文学批评．南京社会科学，2014，10：138—143．

黎保荣．论中国现代文学启蒙思潮转向的心理机制．暨南学报（哲学社会科学版），2013，01：145—152．

李英．精神分析批评话语在文学研究中的批评策略．贵州社会科学，2009，04：97—102．

林虹．从众心理与三十年代文学转向．郑州大学学报（哲学社会科学版），2001，03：100－104．
刘凤阁．探析心理空间和概念整合理论在文学作品翻译中的应用．贵州师范大学学报（社会科学版），2009，04：131－135．
刘海军．心理批评视阈下的沈从文文学批评．民族文学研究，2007，03：104－109．
刘宏宇．弗洛伊德与荣格精神分析文学批评观比较．湖北社会科学，2014，08：144－147．
刘静．论作家的内强迫心理对文学创作的意义和作用．浙江社会科学，2007，03：173－178．
刘双贵．文学审美意识形态论背后的知识分子潜在心理．学习与探索，2007，06：183－186．
刘文波．文学艺术与抗心理衰减．文艺评论，1999，05：4－11．
刘武和．文学对心理健康的影响初探．云南师范大学学报（哲学社会科学版），2006，05：86－88．
刘智跃．精神分析文学的潜本文特点及在新时期小说中的美学表现．求索，2008，10：176－178．
刘智跃．精神分析学说与新时期文学语境．广西师范大学学报（哲学社会科学版），2008，06：26－30．
刘智跃．精神分析与新时期文学心理批评．当代文坛，2008，06：51－54．
刘智跃．论精神分析学说的性欲观念及其在新时期小说中的审美表现．中国文学研究，2008，04：106－110．
骆贤凤．从目的论看中国近代外国文学翻译中的民族文化心理．民族文学研究，2006，01：125－129．
马大康．文学对历史的理论表述——塞尔托论历史、心理分析与文学．北方论丛，2013，05：103－107．
毛正天．精神分析学与20世纪中国性爱文学的心理内视取向．求索，2003，06：209－211．
孟中．文学改编：一次特殊的电影心理活动．电影艺术，2004，02：9－12．

莫先武．文学“艺象形态”性的心理发生学研究．贵州师范大学学报（社会科学版），2011，05：39－46．

秦建鸿．中国古典文学中性描写的阅读心理解析．社会科学，2008，08：138－144、191．

任庆梅．文学隐喻的认知心理基础诠释．齐鲁学刊，2006，04：112－113．

任现品．“诗可以怨”与“苦闷的象征”——论中日文学创作心理动力差异．理论学刊，2001，01：117－119．

师力斌．从文学看当下中国的社会心理和精神状态——2013 年中篇小说综述．文艺理论与批评，2014，01：43－49．

斯炎伟．全国第一次文代会与十七年文学体制心理的生成．文艺理论研究，2006，04：100－109．

宋秀葵．文学经典重拍与审美文化心理结构．东岳论丛，2010，09：125－128．

苏美妮．论边民心理与沈从文文学．社会科学辑刊，2006，02：206－210．

孙淑奇．文学文本阅读体验的心理分析．辽宁大学学报（哲学社会科学版），2010，03：60－64．

田文强．表现性：文学语言的审美心理机制．北方论丛，2008，01：58－61．

王钢．场域斗争，民族心理认同，西学救国——欧美弱小和被压迫民族文学“中国化”的深度分析．东北师大学报（哲学社会科学版），2014，04：118－123．

王劲松．社会转型时期的民间文学立场——鲁迅、张承志现代性文化心理阐释．社会科学辑刊，2007，01：230－233．

王铁仙、王丹丹．悲剧性冲突：五四文学中的心理结构模式．求索，2010，04：165－167．

王欣．文学中的创伤心理和创伤记忆研究．云南师范大学学报（哲学社会科学版），2012，06：145－150．

王源．从其个性心理结构解读张爱玲的文学创作．山东社会科学，2009，10：117－123．

吴玉婷、何清．现代精神分析与文艺心理学．中华文化论坛，2014，11：

163－165.
杨雨. 中国男性文人气质柔化的社会心理渊源及其文学表现. 文史哲，2004，02：107－112.
姚莉苹. 审美心理图式与文学鉴赏. 中国文学研究，2012，04：79－82.
虞建华. 文学市场化与作为心理自传的《马丁·伊登》. 外国文学评论，2011，03：149－158.
袁济喜. 两汉文学批评与心理体验. 文学评论，2007，02：32－37.
赵焕祯. 自卑与拯救——郁达夫个性心理与文学创作. 齐鲁学刊，2001，06：43－45.

英文论文

Aras, Goksen. "Personality and Individual Differences: Literature in Psychology, Psychology in Literature." *Procedia—Social and Behavioral Sciences*. 185 (2015): 250—257.

Bauserman, Robert. "International Representation in the Psychological Literature." *International Journal of Psychology*. 32.2 (1997): 107—112.

Cirino, Mark. "Hemingway's "big Two-Hearted River": Nick's Strategy and the Psychology of Mental Control." *Papers on Language & Literature*. 47.2 (2011): 115—40.

Close, Anthony. "Psychology and Function in the Comic Characters of Spanish Golden-Age Literature." *Bulletin of Spanish Studies*. 81 (2004): 427—440.

Gledhill, J. "Literature and Pastoral Psychology." *Anvil Bristol*. 13.3 (1996): 233—244.

Grant, Lyle. "Psychology and Literature: a Survey of Courses." *Teaching of Psychology*. 14.2 (1987): 86—88.

Hogenraad, Robert, Yves Bestgen, and Jean-Francois Durieux. "Psychology As Literature." *Genetic, Social, and General Psychology Monographs*. 118.4 (1992): 455—478.

Jauregui, Inmaculada. "Psychology and Literature: the Question of Reading Otherwise." *The International Journal of Psychoanalysis*. 83.5 (2002): 1169—1180.

Johansen, Jørgen D. "Feelings in Literature." *Integrative Psychological and Behavioral Science*. 44.3 (2010): 185—196.

第五节　文学与神话学、人类学

中文专著

鄂崇荣．土族民间信仰解读　地方性信仰与仪式的宗教人类学研究．兰州：甘肃民族出版社．2009．

代云红．中国文学人类学基本问题研究．昆明：云南大学出版社．2012．

段宝林．民间文学教程．北京：高等教育出版社．2013．

方克强．文学人类学批评．上海：上海社会科学院出版社．1992．

傅其林．审美意识形态的人类学阐释　二十世纪国外马克思主义审美人类学文艺理论研究．成都：巴蜀书社．2008．

黄悦．神话叙事与集体记忆　淮南子的文化阐释．广州：南方日报出版社．2010．

勒内·基拉尔．双重束缚　文学、摹仿及人类学文集．北京：华夏出版社．2006．

约瑟夫·坎贝尔、比尔·莫耶斯．神话的力量．沈阳：万卷出版公司．2011．

约瑟夫·坎贝尔．指引生命的神话——永续生存的力量．杭州：浙江人民出版社．2013．

约瑟夫·坎贝尔．千面英雄．北京：金城出版社．2012．

奈杰尔·拉波特、乔安娜·奥弗林．社会文化人类学的关键概念．北京：华夏出版社．2005．

李福清．神话与鬼话：台湾原住民神话故事比较研究．北京：社会科学文献出版社．2001．

李立．文化整合与先秦自然神话演变．昆明：云南人民出版社．2002．

刘其伟．性崇拜与文学艺术．台北：雄狮图书股份有限公司．2002．

戴维·理查德兹．差异的面纱：文学、人类学及艺术中的文化表现．沈阳：

辽宁教育出版社．2003．
吕微．神话何为 神圣叙事的传承与阐释．北京：社会科学文献出版社．2001．
R. 马雷特．牛津六讲：人类学与古典学．北京：北京大学出版社．2013．
彭兆荣．文学与仪式：文学人类学的一个文化视野 酒神及其祭祀仪式的发生学原理．北京：北京大学出版社．2004．
潜明兹．中国神话学．上海：上海人民出版社．2008．
瞿明安．当代中国文化人类学．昆明：云南人民出版社．2008．
荣仕星、徐杰舜．人类学本土化在中国．南宁：广西民族出版社．1998．
斯特伦斯基．二十世纪的四种神话理论 卡西尔、伊利亚德、列维·施特劳斯与马林诺夫斯基．北京：生活·读书·新知三联书店．2012．
上山安敏．神话与理性 十九世纪末至二十世纪初欧洲的知识界．上海：上海人民出版社．1992．
孙正国．文学的生活遭遇 民间文学本体批评引论．哈尔滨：黑龙江人民出版社．2004．
E. B. 泰勒．人类学——人及其文化研究．上海：上海文艺出版社．1993．
王大桥．文学人类学的中国进路与问题研究．北京：中国社会科学出版社．2014．
王海龙、何勇．文化人类学历史导引．上海：学林出版社．1992．
罗伯特·A. 西格尔．神话理论．北京：外语教学与研究出版社．2008．
约翰·维克雷．神话与文学．上海：上海文艺出版社．1995．
叶舒宪．结构主义神话学．西安：陕西师范大学出版社．2011．
叶舒宪．国际文学人类学研究．天津：百花文艺出版社．2006．
叶舒宪．文学与治疗．北京：社会科学文献出版社．1999．
叶舒宪．金枝玉叶 比较神话学的中国视角．上海：复旦大学出版社．2012．
叶舒宪．神话—原型批评．西安：陕西师范大学出版社．2011．
叶舒宪．神话意象．北京：北京大学出版社．2007．
叶舒宪．中华文明探源的神话学研究．北京：社会科学文献出版社．2015．

叶舒宪．文学人类学教程．北京：中国社会科学出版社．2010．

叶舒宪．文学与人类学 知识全球化时代的文学研究．北京：社会科学文献出版社．2003．

仪平策．中国审美文化民族性的现代人类学研究．北京：中国社会科学出版社．2012．

张文安．中国与两河流域神话比较研究．北京：中国社会科学出版社．2009．

张佐邦．美学人类学：原始人类审美心理的生成及其文化表现形态．北京：民族出版社．2008．

英文专著

Abdul, Raheem S. O. *Mythology and the African Novel*. University of Kent at Canterbury, 1982.

Barnard, Alan, and Jonathan Spencer. *Routledge Encyclopedia of Social and Cultural Anthropology*. London, England: Routledge, 2010.

Carpentier, Martha C. *Ritual, Myth, and the Modernist Text: The Influence of Jane Ellen Harrison on Joyce, Eliot, and Woolf.* Amsterdam, The Netherlands: Gordon and Breach, 1998.

Crossley-Holland, Peter. *'Telyn Teirtu': Myth and Magic in Medieval Wales*. Bangor: Canolfan Uwch-astudiaethau Cerddoriaeth Cymru, 1997.

Ellingson, Terry J. *The Myth of the Noble Savage*. Berkeley: University of California Press, 2001.

Frederick, Patricia E. *Mythic Symbolism and Cultural Anthropology in Three Early Works of Marguerite Yourcenar: Nouvelles Orientales, Le Coup De Grâce, Comme L'eau Qui Coule*. Lewiston: Mellen University Press, 1995.

Hermann, Ralf. *Creation Snake and Mobius Strip: The Mythopoeic Structures in Wole Soyinka's Writing*. Edinburgh: Centre of African Studies, University of Edinburgh, 1995.

Lang, Andrew. *Modern Mythology*. London: Longmans, Green, 1897.

Manganaro, Marc. *Myth, Rhetoric, and the Voice of Authority: A Critique of Frazer, Eliot, Frye & Campbell*. New Haven: Yale University Press, 1992.

Niles, John D. *Homo Narrans: The Poetics and Anthropology of Oral Literature*.

Philadelphia: University of Pennsylvania Press, 1999.

Olsen, Dale A. *World Flutelore: Folktales, Myths, and Other Stories of Magical Flute Power.* , Urbana, Illinois: University of Illinois Press, 2013.

Ramos, Manuel J. *Essays in Christian Mythology: The Metamorphosis of Prester John.* Lanham, Md: University Press of America, 2006.

Rossington, Michael. *Mythology As History: Theories of Origins and Formulations of the Past in the Works of Shelley.* Oxford: University of Oxford, 1987.

Segal, Robert A. *Anthropology, Folklore, and Myth.* New York u. a.: Garland Pub, 1996.

Vickery, John B. *Myth and Literature: Contemporary Theory and Practice.* Lincoln: University of Nebraska Press, 1966.

中文论文

菲尔兰多·波亚托斯、徐新建、史芸芸．文学人类学源起．民族文学研究，2015，01：56—65．

陈家伦．文学研究的人类学视角．安徽大学学报，1998，01：70—75．

陈俐．郭沫若研究中的文学人类学视野．中国现代文学研究丛刊，2009，04：137—142．

程金城，万红．关于文学人类学的元话语．兰州大学学报（社会科学版），2012，03：13—17．

代云红．文艺学的人类学转向——来自中国视角与经验的理论探索及反省．杭州师范大学学报（社会科学版），2012，01：14—19、56．

冯敏．民间文学的收集整理与人类学研究——以洪水神话和族群认同研究为例．中南民族大学学报（人文社会科学版），2006，03：173—176．

冯寿农．模仿欲望诠释　探源求真解读——勒内·吉拉尔对文学的人类学批评．外国文学研究，2004，04：38—43、170—171．

高强．古希腊竞技与神话——对“历史穿越”式研究的历史学与人类学反思．上海体育学院学报，2015，01：7—11、28．

公维军．新世纪以来文学人类学的理论建构．社会科学，2015，03：182—191．

何炜．密索思的呼唤：文学人类学样本《格萨尔王》．当代文坛，2012，04：

58－61．
焦小婷．人类学视域下的海洋文学探究．河南大学学报（社会科学版），2010，04：108－112．
荆云波．此岸与彼岸：文学人类学视域中的文学与信仰．宗教学研究，2008，02：186－189．
荆云波．虎族历史的神话隐喻与仪式场景——长篇小说《最后的巫歌》的文学人类学解读．当代文坛，2013，06：166－169．
荆云波．灾难中的人文关怀：文学人类学的在场．民族艺术，2008，02：6－8．
李菲．新时期文学人类学研究的范式转换与理论推进．文艺理论研究，2009，03：19－24．
李凤亮．相遇·对话·创生——文学人类学在20世纪中国的兴起与发展．南京社会科学，2004，06：63－69．
李素娟、贾雯鹤．壮族花婆神话与“求花”仪式的文学人类学解读．云南社会科学，2013，05：106－110．
李永平．论丛书出版与学科建设的“共生关系”及其当代价值——以中国文学人类学学科为例．出版发行研究，2013，03：17－20．
李永平．文学人类学视野下的谣言、流言及叙述大传统．思想战线，2014，02：23－29．
刘建树．诅咒情节在戏剧中的魅力——《沙恭达罗》诅咒情节的文学人类学解读兼与《窦娥冤》的比较．民族艺术研究，2012，06：34－39．
马丹丹、刘统霞．口头文学的人类学理论及其演进．郑州大学学报（哲学社会科学版），2007，06：78－81．
潘倩菲．当代中国文学人类学走向．中国比较文学，1999，03：137－140．
彭兆荣、邹赞、张玉霞．从“文学人类学”到“旅游人类学”——厦门大学彭兆荣教授访谈．社会科学家，2013，02：1－7．
彭兆荣．文学可以如是说：人类学的一种关涉——兼述叶舒宪教授的相关研究．社会科学战线，2015，06：164－170．
权雅宁．神话历史如何重构．思想战线，2013，05：40－44．
苏永前．当代中国文学研究的人类学转向——以几种个案为中心的考察．思想战线，2012，05：33－36.
孙文宪．从人类学视域看马克思主义文学批评范式的理论构成．湖北大学学报（哲学社会科学版），2012，03：19－26.
王大桥．经验：文学与人类学的内在契合点——文学人类学的精神向度．北方论丛，2008，02：31－33.
王大桥．审美经验：文学人类学的伤痛与承诺——文学研究人类学范式的审美之维．江苏社会科学，2010，01：175－179.
王大桥．文学人类学的方法论演化及其限度．文艺理论研究，2014，02：42－49.
王宏根．新时期寻根文学运动的人类学思想．社会科学战线，2009，06：193－196.
王菊．归类自我与想像他者：族群关系的文学表述——“藏彝走廊”诸民族洪水神话的人类学解读．西南民族大学学报（人文社科版），2008，03：161－164.
王菊．理解遭遇：现实生存语境中的“巫唱”——彝族诗人罗庆春新作品的文学人类学解读．中华文化论坛，2012，05：148－152.
王倩．人类学带给神话学的变革——谈神圣仪式的发现如何改变文学式神话研究．民族文学研究，2009，03：71－77.
王倩．人类学的文学转向——民族志书写的另一种思考．世界民族，2011，05：39 47.
王轻鸿．马克思主义文学批评的人类学范式．浙江社会科学，2005，02：174－179.
习传进、李社教．文学人类学的哲学思考．天津社会科学，2004，02：108－113.
萧兵．尝奇析疑：文学人类学传统的回归——以“蛇杖”为例．社会科学家，2012，07：25－26.
徐新建．文学人类学：中西交流中的兼容与发展．思想战线，2001，04：100－105.
徐新建．文学人类学的中国历程．西南民族大学学报（人文社会科学版），

2012，12：180—185.
杨骊．从跨文化阐释到三重证据法——《诗经》研究的文学人类学进路．当代文坛，2014，04：49—53.
杨骊．重估大传统：文学与历史如何对话——中国文学人类学研究会第六届年会学术观察与述评．社会科学家，2012，07：27—31.
叶舒宪．“神话历史”：当代人文学科的人类学转向．社会科学家，2013，12：127—130.
叶舒宪．“世界文学”与“文学人类学”——三论当代文学观的人类学转向．中国比较文学，2011，04：1—9.
叶舒宪．弗莱的文学人类学思想．内蒙古大学学报（人文社会科学版），2001，03：1—7.
叶舒宪．文学人类学：探寻文化表述的多重视野．西南民族大学学报（人文社会科学版），2011，01：166—171.
叶舒宪．文学人类学：一个跨学科的研究领域．郑州大学学报（哲学社会科学版），2003，06：8—9、5.
叶舒宪．文学人类学的理论与方法——当代中国文学思想的人类学转向视角．河北学刊，2011，03：87—90.
叶舒宪．文学人类学的中国化过程与四重证据法——学术史的回顾及展望．社会科学战线，2010，06：109—125.
叶舒宪．文学人类学在中国．思想战线，2013，05：4、157.
叶舒宪．中国文化的构成与“少数民族文学”：人类学视角的后现代观照．民族文学研究，2009，02：55—64.
张婷婷．文学人类学的理论与批评——“二十年”的回顾与反思．中国社会科学院研究生院学报，1998，06：63—71.
张直心．少数民族文本的文学人类学诠释．民族文学研究，2001，04：39—42.
章立明．中国文学人类学研究概述．民族文学研究，2010，03：59—67.
赵静蓉．作为一种集体记忆的浪漫主义——对浪漫主义的文学人类学解读．南京师大学报（社会科学版），2009，05：137—142.

英文论文

Fabre, D., J Jamin. "Laying Out a Few Considerations about the Relations between Anthropology and Literature." *Homme* 203 (2012): 579—612.

Rocha Ribeiro, Marilia Scaff. "Fiction As Deception: Anthropology, Journalism, and Narrative Traps in Bernardo Carvalho's Nove Noites." *Bulletin Of Hispanic Studies (1475—3839)* 91.3 (2014): 307—316.

YONA, SERGIO1, "What About Hermes? A Reconsideration of the Myth of Prometheus In Plato's Protagoras." *Classical World* 108.3 (2015): 359—383.

Cynarski, Wojciech J. "Anthropology according to Tolkien's Mythology." *Ido Movement for Culture. Journal of Martial Arts Anthropology* 15.2 (2015): 17.

第三章 文学与社会科学

第一节 文学与社会学、统计学

中文专著

R. 埃斯卡尔皮．文学社会学．上海：上海译文出版社．1988．
敖雪岗．两汉之际社会与文学．北京：中国书籍出版社．2013．
毕旭玲．古代上海 海洋文学与海洋社会·古代上海海洋社会发展史研究．上海：上海社会科学院出版社．2014．
陈东有．现实与虚构 文学与社会、民俗研究．南昌：江西人民出版社．2006．
陈建华．中国江浙地区十四至十七世纪社会意识与文学．上海：学林出版社．1992．
陈君．东汉社会变迁与文学演进．北京：中国社会科学出版社．2012．
程代熙．人·社会·文学．武汉：华中师范大学出版社．1997．
东方杂志社．近代文学与社会改造．上海：商务印书馆．1923．
东海大学中国文学系．苦闷与蜕变 六十、七十年代台湾文学与社会．北京：文津出版社．2007．
M. K. 杜布雷宁．文学的社会意义．上海：上杂出版社．1953．
莱斯利·菲德勒．文学是什么——高雅文化与大众社会．南京：译林出版社．2011．
方维规．文学社会学新编．北京：北京师范大学出版社．2011．
高津孝．科举与诗艺：宋代文学与士人社会．上海：上海古籍出版社．2013．
高准．文学与社会．台北：文史哲出版社．1986．
L. 戈德曼．文学社会学方法论．工人出版社．1989．
V. F. 卡尔佛登．文学之社会学的批评．上海：华通书局．1930．
何金兰．文学社会学．台北：桂冠图书股份有限公司．1989．

何金兰. 文学社会学理论评析　兼论在中国文学上的实践. 台北：桂冠图书股份有限公司. 1989.
姜东赋. 学习集　从社会角度谈文学. 北京：学苑出版社. 2012.
李传龙. 文学与社会生活. 北京：北京出版社. 1964.
李润强. 历史、社会与文学　牛李党争研究的新视野. 北京：人民出版社. 2012.
李小江等. 文学、艺术与性别. 南京：江苏人民出版社. 2002.
李益荪. 马克思主义文学社会学原理. 成都：四川文艺出版社. 1992.
梁鸿. 新启蒙话语建构《受活》与1990年代以来的文学和社会. 北京：中国社会科学出版社. 2012.
利奥·洛文塔尔. 文学、通俗文化和社会. 北京：中国人民大学出版社，2012.
刘传霞. 被建构的女性　中国现代文学社会性别研究. 济南：齐鲁书社. 2010.
刘建国. 文学社会理性研究. 西安：陕西人民出版社. 1988.
刘婷婷. 南宋社会变迁、士人心态与文学走向研究. 北京：中国社会科学出版社. 2015.
韦凤娟. 灵光澈照　魏晋南北朝文学中关于生死、自然、社会的思考与叙述. 石家庄：河北教育出版社. 2014.
牛贵琥. 广陵余响　论嵇康之死与魏晋社会风气之演变及文学之关系. 北京：学苑出版社. 2004.
潘正文. "五四"社会思潮与文学研究会. 北京：新星出版社. 2011.
平林初之辅. 文学之社会学的研究方法及其适用. 上海：上海太平洋书店. 1928.
平林初之辅. 文学之社会学的研究. 上海：大江书铺. 1928.
G. 蒲克. 社会的文学批评论. 上海：商务印书馆. 1926.
伊芙·科索夫斯基·塞吉维克. 男人之间　英国文学与男性同性社会性欲望. 上海：上海三联书店. 2011.
陶东风. 社会理论视野中的文学与文化. 广州：暨南大学出版社. 2002.

王润华等著．亚太文学、语言与社会．台北：扬智文化事业股份有限公司．2008．
王西彦．文学与社会生活．北京：中华书局．1949．
王言锋．社会心理变迁与文学走向．北京：中国社会科学出版社．2009．
文史哲编辑部．文学与社会　明清小说名著探微．北京：商务印书馆出版社．2010．
A. 西尔伯曼．文学社会学引论．合肥：安徽文艺出版社．1988．
杨扬．新中国社会与文学．上海：上海人民出版社．2009．
玛丽·伊凡丝．郭德曼的文学社会学．台北：桂冠图书股份有限公司．1990．
詹七一．知识社会学视野中的文学家　以中国现代文学为例．北京：人民出版社．2015．
张伯存、卢衍鹏．二十世纪九十年代文学转向与社会转型研究．北京：光明日报出版社．2014．
张炯著．社会发展与中国文学．北京：学习出版社．2000．
中国古典文学研究会．文学与社会．台北：台湾学生书局．1990．

英文专著

Albrecht, Milton C, James H. Barnett, and Mason Griff. *The Sociology of Art and Literature: A Reader*. New York: Praeger, 1970.
Ankerl, Guy. *Experimental Sociology of Architecture: A Guide to Theory, Research, and Literature*. The Hague: Mouton, 1981.
Barker, Francis. *1936: The Sociology of Literature*. Colchester: University of Essex, 1979.
Dabaghian, Jane. *Mirror of Man: Readings in Sociology and Literature*. Boston: Little, Brown, 1970.
Dandelion, Pink. *Towards Tragedy/reclaiming Hope: Literature, Theology, and Sociology in Conversation*. Aldershot, Hants, England: Ashgate, 2004.
Davison, Peter H, Rolf Meyersohn, Edward Shils. *The Sociology of Literature*. Cambridge: Chadwyck-Healy, 1978.
Deyoung, Terri. *The Genesis of Arabic Narrative Discourse: A Study in the Sociol-*

ogy of Modern Arabic Literature. London: Saqi Books, 1993.

Dube, Leela. *Sociology of Kinship: An Analytical Survey of Literature*. Bombay: Popular Prakashan, 1974.

Escarpit, Robert. *Sociology of Literature*. London: Cass, 1971.

Fazal-e-Rab, Syed. *Sociology of Literature: A Study of Urdu Novels*. New Delhi, India: Commonwealth Publishers, 1992.

Goldmann, Lucien, and William Q. Boelhower. *Method in the Sociology of Literature*. Oxford: B. Blackwell, 1981.

Gordon, Michael. *Juvenile Delinquency in the American Novel, 1905–1965: A Study in the Sociology of Literature*. Bowling Green, Ohio: Bowling Green University Popular Press, 1971.

Hall, John A. *The Sociology of Literature*. London: Longman, 1979.

Keunen, Bart, and Bart Eeckhout. *Literature and Society: The Function of Literary Sociology in Comparative Literature*. Brussels: P. I. E.-Peter Lang, 2001.

Laurenson, Diana T, Alan Swingewood. *The Sociology of Literature*. New York: Schocken Books, 1972.

Lepenies, Wolf. *Between Literature and Science: The Rise of Sociology*. Cambridge, Cambridgeshire: Cambridge University Press, 1988.

Little, Kenneth L. *The Sociology of Urban Women's Image in African Literature*. Totowa, N. J: Rowman and Littlefield, 1980.

Lowenthal, Leo. *Literature and the Image of Man: Sociological Studies of the European Drama and Novel, 1600–1900*. Boston: Beacon Press, 1957.

Marcus, Judith. *Georg Lukács and Thomas Mann: A Study in the Sociology of Literature*. Amherst: University of Massachusetts Press, 1987.

Milner, Andrew. *John Milton and the English Revolution: A Study in the Sociology of Literature*. London: Macmillan, 1981.

Murray, Tony, and Roger Mansfield. *Fantasy, Fiction and Fact: Studies in Literature and Sociology*. London: Blackie, 1966.

Rāghava, Sulocanā R. *Sociology of Indian Literature: A Sociological Study of Hindi Novels*. Jaipur: Rawat Publications, 1987.

Rogers, Mary F. *Novels, Novelists, and Readers: Toward a Phenomenological Sociology of Literature*. Albany: State University of New York Press, 1991.

Routh, Jane, Janet Wolff. *The Sociology of Literature: Theoretical Approaches*.

Keele: University of Keele, 1977.

Ruggiero, Vincenzo. *Crime in Literature: Sociology of Deviance and Fiction*. London: Verso, 2003.

Sayre, Robert. *Solitude in Society: A Sociological Study in French Literature*. Cambridge, Mass: Harvard University Press, 1978.

Schücking, Levin L. *The Sociology of Literary Taste*. Chicago: University of Chicago Press, 1966.

Sinha, Raghuvir. *Social Change in Contemporary Literature: A New Approach to Criticism in Sociology of Literature*. New Delhi: Munshiram Manoharlal, 1979.

Strelka, Joseph. *Literary Criticism and Sociology*. University Park: Pennsylvania State University Press, 1973.

Werlin, Robert J. *The English Novel and the Industrial Revolution: A Study in the Sociology of Literature*. New York: Garland Pub., 1990.

Zito, George V. *The Sociology of Shakespeare: Explorations in a Sociology of Literature*. New York: P. Lang, 1991.

中文论文

陈斐．60年社会批评视野下的古典文学研究——由人民性、阶级分析范畴切入的考察．学术研究，2009，12：135－141．

陈晓明．挪用、反抗与重构——当代文学与消费社会的审美关联．文艺研究，2002，03：4－16．

党圣元．论消费主义语境中的文学社会责任问题．兰州学刊，2015，02：1－7．

董馨．文学性：文化社会的意识形态特征．社会科学辑刊，2003，06：123－125．

董学文．一个长期被误用的文学理论概念——论文学本质不应直接界定为“社会意识形态”．社会科学战线，2010，03：212－222、288．

杜平．文学场域中经典建构的社会动力分析．学术界，2012，11：102－107、275－278．

杜书瀛．消费社会与文学理论的新挑战．文艺争鸣，2007，11：17－21．

高峰．社会文化的镜像——论美国镀金时代的现实主义文学．社会科学战线，2014，03：133—136．
何晓明．美国文学的社会批判传统浅析．西南民族大学学报（人文社会科学版），2011，S2：26—29．
贺芒．“打工文学”：在社会效应与美学合法性之间．学术月刊，2008，09：99—102、106．
贺绍俊．文学的人民性与社会形态．探索与争鸣，2008，05：30—31．
胡友峰．消费社会与电子媒介时代文学的生长背景．小说评论，2014，06：58—63．
黄平、金理、杨庆祥．改革时代：文学与社会的互动——80后学者三人谈（之三）．南方文坛，2012，03：88—97．
江杰、苏兆龙．文学阅读式微的社会文化语境探析．贵州社会科学，2012，04：123—128．
姜秋霞、郭来福、金萍．社会意识形态与外国文学译介转换策略——以狄更斯的《大卫·考坡菲》的三个译本为例．外国文学研究，2006，04：166—175．
姜秋霞、刘全国．翻译文学与社会文化的关系——二十世纪初与二十世纪末我国翻译文学主题和来源的调查与分析．外语教学与研究，2005，01：67—72．
蒋述卓、邓锡斌．社会转型时期的城市、文化与文学——蒋述卓教授访谈录．甘肃社会科学，2013，03：60—64．
金春仙．当代韩国反美文学及其社会文化成因探析．中央民族大学学报，2005，06：95—99．
赖大仁．当代文学批评的社会历史观问题．山东社会科学，2013，01：61—68．
赖力行．文学批评的审美功能和社会政治功能评析．华中师范大学学报（人文社会科学版），1999，03：96—101、162—163．
黎芳、覃建军．略萨的结构现实主义文学及其社会批判性特质．求索，2011，04：218—219．
李萃茂、黄敏．论新时期以来文学思潮与社会思潮的关系．江西社会科学，

2014，05：90－95.
李俄宪. 社会文学：日本左翼文学的滥觞. 外国文学研究，2010，06：156－162.
李洁非. 城市文学之崛起：社会和文学背景. 当代作家评论，1998，03：36－49.
李鲜妮. 浅谈文学的社会作用——以《复活》为例. 陕西师范大学学报（哲学社会科学版），2007，S2：151－153.
李运抟. 聚焦问题的文学"社会档案"——关于新世纪中篇小说的文学社会学思考. 南方文坛，2012，04：36－41.
李志孝. 乡村社会问题的艺术聚焦——新世纪乡土小说的文学社会学考察. 文艺评论，2014，07：44－50.
林岗. 关于文学与社会的断想. 文艺争鸣，2004，04：17－19.
刘立胜. 民国时期文学译著出版与社会文化关系研究. 中国出版，2015，02：57－61.
刘新锁. 二十世纪中国文学的"底层叙述"与社会关切. 重庆社会科学，2013，10：64－69.
陆建德. 我是人类的一员：文学中的个人与社会. 当代作家评论，2012，04：46－55.
罗云锋. 挤压与突围：城市文学的困境与转机——兼及文学批评的社会科学转向. 南京社会科学，2011，06：132－138.
马大康. 社会规约：文学的结构性要素. 文艺理论研究，2015，03：75－83.
毛崇杰. 杜威的社会历史的文学思想——实用主义美学研究. 杭州师范大学学报（社会科学版），2009，03：7－12.
欧阳可惺. 文学隐性与消费社会中的"个性特征话语". 新疆大学学报（哲学社会科学版），2003，03：112－116.
彭家海. 19 世纪初的美国社会与美国浪漫主义文学. 湖北社会科学，2008，05：115－117.
彭亚非. 图像社会与文学的未来. 文学评论，2003，05：30－39.
申霞艳. 消费社会的文学生产. 文艺争鸣，2009，02：30－39.

苏奎．新时期社会转型与文学形态演进．当代文坛，2015，01：46－49．

孙桂荣．在社会视阈与男性视阈的双重“镜像”下——对当代文学中“性别与事业”冲突主题的文化解读．南方文坛，2007，06：43－48．

陶东风．距离与介入：论文学反映社会现实的方式——兼论文学的现实主义问题．小说评论，1999，02：26－29．

童庆炳．社会文化对文学修辞的影响．华中师范大学学报（人文社会科学版），2015，04：83－91．

王爱松．当代写实文学主潮与集体经验和社会记忆．首都师范大学学报（社会科学版），2013，04：81－87．

王蒙．文学与社会的互动．中国大学教学，2003，07：35－37．

王齐洲．孔子文学的学术路径与社会功能．湖北大学学报（哲学社会科学版），2014，02：66－71、148－149．

向荣．诗性正义：文学在消费时代重建社会关系的首要价值．社会科学战线，2012，08：139－147．

徐贲．文学的公共性与作家的社会行动．文艺理论研究，2009，01：39－44．

杨庆祥．“潘晓讨论”：社会问题与文学叙事——兼及“文学”与“社会”的历史性勾连．南方文坛，2011，01：46－50．

杨庆祥．社会互动和文学想象——路遥的“方法”．南方文坛，2015，04：15－18．

杨扬．文学与社会正义——一个讨论：新的批评建构已经开始了？．文艺争鸣，2007，01：51－55．

杨扬．意识形态的历史建构与文学关系的内在紧张——新中国30年来的社会与文学．社会科学，2010，04：160－172、192．

张闳．写作如何成为公民社会的典范——关于文学及人文学术的公共性思考．江苏社会科学，2008，06：134－137．

张剑．社会风俗与文学研究．华南师范大学学报（社会科学版），2014，03：22．

张军、吴建兰．美国犹太文学中的“父与子”母题及其社会功能研究——以索尔·贝娄的《勿失良辰》为例．江西社会科学，2011，03：100－104．

张荣翼．都市想象中的文学与社会．江西社会科学，2015，03：79－87．

张堂会．民国时期自然灾害下的人与社会——以现代文学为中心的考察．中国现代文学研究丛刊，2009，03：138－150．
张伟兵．文学作为史料：探索社会真实的另一种路径．华中师范大学学报（人文社会科学版），2007，01：82－90．
张文东．社会转型与文学传统——以大众文化背景下的网络传奇为例．当代文坛，2015，01：54－57．
张卓．社会性别身份与美国华裔文学研究．西南民族大学学报（人文社科版），2008，02：138－142．
赵沛林、何俊杰．对中国近现代社会畸变和文学演变的反思．社会科学家，2008，10：31－35．
朱英．“中庸”的社会影响与文学效用．安徽大学学报，2003，06：83－87．
朱晓进．略论 30 年代文学的社会科学化倾向．文学评论，2007，01：90－95．

英文论文

Ali, S. “Border-crossings in Literature and Sociology.” *Contexts*. 14.3 (2015): 44—49.
Barbu, Z. “Sociological Perspectives in Art and Literature.” *The Social Context of Art / Ed. by Jean Creedy*. (1970): 9—25.
Beard, P. N. G. “Doing the Knowledge in Literature and Sociology.” *South African Journal of Sociology*. 20.3 (1989): 152—158.
Brewer, John D. “Literature and Liberation in South Africa: A Sociological Comment on Watts.” *Ethnic and Racial Studies*. 9.2 (1986): 250—257.
English, James F. “Radway’s “feelings” and the Reflexive Sociology of American Literature.” *Modernism-Modernity*. 6.3 (1999): 139—49.
Filmer, Paul. “Structures of Feeling and Socio-Cultural Formations: the Significance of Literature and Experience to Raymond Williams’s Sociology of Culture.” *The British Journal of Sociology*. 54.2 (2003): 199—219.
Finnegan, Ruth. “Can There Be an Unbiased Sociology of Literature?” *International Journal of Comparative Sociology*. 15 (1974): 84—102.
Gołębiowski, Marek. “The Problem of Fidelity in the Screen Adaptation of Brod-

way Musical: Sociological Aspects." *Anglica: Studies in English and American Literature*. (1992): 31—45.

Gupta, Suman. "Sociological Speculations on the Professions of Children's Literature." *The Lion and the Unicorn: a Critical Journal of Children's Literature*. 29.3 (2005): 299—323.

Hase, Masato. "Possibility of "literature" in Sociology." *International Journal of Japanese Sociology*. 23.1 (2014): 32—45.

Karenga, . "Towards a Sociology of Maatian Ethics: Literature and Context." *Journal of African Civilization*. (1989): 352—395.

Milner, Andrew. "Sociology and Literature." *Meanjin*. 46.3 (1987): 291—300.

O'Flinn, J. P. "Towards a Sociology of the Nigerian Novel." *African Literature Today: a Journal of Explanatory Criticism*. (1975): 34—52.

第二节　文学与政治

中文专著

奥威尔．政治与文学．南京：译林出版社．2011．

蔡丽．传统、政治与文学：解放区小说的叙事转型．北京：中国社会科学出版社．2013．

陈国球．文学史书写形态与文化政治．北京：北京大学出版社．2004．

成青华等．倾听梁衡　在新闻、文学与政治之间．北京：新华出版社．2004．

程巍．文学的政治底稿　英美文学史论集．上海：复旦大学出版社．2014．

杜明业．文本形式的政治阐释　詹姆逊文学批评思想研究．广州：世界图书广东出版公司．2014．

葛红兵．身体政治　解读20世纪中国文学．台北：新锐文创．2013．

何文敬、单德兴．再现政治与华裔美国文学．台北：中央研究院欧美研究所．1996．

贺桂梅．女性文学与性别政治的变迁．北京：北京大学出版社．2014．

胡可先．中唐政治与文学　以永贞革新为研究中心．合肥：安徽大学出版社．

2000.
胡学常. 文学话语与权力话语 汉赋与两汉政治. 杭州：浙江人民出版社. 2000.
黄娟. 政治与文学之间. 台北：前卫出版社. 1993.
黄水源. 政治文化与中国新文学：周恩来文艺现象研究. 乌鲁木齐：新疆大学出版社. 1994.
罗德·霍顿、文森特·霍珀. 欧洲文学背景——西方文明巨著背后的政治、社会、思想潮流. 北京：人民文学出版社. 1992.
江玉琴. 书写政治 后殖民文学形态概观. 南昌：江西人民出版社. 2013.
雅克·朗西埃. 文学的政治. 南京：南京大学出版社. 2014.
李德辉. 唐代文馆制度及其与政治和文学关系. 上海：上海古籍出版社. 2006.
李玮. 政治文化语境下的文体矫正 论中国二十世纪三十年代文学的审美演进. 北京：人民出版社. 2011.
李怡. 民国政治经济形态与文学. 广州：花城出版社. 2014.
连晓霞. 政治意识形态规约下的文学话语：《金光大道》话语分析. 郑州：河南人民出版社. 2009.
刘传霞. 中国当代文学身体政治研究. 北京：中国社会科学出版社. 2014.
刘锋杰. 文学政治学的创构 百年来文学与政治关系论争研究. 上海：复旦大学出版社. 2013.
刘小新. 华文文学与文化政治. 镇江：江苏大学出版社. 2011.
罗建新. 谶纬与两汉政治及文学之关系研究. 上海：上海古籍出版社. 2015.
罗朋. 1930 年代中国现代主义文学与政治. 北京：民族出版社. 2006.
理查德·罗蒂. 哲学、文学和政治 罗蒂自选集. 上海：上海译文出版社. 2009.
潘一禾. 西方文学中的政治. 杭州：浙江大学出版社. 2006.
裴亚莉. 政治变革与小说形式的演进. 北京：中国社会科学出版社. 2008.
彭维锋. 在文学与政治之间 瞿秋白左翼时期的文艺思想研究. 北京：新华出版社. 2008.

覃召文、刘晟．中国文学的政治情结．广州：广东人民出版社．2006．
秦露．文学形式与历史救赎．北京：华夏出版社．2006．
邵玉铭．文学·政治·知识分子．台北：联合文学出版社．1977．
沈松勤．宋代政治与文学研究．北京：商务印书馆．2010．
石平萍．母女关系与性别、种族的政治：美国华裔妇女文学研究．开封：河南大学出版社．2007．
孙明君．汉魏文学与政治．北京：商务印书馆．2003．
孙生．秦汉政治与文学．北京：民族出版社．2005．
陶东风．文学理论的公共性：重建政治批评．福州：福建教育出版社．2008．
汪纪明．文学与政治之间　文学社团视野中的左联及其成员．北京：中国社会科学出版社．2012．
王宏志．文学与政治之间——鲁迅·新月·文学史．台北：东大图书股份有限公司．1994．
王建会．性别与种族政治　华裔美国女性文学作品研究　英文版．青岛：中国海洋大学出版社．2011．
王永祥．民国历史文化与中国现代文学研究丛书　民初的政治文化生态与新文学的空间场域．济南：山东文艺出版社．2015．
卫绍生、闵虹．魏晋文学与政治的文化观照．郑州：中州古籍出版社．2005．
魏朝勇．民国时期文学的政治想象．北京：华夏出版社．2006．
雷蒙德·威廉斯．政治与文学．开封：河南大学出版社．2010．
肖瑞峰、方坚铭、彭万隆．晚唐政治与文学．北京：中国社会科学出版社．2011．
薛泉．李东阳研究：以政治心态、文学思想为核心．长沙：湖南人民出版社．2007．
叶隽．文史田野与俾斯麦时代　德国文学思想与政治的互动史研究．北京：中国社会科学出版社．2013．
余晓明．文学研究的生态学隐喻　文学与宗教、政治、意识形态及其他．桂林：广西师范大学出版社．2011．
张静、吴海超．文学批评的政治．长春：吉林大学出版社．2012．

张琼. 矛盾情结与艺术模糊性　超越政治和族裔的美国华裔文学. 上海：复旦大学出版社. 2006.
赵伟. 元末明初士大夫政治文化与文学研究. 北京：中国社会科学出版社. 2015.
郑明娳. 当代台湾政治文学论. 台北：时报文化出版公司. 1994.
朱晓进等. 非文学的世纪　20世纪中国文学与政治文化关系史论. 南京：南京师范大学出版社. 2004.
朱晓进. 政治文化与中国二十世纪三十年代文学. 北京：人民出版社. 2006.

英文专著

Appelbaum, Robert. *Literature and Utopian Politics in Seventeenth-Century England*. Cambridge: Cambridge University Press, 2002.
Bertolini, Joseph C. *The Serpent Within: Politics, Literature and American Individualism*. Lanham: University Press of America, 1997.
Bewes, Timothy, and Timothy Hall. *Georg Lukács: The Fundamental Dissonance of Existence: Aesthetics, Politics, Literature*. London: Continuum, 2011.
Bjorklund, Beth, and Mark E. Cory. *Politics in German Literature*. Columbia, SC: Camden House, 1998.
Bloom, Clive. *Literature, Politics, and Intellectual Crisis in Britain Today*. Houndmills, Basingstoke, Hampshire: Palgrave, 2001.
Bow, Leslie. *Betrayal and Other Acts of Subversion: Feminism, Sexual Politics, Asian American Women's Literature*. Princeton, N. J: Princeton University Press, 2001.
Brown, Malcolm J. *The Politics of Irish Literature: From Thomas Davis to W. b. Yeats*. Seattle: University of Washington Press, 1972.
Brown, Nicholas. *Utopian Generations: The Political Horizon of Twentieth-Century Literature*. Princeton, N. J: Princeton University Press, 2005.
Cantor, Jay. *The Space between: Literature and Politics*. Baltimore: Johns Hopkins University Press, 1981.
Cassuto, David N. *Dripping Dry: Literature, Politics, and Water in the Desert Southwest*. Ann Arbor: University of Michigan Press, 2001.

Cole, G D. H. *Politics and Literature*. London: L. & Virginia Woolf, 1929.

Corse, Sarah M. *Nationalism and Literature: The Politics of Culture in Canada and the United States*. Cambridge, England: Cambridge University Press, 1997.

Dawahare, Anthony. *Nationalism, Marxism, and African American Literature between the Wars: A New Pandora's Box*. Jackson: University Press of Mississippi, 2003.

Downes, Paul. *Democracy, Revolution, and Monarchism in Early American Literature*. Cambridge, U. K: Cambridge University Press, 2002.

Esteve, Mary. *The Aesthetics and Politics of the Crowd in American Literature*. Cambridge, UK: Cambridge University Press, 2003.

Ferrall, Charles. *Modernist Writing and Reactionary Politics*. Cambridge, UK: Cambridge University Press, 2001.

Fuller, Randall. *Emerson's Ghosts: Literature, Politics, and the Making of Americanists*. New York: Oxford University Press, 2007.

Goldgar, Bertrand A. *Walpole and the Wits: The Relation of Politics to Literature, 1722—1742*. Lincoln: University of Nebraska Press, 1976.

Habinek, Thomas N. *The Politics of Latin Literature: Writing, Identity, and Empire in Ancient Rome*. Princeton, N. J: Princeton University Press, 1998.

Hadfield, Andrew. *Literature, Politics, and National Identity: Reformation to Renaissance*. Cambridge, England: Cambridge University Press, 1994.

Hocking, Jenny. *Frank Hardy: Politics, Literature, Life*. South Melbourne, Vic: Lothian Books, 2005.

Holland, Henry M. *Politics Through Literature*. Englewood Cliffs, N. J: Prentice-Hall, 1968.

Hynes, Samuel. *The Auden Generation: Literature and Politics in England in the 1930's*. New York: Viking Press, 1977.

Lucas, John. *Literature and Politics in the Nineteenth Century*. London: Methuen, 1971.

Manganiello, Dominic. *Joyce's Politics*. London; Boston: Routledge & Kegan Paul, 1980.

Marks, Peter. *Literature and Politics: Pushing the World in Certain Directions*. Newcastle upon Tyne: Cambridge Scholars Pub, 2012.

McKenna, Teresa. *Migrant Song: Politics and Process in Contemporary Chicano*

Literature. Austin: University of Texas Press, 1997.

Ng, Su F. *Literature and the Politics of Family in Seventeenth-Century England*. Cambridge, England: Cambridge University Press, 2007.

Nnaemeka, Obioma. *The Politics of (m) othering: Womanhood, Identity, and Resistance in African Literature*. London: Routledge, 1997.

Peppis, Paul. *Literature, Politics, and the English Avant-Garde: Nation and Empire, 1901–1918*. Cambridge, U. K: Cambridge University Press, 2000.

Pinsent, Pat. *Children's Literature and the Politics of Equality*. New York: Teachers College Press, 1997.

Podhoretz, Norman. *The Bloody Crossroads: Where Literature and Politics Meet*. New York: Simon and Schuster, 1986.

Rancière, Jacques, and Julie Rose. *The Politics of Literature*. Cambridge: Polity, 2011.

Robertson, Ritchie. *Kafka: Judaism, Politics, and Literature*. Oxford: Clarendon Press, 1985.

Sartre, Jean-Paul. *Politics and Literature*. London: Calder and Boyars, 1973.

Schweitzer, Ivy. *Perfecting Friendship: Politics and Affiliation in Early American Literature*. Chapel Hill: University of North Carolina Press, 2006.

Semenza, Gregory M. C. *Sport, Politics, and Literature in the English Renaissance*. Newark: University of Delaware Press, 2003.

Shell, Marc. *Children of the Earth: Literature, Politics, and Nationhood*. New York: Oxford University Press, 1993.

Sorisio, Carolyn. *Fleshing Out America: Race, Gender, and the Politics of the Body in American Literature, 1833–1879*. Athens: University of Georgia Press, 2002.

Sullivan, J P. *Literature and Politics in the Age of Nero*. Ithaca: Cornell University Press, 1985.

Sun, Emily. *Succeeding King Lear: Literature, Exposure, and the Possibility of Politics*. New York: Fordham University Press, 2010.

Worden, Blair. *Literature and Politics in Cromwellian England: John Milton, Andrew Marvell, Marchamont Nedham*. Oxford: Oxford University Press, 2007.

中文论文

毕海．文学、民族主义与文化领导权——政治文化视阈中文学的“民族形式”问题．齐鲁学刊，2015，04：146－151．

常彬．抗美援朝文学叙事中的政治与人性．文学评论，2007，02：59－66．

陈国恩、禹权恒．政治认同与文学建构——1950年代文学史著中的鲁迅形象．湖南师范大学社会科学学报，2013，04：105－111．

陈华文．作为政治哲学的文学：论《曼陀罗》之于马基雅维利学说的意义．学海，2014，04：90－96．

陈伟、冯爱琳．从文艺美学的视阈看文学与政治的关系．社会科学辑刊，2012，06：209－213．

陈演池．文学与政治的同一和分殊——从梁启超看现代中国文学观念中的一个悖论性问题．郑州大学学报（哲学社会科学版），2015，01：120－123．

陈玉聃．国际政治的文学透视：以莎士比亚《亨利五世》为例．外交评论（外交学院学报），2015，04：82－106．

陈正发．澳大利亚土著文学创作中的政治．外国文学，2007，04：58－63、127．

程露．文学形式的政治批评——伊格尔顿文艺思想的文本解读．华南师范大学学报（社会科学版），2011，05：33－38．

范永康．“诗性政治”论——兼及文学性和政治性的融通．广西社会科学，2010，02：103－106．

范永康．走向后现代的文学阅读政治学——新近文学接受理论的政治转向研究．国外社会科学，2013，05：141－145．

冯君．伊格尔顿《文学理论引论》和“学术与政治”问题．学术交流，2010，05：130－133．

傅绍良．唐代政治意义上的文学意识．陕西师范大学学报（哲学社会科学版），2004，01：66－70．

傅莹．在文学本体与政治意识形态之间——二十世纪中国典型理论影响研究．文艺理论研究，1999，02：41－47．

傅元峰．政治规避及其美学反抗：80 年代文学的文化认同问题．天津社会科学，2009，04：93－97．
高永年、何永康．百年中国文学与政治审美因素．文学评论，2008，04：112－116．
高志忠、魏中林．宦官政治与明代文学的演进．北方论丛，2012，04：29－33．
郜积意．在学术与政治之间——西汉今文学、古文学、小学的共同研究．孔子研究，1999，03：70－81．
郜积意．转喻：文学与政治．浙江学刊，1999，05：95－101．
耿传明．“政治小说”的出现与公理至上话语的确立——晚清社会心态的变异与浪漫主义的文学政治．江汉论坛，2007，01：114－119．
古远清．台湾新世纪文学的“政治时间”与“文学时间”．南方文坛，2013，06：141－146．
郭国昌．从上海到延安：“文学旗手”建构的空间政治诗学——延安文艺体制中的高尔基形象塑造．兰州学刊，2015，08：12－20．
韩格平．孙吴子书的政治取向及其对孙吴文学的影响．东北师大学报，2004，06：49－54．
韩伟，杨晓燕．政治解冻与文学批评生命的获得——新时期之初文学理论与批评研究（1979－1984．西北师大学报（社会科学版），2010，02：101－106．
韩卫娟．香港文学的本土化进程及其政治指向．中国文学研究，2015，01：97－101．
何言宏．20 世纪中国文学的现代性阐释与文化政治问题．南京师大学报（社会科学版），2002，01：113－118．
贺仲明．转型的艰难与心灵的归化：“十七年文学”的政治认同问题．天津社会科学，2009，04：90－93．
胡铁生．欧洲政治哲学对美国早期政论文学的影响——再论美国文学形成过程中的全球化因素．厦门大学学报（哲学社会科学版），2010，06：113－120、144．
胡蔚．管窥 2006 年德语文坛：政治与文学的恩怨．国外文学，2007，02：

124－126.
胡希东. 政治主流意识形态与文学兴衰发展——刘勰《文心雕龙·时序》中的文学史观. 江西社会科学，2008，08：139－141.
胡友笋. 文学阐释的实践存在论观照——兼及文学与政治关系重构的可能理路. 内蒙古社会科学（汉文版），2014，05：122－125.
黄水源. 胡风事件：作为文学事件的政治事件. 小说评论，2010，S1：6－8.
黄万华. 创作：跨越政治、历史的“分水岭”——对1949年前后中国文学转型的一种考察. 广东社会科学，2013，02：171－179.
黄晓华. 医学与政治的双重变奏——论解放区文学的疾病书写. 中国文学研究，2008，03：95－98.
黄旭. 试析托克维尔的“文学政治现象”理论. 前沿，2009，13：175－177.
季桂起. 近代的政治文化影响与文学的泛政治化观念. 山东社会科学，2012，04：44－48.
焦垣生、胡友笋. 文学与政治关系言说的反思与重述. 人文杂志，2010，02：97－101.
康震. 文学与政治之间——唐玄宗朝翰林学士述论. 山西大学学报（哲学社会科学版），2007，01：6－12.
孔雪、岳永逸. 生计、文学与政治：被消费的身体. 清华大学学报（哲学社会科学版），2014，01：151－158、161.
寇鹏程. 寻找政治：“十七年”文学批评中“歪曲”话语的逻辑. 文学评论，2012，03：176－185.
赖力行. 文学批评的审美功能和社会政治功能评析. 华中师范大学学报（人文社会科学版），1999，03：96－101、162－163.
乐启良. 18世纪的法国“文学政治”何以成为可能——对托克维尔的一点批评. 世界历史，2013，05：18－25、157.
黎新华. 文学与政治的变奏——论奥威尔的文学观及其政治性写作. 河北大学学报（哲学社会科学版），2013，02：17－19.
李安斌、刘晓娟. 政治中的文学与文学中的政治——清教话语与北美独立革命关系评述. 国外理论动态，2009，07：94－97、102.

李春红．文学与政治关系的新建构．文艺争鸣，2007，05：18－21．
李春青．北宋士人的政治诉求及其文学映象．河北学刊，2008，02：116－122．
李定清．马克思恩格斯文艺思想中的文学与政治．文艺理论与批评，2009，06：105－109．
李剑清．文学政治维度的自觉重构．文艺理论与批评，2011，06：80－82．
李巍．近三十年初唐政治与文学关系研究综述．古籍整理研究学刊，2014，01：109－113．
李相银．乡村政治生态与中国当代文学．中国现代文学研究丛刊，2011，07：59－68．
李占伟．文学“再政治化”批判——兼论文学与政治的深层融通．学习与探索，2013，01：124－130．
梁惠娟．政治与文学：互渗互动中相勉而行．河北师范大学学报（哲学社会科学版），2009，03：107－110．
林精华．后苏联俄罗斯文学发展和俄联邦政治进程．外国文学，2012，03：107－115、159．
刘传霞．饥饿的政治文化诗学——论中国20世纪80年代文学中的饥饿叙事．扬子江评论，2009，03：18－25．
刘传霞．身体治理的政治隐喻——1950－1970年代中国文学的疾病叙事．甘肃社会科学，2011，05：66－69．
刘东玲．革命话语：政治先锋下的个人主义激情——20世纪20年代末普罗文学现象及其命运．学术月刊，2010，06：109－115．
刘锋杰．从“从属论”到“想象论”——文学与政治关系的新思考．文艺争鸣，2007，05：14－17．
刘锋杰．为什么提出“文学想象政治”？——近年来文学与政治关系研究的进展与反思．学习与探索，2014，09：143－148．
刘淮南．白居易的文学观念与政治情怀．安徽师范大学学报（人文社会科学版），2012，04：404－408．
刘伟．超越“竹内鲁迅”：木山英雄对“政治与文学框架”的突破．东岳论丛，2010，08：32－36．

刘中望．文学与政治的博弈——瞿秋白译介俄国马克思主义文学理论的纠结．文史哲，2012，06：54—63．
陆贵山．重构文学的政治维度．华中师范大学学报（人文社会科学版），2008，03：106—113．
马云．文学的政治阅读——中国现代文学研究新思潮．文学评论，2007，05：58—62．
孟繁华．新世纪文学：文学政治的重建——文学政治的内部视角与外部想象．文艺争鸣，2010，21：104—108．
祁志祥．从文学与政治的百年论争看如何建设“文艺政治学”．学习与探索，2014，09：149—155．
钱剑平．王国维“古雅说”直面“政治文学．文艺理论研究，2005，03：52—57．
乔治·奥威尔、李存捧．政治与文学．当代外国文学，2011，03：66．
施立峻．公共空间与文学价值——重新审视文学与政治关系的一个视角．文艺理论研究，2011，03：31—35．
史锦秀．马哈福兹的“政治文学”．外国文学研究，2006，06：146—152．
宋炳辉．政治东欧与文学东欧：——论东欧文学与中国文学现代性的内在关联．中国比较文学，2010，04：59—73．
陶东风．从阿伦特的政治概念看文学理论的政治维度．人文杂志，2006，06：85—92、162．
陶东风．关于文学与政治关系的再思考．文艺研究，1999，04：17—18．
陶东风．重审文学理论的政治维度．文艺研究，2006，10：30—37、166—167．
王嘉良．文学与政治联姻：现实主义的独特张力与限制．文学评论，2009，05：21—26．
王琳．作为“主流”的文学话语与政治话语．中国文学研究，2008，01：15—16．
王勤．中国特色社会主义文化建设与文学的政治维度．文艺理论与批评，2013，05：121—124．
王晓路．文化政治与文化批评——斯皮瓦克文学观的解读．外国文学，

2004，05：37－43．
王学泰．论清代文学与政治．浙江社会科学，2005，01：163－172．
王智慧．论革命文学运动中文学与政治的关系．天津社会科学，2005，05：106－110．
吴俊．《人民文学》的政治性格和“文学政治”策略．文艺争鸣，2009，10：37－40．
吴俊．文学的政治：国家、启蒙、个人——关于近代以来中国文学的三种话语方式或权利诉求．南方文坛，2008，06：23－26、33．
吴俊．以政治为核心：现实与文学的关系．当代作家评论，2010，03：4－10、209．
伍明春．文学场与政治场相互借力——论早期新诗的政治话语．福建论坛（人文社会科学版），2015，05：129－134．
徐敏．萨特：文学与政治的处境．外国文学，2003，02：40－49．
徐翔．政治认同的审美性——兼重审文学在“再政治化”中的本体论建构．文艺理论研究，2010，04：52－57、132．
薛雯、刘锋杰．文学与政治关系的中介发现与推进．南京社会科学，2013，08：131－139．
姚文放．文化政治与文学理论的后现代转折．文学评论，2011，03：17－25．
尹晶．小民族政治的文学实践．国外理论动态，2008，01：75－79．
余晓明．互渗与回环：政治文化视角下的文学与政治关系．求索，2005，11：174－177．
袁盛勇．延安文学观念中的文学与政治．文艺争鸣，2009，05：60－65．
张开焱．文学面对的政治．文艺争鸣，2000，06：59－65．
张振龙．从政治到文学：建安文人业缘的历史走向．文学评论，2010，06：113－120．
周景耀．超越偏见：“想象”的文学与政治关系论．清华大学学报（哲学社会科学版），2010，S2：35－45．
周志强．伪经验时代的文学政治批评——本雅明与寓言论批评．南京社会科学，2012，12：104－111．

朱晓进．从政治文化的角度研究三十年代文学．中国现代文学研究丛刊，1999，01：57—66．

朱晓进．从政治文化的角度研究中国二十世纪文学．文学评论，2001，05：155—157．

朱晓进．论三十年代文学群体的“亚政治文化”特征——以“左联”的政治文化性质为例．求是学刊，2000，02：86—92．

朱晓进．文学与政治：从非整合到整合——20 世纪中国文学的政治化思潮管见．社会科学辑刊，1999，05：152—155．

英文论文

Brummer, Hans H, and Tore Janson. “Art, Literature and Politics—an Episode in the Roman Renaissance.” *Konsthistorisk Tidskrift / Konsthistoriska Sällskapet.* (1976): 79—93.

Debeljak, Aleš. “Literature against the Politics of Oblivion.” *Slovene Studies.* 10.1 (1988): 61—64.

Englund, Harri. “Gender Relations in African-Language Literature: Interpretative Politics and Possibilities.” *African Sociological Review.* 8.1 (2004): 154—175.

Gordimer, Nadine. “English-language Literature and Politics in South Africa.” *Journal of Southern African Studies.* 2.2 (1976): 131—150.

Inglis, F. “Reading Children’s Novels: Notes on the Politics of Literature.” *Children’s Literature in Education.* 2.5 (1971): 60—75.

Johnson, Lemuel A. “‘his Excellency’ and the ‘owner of Book’: Moral Vision in African Politics and Literature.” *Journal of African Studies.* 7 (1980): 11—21.

Okafor, R N. C. “Politics and Literature in the Ivory Coast.” *Kiabara.* 2 (1979): 164—190.

Okonkwo, Juliet I. “Literature and Politics in Somalia: The Case of Nuruddin Farah.” *Africa Today.* 32.3 (1985): 57—65.

Parkinson, Zamora L. “Deciphering the Wounds: The Politics of Torture and Julio Cortázar’s Literature of Embodiment.” *Literature and the Bible.* (1993): 179—206.

Plotz, Judith. “Haroun and the Politics of Children’s Literature.” *Children’s*

Literature Association Quarterly. 20.3 (1995): 100—104.

Saglia, Diego. "The Exotic Politics of the Domestic: the Alhambra As Symbolic Place in British Romantic Poetry." *Comparative Literature Studies*. 34.3 (1997): 197—225.

Thacker, Deborah. "Feminine Language and the Politics of Children's Literature." *The Lion and the Unicorn: a Critical Journal of Children's Literature*. 25.1 (2001): 13—16.

Thompson, David M. "Making No Portraits: T. s. Eliot, Mimesis and the Politics of Mediterranean Classicism." *Comparative Literature*. (1998): 32—56.

Varsava, Jerry A. "The Cultural Politics in Erich Auerbach: Mimesis Revisited." *Canadian Review of Comparative Literature*. (1998): 158—173.

Vaughan, Michael. "Literature and Politics: Currents in South African Writing in the Seventies." *Journal of Southern African Studies*. 9.1 (1982): 118—138.

第三节　文学与经济学

中文专著

白振奎．从宫阙到竹林　魏晋士族经济生活与文学．郑州：河南人民出版社．2012．

陈丽伟．中国新经济文学概论．桂林：漓江出版社．2015．

傅蓉蓉．走向盛宋　北宋前期南方经济圈形成与文学转型．北京：光明日报出版社．2011．

郭正元．文学的选择　市场经济与文学的审美创造．广州：中山大学出版社．1998．

李怡．民国政治经济形态与文学．广州：花城出版社．2014．

刘志华、于志鹏、成曙霞．经济视野下的唐代文学．济南：山东人民出版社．2011．

鲁湘元．稿酬怎样搅动文坛　市场经济与中国近现代文学．北京：红旗出版社．1998．

裴毅然．中国现代文学经济生态．郑州：河南人民出版社．2012．
祁述裕．市场经济下的中国文学艺术．北京：北京大学出版社．1998．
祁志祥．历代文学观照的经济维度．郑州：河南人民出版社．2012．
沈端民．中国古代文学作品中的经济问题．成都：西南财经大学出版社．1995．
宋浩波．文论撷英　犯罪学·经济学·文学．北京：中国人民公安大学出版社．2001．
谭伟平．知识经济时代的文学形态．长沙：湖南人民出版社．2002．
许建平、祁志祥．中国传统文学与经济生活．郑州：河南人民出版社．2006．
许建平．文学研究的新经济视角与分析方法．上海：上海古籍出版社．2008．
张浩文．海南民间文学与海南旅游经济．兰州：甘肃文化出版社．2005．
左鹏．唐代岭南社会经济与文学地理．郑州：河南人民出版社．2014．

英文专著

Brier, Evan. *A Novel Market place: Mass Culture, The Book Trade, And Postwar American Fiction*. Philadelphia: University of Pennsylvania Press, 2010.
Crosser, Paul K. *Economic Fictions; A Critique of Subjectivistic Economic Theory*. New York, Philosophical Library, 1957.
Davis, James C. *Commerce in Color: Race, Consumer Culture, and American Literature, 1893–1933*. Ann Arbor: University of Michigan Press, 2007.
Farnam, Henry W. *Shakespeare's Economics*. New Haven: Yale University Press, 1931.
Fornazzari, Alessandro. *Speculative Fictions: Chilean Culture, Economics, and the Neoliberal Transition*. Pittsburgh, Pennsylvania: University of Pittsburgh Press, 2013.
Gallagher, Catherine. *The Body Economic: Life, Death, and Sensation in Political Economy and the Victorian Novel*. Princeton, N. J: Princeton University Press, 2006.
Henderson, Willie. *Economics As Literature*. London: Routledge, 1994.
Houston, Gail T. *From Dickens to Dracula: Gothic, Economics, and Victorian*

Fiction. Cambridge, UK: Cambridge University Press, 2005.

Hoxby, Blair. *Mammon's Music: Literature and Economics in the Age of Milton*. New Haven: Yale University Press, 2002.

Mandell, Laura. *Misogynous Economies: The Business of Literature in Eighteenth-Century Britain*. Lexington: University Press of Kentucky, 1999.

Ohrenstein, Roman A, Barry Gordon. *Economic Analysis in Talmudic Literature: Rabbinic Thought in the Light of Modern Economics*. Leiden: Brill, 2009.

Shell, Marc. *The Economy of Literature*. Baltimore: Johns Hopkins University Press, 1978.

Stockton, Sharon. *The Economics of Fantasy: Rape in Twentieth-Century Literature*. Columbus: Ohio State University Press, 2006.

Sweet, Timothy. *American Georgics: Economy and Environment in Early American Literature*. Philadelphia: University of Pennsylvania Press, 2002.

Taylor, Melanie B. *Disturbing Calculations: The Economics of Identity in Postcolonial Southern Literature, 1912–2002*. Athens, Ga: University of Georgia Press, 2008.

Tratner, Michael. *Deficits and Desires: Economics and Sexuality in Twentieth-Century Literature*. Stanford, Calif: Stanford University Press, 2001.

Turner, Frederick. *Shakespeare's Twenty-First Century Economics: The Morality of Love and Money*. New York: Oxford University Press, 1999.

Watts, Michael W. *The Literary Book of Economics: Including Readings from Literature and Drama on Economic Concepts, Issues, and Themes*. Wilmington, Del: ISI Books, 2003.

中文论文

陈大康．报刊文学与商业交换规则——以《瀛寰琐纪》的出版史为分析个案．学术月刊，2006，05：124－128、133．

陈文新．明代文学与明代的政治、经济、文化生态．文艺研究，2013，10：44－53．

程健君．论中原民间文学对区域经济文化建设的作用．河南社会科学，2009，06：85－87．

邓大情．广州都市经济在近代小说中的文学书写．广东社会科学，2014，04：172－177．

董乃斌．经济视角与唐代文学研究的深入．学术月刊，2006，05：128－131、133．

方舟、方长安．中国近现代经济转型与文学现代变迁．福建论坛（人文社会科学版），2012，04：132－136．

傅书华．论市场经济对文学发展的积极影响．当代文坛，1998，06：59－61．

公木．社会主义市场经济与有中国特色的社会主义文学．东北师大学报，1998，04：2－7．

何红艳．科尔沁蒙古族经济形态多元化与说唱文学的辩证关系．民族文学研究，2012，06：108－112．

荷尼夫．从18世纪中西文学作品看全球贸易与货币历史的关系．史林，2009，06：78－84、189．

胡明．中国传统文学与经济生活．学术月刊，2006，05：122－124、133．

黄霖．作为文学研究新起点的经济视角．学术月刊，2006，09：93－95．

李丹．近代经济史视野下的《子夜》文学创作——以南京国民政府早期公债为中心的考察．东岳论丛，2012，06：87－91．

李贵森．西方商品经济条件下文学价值观的转化与文学性的变迁．社会科学家，2011，04：130－134．

李桂奎．经济叙述与中国古代小说的文本建构．学术月刊，2006，09：102－105．

李哲．经济·文学·历史——《春蚕》文本的三个维度．文学评论，2012，03：112－120．

刘东玲．现代社会经济发展与三十年代文学景观．文学评论，2011，03：174－179．

刘家贵．重评西汉盐铁会议及贤良文学的经济思想．中国经济史研究，2008，04：135－143．

陆贵山．经济全球化与文学的民族性．高校理论战线，2006，02：56－60．

马以鑫．论20世纪中国都市文学中的经济表现．华东师范大学学报（哲学社会科学版)，2002，03：49－54、126．
欧阳可惺．经济开发与消费社会中的少数民族文学批评．新疆大学学报（哲学人文社会科学版)，2008，02：113－117．
裴毅然．20世纪30年代的中国文学与经济之关系．学术月刊，2009，04：102－109．
裴毅然．稿费初始——推动现代文学勃兴的经济基础．上海财经大学学报，2007，05：27－34．
乔美丽．市场经济与纪实文学．山东大学学报（哲学社会科学版)，1999，03：103－105．
任美衡．市场经济视阈中文学批评之变型及其症候分析．文艺争鸣，2013，04：173－176．
孙彩霞．宋代城市经济与城市中的瓦子勾栏．河北大学学报（哲学社会科学版)，2007，02：50－53．
孙少华．《盐铁论》与西汉经济转型中的学术及文学生态．河南大学学报（社会科学版)，2012，02：102－111．
王敏．基于文学话语权维度的社会消费观变迁之考察．求索，2013，06：163－165．
王毅．明代“权力经济”的法权基础及其对通俗小说的影响．学术月刊，2006，09：98－100．
王兆鹏．宋代的“润笔”与宋代文学的商品化．学术月刊，2006，09：95－98．
吴秀明、尹凡．论知识经济条件下当代良性文学生态环境的营造——兼谈世纪之交文学的生存境遇及其应对策略．学习与探索，2003，05：91－95．
许建平．经济生活与文学活动之关系及其研究途径．社会科学，2008，03：165－170、192．
许建平．文学生成与传播的经济动因．学术月刊，2006，05：131－133．
许徐．1930：上层建筑与经济基础关系视域中的左翼文学价值辨析——左翼现代性的再认识之一．文艺理论与批评，2014，06：113－117．
闫伟华．网络文学出版市场发展的经济逻辑与未来市场格局．出版发行研究，2015，05：51－55．

杨虹．社会商业化进程中的商业文学景观．求索，2008，12：172－175．
杨华丽．现代文学研究的民国经济视野：有效性及其限度．社会科学研究，2012，05：15－23．
杨利景．市场经济时代的文学批评．当代作家评论，2011，04：123－129．
杨玲．体验经济与网络文学研究的范式转型．文艺研究，2013，12：25－33．
叶中强．想象的都市和经济话语的都市——论当前文学文本中的一种“都市”及其元话语．上海社会科学院学术季刊，1998，04：170－179．
尹奇岭．民国时期新旧文学经济状况的考察．人文杂志，2009，06：80－87．
余晓明．协同及颉颃：文学与经济的关系论．求索，2007，11：157－159．
张兵．戏曲与社会经济生活．学术月刊，2006，09：100－102．
张大为．经济理性时代地域文化的认同困惑——论“后津味文学”写作．天津社会科学，2009，02：111－114．
张鸿声．工业经济的变迁与中国现代文学．郑州大学学报（哲学社会科学版），2001，06：83－87．
张杰英、何昱．民间文学艺术来源群体的经济权利．河北学刊，2012，05：160－163．
章培恒．经济与文学之关系．学术月刊，2006，05：120－122、133．
钟翠红．六朝南方庄园经济与庄园文学．兰州学刊，2009，12：192－195．

外文期刊

Christmas, Danielle. “The Plantation-Auschwitz Tradition: Forced Labor And Free Markets In The Novels Of William Styron.” *Twentieth Century Literature* 1 (2015): 1—31.
Harrison, Mary-Catherine. “Economics And Ethics In The Victorian Novel.” *Studies In The Novel* 3 (2014): 371—375.
O'Donnell, Margaret G. “A Historical Note On The Use Of Fiction To Teach Principles Of Economics.” *Journal Of Economic Education* 20.3 (1989): 314—320.
Rioux, Sébastien. “The Fiction Of Economic Coercion: Political Marxism And The Separation Of Theory And History.” *Historical Materialism* 21.4 (2013): 92—128.

Žitko, Mislav. “Models, Fictions And Explanations: A Study In Historical Epistemology Of Economics.” *Filozofija I Drustvo* 24.4 (2013): 84—101.

第四节 文学与法学

中文专著

白慧颖．法律与文学的融合与冲突．北京：知识产权出版社．2014．
理查德·A. 波斯纳．法律与文学．北京：中国政法大学出版社．2002．
陈文琼．国家政治语境中的“法律与文学”．北京：中国社会科学出版社．2013．
董斌．当代反腐小说法学与文学交叉研究．银川：宁夏人民出版社．2008．
范玉吉．法律与文学研究 第1辑．上海：上海三联书店．2012．
冯象．木腿正义 关于法律与文学．广州：中山大学出版社．1999．
本杰明·N. 卡多佐．演讲录 法律与文学．北京：中国法制出版社．2005．
林太、张毛毛．犹太人与世界文化：在科学、文学和社会法律的维度上．上海：三联书店上海分店．1993．
刘星显．法律与文学研究 基于关系视角．北京：社会科学文献出版社,2014．
齐奥科斯基．正义之镜 法律危机的文学省思．北京：北京大学出版社．2011．
宋浩波．文论选萃 犯罪学·经济法学·文学．北京：中国人民公安大学出版社．2000．
韦斯布罗德．新娘蝴蝶 透过文学看法律．北京：法律出版社．2013．
吴尚智．舞文弄法——游走于中国文学与法律中文之间．香港：文思出版社．2013．
徐国栋．在法学与文学之间的30年．湘潭：湘潭大学出版社．2008．
徐忠明．法学与文学之间．北京：中国政法大学出版社．2000．
许慧芳．文学中的法律．北京：中国政法大学出版社．2014．
余宗其．法律与文学漫话．北京：华艺出版社．2001．
余宗其．法律与文学的交叉地．沈阳：春风文艺出版社．1995．

余宗其．外国文学与外国法律．北京：中国政法大学出版社．2003．
余宗其．中国文学与中国法律．北京：中国政法大学出版社．2002．
张丽卿．法律与文学——文学视野中的法律正义．台北：元照出版有限公司．2010．
朱苏力．法律与文学　以中国传统戏剧为材料．北京：生活·读书·新知三联书店．2006．

英文专著

Aristodemou, Maria. *Law and Literature: Journeys from Her to Eternity*. Oxford: Oxford University Press, 2000.

Bloch, R. H. *Medieval French Literature and Law*. Berkeley: University of California Press, 1977.

Brooks, Peter. *Troubling Confessions: Speaking Guilt in Law & Literature*. Chicago: University of Chicago Press, 2000.

Browne, Irving. *Law and Lawyers in Literature*. Boston: Soule Bugbee, 1883.

Bruner, Jerome S. *Making Stories: Law, Literature, Life*. New York: Farrar, Straus, and Giroux, 2002.

Carpi, Daniela, A. M. P. Gaakeer. *Liminal Discourses: Subliminal Tensions in Law and Literature*. Berlin: De Gruyter, 2013.

Freeman, Michael D. A., A. D. E. Lewis. *Law and Literature*. Oxford: Oxford University Press.

Gaakeer, A M. P, and François Ost. *Crossing Borders: Law, Language, and Literature*. Nijmegen: Wolf Legal Publishers, 2007.

Gravdal, Kathryn. *Ravishing Maidens: Writing Rape in Medieval French Literature and Law*. Philadelphia: University of Pennsylvania Press, 1991.

Green, Richard F. *A Crisis of Truth: Literature and Law in Ricardian England*. Philadelphia: University of Pennsylvania Press, 1999.

Green, William S. *Law As Literature*. Chico, CA: Scholars Press, 1983.

Grossman, Jonathan H. *The Art of Alibi: English Law Courts and the Novel*. Baltimore: Johns Hopkins University Press, 2002.

Gurnham, David. *Memory, Imagination, Justice: Intersections of Law and Litera-*

ture. Farnham, UK: Ashgate, 2009.

Halberstam, Chaya T. *Law and Truth in Biblical and Rabbinic Literature*. Bloomington: Indiana University Press, 2010.

Hanafin, Patrick, Adam Gearey, Joseph Brooker. *Law and Literature*. Oxford, UK: Blackwell Pub, 2004.

Heinzelman, Susan S. *Riding the Black Ram: Law, Literature, and Gender*. Stanford, Calif: Stanford Law Books, 2010.

Hendrick, Veronica C. *Servants, Slaves, and Savages: Reflections of Law in American Literature*. Durham, N. C: Carolina Academic Press, 2012.

Jordan, Constance, and Karen Cunningham. *The Law in Shakespeare*. Basingstoke, England: Palgrave Macmillan, 2007.

Ledwon, Lenora. *Law and Literature: Text and Theory*. New York: Garland Pub, 1996.

Lemon, Rebecca. *Treason by Words: Literature, Law, and Rebellion in Shakespeare's England*. Ithaca, N. Y: Cornell University Press, 2006.

Lewis, Felice F. *Literature, Obscenity, & Law*. Carbondale: Southern Illinois University Press, 1976.

Lockey, Brian. *Law and Empire in English Renaissance Literature*. Cambridge, UK: Cambridge University Press, 2006.

Meyer, Michael. *Literature and Law*. Amsterdam: Rodopi, 2004.

Myrsiades, Kostas, and Linda S. Myrsiades. *Un-disciplining Literature: Literature, Law, and Culture*. New York: Peter Lang, 1999.

Posner, Richard A. *Law and Literature: A Misunderstood Relation*. Cambridge, Mass: Harvard University Press, 1988.

Rockwood, Bruce L. *Law and Literature Perspectives*. New York: P. Lang, 1996.

Sarat, Austin. *Law and Literature Reconsidered*. Bingley, UK: JAI, 2008.

Schmidgen, Wolfram. *Eighteenth-century Fiction and the Law of Property*. Cambridge: Cambridge University Press, 2002.

Smith, Carl S, John P. McWilliams, and Maxwell H. Bloomfield. *Law and American Literature: A Collection of Essays*. New York: Knopf, 1983.

Sokol, B J, and Mary Sokol. *Shakespeare, Law, and Marriage*. Cambridge, UK: Cambridge University Press, 2003.

Thomas, Brook. *Cross-examinations of Law and Literature: Cooper, Hawthorne,*

Stowe, and Melville. Cambridge: Cambridge University Press, 1987.

Turner, J N, Pamela Williams. *The Happy Couple: Law and Literature*. Sydney: Federation Press, 1994.

Ward, Ian. *Law and Literature: Possibilities and Perspectives*. Cambridge: Cambridge University Press, 1995.

Weisberg, Richard H. *Poethics, and Other Strategies of Law and Literature*. New York: Columbia University Press, 1992.

Windolph, F. L. *Reflections of the Law in Literature*. Philadelphia: University of Pennsylvania Press, 1956.

中文论文

陈文琼．论文学在司法实践中的作用——一个“法律与文学”的分析视角．河北法学，2009，07：41－46．

陈晓明．文学的类型、法律与女人——读解德里达的文学观．当代文坛，2006，05：4－7．

陈玉新，姜文．文学之于法学教育与研究的意义．法制与社会，2008，07：236－237、249．

范玉吉．涉法文学：文学和法学共同视域中的文学族类．华东政法学院学报，2001，03：65－69．

范正群．古人的法律意识及其文学表现．学术界，2008，02：252－255．

傅宁．试论中国古典文学作品中传播的法律理念．深圳大学学报（人文社会科学版），2006，05：89－93．

何家弘．从“血之罪”到“性之罪”——关于人性的法学与文学思考．浙江社会科学，2013，04：142－145．

黄智虎．略论新时期文学的法律表达．华东政法学院学报，1999，06：70－73．

贾学鸿．从法学命题到文学理论的历史演变——论《尚书》和《文心雕龙》中的“辞尚体要”．扬州大学学报（人文社会科学版），2014，06：54－60．

康鑫．在法意与自由之间：民国法律视野与现代文学研究的有效性．文艺争鸣，2013，03：42－45．

林国清．中国古代法律与文学发展关系初探．福建论坛（文史哲版），1999，

02：75－76．
刘晗．超越“法律与文学”．读书，2006，12：136－143．
刘星显．法律与文学的关联模式论．社会科学战线，2011，02：250－252．
刘星显．法律与文学的意义及其理论价值．东北师大学报（哲学社会科学版），2011，02：206－208．
刘星显．作为反法律与经济学的法律与文学．法制与社会发展，2011，03：139－154．
明辉、李霞．西方法律与文学运动的形成、发展与转向．国外社会科学，2011，03：65－73．
强世功．文学中的法律：安提戈涅、窦娥和鲍西娅——女权主义的法律视角及检讨．比较法研究，1996，01：29－43．
邱佳佳．法学语言与文学语言的比较性分析．法制与社会，2013，07：183－184．
沈明．法律与文学：可能性及其限度．中外法学，2006，03：310－322．
王鸿博．殖民地时期印度法律的文学书写——泰戈尔短篇小说《原来如此》的法律内涵．南亚研究，2009，02：151－159．
魏军梅．“文学中的法律”及其作用．科学经济社会，2011，04：133－136．
徐忠明、温荣．中国的“法律与文学”研究述评．中山大学学报（社会科学版），2010，06：162－174．
徐忠明．办成“疑案”：对春阿氏杀夫案的分析 档案与文学以及法律与事实之间．中外法学，2005，03：284－303．
杨兴培．中国古代判词的法学与文学价值．北方法学，2013，05：150－160．
余书涵、黄震云．法律语境下的汉代文学——以汉赋为例．西北大学学报（哲学社会科学版），2012，05：151－154．
余宗其．两位美国法学家的文学论据的得与失——《法理学问题》和《美国法律史》管窥．国外社会科学，1998，04：65－69．
赵静．法律叙事与文学叙事．当代文坛，2008，02：45－46．
朱洁琳．唐代判词的法律特征与文学特征——以白居易“百道判”为例．政法论坛，2013，02：80－86．

英文论文

Anastaplo, George. "Law & Literature and the Bible: Explorations." *Oklahoma City University Law Review*. 23.3 (1998): 515—867.

Anastaplo, George. "Law and Literature and Shakespeare: Explorations." *Oklahoma City University Law Review*. 26.1 (2001): 1—259.

Baron, Jane B. "Law, Literature, and the Problems of Interdisciplinarity." *Yale Law Journal*. 108.5 (1999): 1059—1085.

Bianchi, Andrea. "Terrorism and Armed Conflict: Insights from a Law & Literature Perspective." *Leiden Journal of International Law*. 24.1 (2011): 1—21.

Fitzpatrick, Peter. "Reading Slowly: The Law of Literature and the Literature of Law." *Reading Modern Law: Critical Methodologies and Sovereign Formations*. (2012): 193—210.

Krakoff, Sarah. "Does 'law and Literature' Survive Lawyerland?" *Columbia Law Review*. 101.7 (2001): 1742—1749.

Manderson, Desmond. "'as If': The Court of Shakespeare and the Relationships of Law and Literature." *Law, Culture and the Humanities*. 4.1 (2008): 3—69.

Morawetz, Thomas. "Law and Literature." *A Companion to Philosophy of Law and Legal Theory*. (1996): 450—461.

Murphy, Tim, and Gerard Staunton. "Law and Literature." *Western Jurisprudence*. (2004): 465—492.

Posner, Richard A. "Relations between Law and Literature." *The Irish Jurist*. 34 (1999): 18—30.

Robol, Richard T. "Maritime Law in Classical Greek and Roman Literature." *Journal of Maritime Law and Commerce*. 31.4 (2000): 521—524.

Rodríguez, Molinero M. "On Law and Literature: Dimensions and Limits of a Controversial Relation." *Crossing Borders: Law, Language, and Literature*. (2008): 75—81.

Ward, Ian. "Law and Literature: A Feminist Perspective." *Feminist Legal Studies*. 2.2 (1994): 133—158.

第四章 文学与科学技术

中文专著

陈炎．艺术与技术．北京：人民出版社．2012．
董川．科技人文学 自然科学的人生启示．北京：科学出版社．2013．
林珲．空间综合人文学与社会科学研究．北京：科学出版社．2010．
刘为民．科学与现代中国文学．合肥：安徽教育出版社．2000．
卢玉卿．文学中的科学翻译与艺术翻译．天津：南开大学出版社．2010．
栾梅健．前工业文明与中国文学．南宁：广西教育出版社．2000．
钱学森、戴汝为．论信息空间的大成智慧 思维科学、文学艺术与信息网络的交融．上海：上海交通大学出版社．2007．
汪应果．科学与缪斯 从自然科学架往中国现代文学的桥梁．上海：上海文艺出版社．1991．
王济民．晚清民初的科学思潮和文学的科学批评．北京：中国社会科学出版社．2004．
王轻鸿．信息科学视域与文学研究转型．杭州：浙江大学出版社．2014．
王荫铎、徐汉明．语言文学与科学．武汉：华中工学院出版社．1987．
文早．系统科学与文学．沈阳：辽宁大学出版社．1986．
徐亮．文学解读 理论与技术．兰州：敦煌文艺出版社．1992．
徐蔚南．文学的科学化．上海：世界书局．1927．
杨守森等．数字化时代与文学艺术．济南：齐鲁书社．2010．
伊林．科学与文学．北京：科学技术出版社．1960．
俞兆平．写实与浪漫 科学主义视野中的“五四”文学思潮．上海：上海三联书店．2001．
周小琴．科学的权威化与文学史的兴起：文学史作为文学研究形式的合法化．北京：中国社会科学出版社．2015．

英文专著

Bruce, Donald, and Anthony G. Purdy. *Literature and Science*. Amsterdam: Rodopi, 1994.

Christie, John, and Sally Shuttleworth. *Nature Transfigured: Science and Literature, 1700–1900*. Manchester, UK: Manchester University Press, 1989.

Cummins, Juliet, and David Burchell. *Science, Literature, and Rhetoric in Early Modern England*. Aldershot, Hants, England: Ashgate, 2007.

Evans, B I. *Literature and Science*. London: Allen & Unwin, 1954.

Fulford, Tim, Debbie Lee, and Peter J. Kitson. *Literature, Science and Exploration in the Romantic Era: Bodies of Knowledge*. Cambridge, England: Cambridge University Press, 2004.

Garvin, Harry R, and James M. Heath. *Science and Literature*. Lewisburg: Bucknell University Press, 1983.

Gold, Barri J. *Thermopoetics: Energy in Victorian Literature and Science*. Cambridge, Mass: MIT Press, 2010.

Gottschall, Jonathan. *Literature, Science, and a New Humanities*. New York: Palgrave Macmillan, 2008.

Hawley, Judith. *Literature and Science, 1660–1834*. London: Pickering & Chatto, 2003.

Huxley, Aldous. *Literature and Science*. New York: Harper & Row, Publishers, 1963.

Kelleghan, Fiona. *Classics of Science Fiction and Fantasy Literature*. Pasadena, Calif: Salem Press, 2002.

Ketterer, David. *New Worlds for Old: The Apocalyptic Imagination, Science Fiction, and American Literature*. Bloomington: Indiana University Press, 1974.

Kuberski, Philip. *Chaosmos: Literature, Science, and Theory*. Albany: State University of New York Press, 1994.

Mildorf, Jarmila, Hans U. Seeber, Martin Windisch. *Magic, Science, Technology, and Literature*. Berlin: Lit, 2006.

Ruston, Sharon. *Literature and Science*. Woodbridge, Suffolk, UK: D. S. Brewer, 2008.

Schleifer, Ronald. *Modernism and Time: The Logic of Abundance in Literature, Science, and Culture, 1880–1930*. Cambridge, UK: Cambridge University Press, 2000.

Scholnick, Robert J. *American Literature and Science*. Lexington: University Press of Kentucky, 1992.

Shaffer, E S. *The Third Culture: Literature and Science*. Berlin: W. de Gruyter, 1998.

Shippey, T A, and A J. Sobczak. *Magill's Guide to Science Fiction and Fantasy Literature*. Pasadena, Calif: Salem Press, 1996.

Sleigh, Charlotte. *Literature and Science*. Houndsmill, Basingstoke, Hampshire: Palgrave Macmillan, 2011.

Staton, Hilarie N, and T McCarthy. *Science & Stories: Integrating Science and Literature: Grades K–3*. Glenview, ILL: Goody Year Books, 1994.

中文论文

艾斐．论鲁迅融科学于文学的创作实践．思想战线，1980，05：40—44、35．

陈国球．“文学批评”与“文学科学”——夏志清与普实克的“文学史”辩论．北京大学学报（哲学社会科学版），2011，01：48—60．

陈世丹．文学叙事文本中科学知识的再现——以《拍卖第49批》为例．外国文学，2010，02：57—65、158．

达世新．冉冉上升的朝阳文学——漫谈科学幻想小说的魅力．上海师范大学学报（哲学社会科学版），1993，02：68—71．

戴文红．网络传播对中国文学经典的解构与重构．现代传播（中国传媒大学学报），2013，12：55—60．

董鼎山．科学小说与文学．读书，1981，07：93—100．

范玉刚．网络文学：生成于文学与技术之间．文学评论，2008，02：57—61．

冯黎明．技术化社会与文学的意义．江汉论坛，2005，01：122—125．

关金琦．文学·科学·情报．情报杂志，1987，03：17—18．

韩东屏．科学之不能与人文学之所能．天津社会科学，2003，04：15—17．

韩东屏．人文学：科学之外的智慧与学问．河北学刊，2003，01：31—36．

韩晗．论“文学现代性”研究的一个新视角——兼以科学思潮对于中国文学现代性进程的影响为例．宁夏大学学报（人文社会科学版），2014，02：99－105．
何卫．文学和认知科学．国外文学，2000，02：125．
何锡章、王书婷．云水相生：百年中国文学与科学掠影．江汉论坛，2007，10：96－99．
胡戟．试论为唐代文学的繁荣付出了牺牲科学的代价．陕西师范大学学报（哲学社会科学版），1996，02：100－103、176．
黄科安．给科学添上“文学的温和笑容”——试论科学小品与文学性之关联．宁夏社会科学，2009，04：154－158．
黄颖．文学形态与媒介变革——对网络文学的检视与评估．安徽大学学报（哲学社会科学版），2011，03：71－76．
柯泽．文学的自然科学启示．华中理工大学学报（社会科学版），2000，04：112－115．
黎舟．茅盾与近代法国文学的科学理性精神．福建师范大学学报（哲学社会科学版），1991，01：50－56．
李冬木．现代文学研究与系统科学方法移植．文艺理论研究，1985，03：19－30．
李永平．文学思维与科学思维的统一性——以“仙乡淹留”传说为例．陕西师范大学学报（哲学社会科学版），2013，02：26－34．
李幼苏．从系统科学观点看西部文学．社会科学，1986，01：65－69．
林辛．计算机在人文学和社会科学中的应用．国外社会科学，1991，11：75．
刘珙．系统科学方法论与文学艺术．甘肃社会科学，2000，01：52－54．
刘文．认知诗学：认知科学在文学研究中的运用．求索，2007，10：189－191．
罗靖．数字化时代及其网络文学的审美价值视域．中国文学研究，2005，04：31－34．
南帆．文学批评：科学主义与个性主义．文艺理论研究，1989，02：20－27．
欧阳友权．网络时代的文学形式．文艺理论研究，2011，03：100－102、113．
阮幸生．文学作品与科学面面观．贵州社会科学，1998，04：52－56．

单小曦．“网络文学”抑或“数字文学”？——兼谈网络文学研究向数字文学研究的提升．上海师范大学学报（哲学社会科学版），2011，05：17－23．

宋成志．试论儿童文学和教育科学的关系．学术月刊，1957，03：45－52．

苏桂宁．科学，20世纪初的中国文学资源．文艺理论研究，2001，04：43－48．

童斌．日本科学幻想文学的近况．外国文学研究，1980，03：142－143．

王海涛．李长之文学批评的科学理性精神．求索，2009，09：191－193．

王济民．“五四”时期胡适的科学思想和文学批评．华中师范大学学报（人文社会科学版），2005，02：82－90．

王乾坤．文学与科学理性．江汉论坛，2007，10：103－107．

王轻鸿．信息科学视域与“文学性”观念的转型．浙江社会科学，2009，09：88－92、128．

王小英、祝东．论文学网站对网络文学的制约性影响．云南社会科学，2010，01：151－155．

王晓英．论网络文学与传统文学的审美差异．华中科技大学学报（社会科学版），2014，03：120－124．

魏朝勇．科学主义和人文主义的嬗变——中国当代文学批评的冲突与避让．南方文坛，1999，06：35－38．

魏家川．科学与文学：从“两种文化”看文学的祛魅．文艺争鸣，2006，03：15－21．

吴宝玲．本质与技术：网络文学研究两种倾向的反思．文学评论，2008，02：52－56．

吴小美、董华峰，丁可．文学艺术与科学同一性的探讨．文学评论，2003，02：81－87．

吴元迈．二十世纪文学观念的格局——科学主义、人文主义、马克思主义．外国文学评论，1988，02：3－11、47．

熊家良．从科学与人文的博弈看文学的地位和意义．求索，2007，05：182－184．

薛勤．现代传媒的社会影响与文学语言转型．社会科学辑刊，2006，06：238－242．

严蓓雯．文学与科学的新关系．外国文学评论，2011，02：232－235．

姚文放．文学传统与科学传统．文学评论，2000，03：26－34．

余士雄．用科学武装起来的文学．外国文学研究，1981，03：18－22．

俞兆平．科学主义与郭沫若的文学选择．厦门大学学报（哲学社会科学版），1999，03：68－74、80－125．

俞兆平．科学主义与茅盾早期的文学选择．厦门大学学报（哲学社会科学版），2004，04：30－37．

张春生．网络文学：无纸空间的自由书写．天津社会科学，2004，05：115－117．

郑春．从科学到文学——试论现代作家留学过程中的专业“转向”．文史哲，2001，06：30－35．

周仁政．“五四”科学拜物教与现实主义文学运动．齐鲁学刊，1999，05：82－87．

英文论文

Dikenwadike, C J. “Between Myth, Reality and Science in Hawthorne’s Scarlet Letter and Achebe’s Things Fall Apart.” *Discursive Bazaar: Writing on African Art, Culture, and Literature*. (2001): 17—40.

Dohner, J. “Literature of Change: Science Fiction and Women.” *Top of the News*. 34.3 (1977): 261—265.

Dović, Marijan, and Lena Lenček. “The Writing of Literary History and the Empirical Science of Literature.” *Writing Literary History*. (2006): 169—179.

Engdahl, S. L. “The Changing Role of Science Fiction in Children’s Literature.” *The Horn Book Magazine: About Children’s Books and Reading*. 47.5 (1971): 449—455.

Gardin, Jean-Claude. “Differing Science and Literature.” *Archaeologia Polona*. 44 (2006): 135—147.

第五章 文学与生态环境

中文专著

布伊尔．为濒危的世界写作 美国及其他地区的文学、文化和环境．北京：人民出版社．2015．

劳伦斯·布伊尔．环境批评的未来 环境危机与文学想象．北京：北京大学出版社．2010．

陈小红．什么是文学的生态批评．上海：上海外语教育出版社．2013．

程虹．美国自然文学三十讲．北京：外语教学与研究出版社．2013．

程虹．宁静无价 英美自然文学散论．上海：上海人民出版社．2014．

戴桂玉．生态女性主义视角下主体身份研究 解读美国文学作品中主体身份建构．北京：中国社会科学出版社．2013．

戴伟华．文化生态与中国古代文学论丛．北京：人民出版社．2011．

方丽．劳伦斯·布伊尔生态批评理论研究．北京：外语教学与研究出版社．2013．

格雷塔·戈德、帕特里克·D. 墨菲．生态女性主义文学批评 理论、阐释和教学法．北京：中国社会科学出版社．2013．

华媛媛．美国生态女性主义文学批评研究．北京：人民文学出版社．2014．

江山．德语生态文学．上海：学林出版社．2011．

李玲．从荒野描写到毒物描写 美国环境文学的两个维度．北京：北京理工大学出版社．2013．

李美华．英国生态文学．上海：学林出版社．2008．

李巧慧．环境·动物·女性·殖民地 欧美生态文学的他者形象．北京：人民文学出版社．2014．

李文波．大地诗学 生态文学研究绪论．西安：陕西人民出版社．2000．

李新安、金毅．桅影风骚 海洋文学与海洋艺术．北京：海潮出版社．2004．

李长中．生态批评与民族文学研究．北京：中国社会科学出版社．2012．

刘春伟．二十世纪西方文学作品的生态哲学思想的格式塔分析．北京：外文出版社．2012．
刘静．生态文学与生态批评视域．石家庄：河北人民出版社．2009．
刘青汉．生态文学．北京：人民出版社．2012．
龙娟．环境文学环境道德之镜．长春：东北师范大学出版社．2011．
龙娟．美国环境文学　弘扬环境正义的绿色之思．北京：外语教学与研究出版社．2010．
龙其林．自然的诗学　中国当代生态文学新论．北京：社会科学文献出版社．2015．
鲁枢元．生态文艺学．西安：陕西人民教育出版社．2004．
鲁枢元．精神生态与生态精神．海口：南方出版社．2003．
鲁枢元．自然与人文　生态批评学术资源库．上海：学林出版社．2006．
鲁枢元．走进大林莽　四十位人文学者的生态话语．上海：上海文艺出版社．2008．
鲁枢元．猞猁言说　关于文学、精神、生态的思考．北京：社会科学文献出版社．2001．
鲁枢元．生态批评的空间．上海：华东师范大学出版社．2006．
鲁枢元．陶渊明的幽灵．上海：上海文艺出版社．2012．
鲁枢元．文学的跨界研究　文学与生态学．上海：学林出版社．2011．
格伦·A. 洛夫．实用生态批评　文学、生物学及环境．北京：北京大学出版社．2010．
苗福光．生态批评视角下的劳伦斯．上海：上海大学出版社．2007．
苗福光．文学生态学　为了濒危的星球．上海：复旦大学出版社．2015．
南宫梅芳、朱红梅、武田田等．生态女性主义　性别、文化与自然的文学解读．北京：社会科学文献出版社．2011．
聂珍钊、陈红．2008 文学与环境武汉国际学术研讨会论文集．武汉：华中师范大学出版社．2010．
孙燕华．当代生态问题的文学思考　台湾自然写作研究．上海：复旦大学出版社．2009．
汪树东．生态意识与中国当代文学．北京：中国社会科学出版社．2008．

王静著．人与自然 中国当代少数民族作家生态文学创作研究．北京：中国社会科学出版社．2011．

王立、沈传河、岳庆云．生态美学视野中的中外文学作品．北京：人民出版社．2007．

王明丽．生态女性主义与现代中国文学女性形象．北京：中国书籍出版社．2013．

王诺．欧美生态文学．北京：北京大学出版社．2003．

王诺．生态与心态 当代欧美文学研究．南京：南京大学出版社．2007．

王为群、刘青汉．生态文学 西部语境与中外对话．兰州：甘肃人民出版社．2008．

王喜绒等．生态批评视域下的中国现当代文学．北京：中国社会科学出版社．2009．

王育烽．生态批评视阈下的美国现当代文学．济南：山东大学出版社．2013．

王长顺．生态学视野下的西汉文学．北京：中国社会科学出版社．2013．

韦清琦．绿袖子舞起来 对生态批评的阐发研究．南京：南京师范大学出版社．2010．

吴景明．生态文化与20世纪中国文学．长春：吉林人民出版社．2011．

吴景明．生态批评视野中的20世纪中国文学．北京：中国社会科学出版社．2014．

夏光武．美国生态文学．上海：学林出版社．2009．

薛敬梅．生态文学与文化．昆明：云南大学出版社．2008．

薛小惠．美国生态文学批评研究．北京：北京大学出版社．2013．

杨素梅、闫吉青．俄罗斯生态文学论．北京：人民文学出版社．2006．

野田研一、结城正美．越境之地 环境文学论序说．北京：中国社会科学出版社．2014．

曾繁仁．生态存在论美学论稿．长春：吉林人民出版社．2003．

曾繁仁．生态美学导论．北京：商务印书馆．2010．

曾繁仁．生态文明时代的美学探索与对话．济南：山东大学出版社．2013．

曾繁仁．生态美学基本问题研究．北京：人民出版社．2015．
曾繁仁．人与自然 当代生态文明视野中的美学与文学．郑州：河南人民出版社．2006．
曾繁仁．中西对话中的生态美学．北京：人民出版社．2012．
曾繁仁、阿诺德·伯林特．全球视野中的生态美学与环境美学．长春：长春出版社．2011．
曾繁仁、大卫·格里芬．建设性后现代思想与生态美学．济南：山东大学出版社．2013．
曾莉．英美文学中的环境主题研究．北京：中国社会科学出版社．2012．
张晓琴．中国当代生态文学研究．北京：中国社会科学出版社．2013．
赵树勤、龙其林．当代中国生态文学景观．长沙：湖南人民出版社．2015．
周湘鲁．俄罗斯生态文学．上海：学林出版社．2009．
朱新福．美国文学中的生态思想研究．苏州：苏州大学出版社．2006．
朱新福．美国经典作家的生态视域和自然思想．上海：上海外语教育出版社．2015．

英文专著

Bate, Jonathan. *The song of the earth.* Cambridge, Mass.: Harvard University Press, 2000.

Coupe, Laurence. ed. *The green studies reader: from Romanticism to ecocriticism.* London; New York: Routledge, 2000.

Glotfelty, Cheryll, and Harold Fromm. *The Ecocriticism Reader: Landmarks in Literary Ecology*. Athens: University of Georgia Press, 1996.

Harrison, Robert Pogue. *Forests: the shadow of civilization.* Chicago: University of Chicago Press, 1992.

Hart, George L, and Scott Slovic. *Literature and the Environment*. Westport, Conn: Greenwood Press, 2004.

Joseph W. Meeker. *The comedy of survival; studies in literary ecology.* New York: Scribner, 1974.

Kerridge, Richard, and Neil Sammells. *Writing the Environment: Ecocriticism and*

Literature. London: Zed Books, 1998.

Love, Glen A. *Practical Ecocriticism: Literature, Biology, and the Environment*. Charlottesville: University of Virginia Press, 2003.

McKusick, James C. *Green Writing: Romanticism and Ecology*. New York: St. Martin's Press, 2000.

Moore, Bryan L. *Ecology and Literature: Ecocentric Personification from Antiquity to the Twenty-First Century*. New York: Palgrave Macmillan, 2008.

Morton, Timothy, *Ecology without nature: rethinking environmental aesthetics*. Cambridge, Mass: Harvard University Press, 2007.

Vakoch, Douglas A. *Feminist Ecocriticism: Environment, Women, and Literature*. Lanham, Md: Lexington Books, 2012.

中文论文

畅广元．全球化时代的文化危机与文学的价值取向——人类由本能境界生存走向生态境界生存的文学期待．陕西师范大学学报（哲学社会科学版），2001，01：18－24．

陈爱敏．生态批评视域中的美国华裔文学．外国文学研究，2010，01：65－72．

陈凤珍．生态女性文学批评的话语建构．北京大学学报（哲学社会科学版），2006，S1：102－107．

陈佳冀．“动物”的隐喻：关乎人与自然的诗性叙事——中国当代生态文学创作中一类母题类型研究．北京社会科学，2014，08：80－88．

陈开举、陈伟球．仰望星空，更要脚踏实地——生态批评的文化批判．哲学研究，2015，05：122－126．

陈茂林．海明威的自然观初探——《老人与海》的生态批评．江汉论坛，2003，07：100－102．

陈茂林．环境危机时代文学研究的绿化——论生态批评．当代文坛，2003，04：12－14．

陈茂林．生态女性主义文学批评概述．齐鲁学刊，2006，04：108－111．

陈茂林．双重解构：论生态女性主义在文学实践中的策略．江汉论坛，2007，05：119－122．

戴桂玉．美国后现代主义文学生态研究．外语教学，2011，06：74－77．
淡修安．批判与礼赞——普拉东诺夫笔下生态文学之墨迹．俄罗斯文艺，2009，04：10－16．
邓楠．近二十年来我国生态文学的内涵及特征研究述评．中国文学研究，2009，03：38－41．
方红．论劳伦斯·布伊尔的环境文学批评理论．当代外国文学，2009，03：14－20．
方丽．超越人类中心主义：生态批评考评．外国语文，2010，01：51－54．
方丽．绿色的文化批评：英国生态批评考评．国外文学，2013，01：36－44．
方丽．文学与“环境的想象”——论劳伦斯·布伊尔生态批评“三部曲”．当代外国文学，2010，03：52－61．
付治鹏．生态批评与中国生态戏剧——对三个戏剧文本的生态主义批评．戏剧（中央戏剧学院学报），2005，04：80－87．
盖光．生态批评：文学活动的价值指向及拓展．甘肃社会科学，2012，06：119－122．
盖光．生态批评的生态世界观、方法及诗意性．湖南大学学报（社会科学版），2011，05：88－92．
高红樱．生态环境文学直觉顿悟中的理性探求．求索，2004，10：189－191．
高旭东．一个温情的反异化神话——论《查太莱夫人的情人》的哲理意蕴．外国文学，2000，05：38－42．
高旭国．生态批评的若干问题．中国文学研究，2009，04：59－62．
葛红兵．忧患、信仰与拯救——当代生态文学的三个向度．社会科学，2010，08：180－186、192．
龚举善．生态主义运动的兴起与生态报告文学的价值诉求．社会科学，2004，07：110－114．
龚丽娟．东方生态的和谐之美——生态视域中的沈从文与川端康成文学之比较．贵州社会科学，2009，12：74－79．
何畅．罗斯金与生态批评．外国文学，2009，05：112－117、128．
何畅．西方文论关键词　后殖民生态批评．外国文学，2013，04：112－

118、160.

何成洲. 哈姆生的自然观——《大地的生长》的生态批评. 南京大学学报(哲学. 人文科学. 社会科学版), 2004, 06: 107—113.

胡碧媛. 文学诉求的变奏: 厄普顿·辛克莱的生态理想与实践. 南京社会科学, 2011, 10: 131—136.

胡立新. 生态批评应超越知识观与价值观悖论. 文艺争鸣, 2005, 06: 119—123.

胡三林. 生态文学: 批判与超越. 文艺争鸣, 2005, 06: 125—127.

胡铁生. 生态批评的理论焦点与实践. 吉林大学社会科学学报, 2009, 05: 79—86.

胡志红、刘圣鹏. 生态批评对田园主义文学传统的解构与重构——从作为意识形态工具的自然走向生态自然. 社会科学战线, 2009, 09: 154—158.

胡志红. 地方意识的生态建构: 文学的乌托邦工程——生态批评对环境想象的探讨. 当代文坛, 2007, 02: 57—61.

胡志红. 环境启示录书写: 生态文学的预警工程——生态批评对环境想象的探讨. 四川师范大学学报（社会科学版), 2009, 06: 77—82.

胡志红. 生态批评与跨学科研究——比较文学视域中的西方生态批评. 当代文坛, 2005, 02: 3—6.

胡志红. 试论科学生态批评的构建及其意义. 当代外国文学, 2011, 04: 31—38.

胡志红. 文学生态中心主义对人类中心主义的挑战——生态批评对生态文学中"放弃的美学"的探讨. 四川大学学报（哲学社会科学版), 2006, 03: 94—99.

胡志红. 中国生态批评十五年: 危机与转机——比较文学视野. 当代文坛, 2009, 04: 13—19.

黄汉平、郝媛媛. 从追寻伊甸园所想到的——兼谈生态批评的当代意义. 当代文坛, 2004, 01: 18—19.

黄惠. 冲突与回归: 生态批评视角下的《百种神秘感觉》. 外国文学研究, 2009, 03: 58—65.

黄雯．论侗族文学中的生态意识．贵州社会科学，2008，07：59－63．
黄晓娟．论口传文学的精神生态与审美语境．文学评论，2011，02：203－206．
黄轶．“我们究竟从哪里开始走错了路？”——生态文学“社会发展观批判”主题辨析．当代作家评论，2008，03：125－133．
籍琰．《麦田里的守望者》的生态批评解读．文艺理论与批评，2012，03：112－115．
季峥．笼罩的乌云——对《黑暗的心脏》的生态批评解读．当代文坛，2006，04：89－91．
贾莉．性别与物种错位——生态批评视角下的《狐》．江西社会科学，2008，12：116－119．
江山、胡爱国．塞内加的生态文学伦理思想研究．江西社会科学，2013，01：99－102．
江玉琴．论后殖民生态批评研究——生态批评的一种新维度．当代外国文学，2013，02：88－97．
蒋磊．生态批评的困境与生活论视角．文艺争鸣，2010，21：16－19．
劳伦斯·布伊尔、孙绍谊．生态批评：晚近趋势面面观．电影艺术，2013，01：93－102．
劳伦斯·布依尔、韦清琦．打开中美生态批评的对话窗口——访劳伦斯·布依尔．文艺研究，2004，01：64－70、159－160．
雷敏．论当代美国生态文学的叙事模式——以雷切尔·卡森为例．江西社会科学，2011，08：58－61．
李夫生．生态批评：一种以旧翻新的批评游戏．求索，2005，04：146－148、157．
李贵苍、江玉娇．文学与自然的对话：自然文学与环境文学的异同．外国文学，2010，02：132－138、160．
李江梅．生态审美视域中的当代文学的自然生命．当代文坛，2010，03：98－100．
李洁．生态批评在中国：17年发展综述．兰州大学学报，2005，06：22－26．

李玲、张跃军. 从荒野描写到毒物描写：生态批评的发展趋势. 当代外国文学，2012，02：30－41.
李晓明. 比较视野中的当代英美生态批评. 北方论丛，2008，02：27－30.
李晓明. 当代生态批评视阈中的文学研究与生态意识. 云南社会科学，2008，04：153－156.
李晓明. 当代生态批评视阈中文学对自然的再现. 青海社会科学，2008，01：153－157.
李新云. 从生态批评视角解读流散文学. 山东社会科学，2009，12：50－53.
李延龄. 世界生态文学的开山之作——《大王》. 俄罗斯文艺，2008，02：81－85.
李勇. 普里什文作品中的生态文学思想及其浪漫主义气质. 江苏社会科学，2013，04：149－154.
梁坤. 当代俄语生态文学中的弥赛亚意识. 外国文学研究，2004，04：79－87、173.
梁祖庆、程丽蓉. 生态文学创作中的未来视野. 当代文坛，2007，01：92－94.
刘蓓. "文本内外的自然"之辩——生态批评与后结构主义文论的合与分. 文史哲，2006，04：12－19.
刘蓓. 简论生态批评文本视域的扩展. 文艺研究，2004，01：153－155.
刘蓓. 跨学科视野的生态批评. 江西社会科学，2008，04：23－26.
刘蓓. 生态批评的"环境文本"建构策略. 云南社会科学，2008，04：149－152.
刘蓓. 生态批评研究考评. 文艺理论研究，2004，02：89－93.
刘炅. 大地的诉求：霍普金斯的自然诗与生态批评. 外国文学研究，2013，01：41－49.
刘国清. 人类成长的寓言史诗——生态批评视域下的《古舟子咏》. 东北师大学报，2006，06：106－111.
刘青汉. 生态文学对科技负面效应的警示. 文艺争鸣，2007，04：159－161.
刘青汉. 中国当代江河生态文学论. 甘肃社会科学，2013，02：12－16.
刘文飞. "道德的"生态文学——序《俄罗斯生态文学论》. 俄罗斯文艺，

2006，03：116－118.
刘文良. 当前生态批评理论研究的缺失. 云南社会科学，2007，05：131－134.
刘文良. 反叛与超越：当代审美文化背景下的生态文学. 上海交通大学学报（哲学社会科学版），2006，04：76－80.
刘文良. 近年来生态文学研究述评. 贵州社会科学，2006，01：102－105.
刘文良. 生态批评的后现代特征. 文学评论，2010，04：81－86.
刘文良. 文化诗学视域中的生态批评. 云南社会科学，2008，04：145－148.
刘晓飞. 作家·生态·文学——新世纪生态文学创作中的三个问题. 文艺争鸣，2010，23：40－44.
刘玉. 美国生态文学及生态批评述评. 外国文学研究，2005，01：154－159.
龙娟. 美国环境文学的核心主题及其表现技巧. 湖南师范大学社会科学学报，2008，06：116－120.
鲁枢元. 生态批评的知识空间. 文艺研究，2002，05：4－10.
鲁枢元. 文学艺术与社会生态. 当代作家评论，2001，03：79.
马季. 自然是文学最适宜的表达——胡冬林《野猪王》的生态写作价值. 文艺争鸣，2011，07：162－164.
马凌. 征服与回归：近代生态思想的文学渊源. 外国文学研究，2003，01：38－44、172.
马治军. 中国生态文学批评的偏误与修正. 当代文坛，2012，05：53－58.
苗福光. 后殖民生态批评：后殖民研究的绿色. 文艺理论研究，2015，02：197－204.
苗福光. 生态批评的三维知识空间——兼与鲁枢元先生商榷. 上海大学学报（社会科学版），2008，01：85－88.
彭松乔. 中国环境文学生态意蕴解读. 思想战线，2003，03：118－121.
彭文忠. 湖南乡土文学生态价值论述. 文艺争鸣，2008，08：105－108.
彭修银、张子程. 人类命运的终极关怀——论当代马克思主义生态美学建构的人文学意义. 江汉论坛，2008，05：96－100.
乔国强. 读唐奈·德莱斯《生态批评：环境文学与美国印第安文学中的自我

与地域》. 外国文学研究，2005，01：169—170.
秦春. 生态批评：寻求心灵的皈依. 广西社会科学，2009，01：110—113.
秦剑. 时代呼唤自觉的生态文学. 文艺争鸣，2005，06：127—129.
石平萍. 美国少数族裔生态批评：历史与现状. 当代外国文学，2009，02：26—34.
司各特·斯洛维克、陈红. 对生态批评论文专栏的介绍（英文）. 外国文学研究，2007，01：8—13.
宋丽丽. 生态批评：向自然延伸的文学批评视野. 江苏大学学报（社会科学版），2006，01：21—26.
宋玉书. 危机世界中的执着坚守——论徐刚的生态报告文学. 文艺争鸣，2010，19：96—100.
唐梅花. 走向比较生态文学和比较生态批评——评索恩伯的《生态含混》. 中国比较文学，2013，04：148—150.
唐晓忠. 斯皮瓦克的后殖民生态批评解析. 当代外国文学，2012，03：25—32.
汪树东. 从生态批评视角重审西方漂流小说. 西南大学学报（社会科学版），2015，01：144—152.
汪树东. 重塑中国文学的绿色之维——论中国当代文学的生态意识. 文学评论，2009，06：95—100.
汪誉. 小议生态文学的“自然想象”. 东南大学学报（哲学社会科学版），2012，S3：115—117.
王立礼. 从生态批评的角度重读谭恩美的三部作品. 外国文学，2010，04：52—58、157—158.
王宁. 生态批评与文学的生态环境伦理学建构. 上海交通大学学报（哲学社会科学版），2009，03：5—12.
王宁. 文学的环境伦理学：生态批评的意义. 外国文学研究，2005，01：18—20.
王诺. 雷切尔·卡森的生态文学成就和生态哲学思想. 国外文学，2002，02：94—100.
王诺. 生态批评：发展与渊源. 文艺研究，2002，03：48—55.

王诺．生态批评：界定与任务．文学评论，2009，01：63－68．
王诺．生态批评的美学原则．南京师范大学文学院学报，2010，02：18－25．
王青．生态文学批评：家园意识与理论自觉．齐鲁学刊，2013，03：157－160．
王世文．论阿瑟·米勒作品中的生态批评思想．广西社会科学，2009，01：114－118．
王为群、刘青汉．论生态文学的价值系统．文艺争鸣，2007，09：137－140．
王为群．文化转向与生态批评的知识形态．甘肃社会科学，2009，03：156－159．
王晓华．后现代主义话语谱系中的生态批评．文艺理论研究，2007，01：108－114．
王晓路．作为问题的全球化、生态批评与多元文化观——对外国文学认定式研究模式的质疑．外国文学，2012，06：122－128、160．
王岳川．生态文学与生态批评的当代价值．北京大学学报（哲学社会科学版），2009，02：130－142．
韦清琦．从生态批评走向生态女性主义批评．苏州大学学报（哲学社会科学版），2012，02：150－155．
韦清琦．方兴未艾的绿色文学研究——生态批评．外国文学，2002，03：34－38．
韦清琦．生态意识的文学表述：苇岸论．南京师大学报（社会科学版），2005，02：107－112．
温越．生态批评：生态伦理的想象性建构．文艺争鸣，2007，09：141－144．
温越．生态文学的发展生态论析．甘肃社会科学，2008，03：1－8、36．
吴景明．从“激情呐喊”到“诗意栖居”——生态文学的社会功用与诗性智能．当代文坛，2011，03：9－12．
吴景明．生态批评视野中的废名小说创作．中国现代文学研究丛刊，2014，02：119－124．
吴景明．生态文学的伦理文化诉求．当代文坛，2009，04：20－23．
吴萍．大自然的呼唤——前苏联生态文学管窥．国外社会科学，1998，05：80－85．

吴秀明、陈力君．从《狼图腾》看当代生态文学的发展．文艺研究，2009，04：25－29．
吴秀明、陈力君．论生态文学视野中的狼文化现象．中山大学学报（社会科学版），2008，01：39－46、203．
西蒙·C·埃斯托克．全球问题与本土理论：超越特殊性和生态例外论，将生态批评付诸行动（英文）．外国文学研究，2013，01：1－12．
向忆秋．台湾少数民族文学中的山海崇拜、祭仪书写与生态关怀．中国现代文学研究丛刊，2014，09：169－176．
徐国超．中国本土生态批评理论的深层建构——略论鲁枢元的生态批评研究．文艺争鸣，2009，01：112－116．
闫吉青．俄罗斯生态文学之特质探蕴．俄罗斯文艺，2009，04：17－22．
严蓓雯．生态批评的未来．外国文学评论，2010，01：236－239．
杨剑龙、周旭峰．论中国当代生态文学创作．上海师范大学学报（哲学社会科学版），2005，02：38－43．
杨丽娟、刘建军．关于文学生态批评的几个重要问题．当代外国文学，2009，04：50－59．
杨素梅．20世纪俄罗斯文坛上的生态文学．俄罗斯文艺，2002，05：82－85．
杨文虎．生态批评和欲望批判．文艺理论研究，2011，06：19－24．
姚水金．阅读地域与身份：从生态批评视角解读余长丰诗歌（英文）．外国文学研究，2011，02：18－26．
于秋颖、刘金丽．生态批评的正向思维与逆向思维——以《白鲸》和《老人与海》为例．文艺争鸣，2012，09：152－154．
余慧芬．生态批评价值论．江西社会科学，2010，06：112－117．
袁鼎生．生态批评的规范．文学评论，2010，02：25－29．
袁鼎生．生态文学理论的统观研究．社会科学家，2003，02：131－133．
查日新．西方生态批评的自然观．国外理论动态，2009，02：88－91．
曾道荣．自然书写：从政治语境到生态向度——兼论寻根文学的生态意识写作转向．文艺争鸣，2010，03：162－165．
曾繁仁．当代生态美学观的基本范畴．文艺研究，2007，04：15－22、174．

曾繁仁．当代生态文明视野中的生态美学观．文学评论，2005，04：48－55．
曾繁仁．生态美学——一种具有中国特色的当代美学观念．中国文化研究，2005，04：1－5．
曾繁仁．生态美学：后现代语境下崭新的生态存在论美学观．陕西师范大学学报（哲学社会科学版），2002，03：5－16．
曾繁仁．试论生态美学．文艺研究，2002，05：11－16．
曾繁仁．论我国新时期生态美学的产生与发展．陕西师范大学学报（哲学社会科学版），2009，02：71－78．
曾繁仁．西方20世纪环境美学述评．社会科学战线，2009，02：229－235．
曾繁仁．老庄道家古典生态存在论审美观新说．文史哲，2003，06：5－11．
曾繁仁．试论当代存在论美学观．文学评论，2003，03：57－68．
曾繁仁．美学学科的理论创新与当代存在论美学观的建立．文艺研究，2003，02：19－22．
曾繁仁．生态存在论美学视野中的自然之美．文艺研究，2011，06：42－48．
曾繁仁．当前生态美学研究中的几个重要问题．江苏社会科学，2004，02：204－206．
曾繁仁．生态美学视域中的迟子建小说．文学评论，2010，02：30－35．
曾繁仁．人类中心主义的退场与生态美学的兴起．文学评论，2012，02：107－112．
曾繁仁．试论《周易》“生生为易”之生态审美智慧．文学评论，2008，06：33－37．
曾繁仁．新时期生态美学的产生与发展．江苏社会科学，2008，04：1－2．
曾繁仁．新时期与新的生态审美观．文艺争鸣，2008，09：33－35．
曾思艺．现代生态文学的先声：丘特切夫自然诗的生态观念．外国文学研究，2007，02：144－149．
张叉．中外文学中的理想社会——论陶渊明和华兹华斯的生态文明建构．当代文坛，2006，06：97－100．
张剑．英国浪漫主义诗歌与生态批评．外国文学，2012，03：123－133、160．
张守海．本土生态批评：范畴与观念——以自然、生态、环境三范畴及相关理论为中心．复旦学报（社会科学版），2015，01：51－59．
张守海．文学的自然之根——生态文艺学视域中的文学寻根．文艺争鸣，2008，09：123－126．
张玮玮．D. H. 劳伦斯文学批评中的生态意识研究．文艺争鸣，2014，08：165－169．
张跣．生态批评：必要的奢侈．外国文学，2008，04：95－97、128．
张晓光．徐志摩文学创作和生态美学思想．文学评论，2008，01：42－47．
张旭春．生态法西斯主义：生态批评的尴尬．外国文学研究，2007，02：62－71．
张燕．生态批评视角下的《荆棘鸟》．湖北社会科学，2009，11：142－144．
张瑛．土地·女性·绿色阅读——小说《一千英亩》生态批评解读．当代外国文学，2005，03：72－77．
张治国．生态批评的理论特性与批评主体的生态责任．南京社会科学，2010，08：143－148．
赵光旭．生态批评的三次"浪潮"及"生态诗学"的现象学建构问题．外国文学，2012，03：141－148、160．
赵奎英．生态语言学与当代生态文学、文化研究的语言理论基础建构．文艺理论研究，2014，04：182－190．
赵岚、程亮．"生态批评"及其研究方法的探讨．当代文坛，2007，02：64－66．
赵牧．何谓生态，批评何为？——论生态批评的源流、表现及困境．文艺争鸣，2011，15：24－29．
赵树勤，龙其林．当代生态散文的兴起——兼论《瓦尔登湖》及其外来文学影响．文学评论，2010，05：56－60．
赵宇鸿．环境危机与生态批评．西北大学学报（哲学社会科学版），2007，01：80－83．
郑亮、王聪聪．阿尔泰意象：李娟散文的生态批评阅读．江汉论坛，2013，02：130－134．
钟燕．卡玛古的选择——《赤红的心》生态批评解读．外国文学研究，2014，03：140－147．

钟燕．蓝色批评：生态批评的新视野．国外文学，2005，03：18－28．
钟再强．后殖民生态批评：回顾与反思．苏州大学学报（哲学社会科学版），2013，05：166－172．
周晏．生态文学视阈下《狼图腾》的现实意义．文艺争鸣，2013，11：190－192．
朱峰．发展、环境、动物：评《后殖民生态批评》．外国文学，2012，05：129－135、160．
朱利华．生态批评的诗化策略．山东大学学报（哲学社会科学版），2012，03：154－160．
朱新福．美国生态文学批评述略．当代外国文学，2003，01：135－140．
朱振武，张秀丽．生态批评的愿景和文学想象的未来．外国文学，2009，02：102－107、128．
邹丽丹．在生态批评视野中重读《论"文学是人学"》．文艺争鸣，2010，01：151－154．

英文论文

Chambers, Dewey W, and Frances VanAssen. "America the Beautiful: a Study of Ecology Through Children's Literature." *Elementary English*. 48.3 (1971): 298—303.
Cook, R. "Poetry and Place: Wendell Berry's Ecology of Literature." *Centennial Review*. 40.3 (1996): 503—516.
DeWitt, Rachael A. "Toward a Literary Ecology: Places and Spaces in American Literature." *Interdisciplinary Studies in Literature and Environment*. 21.2 (2014): 500—502.
Ghosh, R, and P D. Murphy. "The Procession of Identity and Ecology in Contemporary Literature." *Substance*. 41.1 (2012): 77—91.
Meintjes, Godfrey. "Environmental Communication: Notes on the Relationship(s) between Ecology and Literature." *Communicatio*. 22.2 (1996): 57—62.
Murphy, P. D. "The Procession of Identity and Ecology in Contemporary Literature." *Substance*. (2012): 77—91.
Murphy, Patrick D. "The Procession of Identity and Ecology in Contemporary

Literature." *Substance*. 41.1 (2012): 77—99.

Roorda, Randall. "Nature/writing: Literature, Ecology, and Composition." *Jac: a Journal of Composition Theory*. 17.3 (1997): 401—14.

Snyder, G. "Ecology, Literature, and the New World Disorder." *Interdisciplinary Studies in Literature and Environment*. 11.1 (2004): 1—13.

Watson, Alan. "Ecology and Literature: Two Encounters with Nature." *The Journal of Environmental Education*. 6.3 (1975): 46—49.

第六章　文学与宗教

中文专著

蔡毅、尹相如．幻想的太阳　民族宗教与文学．昆明：云南人民出版社．1992．
陈洪．结缘　文学与宗教．北京：北京师范大学出版社．2009．
崔建军、孙津．诗与神的对话　外国文学与宗教．海口：海南出版社．1993．
富育光．萨满教与神话．沈阳：辽宁大学出版社．1990．
高伟光．西方宗教文化与文学．北京：中国社会科学出版社．2012．
高旭东等．孔子精神与基督精神　中西文化纵横谈．石家庄：河北人民出版社．1989．
葛晓音．汉魏六朝文学与宗教．上海：上海古籍出版社．2005．
葛兆光．禅宗与中国文化．上海：上海人民出版社．1986．
葛兆光．道教与中国文化．上海：上海人民出版社．1987．
葛兆光．想象力的世界　道教与唐代文学．北京：现代出版社．1990．
葛兆光．中国宗教与文学论集．北京：清华大学出版社．1998．
谷裕．隐匿的神学　启蒙前后的德语文学．上海：华东师范大学出版社．2010．
胡绍华．中国现代文学与宗教文化．武汉：华中师范大学出版社．1999．
金亚娜．充盈的虚无　俄罗斯文学中的宗教意识．北京：人民文学出版社．2003．
加德纳．宗教与文学．成都：四川人民出版社．1989．
K. J. 库舍尔．神学与文学　12 位德语作家谈宗教与文学．香港：三联书店（香港）有限公司．1994．
李丰楙、廖肇亨．圣传与诗禅　中国文学与宗教论集．中央研究院中国文哲研究所．
李小荣．晋宋宗教文学辨思录．北京：人民出版社．2014．
李小荣．宗教与中国文学散论．南京：凤凰出版社．2013．

李晓卫、杨马胜．欧美文学与宗教关系研究．兰州：甘肃教育出版社．2001．
李晓卫．西方文学与宗教．兰州：甘肃教育出版社．1997．
梁坤．末世与救赎 20世纪俄罗斯文学主题的宗教文化阐释．北京：中国人民大学出版社．2007．
刘楚华．唐代文学与宗教．北京：中华书局．2004．
刘建军．《圣经》研究与文学阐释 “西方宗教文化与文学”学术研讨会论文集．长春：东北师范大学出版社．2011．
刘丽霞．中国基督教文学的历史存在．北京：社会科学文献出版社．2006．
马焯荣．中国宗教文学史．北京：中国社会科学出版社．2014．
马佳．十字架下的徘徊 基督宗教文化和中国现代文学．上海：学林出版社．1995．
秦海鹰．法国文学与宗教．北京：人民文学出版社．2011．
任光宣．欧美文学与宗教．北京：人民文学出版社．2002．
深泽一幸．诗海捞月—唐代宗教文学论集—日本唐代文学研究十家．北京：中华书局．2014．
宋剑华．基督精神与曹禺戏剧．长沙：湖南师范大学出版社．2000．
孙昌武．禅思与诗情．北京：中华书局．1997．
孙昌武．佛教与中国文学．上海：上海人民出版社．1988．
孙昌武．文坛佛影．北京：中华书局．2001．
谭桂林、龚敏律．当代中国文学与宗教文化．长沙：岳麓书社．2006．
谭桂林．百年文学与宗教．长沙：湖南教育出版社．2002．
唐戈．满—通古斯语言与文学宗教研究．北京：民族出版社．2008．
王本朝．20世纪中国文学与基督教文化．合肥：安徽教育出版社．2000．
王立．宗教民俗文献与小说母题．长春：吉林人民出版社．2001．
王列耀．宗教情结与华人文学．北京：文化艺术出版社．2005．
王青．先唐神话、宗教与文学论考．北京：中华书局．2007．
徐京安等．宗教、虚无、性爱、死亡及其他 中外文学比较研究．桂林：漓江出版社．1993．
薛克翘．印度中世纪宗教文学．北京：昆仑出版社．2011．

杨富学．印度宗教文化与回鹘民间文学．北京：民族出版社．2007．
杨慧林．基督教的底色与文化延伸．哈尔滨：黑龙江人民出版社．2002．
杨慧林．在文学与神学的边界．上海：复旦大学出版社．2012．
杨剑龙．旷野的呼声 中国现代作家与基督教文化．上海：上海教育出版社．1998．
张乘健．古代文学与宗教论集．长春：吉林人民出版社．2001．
张丽．救赎之维 论“新时期文学”中的宗教意识．武汉：长江文艺出版社．2004．
张培锋、湛如、普慧．文学与宗教．北京：宗教文化出版社．2007．
张桃洲．“个人”的神话 现时代的诗、文学与宗教．武汉：武汉出版社．2009．
周群．宗教与文学．南京：译林出版社．2009．
朱维之．基督教与文学．上海：上海书店．1992．

英文专著

Barbour, Reid. *Literature and Religious Culture in Seventeenth-Century England*. Cambridge: Cambridge University Press, 2002.
Brett, R L. *Faith and Doubt: Religion and Secularization in Literature from Wordsworth to Larkin*. Macon, Ga: Mercer University Press, 1997.
Gardner, Helen. *Religion and Literature*. New York: Oxford University Press, 1971.
Glicksberg, Charles I. *Literature and Religion: A Study in Conflict*. Dallas: Southern Methodist University Press, 1960.
Gunn, Giles B. *Literature and Religion*. New York: Harper & Row, 1971.
Knight, Mark, and Emma Mason. *Nineteenth-century Religion and Literature: An Introduction*. Oxford: Oxford University Press, 2006.
Luccock, Halford E, and Frances Brentano. *The Questing Spirit: Religion in the Literature of Our Time*. New York: Coward-McCann, 1947.
Lundin, Roger. *Invisible Conversations: Religion in the Literature of America*. Waco, Tex: Baylor University Press, 2009.
May, Rollo. *Symbolism in Religion and Literature*. New York: G. Braziller, 1960.

Norman, Buford. *Religion and French Literature*. Amsterdam: Rodopi, 1998.
Smithline, Arnold. *Natural Religion in American Literature*. New Haven: College & University Press, 1966.

中文论文

蔡先保．试论三大宗教经典对文学的积极影响．江汉论坛，1996，02：72－75．
蔡毅．奔腾于内心世界的激流——宗教情感与文学情感的比较研究．天津社会科学，1991，06：72－78．
蔡毅．宗教与文学：两种反映生活的形式．云南社会科学，1992，02：76－82．
曹金钟．一对孪生的姊妹：原始宗教与原始文学．求是学刊，1989，06：63－65．
曹顺庆．宗教与文学理论——试比较中、印、欧早期宗教观念对文学理论的影响．外国文学研究，1991，01：77－84．
陈国恩．张承志的文学和宗教．文学评论，1995，05：15－24．
陈国恩．中国现代浪漫主义文学与宗教．江汉论坛，2001，03：87－90．
陈俐．简论浪漫主义文学的宗教精神．外国文学评论，1988，03：89－93．
陈麟书．宗教与文学艺术．宗教学研究，1984，S1：1－14．
邓乔彬．巫术与宗教的观照——论闻一多对先秦文学独特的文化发现．华东师范大学学报（哲学社会科学版），1994，06：23－30．
邓文华．文学的“虚灵”价值与近代英国的宗教文化精神．河北学刊，2006，06：137－140．
段德智．浅议宗教的文学艺术功能．华中科技大学学报（社会科学版），2011，01：16－21．
方蕴华．《诗经》中马意象的宗教与文学情结．云南民族大学学报（哲学社会科学版），2014，02：145－148．
胡家才．文学与宗教．文艺理论研究，1991，06：15－22．
胡燕春．论雷纳·韦勒克文学研究实践中的宗教维度．学海，2007，04：205－208．
黄惠焜．祭坛就是文坛——论原始宗教与原始文学的关系．思想战线，

1981，02：60－65、76．
黄景春．古代小说与民间信仰的互渗互动——兼谈文学与宗教的融通关系．民族艺术，2012，02：59－63．
黄万华．多棱的文化投影——20世纪华文文学中的宗教影响．社会科学辑刊，1999，06：130－134．
霍士富．大江文学的宗教理想及其在作品中的表现——试析《燃烧的绿树》．外国文学研究，2001，03：72－78．
季红真．中国现当代文学中的宗教意识．文学评论，1996，05：44－55．
姜文清．汉代经学、神学对辞赋文学的影响．文学遗产，1981，03：47－54．
蒋承勇．世俗人本意识与宗教人本意识的对立与统一——“两希”文学之文化内核异质互补论．文艺研究，2003，04：30－35．
蒋振华．宗教与文学的玄想契合——论上清道修炼方术对魏晋南北朝文学思想的影响．南开学报（哲学社会科学版），2007，05：89－95．
杰尼特·嘉措著、杨毛措译．西藏宗教文学中的自传作品——关于自我陈述方式的思考．中国藏学，2012，04：137－145．
李景江．宗教与民间文学．吉林大学社会科学学报，1983，06：88－93．
李明．谈宗教哲学思想在原始文学中的地位．民族文学研究，1987，02：13－19．
李生龙．隐士宗教与文学．中国文学研究，2002，04：35－39．
李晓卫．简论列夫·托尔斯泰宗教思想与文学创作的关系．甘肃社会科学，1998，05：66－69．
李直飞．当代彝族文学创作与原始宗教关系初探．贵州民族研究，2013，02：74－77．
梁坤．俄罗斯文学传统中女性崇拜的宗教文化渊源．中国人民大学学报，2006，03：138－143．
林季杉．T. S. 艾略特论“文学与宗教”．西南民族大学学报（人文社科版），2008，07：193－198．
林瑞艳．20世纪90年代以来当代少数民族文学与宗教关系研究评析．民族文学研究，2013，06：74－80．

刘建军．演进的诗化人学——14 至 18 世纪欧洲文学对神学体系的三重否定．东北师大学报，1994，04：63－68．
刘纳．关于文学与宗教的“相邻”．文艺争鸣，1987，02：37－41．
刘勇、杨志．论林语堂的宗教文化思想与文学创作．中国现代文学研究丛刊，2008，04：120－129．
罗惠缙．希社遗民关于孔子的宗教想象与文学表达．孔子研究，2011，04：77－84．
马焯荣．中西宗教文学漫议．文艺争鸣，1991，03：48－52．
任光宣．当前俄罗斯对俄罗斯文学与宗教关系研究一瞥．国外文学，1998，02：15－20、93．
任光宣．俄国文学与宗教．国外文学，1992，02：4－15．
孙昌武．关于中国宗教与中国文学相互影响的研究．武汉大学学报（人文科学版），2009，03：263－269．
孙光．楚辞文学类型的原始宗教背景．河北大学学报（哲学社会科学版），2005，02：115－117．
谭桂林．宗教文化与二十世纪中国文学研究．中国现代文学研究丛刊，1999，01：26－39．
王本朝．西方文学悲剧意识的宗教背景．文艺研究，1996，03：90－96．
王澄霞．文学精神与宗教情怀的谐调融通——论许地山的小说创作．暨南学报（哲学社会科学版），2011，06：75－78．
王挺．那片星空上飘逸着天国的旋律——俄苏文学中的宗教情结．社会科学辑刊，2003，01：169－173．
魏丕植．儒道释的沦化　势利欲的喧哗——试论《金瓶梅》的宗教内涵与文学意蕴．宁夏社会科学，2013，02：153－157．
魏强．藏族宗教文学的文化学价值．民族文学研究，1995，04：19－24．
肖向明．原乡神话的追梦者——论沈从文的原始宗教情结及其文学感悟．民族文学研究，2007，03：110－115．
熊永翔．普米族宗教与民间文学关系摭谈．当代文坛，2011，03：50－52．
许英国．对民间文学与宗教关系的再认识．青海社会科学，1990，02：53－58．

闫海田．余华直觉的宗教与艾·辛格的上帝——不同文化背景下文学神性的生成．南方文坛，2013，01：124－126．
阎纲．神学·人学·文学．文学评论，1979，02：88－90．
杨传鑫．神话主义与宗教意识——20世纪文学现象之一．外国文学研究，1991，04：63－68、55．
杨慧林．“反向”的神学与文学研究——齐泽克“神学”的文学读解．文贝：比较文学与比较文化，2013，Z1：526－536．
杨慧林．二十世纪西方文学的神学倾向．四川外语学院学报，1993，04：3－10．
杨经建．宗教情怀与20世纪中国文学的悲剧意识．天津社会科学，2004，05：106－110．
杨乃乔．论殖民文学与后殖民批评的宗教背景．人文杂志，2001，05：97－104．
张军、周幼华．美国犹太文学中的宗教母题及其社会功能．江西社会科学，2010，03：123－126．
赵建新．试论宗教文学的内涵．兰州大学学报，1989，04：88－93．
赵凯．浅议宗教的性质及其与文学的关系．安徽大学学报（哲学社会科学版），1997，04：13－16．
周群．宗教与文学．江苏社会科学，2006，04：48－50．
曾勇．从宗教意义上的统一到文学意义上的统一——读诺思洛普·弗莱的《权力的词语》．安徽大学学报（哲学社会科学版），1997，02：95－96．
左尚鸿．宗教与民间文学的互用．中南民族大学学报（人文社会科学版），2007，01：169－173．

英文论文

Ghesquiere, Rita. “Hidden Religious Themes in 20th-Century European Children’s Literature.” *Religion, Children’s Literature and Modernity in Western Europe, 1750–2000*. (2005): 304–325.
Harris, W C. “A Religion Which is No Religion: Walt Whitman & the Writing of a New American Bible.” *E Pluribus Unum: Nineteenth-Century American Literature & the Constitutional Paradox / W. c. Harris*. (2005): 71–109.

Najarian, James. "Buddhism and Literature." *Religion and the Arts*. 14 (2010): 2—76.

Opland, Jeff. "The Drumbeat of the Cross: Christianity and Literature." *Christianity in South Africa: Political, Social, and Cultural History*. (1997): 297—315.

Rougemont, Denis. "Religion and the Mission of the Artist." *Spiritual Problems in Contemporary Literature: a Series of Adresses and Discussions*. (1952): 173—186.

Salmon, Claudine. "The Three Kingdoms in the Malay World: Religion and Literature." *Asian Culture*. 16 (1992): 14—45.

Seton-Watson, Mary. "Religious Themes in Recent Soviet Literature." *Religion in Communist Lands*. 16 (1988): 117—125.

Van, Kley E. J. "Asian Religions in Seventeenth-Century Dutch Literature." *Itinerario: Bulletin of the Leyden Centre for the History of European Expansion*. 25 (2001): 54—68.

Wood, Naomi. "Introduction: Children's Literature and Religion." *Children's Literature Association Quarterly*. 24.1 (1999): 1—3.

Xu, Jingan. "Religion and Literature: Ultimate Concern and Ultimate Desire." *The Force of Vision*. 1 (1995): 80—87.

后 记

我与比较文学的跨学科研究结缘较早，记得 1995 年中国比较文学教学研究会成立并商讨编教材时，派给我的一章就是“文学与哲学”，这部教材 1997 年以《比较文学》的书名在高等教育出版社出版。1998 年，我还申请了一个“比较文学与哲学新论”的教育部青年人文社科项目，后来又加上文学与宗教的部分，以《中西文学与哲学宗教》的书名于 2004 年在北京大学出版社出版。2009 年教育部启动的“马工程”教材《比较文学概论》，跨学科部分主要由我承担，本来孙景尧教授还承担“文学与自然科学”，在教材的编写过程中他不幸仙逝，整个跨学科研究就全部由我承担。因此，当中国人民大学文学院将“比较文学基本范畴与经典文献研究”列为 985 工程课题，我就承担了“跨学科研究”这一基本范畴的撰写。

在过去众多的比较文学教材中，讨论较多的是文学与音乐、绘画，文学与哲学、历史、心理学、社会学乃至文学与宗教，但是同样重要而且有很多研究成果的文学与伦理学、文学与生态环境却没有进入教材；文学与政治、经济在改革开放之前曾是所有社会主义国家最热门的研究领域，然而在改革开放后的中国学术界却遭到长期冷落；而文学与法学则在法学界很热闹，比较文学界很少人去探究。因此，本书的目标，就是力求成为中国第一本全面系统研究文学跨学科的著作。不过，跨学科研究作为比较文学的一个分支起步较晚，经典文献难觅，而且要求每一分支都进行经典文献分析，也不是这本书所能承载的，就只能以文献来取代经典文献，由读者从中选定经典文献。我的博士生蒋永影为本书搜集了跨学科研究的中英文资料，在此表示感谢。由于知识与时间所限，本书无论理论论述部分还是资料部分都存在着缺陷，敬请读者批评指正。

2016 年 4 月 11 日

高旭东于天问斋